03/14
50.00

D0888920

El invitado amargo

GIROL SPANISH BOOKS
P.O. Box 5473 LCD Merivale
Ottawa, ON K2C 3M1
T/F 613-233-9044 www.girol.com

Vicente Molina Foix
y Luis Cremades

El invitado amargo

EDITORIAL ANAGRAMA

BARCELONA

Diseño de la colección: Julio Vivas y Estudio A
Ilustración: «E de Escalera», pintura al óleo de Roberto González Fernández

Primera edición: enero 2014

© Luis Cremades, 2014
© Vicente Molina Foix, 2014
© EDITORIAL ANAGRAMA, S. A., 2014
  Pedró de la Creu, 58
  08034 Barcelona

ISBN: 978-84-339-9770-8
Depósito Legal: B. 80-2014

Printed in Spain

Liberdúplex, S. L. U., ctra. BV 2249, km 7,4 - Polígono Torrentfondo
08791 Sant Llorenç d'Hortons

Primera parte

1. Vicente

En mitad de la noche del 30 de diciembre de 1978 sonó el teléfono en el dormitorio. Yo dormía abrazado a M., sosteniendo su cuerpo sin ropa, y al quitarle mis manos para responder a la llamada M. se despertó. Levanté el supletorio en forma de góndola que estaba sobre la mesilla art déco, aquella noche conectado por si llegaba desde Alicante la llamada que temía. La palabra áspera y poco detallada de Rafael, el marido de mi hermana, me dio a entender, sin decir la palabra muerte, que papá había muerto. Antes de dar fin a la breve conversación telefónica, M., que no me había oído hablar más que de aviones y horarios, se puso a llorar a mi lado. Lloraba con más lágrimas que yo.

Pasé la noche de San Silvestre velando el cuerpo de mi padre, una estructura sólida y grande que a finales de agosto de ese mismo año yo había visto dar largas caminatas por la orilla y nadar vigorosamente en las aguas de la playa de San Juan, y a primeros de diciembre, cuando regresé de Oxford, encontré postrada en un sillón del mirador de la casa familiar, sosteniendo la cabeza de un anciano absorto, sumido, demacrado. Mientras mamá nos miraba desde la antesala, intentando una sonrisa plácida que no escondía el rictus de su propia agonía, me incliné sobre él, se dejó dar

11

mi abrazo sin cambiar de postura en el sillón, pero al ir a besarle en las mejillas, tres meses antes encarnadas y aquel día de invierno pegadas al hueso y lívidas, apartó la cara, como si sintiera vergüenza de presentarse con la estampa de hombre acabado ante el único hijo que no había seguido su fulminante declive desde que en octubre se le detectase un cáncer de pulmón con metástasis. Nunca había estado enfermo, había dejado de fumar a los cincuenta años, se había jubilado en plena forma, y ahora, con setenta y dos años recién cumplidos, yacía en la morgue del sanatorio Vistahermosa de Alicante. Por los alrededores del edificio, incluso en la cafetería del establecimiento, sonaba el estallido de los «benjamines» y se oían cánticos de fiesta de quienes, sin tener muertos que velar, transitaban la calle y la carretera cercana o se tomaban las uvas en compañía de sus enfermos con curación.

M. era la hija de un formidable muralista republicano, exiliado largo tiempo en Latinoamérica y pintor allí al servicio del dictador Trujillo, a la que yo amaba de un modo inesperado, incierto en su continuidad y por ello quizá más frenético. Nos habíamos conocido seis meses antes, al principio del verano de 1978, ella saliendo de una historia de amor con un hombre casado de gran renombre que le doblaba en años, y yo viviendo en un lánguido compañerismo la prolongación de un amorío con Andy, un muchacho del norte de Inglaterra que trabajaba de recepcionista en un salón de belleza de Mayfair. Llegado a Madrid a primeros de junio para las vacaciones de verano, que en Oxford, por la altivez de su calendario lectivo, empiezan antes y acaban después que en el resto de las universidades británicas, la conocí dentro de un grupo de amigos escritores poco más o menos en la treintena (Fernando Savater, Eduardo Calvo, Javier Marías, Luis Antonio de Villena, Ángel González García), que frecuentaban el café-bar Dickens y cortejaban, más como ideas platónicas que como ligues factibles, a un hermoso frente de juventudes también asiduo del falso bar inglés. Y allí estaba María, María Vela-Zanetti, su hermano Pepe, Isabel Oliart, Pablo García Arenal, hijos todos de ilustres progenitores afines a la Institución Libre de Enseñanza, dejándose caer también por la terraza del Dickens, con menos frecuencia, los hermanos Íñigo y Javier Ramírez de Haro, guapos y nobles de cuna. María y yo nos amamos cuatro trimestres de Oxford, contando el de verano, que al contrario que los otros tres no lleva nombre. Yo tenía al conocerla treinta y dos años y ella veintitrés, una diferencia de edad muy reducida en comparación con la que la separaba de sus dos novios anteriores.

En las noches de aquel verano con María el teléfono empezó a sonar de madrugada. La primera vez estábamos aún despiertos y ella se asustó, como si la llamada, interrumpida al tercer timbrazo, fuese la contraseña de una advertencia. Sonó de nuevo al cabo de unos minutos, y descolgué enseguida preguntando quién era; al otro lado de la línea se oyó un silencio, antes de colgar. Las llamadas se hicieron regulares, aunque espaciadas; los fines de semana no había, y María sabía por qué.

María vino a Oxford a pasar unos días conmigo en el primer trimestre del curso 1978-79, el Michaelmas Term, causando revuelo entre los españoles adscritos a St. Antony's, donde yo, miembro del college por concesión de su *warden* Raymond Carr, solía almorzar los días de semana. La sensación primera la producían sin duda la belleza y el genio ocurrente de María; a continuación afloraba la sorpresa de mi irrupción en tan rutilante compañía femenina. Un colega inglés del departamento de Hispánicas, con el que había yo coincidido un par de veces en el único pub de *ambiente* de la ciudad universitaria, nos vio pasar abrazados cerca de la Biblioteca Bodleiana y me hizo un guiño de sobrentendido que tal vez incluía la congratulación por la calidad de la estratagema.

Efectos similares tuvo María cuando llegó a Alicante el primer día del año para acompañarme en el entierro de mi padre. Se hospedó en el hoy inexistente Hotel Palas, que ella asoció con regocijo a la diosa Atenea, hasta que le expliqué que se trataba del antiguo Palace rebajado de su afrancesamiento en la etapa «espagnolisante» del nomenclátor franquista. Era entonces ya un hotel decadente, pese a lo cual no fui bien mirado al entrar de noche camino de la habitación de María; la señorita había solicitado una habitación individual, me dijeron en recepción al salir.

Su presentación familiar en una circunstancia tan íntima sirvió posiblemente de escaparatismo escapista de mi anterior carencia de novias. Creo que el alivio, no exento de una cierta suspicacia, fue mayor para mi hermana que para mi madre, muy satisfecha (hasta el fin de sus días) de ver a su hijo pequeño como al eterno soltero que no le traería nunca a casa una nuera pasada por los altares. María volvió a Madrid después del funeral, y yo me quedé dos días más en Alicante, ocupado en trámites testamentarios, alguno de ellos lacerantemente sórdido.

En los días de enero que pasamos juntos en Madrid, antes de mi regreso a Oxford para iniciar el Hilary Term, María me ayudó a superar el desconcierto, en esa primera fase más acusado que el sufrimiento. Pero ella, con la delicada inseguridad que era un rasgo de su carácter, se puso en duda como consuelo: «Vicente, a veces me pregunto si te gustaría hablarme o escribirme de lo que piensas o sientes por la muerte de tu padre [...] Fue todo tan brutal que muchas veces me sorprendo a mí misma tratando de imaginarte en esta terrible noche del 31. No sé si empezaste a contármelo y yo me puse a llorar. No me acuerdo; lloré demasiado este último mes [...] Me aterra intuir un cierto desamparo en el que te he dejado por pudor; nunca me atreví casi a hablar de ello. Eres tan contradictorio: las ocasiones en que estás pidiendo solamente que te mimen un poco, pero te cuesta tanto reconocerlo. A lo mejor no tienes una necesidad real de ello.»

He confiado siempre, desde que empecé a practicarlo, en el vínculo que crea la correspondencia escrita. Mi padre, decía mi madre, era un artista en la materia; en cierta ocasión ablandó con una carta a un hueso, el catedrático de Resistencia de Materiales de la Escuela de Ingenieros de Caminos, que había rechazado con excesiva severidad un elaborado trabajo de fin de curso presentado por mi hermano una hora fuera de plazo, y desde entonces la «carteta» de papá (el valenciano surgía en casa en los momentos efusivos) era un modelo apodíctico dentro de nuestra familia. María me quería más al natural que por escrito; su fe no traspasaba los mares. En esa misma carta de febrero de 1979 de la que he citado un párrafo escribía que la lejanía entre Madrid y Oxford, que yo llevaba con más templanza, a ella le producía ansiedad, sobre todo cuando de noche, después de cenar fuera o ir a un cine, sufría la sensación de «vuelta a casa» sola.

Mientras tanto, me dolía el estómago desde buena mañana, tanto los días de clase como los de descanso, y en ayunas el dolor era como una tenaza que amenazaba con estrangular el duodeno: a mí, que había heredado de mi madre un apetito voraz y un aparato digestivo capacitado para triturar los platos más densos de la cocina española. Los dolores no cesaban, y el médico fue categórico tras la primera consulta y los primeros análisis en el hospital de la universidad. Tenía abierta una úlcera, y en el origen de esa lesión estaba, al doctor no le cabía duda, la herida psicosomática de la pérdida paterna que le conté al hacer el historial.

María, por su parte, añadía a las incertidumbres de la distancia los celos, no de una persona concreta (inexistente), sino de esa zona mía que, aun conociéndola desde el principio, le resultaba opaca y en la que no podía esgrimir su gran poder de seducción. Tampoco me ocultaba que tenía en Madrid un pretendiente tenaz al que yo conocía superficialmente. «Advierto que no estás dispuesto a compartir más que lo superfluo, aunque, para qué negarlo, es lo más agradable.» Conservo cartas suyas bellas y fieras, pero María prefería la rapidez del teléfono; no me encontraba a veces, estando yo en el momento de su llamada en la estación de Paddington o haciendo trasbordo en los andenes de Reading, situados enfrente de la cárcel. Mis clases eran muy llevaderas y pocas, y solía pasar al menos dos días a la semana en Londres, a cincuenta minutos de Oxford. Impacientada por mi condición de fantasma itinerante, María me colgaba el teléfono después de algún reproche que yo había encajado agriamente.

Esa necesidad de ver y tener al ser amado que la fe amorosa no suple María la expresaba con maravillosa contradicción en una carta que, leída ahora, tiene todo el sentido de un final. «La distancia te convierte en un horario de tren del que vivo, muy a mi pesar, pendiente. No sé si me explico: quiero aburrirme de verte; que estés aquí para que deje de tener importancia tu presencia y la tenga todo lo demás.» Mi úlcera sangrante se curó pasada la primavera, pero en algún momento del mes de mayo María decidió que lo más sano era cortar conmigo y unirse al pretendiente recalcitrante, con el que hoy sigue, para satisfacción de todos.

Con el fin del curso 1978-79 y del Trinity Term acababa mi contrato con la Universidad de Oxford, mi residencia en el país al que llegué en verano de 1971 con la insensata idea de aprender la lengua inglesa en tres meses, quedándome en él por pundonor ocho años, y también mis languideces con el joven recepcionista del salón de belleza de Mayfair.

16

En octubre de 1976, iniciado mi primer trimestre en Oxford, había cumplido treinta años, y eso me produjo una angustia que sólo mitigó en parte el engranaje de la prosopopeya oxoniense, tan bien contada en sus novelas por Javier Marías, sucesor en ese mismo puesto años después. Entre *high tables,* comitivas formales por los *quadrangles,* exámenes con atavío académico y *encaenias* honoríficas a fin de curso, pasé muy distraído aquel primer año de luto por mi juventud, que estaba seguro de que había tocado a su fin en el cambio del desaforado número 2 al riguroso 3 de la madurez. ¿Quién iba a ligar, y menos aún querer a semejante estafermo? Mis exequias tuvieron en Londres dos o tres alegrías de una noche gracias a los asiduos, sobre todo australianos, de un club gay (la palabra acababa de adoptar su doble sentido americano en Gran Bretaña) llamado Napoleon, «Neipólion», según lo decían ellos. Pero el mayor indicio de que tal vez mi juventud no estuviera del todo perdida fueron esos diez meses de María. Su irremediable final y poco después mi regreso a España después de casi nueve años ingleses sirvieron de detonante de un nuevo sistema de vida cuya ordenanza me daba recelo.

Es un tiempo del que no tengo muchas reminiscencias, más allá del sentimiento de reocupación de un territorio, de recuperación cotidiana y no por carta de los amigos íntimos, de los viajes frecuentes a Alicante, donde mi madre desconsoladamente viuda me recibía con alborozos de doncella. Nada más recuerdo del periodo que va desde el verano de 1979 al primer trimestre, ya sin advocación docente, de 1981. Quizá porque mi memoria, que es materialista como mi propia alma, sólo se adhiere a las personas que ocupan cada tiempo, y en esos dieciocho meses, felices supongo en una España que reencontraba recién repuesta de la larga tiranía facciosa, ninguna persona me ligó a la realidad.

Uno de los amigos con quien reanudé el trato frecuente era Luis Antonio de Villena, por quien, como él y yo hemos evocado jocosamente más de una vez, sentí una viva antipatía (correspondida) al conocernos de lejos en el mundillo literario madrileño, hasta que, por mediación benéfica de Vicente Aleixandre, descubrimos afinidades y sintonías que, tras un periodo de apagón en el inicio del siglo XXI, siguen hoy calurosas. Fue Luis Antonio, que siempre ha cultivado un *pool* de alevines, quien una noche de finales de abril de 1981 me presentó, después de haberme hablado de él con ánimo casamentero, a Luis Cremades, joven alicantino que quería ser poeta y estudiaba primero de sociología en la Complutense. Luis me gustó mucho aquella primera vez; guapo, inteligente, dotado de humor, aunque con una peculiaridad física que suele contrariarme. Que fuera alicantino me resultaba por lo demás muy acogedor: un atavismo con la ciudad donde crecí, entre los cinco y los dieciséis años, y donde cometí los primeros actos impuros con representantes de mi sexo.

La contrariedad física de Luis era su estatura, menor de lo que, a lo largo de una vida ya extensa, he podido establecer como una invariante impremeditada en el hecho de sentirme atraído instintivamente; nada por debajo del metro ochenta suele despertar el fulminante alzado de ojos que comparto en situaciones lúbricas con los perros y sus orejas erguidas. Pero Luis tenía, por el contrario, sin salir aún del cómputo físico anterior a cualquier contacto íntimo, dos cosas que me pirran: cuello y gafas. No todo el mundo valora ese tronco que une trascendentalmente el cuerpo con la cabeza. Hace años que no veo a Luis, y me pregunto por la actualidad de su cuello, que entonces, las fotos de los primeros años ochenta lo muestran, era esbelto y alto, con un modo dórico de encajar en el capitel de su rostro.

Mi encomio de sus gafas no tenía mérito, pues soy un incondicional de esos artilugios, que encuentro que le sientan bien a todo el mundo excepto a mí; llevé gafas desde cuarto de bachillerato, primero unas gafitas tenues de varillaje mondo, cambiadas al llegar a Madrid para estudiar la carrera por unos armatostes cuadrados de pasta negra, posiblemente debidos a la estética pop; en la mili, con el sanguinario humor de la soldadesca, me ganaron el apodo de «el Televisores». Vuelto a la vida civil me pasé, ya para siempre, a las lentillas, reservando las gafas para el recogimiento y las mañanas en que has madrugado y has de salir de casa precipitadamente. La puesta de la lentilla, incluso hoy, con cuarenta años de experiencia, me pide parsimonia.

Pocos días después de aquella cena propiciada por Luis Antonio, el día 7, quedamos ya a solas Luis y yo, no recuerdo en qué sitio ni con qué excusa, si es que la hubo. Yo quería verle, y debí de ser el que llamó primero a su colegio mayor, un *ritornello* telefónico en mi vida sentimental. Acababa él de cumplir, el 1 de mayo, diecinueve años.

Esa noche la pasamos juntos en mi casa. El cuello griego, las gafas depositadas antes de pasar a la acción sobre la mesilla art déco, el cabello largo. Ahora que lo tocaba calibraba yo, que he sufrido de un mal pelo, ralo y rizoso, desde la adolescencia, lo abundante y recio que él lo tenía.

19

1. Luis

Era febrero, 1981. Hacía menos de seis meses que vivía en Madrid. Había llegado a la facultad de Sociología desde Alicante, sin saber bien por qué, tras muchas indecisiones. El curso anterior había pasado del entorno seguro del colegio de los jesuitas a un instituto público recién abierto. Necesitaba un poco de caos alrededor, pensaba, para valerme por mí mismo. Los últimos meses en Alicante fueron especialmente intensos: había aprendido mecanografía, me había presentado por libre a los exámenes de tres cursos de inglés en la Escuela Oficial de Idiomas, había aprobado la selectividad, el examen para el carnet de conducir, había tenido mi primer trabajo en la taquilla de un aparcamiento de coches... Y con parte de ese dinero había hecho un viaje en barco, con la vieja Mobilette, a Mallorca y Menorca. Había estado en Ibiza y Formentera los veranos anteriores. Era la despedida de un mundo feliz, tal como se entiende en esta costa mediterránea. Después, ya en septiembre, había ido a Madrid a buscar alojamiento. Era tarde. No quedaban plazas en los colegios mayores, caminé al azar de puerta en puerta por la ciudad universitaria, me equivoqué varias veces y provoqué alguna situación cómica involuntaria pidiendo plaza en un colegio para posgraduados, donde me hicieron la entrevista de admisión completa por divertirse, dejando para el final la cuestión –obvia– de la edad. Casi por azar encontré plaza en uno de los colegios adscritos a la Universidad Complutense, junto al Parque del Oeste, algo alejado de la ciudad, pero que permitía ir caminando hasta la facultad de entonces incluso en los días fríos. Pasados los días de las novatadas, propias de un pueblo tribal disfrazado de nación y fuertemente clasista, como lo es todavía; pasados los días de que te encierren en el altillo de un armario o te arrastren a una ducha fría, de las humillaciones y de los juegos de autoridad, del «porque quiero» y «porque me sale», busqué alguna actividad que pudiera hacer en el colegio. No recuerdo bien cómo, acabé de responsable de la sala de música clásica. La colección de discos era impresionante comparada con la que había dejado en casa, y ese encargo suponía una oportunidad para explorarlos.

Aquella tarde de febrero salí a comprar un plato nuevo para los vinilos de la sala de música. Me dijeron que fuera a la calle Barquillo y me perdí un rato en los escaparates de lo que llaman «la calle del sonido». Parecía funcionar como un gremio medieval, con precios similares y poca competencia. Se trataba de encontrar algo razonable, alguna oferta de un modelo suficientemente sólido para las manos de los estudiantes de un colegio mayor. Al salir, con la caja de cartón de aquel plato Lenco precintada entre los brazos, se oyó un estruendo en los altavoces de la tienda. Pensé que habían subido el volumen en todos por error, que se había producido alguna interferencia... Cogí un taxi.

–Vamos al colegio mayor Diego de Covarrubias.

–¿Sabe? Parece que han entrado terroristas en el Congreso... Acaba de llegar la Guardia Civil.

El resto del viaje lo hice en silencio. Al llegar al colegio dejé la caja con el plato sin abrir en la sala. Apenas había nadie en los pasillos. Ya era noche cerrada. Sentí un extraño desasosiego, como si el esfuerzo del último año no tuviera sentido. Decidí pasar la noche en casa de un amigo recién conocido, en una de las calles del Rastro de Madrid... A esas alturas ya sabía que el Congreso había sido asaltado, que los terroristas eran la misma Guardia Civil, que el estruendo en los altavoces al salir de la tienda habían sido disparos de metralleta, que había tanques en las calles de Valencia, que lo más probable sería un estado de excepción y un gobierno militar. Prefería no estar localizable. Yo no era nadie, pero estudiar sociología, llevar el pelo largo, escribir versos con una fuerte carga estética me hacían sentirme vulnerable en un colegio firmemente asentado en los valores de la virilidad nacional y católica.

Aquel apartamento era un bajo en la calle Peña de Francia, Javier me recibió silencioso, con aire preocupado. Nos habíamos conocido un par de semanas antes, en un encuentro para crear una plataforma gay universitaria. Era cinco o seis años mayor que yo, empleado de banca, estudiaba filología por las tardes. Me había parecido valiente y fresco, es decir, dispuesto a dar la cara y con sentido del humor. Dos rasgos que todavía considero signos de valía. No hablamos mucho, esperábamos noticias. La radio y la televisión estaban puestas. Pensaba si debía cortarme el pelo, cambiar de facultad, estudiar derecho, volver a Alicante; si debería vivir siendo otro, fingiendo, confesando quién era sólo en secreto... Varias vidas posibles fueron desfilando aquella noche de incertidumbre. No dependía de mí, quizá debiera empezar de nuevo.

Las aguas volvieron a su cauce y las pasiones nacionales parecían haberse dormido, aunque en realidad no dejaran de echar sus raíces bajo formas nuevas más aceptables, amables y dicharacheras... El jefe español no tiene ideología; es un tipo encantador, agradable, que disfruta con la sumisión, la propia con sus jefes y la del resto para con él. Fuera de un

22

generoso paternalismo, cualquier otra opción parece irracional. La mañana siguiente estuve de paseo por el centro; no llegué a las puertas del Congreso. Hacia mediodía ya se podía hablar. En las calles se respiraba más abiertamente, volvía la normalidad y regresé al colegio.

Un solitario como yo se entretenía haciendo apuestas consigo mismo, como retos. Tenía ganas de saber cómo era el mundo gay. Hacía no tantos años pensaba que yo sería el único heredero sobre la tierra de una vieja costumbre griega. Poco después, leyendo libros sobre marginación o la ley de peligrosidad y rehabilitación social –mi padre estaba satisfecho de que me ilustrase sobre cómo remediar estos comportamientos degradantes en un esfuerzo para mantenerme dentro de la ley–, me di cuenta de que había otros compañeros de «estigma». Aunque las cosas no les fueran del todo bien. Después llegó la poesía de Cernuda, las películas de Visconti o Pasolini... Empezaba a tener la impresión de que había un lenguaje oculto, hecho de miradas y sobrentendidos, que permitía a una parte de la tribu entenderse más allá de los ritos de apareamiento. Pero no podía poner en peligro los estudios. Si aprobaba en febrero, me «daría permiso» para salir y explorar la ciudad subterránea.

En Alicante había asistido a un ciclo de conferencias de Carlos Bousoño sobre poesía española. Mi profesor de literatura entonces, Javier Carro, me lo había presentado. Y Carlos, al saber que iría a estudiar a Madrid, me invitó a asistir a las clases que daba en un campus norteamericano. Los estudios en la facultad no eran especialmente interesantes; tenía un profesor bueno, Joaquín Arango, en demografía, claramente superior al resto. Eso bastaba. Y junto con las clases de Carlos tenía alimento suficiente. El curso de poesía consistía en leer y comentar a fondo unos pocos autores del siglo XX español: Juan Ramón, Antonio Machado, Lorca, Cernuda y, sobre todo y de manera particular,

Vicente Aleixandre. Hacía tiempo que sentía una atracción especial por la poesía de Aleixandre, por su lenguaje, por la manera de quebrarlo y rehacerlo, por el uso de las imágenes, por la prioridad y la fuerza de las imágenes, por su capacidad para abrirse camino en un mundo irracional que parecía, sin embargo, más natural.

La sociología no era una pasión, la literatura sí. La sociología, más en concreto la antropología, la manera en que diferentes mundos, trabajos, relaciones y lenguajes enlazan entre sí, es mi manera habitual de ver las cosas. Pensé que sería bueno ganarme la vida con eso, un ejercicio intelectual más o menos sostenido y sin muchas pretensiones de originalidad, un seguir y completar la corriente de investigaciones en curso. En la literatura, sin embargo se daban emociones explosivas. Era un juego, casi siempre, de «todo o nada», capaz de convocar lo mejor y lo peor de mí mismo: mi propia voluntad de poder, las ansias de conocimiento, la capacidad de seducción, el deseo de sentir la compañía de otros a quienes leía y admiraba, en su mayoría muertos. Pensaba que la literatura expresaba el espíritu de un tiempo, que leyéndola se podía intuir el futuro, que levantar la nariz y aspirar sus notas era como hago ahora al salir de casa y siento el olor a pan de leña en el pueblo. Nos devolvía un sabor intemporal y concreto, fácilmente accesible. Y parte de mi trabajo, no sé si como sociólogo o como poeta, era interesarme por la poesía reciente. Carlos Bousoño sostenía que había cierta idea de progreso en los sucesivos movimientos estéticos, que unos rompían contra otros profundizando en algo que llamaba «individualidad». Entendí que si yo quería seguir esas olas, dejarme llevar por ellas, debía ponerme al día. Hablando con Carlos, me sugirió que leyera a Jaime Gil de Biedma. Ahora sé que se trataba de un gesto especialmente honesto por su parte, dado que se habían enfrentado en varias ocasiones. Como maestro, Carlos me

24

propuso que leyera a Jaime, antes que a Francisco Brines, que era un buen amigo suyo, o su propia obra. No sé si los tiempos han cambiado. No he vuelto a ver un gesto parecido de honestidad intelectual.

Le pregunté a Carlos por Luis Antonio de Villena, había leído un suyo libro reciente, *Hymnica,* por sugerencia de Javier Carro. No sé si le gustó que lo mencionase, pero me dio su teléfono. Llamé a Luis Antonio desde el colegio mayor, le dije que era aprendiz de poeta. «Bueno, eso lo somos todos», respondió humildemente. Y quedamos para una primera cita en el Café Gijón. Se mostró amable, leyó algunos de mis poemas, hizo sugerencias: que dejara los caligramas, la poesía visual y los juegos más cercanos a las vanguardias, que firmara siempre como Luis Cremades y no incluyera el segundo nombre –José– detrás de Luis ni el segundo apellido. Y que profundizara en una poesía a ser posible más clara. Quedamos en vernos de nuevo.

Al llamarle para una segunda cita, me propuso cenar con un amigo suyo de Alicante, Vicente Molina Foix. Había leído algo suyo en la antología *Joven poesía española* de Rosa María Pereda y Concepción G. Moral. Me parecía distante como poeta, aunque imaginativo, más técnico que vital, más virtuoso que emocional. Acepté encantado.

Como puede observarse por lo dicho, en 1981, con dieciocho años, yo vivía en los campos de Babia; o en un punto indeterminado del horizonte, desde luego sin mucho contacto con la realidad. No se me ocurrió pensar que habría más cita que una conversación. Creí –y no dejo de creer aún con la fe de un niño– que a los artistas les gustan los artistas, que conversar, conocerse y compartir les enriquece mutuamente. Es posible. También es cierto que en la tribu hay clases y que los recién llegados deben pagar el tributo de la iniciación: no enterarse, no ser preguntados. Aquella cita era una «cita» sin que yo lo supiera. Es decir, se trataba de ver si yo le gustaba a otro y «pasar» el contacto. Como no lo sabía y me dejé llevar, fui el tonto –por no decir el objeto o la mercancía– que a veces puedo ser.

Vicente me cayó bien, era divertido, informado, en busca de un criterio estético más allá de las apariencias. Sabía hacer de cada situación un juego amable. Era capaz de quitarle importancia a los gestos cotidianos, reduciendo así un cierto regusto amargo que dejan, al menos en mí, las obligaciones del «estar en sociedad». Un juego que era un «como si», una actuación que ponía énfasis en hacer de la conversación un teatro amable, una comedia blanca; como indicando al mismo tiempo, apuntando o dejando espacio, a una realidad de otro orden. Había en él un cierto espíritu de Mary Poppins trasvasado a las dificultades de las convenciones sociales, un «saber estar» menos forzado y más amable que el de Luis Antonio. O quizá era una muestra de interés por mí –no sólo como escritor– que en aquel momento se me escapaba.

En aquellos días la homosexualidad para mí, como el arte, era más un espíritu que una práctica. Deseaba concretarlo, pero después de tantos sueños ni se me ocurría cómo podría hacerse real. No me llevaba bien con mi cuerpo, no me consideraba guapo, al contrario. Había pasado la adolescencia en casa –un niño con fiebres reumáticas– sin hacer deporte; había sido el raro en clase, respetado por una inteligencia ajena a la lógica, una intuición entre poética y profética, pero dado por inútil para cualquier tipo de complicidad amistosa. Se podía trabajar conmigo, y era eficaz, pero no se podía hablar conmigo. Y menos tener una amistad espontánea o natural. Tal vez pareciera arrogante, o sonaba así. A veces creo que no hablaba, sólo citaba. O hablaba como si citara textos de otros escogiendo de preferencia las palabras más raras, por sorprendentes. Era, en el mejor de los casos, un chico «brillante». Y ese brillo era mi peor enemigo, un brillo que no dejaba ver mi propia parte en sombra, como un interrogante. Yo quería saber si ese chico brillante tenía talento y cómo se hacía para cultivarlo. Esa respuesta nunca ha llegado, al menos no desde afuera.

En la segunda cita pasé la noche en casa de Vicente. Fue de nuevo un juego, y un accidente. O una parte de juego y otra de accidente. Supongo que esas cosas pasan y está bien; son una manera de tropezar y crecer para alguien abstraído y metido en su propio mundo, no sé si incapaz para la empatía o el contacto con el otro, sin duda sumergido en sus propias profundidades, donde no hay palabras y uno simplemente está a solas; donde siente el rumor de los sueños que todavía no han llegado, el lugar de donde surgen imágenes en apariencia involuntarias. Yo vivía soñando despierto, dejaba que imágenes irracionales fueran impregnando el mundo real. Y al revés también. ¿Cómo lograba sobrevivir en ese estado: despertar por las mañanas, preparar un café...? Una segunda cuestión que sigue anclada en el misterio.

2. Vicente

Pensar que hubo un tiempo en el siglo XX en que el profesorado intimaba con el alumnado sin riesgo de perder la honra y el puesto. Yo nunca me encapriché de mis profesores, y tampoco tuve intercambio amoroso en los ocho años ingleses dando clases en distintos centros; en Oxford fui objeto de una fijación malsana que me resultaba imposible corresponder, y la cosa acabó años después en tragicomedia delante del felpudo de mi piso madrileño.

No hay situación naturalmente más erótica, por mucho que las normativas del actual integrismo de los biempensantes la persigan y la degraden, que la de maestro y alumno, sean ambos estamentos del género humano que sean. Enamorarse de un padre jesuita en el colegio de la Inmaculada de Alicante no estuvo entre mis prioridades, que eran por entonces intensamente piadosas, un punto literarias y sin sexualidad de ninguna denominación específica. Había sin embargo en el cuerpo de profesores curas novicios, aún sin cantar misa, dotados del encanto de lo incompleto y seguidores del Vaticano Segundo. Fui sin saberlo, en quinto de bachillerato, sujeto pasivo de un futuro teólogo de la liberación, quien, en unos ejercicios espirituales en el colegio de San José de Valencia, trató de incitarnos a unos cuantos colegiales a la rebeldía clerical; al oírle, yo, un santurrón en agraz, me daba, amedrentado, golpes de pecho en la capilla y me apretaba aún más el cilicio en el muslo.

Tampoco la facultad de Letras de la Complutense se reveló un terreno propicio a esa *paideia* que los maestros griegos infundieron en cuerpo y alma a los jóvenes. Pude haber sacrificado palomas a Venus y, con suerte, formado parte de las comuniones paganas que se decía que Agustín García Calvo organizaba en su domicilio con los más listos de su clase de latín, pero antes del curso en que me habría tocado de profesor, García Calvo fue expulsado de la universidad junto a otros catedráticos contestatarios.

Por instinto o por alguna carencia insondable he sentido siempre el anhelo de establecer esas ataduras discipulares fuera de las aulas, donde he sido más afortunado. Lo mejor de mi vida han sido mis maestros no docentes, de los que sólo uno, el primero, pocos años mayor que yo, lo fue según el molde amatorio del erasta y el erómeno. Una de mis desilusiones más amargas, sobrepasados los cuarenta, fue darme cuenta de que la dulzura de la vida filial, la condición eterna de estudiante, la profesión de discípulo, para mí ideales mientras haya alguien dispuesto a ejercitarlas desde su altura superior, ya estaban desfasadas, y brotaban de modo espontáneo a mi alrededor los pigmaliones.

No fue por tanto la tentación de pigmalionismo lo que siguió acercándome a Luis. Aunque estaba, en aquella primavera de 1981, en sus *salad days,* él me parecía, al igual que la propia Cleopatra de Shakespeare que dice la expresión para disculpar su inmadurez de juicio, una persona de suma inteligencia, un chico formado, frase muy jesuítica que yo oí referida a mí y Luis tal vez oyó de su correspondiente padre espiritual. Llevábamos quince días *saliendo juntos* y también entrando –un par de veces por semana– en la cama, y a su alicantinismo natal se iban añadiendo otros rasgos de proximidad: él había estudiado en las mismas aulas que yo, hecho gimnasia mal en las mismas canchas, orado ante la misma Purísima gigante de la capilla colegial, e incluso descubrimos que, pese a los quince años de diferencia, habíamos tenido un padre común, el padre Puig, dando literatura, aunque muchos de sus alumnos estaban convencidos de que a él lo que le habría gustado era dar lengua.

Formado y muy seguro de sí mismo, pese a tener diecinueve años y tres semanas.

No era, insisto, la enseñanza lo que me ligaba a él. Ni la lujuria, que en nosotros se manifestaba, sin ser castos, de un modo moderadamente animal. En Luis veía por vez primera un modelo que no había encontrado antes en mis predominantes historias homosexuales. El recepcionista del salón de Mayfair, y antes que él el candoroso muchacho de barrio madrileño que llegaría a ser artista en comandita, buscaban en el hombre joven mayor que ellos un padre-amante autoritario frente al que nada oponían salvo su pasión. María, que apareció entre medias, queriendo un amor sin límites no quería someterse a una dominación. Luis tampoco.

Luis se dejaba hacer, pero mandaba en mí, desde muy pronto. ¿Sin saberlo? Como es natural, le gustaba ir de aprendiz, pues siendo los dos de letras y habiendo yo para entonces publicado ya tres novelas y alguna otra cosa, tenía más lecturas que él, mejor inglés que el suyo, y el poso de más de quince años de buenos profesores no académicos: Pedro Gimferrer, Félix de Azúa, Ramón-Terenci Moix, Ramón Gómez Redondo y su amigo y paisano Antonio Martínez Sarrión, a los que fueron añadiéndose, mientras yo crecía en saberes delegados, Calvert Casey (tan breve y fulgurante maestro-amigo), Juan Benet, Luis de Pablo, Guillermo Cabrera Infante y su no menos sabia *partner* Miriam Gómez...

Luis era un oyente. Yo le habría matriculado con gusto

en mi academia, pero él prefería seguir la enseñanza libre o, como mucho, mediopensionista.

Intercambiábamos sabiduría por curiosidad, ciencia por perspicacia, y yo, sin darme cuenta al principio, me hacía dependiente de él, de su mirada aguda, lista y sensata, que me devolvía reflejos míos desconocidos. Era muy grato leer sus versos y aconsejarle o corregírselos, pero más estimulante era ver a los pocos días el resultado de esas insinuaciones transformado en una poesía honda y misteriosa. ¿Me guiaría él, como un Rimbaud indómito, en los hallazgos, ahora que yo mismo, acabado el periodo inglés más prosaico, volvía a escribir poesía?

Luis admiraba más que yo a Cernuda, pero le conté una noche, antes de apagar la luz del dormitorio, un cuento cruel y romántico, con ánimo de ofuscarle, como hacen los adultos con los niños díscolos que han de conciliar el sueño. El cuento era verdad. Durante la mayor parte de mi estancia inglesa tuve un pequeño piso en Camden Town que pude mantener incluso estando en Oxford, pues su dueño, Alastair Hamilton, traductor al inglés y amigo de Gombrowicz, me lo dejaba a un precio simbólico a condición, para mí nada engorrosa, de poder usarlo él, entonces residente en Italia con su mujer italiana, cuando volvía a Londres para la Navidad y el verano.

A poca distancia del pequeño *flat* de Alastair estaba la casa donde esa «rara pareja» formada por Paul Verlaine y Arthur Rimbaud «Vivieron, bebieron, trabajaron, fornicaron / Durante algunas breves semanas tormentosas», según el punzante poema de Cernuda «Birds in the Night». La descubrí por azar volviendo a pie un día –debió de ser a finales del año 1973– desde el North London Polytechnic, donde entonces daba clases de literatura. En la fachada del número 8 de Royal College Street, un modesto y feo edificio de cuatro plantas situado frente a unas vías de tren, me llamó la atención una simple lápida de piedra: «The French Poets Paul Verlaine and Arthur Rimbaud Lived Here May-July 1873». Ese descubrimiento me hizo buscar otras pistas, y en la biografía de Enid Starkie encontré algunas: la llegada de la pareja a Dover, y desde allí a Londres, donde una leyenda sostiene que conocieron a Dante Gabriel Rossetti y a Swinburne, aunque no queden testimonios de ese encuentro. Como cualquier europeo del sur, la pareja luchó con la endiablada lengua inglesa, que trataban de aprender por la vía rápida, sobre todo Rimbaud, frecuentador de los muelles londinenses; una noche consiguió arrastrar a Verlaine, que quedó horrorizado: «¡Increíble! ¡Tiro y Cartago reunidas!»

Del turbulento anecdotario de Rimbaud y Verlaine por mi barrio cien años antes me quedó en la memoria lo ocurrido cierta mañana de julio de 1873, al estallar entre ambos poetas la última de sus broncas londinenses, en este caso a propósito de un pescado que Verlaine había comprado en el Camden Market, mi mercado local, para hacerlo al horno, y con el que terminó azotando el rostro de Rimbaud. Verlaine se escapó a Bruselas, su jovencísimo amante le siguió, continuaron allí las peleas, hasta el día en que Verlaine, borracho perdido, le disparó a Rimbaud, siendo detenido y encarcelado.

No cruzaba por mi cabeza en el mes de mayo de 1981 la idea de ser yo el Verlaine de un Rimbaud de primero de sociología y casi abstemio, y ni siquiera el autor de *Romances sans paroles* me gustaba entonces como poeta; hoy mucho más. Me atraía y me asustaba la dependencia que el escritor mayor, mi predecesor francés, tuvo del joven de diecinueve años, aun estando casi seguro de que yo no le dispararía a Luis un pistoletazo tras una trifulca, y menos aún estaría dispuesto a cocinarle amorosamente un besugo.

2. Luis

Antes de conocer a Vicente había tenido algún encuentro –carnal– previo, no siempre satisfactorio. Salvo esa «primera vez», en la playa de Formentera, con una recién conocida estudiante de derecho de Barcelona, Margarita Comamala. Nos sorprendió el amanecer juntos y abrazados. Yo no sabía bien qué o cómo hacer. Me dejé estar en sus brazos. Tenía dieciséis años. El verano siguiente mi hermano viajó a Formentera y fue él quien tuvo su relación con Margarita, lo suficiente como para distanciarme. No he vuelto a saber de ella. Llegué a Madrid enamorado de otra mujer, a mi manera de entonces. Era una compañera del instituto, un amor hecho de cartas, de citas, sueños y trucos que había aprendido en la escritura. Antes de esa primera Navidad en Madrid le escribí una larga propuesta amorosa que no tuvo respuesta. Sentí, tras los exámenes de febrero, que quedaba libre para explorar el otro lado, la aventura de ese sexo distinto, que me atraía y que era el mío. Lo intenté respondiendo algunos anuncios explícitos en la *Guía del Ocio*. Aunque cuando pude concretar algo sentí más vergüenza que placer. Me acerqué al único bar gay que anunciaban en esa guía mágica, el Larra, en la calle del mismo nombre. Era la tarde de un sábado y no había nadie. Pasaban diapositivas de jóvenes en bañador con actitud festiva y poses de verano. Le pregunté al camarero, que se vio sorprendido, sin saber bien qué era lo que yo buscaba. Se atrevió a confirmarlo preguntando si quería conocer chicos. Dije que sí con un suspiro de alivio y me indicó que fuera a la discoteca O'Clock, pero más tarde, pasadas las doce de la noche. Fui a cenar solo a un Burger King para hacer tiempo. Al llegar no había casi nadie, apenas cuatro o cinco personas, pero se sentía un ambiente relajado. La emoción fue creciendo según se llenaba el local, a partir de la una, hasta completarse hacia las dos. Fue un momento de impacto: *no estaba solo*. Había más gente como yo, mucha más. Y muy distinta. No podía quitar los ojos de aquellos extraños compañeros de viaje, de ninguno en particular, de todos en general, sus movimientos, sus maneras de vestir, las diferentes edades y sus actitudes, unos más alegres, otros absortos, otros en grupo. No había hablado con nadie y ya sentía una sorprendente sensación, no sólo de curiosidad, sino de pertenencia.

El primer intento de relación fue con Javier, el empleado de banca y estudiante de filología. Él estaba también leyendo a Jaime Gil de Biedma y traducía para sus clases algunos versos de Catulo. Supongo que Javier se dio cuenta de mi pobre estado preiniciático y consideró oportuno llevarme una segunda vez a O'Clock para que me aireara. Esa primera noche acompañado, Javier desapareció y acabé con un joven bailarín noruego en un apartamento desconocido cerca de Plaza de Castilla. Pero no estaba tranquilo. Pensaba que si Javier era mi pareja, como yo creía, lo más probable es que se hubiera suicidado al ver que me iba con otro. Cuando le encontré en su piso del Rastro a la mañana siguiente, feliz y riéndose, tuve la impresión de que algo no encajaba en mi visión romántica del amor. Vivía en los poemas y en las historias de los libros, ese lenguaje era mi único territorio. El resto, lo que llaman «vida» o «la realidad», me parecía un misterio insondable, sin guías ni mapas. Eso que para el resto era simplemente natural, a mí no me lo habían contado.

Con Vicente el proceso fue a la inversa, primero sentí una sintonía intelectual, o espiritual, según se mire: me interesaba lo que decía, me tranquilizaba su falta de solemnidad. Tenía mi propio espacio para expresarme. Hablaba y me escuchaba, respondía a mis preguntas, o lo intentaba seriamente. Siendo como era un juego, fui acercándome hasta sentir el calor de su cuerpo, un abrazo, un dejarse caer en el sofá o en la cama cansados y relajados después de salir un rato, dar una vuelta, tras un día intenso. Vicente era un interlocutor aéreo de día que se hacía tangible por la noche. No soy capaz de recordar su cuerpo por partes como he hecho con otros después. No podría decir si me gustaban sus piernas o sus manos. Era una presencia, una actitud, una manera de ser y de estar, un lenguaje –amoroso y acogedor–, un estilo de vida.

En las primeras citas hablamos de Alicante, de la experiencia común en el colegio de los jesuitas, de algún profesor que habíamos compartido, de algunas clases, de los comentarios sobre Góngora del padre Puig, siguiendo a Dámaso Alonso punto por punto. Eso me hizo tender lazos más allá de la ruptura que había supuesto el traslado a Madrid. En los primeros momentos parecía un compañero mayor que se ofrecía como guía en el mundo extraño de la capital. Me hizo sentir seguridad, una sensación de continuidad entre el que era y el que fui. También, sobre todo, hablamos de poesía, de Vicente Aleixandre, a quien él visitaba con frecuencia y al que tenía, como Carlos Bousoño, por maestro y fuente de inspiración no sólo literaria sino personal.

Vicente leyó mis poemas de manera crítica y detallada. Apreciaba cierto «buen hacer», pero no le gustaban. Criticó un verso: «La tierra tiembla», al final de un breve poema describiendo una música de Beethoven. «No se puede decir al lector lo que tiene que sentir», vino a decirme. «Pueden ofrecerse elementos para que lo sienta, o no.» La poesía debía ser no sólo un apunte, una nota, una indicación, sino, principalmente, una presencia. Y una presencia viva, una llamada al lector, y una llamarada, una provocación al margen de la voluntad bienintencionada de su autor. «El lenguaje debe volverse imagen con autonomía propia para el lector.» No sé si fue esto lo que dijo, pero algo así debí de entender entonces. Sentí aquellas palabras como una campanada interior, como un gong, un extraño despertar. A las pocas semanas, a finales del mes de mayo, escribí el primer poema de una nueva serie, el comienzo del que sería mi primer libro. Un poema sorprendente para lo que había hecho hasta entonces, una imagen profundamente irracional sobre el mito de la autoridad, el poder, el coraje, y su fragilidad interior emergiendo, despertando y completando la figura primera. Vicente se entusiasmó con el cambio. Yo también. Esa primera transformación en la escritura me dio alas para creer en él como compañero. No era él, individualmente considerado, lo que me interesaba, aunque también, sino una especie de chispazo que surgía entre ambos, que nunca había sentido antes y muy pocas veces después sentí.

En esos días de mayo había cumplido diecinueve años. Estaba sufriendo una doble conversión, como homosexual y como poeta. Me estaba convirtiendo a un cierto proselitismo de lo gay. Me preguntaba cuánta gente, tras la evidencia demoledora que había vivido en la discoteca O'Clock, no sería gay o tendría sueños o fantasías como yo había tenido. Una mañana de domingo esperaba a Javier en su apartamento cuando llegó su hermano José Antonio desde Nogales. No nos conocíamos y me pareció que el tema más oportuno era preguntarle por sus fantasías eróticas. No sé bien cómo derivó la conversación pero terminé por convencerle para que probase alguna experiencia con otro hombre, para acceder así a una posible revelación. Accedió a probar conmigo, allí mismo, como si la fuerza de esas experiencias recientes me hubieran transformado en un apóstol de las buenas noticias. Tal vez eran restos mesiánicos de mi educación con unos jesuitas próximos a la teología de la liberación. Aunque había hablado claro conmigo al respecto, habitualmente frente a un espejo, en las duchas del colegio mayor: yo no era un mesías, ni un salvador, ni un proletario capaz de abrazar la lucha de clases. Era un poeta en proceso de formación, con más preguntas que respuestas. Pero con una necesidad inmediata de compartir esas respuestas. Y una de ellas tenía que ver con las bondades de la exploración sexual, del disfrute libre y sin prejuicios del contacto con otros, siempre que no mediara un compromiso mayor. Esa costumbre de hablar conmigo, de interpelarme frente a un espejo, de decirme a las claras lo que soy y lo que no, de ponerme en mi lugar frente a las fantasías aprendidas en lecturas o conversaciones, todavía me acompaña. A veces con el ritual completo, otras sólo en la imaginación. Es una manera de encarar mi propia imagen para disolver las ilusiones y, sobre todo, los conceptos, las ideas, los prejuicios, como formas más estables, más rígidas y peligrosas que las propias fantasías.

El colegio mayor se hacía cada vez más insoportable. Aparte de la buena relación con mi compañero de cuarto, Ángel Aretxaga, no había mucho más que me retuviera. Por otra parte, no me atrevía a hablar claramente con Ángel, ni con nadie en el colegio, de lo que me estaba sucediendo. Tal vez fuera obvio. Yo me mostraba cada vez más abierto y sin complejos. Por otra parte, Ángel estudiaba arquitectura y hacía sus planos escuchando «Los 40 Principales» en la radio. Para mí era imposible concentrarme leyendo a Durkheim o a Max Weber con esas interferencias. Atender las llamadas de Vicente desde un teléfono anclado en la pared al fondo del pasillo me parecía un trabajo penoso. De cara a los exámenes finales, hablé con mi tía Carmita para quedarme en su casa y prepararlos en mejores condiciones. Tuve que hacer un paréntesis esa primavera para estudiar, lo que no había hecho desde febrero. Los nervios empezaban a pasar factura y unos intermitentes aunque intensos dolores de estómago revelaron una gastritis. Empecé a tomar tranquilizantes.

La relación con Vicente entró en una etapa de saludable rutina, era habitual mantener el contacto y vernos, quedarnos de charla hasta tarde, pasar viernes y sábados en su casa; parecía establecerse una amistad con derecho a roce. Por algún motivo, a mi prima y a mi tía no parecían gustarles esas «desapariciones» de fin de semana, aunque trataba de llevarlas con la mayor discreción, como si fueran normales en un chico de mi edad. Todavía la casa de Vicente me resultaba extraña. Los muebles déco me recordaban el piso de mi abuela en el pueblo. El salón, con sofá y mesa y tele, me parecía más estructurado que el de casa de mi tía, más propio de un piso de estudiantes, con muebles más ligeros, modulares, cambiantes, con el verde de helechos y las hiedras enmarcando las ventanas... Mi tía se había separado en los años setenta; su independencia y sentido común eran un modelo para mí. La separación le había dado una madurez y una sensibilidad para la escucha y la comprensión del otro en sus dificultades que la hacían enormemente atractiva. Disfrutaba cada momento con ella. Sentía que las exigencias de mi madre se relajaban a su lado. En ese mes de mayo fui haciendo una transición suave del régimen severo y solitario del colegio mayor al paraíso del piso con mis primas, mi tía Carmita, y a los fines de semana en casa de Vicente. La vida aparecía con un rostro humano, familiar... La experiencia en Madrid parecía recuperar en esa primavera ecos del Mediterráneo que había dejado atrás, con una fuerte nostalgia. Durante los primeros meses me sorprendía levantando la mirada en una calle de Madrid pensando que al otro lado se vería el mar. Y el mar no aparecía nunca. Durante los primeros meses había viajado a Alicante cada quince días —en autobús o en un interminable viaje en el tren nocturno— por pura nostalgia de esa experiencia solitaria del mar. De niño, había pasado tardes enteras en las obras del puerto pescando sin pescar sólo por sentir la presencia del mar. Y, pasados unos primeros meses difíciles en la capital, aparecía algo así como una idea de mar en las conversaciones con Vicente y en la compañía de mi tía Carmita.

El nuevo piso, en la calle Rodríguez San Pedro, era una pequeña comunidad de mujeres, solidarias, divertidas y con grandes dosis de curiosidad. Era un piso de estudiantes, bajo la supervisión de Carmita, «la madre», que daba un toque de serenidad y saber hacer en la organización y el reparto cotidiano de tareas. En el cuarto que yo ocuparía había estado una amiga de Carmita, también separada. Mis dos primas, Carmen y Elisa, algo mayores que yo, habían sido mis particulares modelos en algunos encuentros durante mi adolescencia, en Alicante, en las playas de Denia, en una breve estancia en Madrid de paso hacia Estados Unidos donde las acompañé a la primera fiesta del Partido Comunista en la Casa de Campo. Allí vi bajar a La Pasionaria en helicóptero... Era un Madrid subterráneo o periférico si se quiere, pero acogedor y humano, un Madrid en clave femenina, asociativa, con unos líderes distantes de esas bases que se llamaban «Vidal Beneyto» o «Sartorius» y que nunca terminaban de aparecer. Carmen sabía echar las cartas del tarot y tenía una intuición particular para esas «cosas de la vida», el mundo emocional, que a mí se me escapaba. Admiraba especialmente a Elisa por su sensibilidad, en sus dibujos, porque estudiaba arquitectura. Creo que aquella primavera la ayudé con algunos textos que necesitaba para acompañar sus trabajos. Yo vivía borracho de palabras y no me resultaba difícil encontrar alguna frase sonora, oscura y de apariencia razonable para acompañar sus bocetos. Con el tiempo, tengo la impresión de que debe de ser algo común entre arquitectos explicar sus proyectos con una borrachera de palabras. En aquel momento yo me divertía, jugaba, me sentía querido. En el piso aparecían con frecuencia las amigas de mis primas, América y, particularmente, Paca, con quien más adelante tendría una amistad prolongada, como heredera de aquel espíritu abierto y matriarcal.

Parecía que estaba haciendo nuevas amistades en Madrid, encontraba los guías que había estado buscando en ese cruce extraño entre homosexualidad y literatura. Había aprendido de Carlos, había conocido a Luis Antonio y después a Vicente. Yo tenía interés en saber de aquel modo de vida. Algunas cuestiones me parecían enigmáticas y al mismo tiempo importantes, ¿cómo se vive de la poesía? Me interesaba ese estilo de vida, si existía algo así. Sabía de algunos que tenían dinero de familia, otros poetas daban clases... Pero Luis Antonio o Vicente eran casos sorprendentes de escritores que vivían de su oficio. No sé si fue entonces cuando dije a Luis Antonio que me gustaría ver su casa. Todavía creo que se conoce mejor a una persona viendo el medio en que vive que escuchando sus relatos o sabiendo cómo responde a una batería de preguntas estándar. Quizá aquello fue una impertinencia. El caso es que, al terminar aquella no sé bien si tercera noche de encuentro, Luis Antonio me invitó a su casa, era tarde, fuimos en taxi a un apartamento en la calle Pilar de Zaragoza. No era exactamente una casa sino lo que se entendía por un «picadero» en los años setenta. Un lugar huérfano, desnudo y sin alma, apenas el póster torcido de un cantante pop en las paredes, una silla mal ubicada en el pasillo estrecho y una cama fría, sin ángel y sin hacer. No era una visita de cortesía. O sí, si las reglas de cortesía suponían que debíamos acostarnos ahí mismo. Acepté con resignación. Me daba pena el piso lamentable, el escondite, la doble vida, el miedo al encuentro, como me dio pena el cuerpo lechoso y sin vida, una gelatina con demasiado espesante que sufría breves espasmos a mi lado. Aquella sensación chocaba con los versos de *Hymnica,* con la voluntad de dandismo. Era una farsa, un ejercicio retórico, una cáscara vacía bañada en azúcar glasé. Nada que tocar, nada que vivir. Aquella experiencia tuvo un efecto de desilusión profunda; de violación no tanto de mi cuerpo, incapaz de negarse, sino de un código ético acerca de la estética que, sin saber dónde, creía haber aprendido: la literatura podía ser mentira, pero *debía* apuntar a una verdad. Yo era un chico correcto, educado y seguramente demasiado rígido en aquella educación. No sé si existe algo así como un «manual de buenas maneras en el sexo» cuando uno quiere decir «no» y no desea parecer inconveniente. El caso es que estuve amable pero no pude corresponder. Todavía bajo los efectos del estupor, regresamos al espacio abierto de la calle y al fresco de la noche.

–Hay algo que quiero decirte –comentó Luis Antonio al despedirnos–. No cuentes nada de esto a Vicente. Él te aprecia y no quiero que se moleste. Si te parece bien, será nuestro secreto.

Yo asentí. Me parecía bien. Bastante había tenido como para que nadie más se molestase por ese mal trago. Regresé al colegio mayor, abrumado y sin darle más vueltas al asunto. ¿Qué culpa tiene la gente de tener mal gusto y esforzarse por fingir lo contrario? Éste parecía un caso extremo.

A la mañana siguiente me levanté tarde. Era sábado, pasaba esos ratos antes y después del mediodía leyendo en espera de que llamase Vicente para quedar, salir al cine o hacer algún plan. Poco después de la hora de comer sonó el teléfono colgado en la pared del pasillo; el compañero del cuarto más cercano lo cogía y avisaba que era para mí. Mi cuarto era el más distante de aquel teléfono compartido. Era Vicente, no recuerdo bien sus palabras. Luis Antonio había hablado con él esa misma mañana. Le había contado el episodio y sus detalles antes del desayuno. La sorpresa me dejó sin palabras. Debí de sentir que la tristeza se congelaba, se convertía en rabia y caía como una piedra al fondo de un pozo de donde sería mejor que no saliera nunca. No me defendí.

–Te habrá contado al menos que no pude corresponder –dije, como única descripción de mi actitud.

–Sí... –respondió Vicente.

Después hablamos seriamente. Había pautas y costumbres universales, al menos de uso común en ese grupo, que debía conocer. Yo era demasiado ingenuo, me explicaba Vicente con el tono comprensivo de los adultos. En todo caso, ese incidente abría una puerta a conversaciones más formales o de compromiso, menos lúdicas de las que habíamos tenido hasta entonces. En qué medida podía uno hacer daño al otro y en qué medida uno de nosotros tenía, por así decir, «derecho» a sentirse dañado por el otro. Todavía evitábamos cuidadosamente hablar de una pareja o de un compromiso. Yo no quería renunciar a esa recién descubierta libertad para explorar, tanto el sexo como la ciudad o la vida, por un proyecto común todavía no hablado. Pero sí tenía claro que estaba a gusto con Vicente y que mi intención no era hacerle daño sino, al contrario, aportar algo bueno en la medida de mis posibilidades. Quizá lo realmente ingenuo por mi parte era pensar que había algo que yo pudiera aportar, con diecinueve años. Tal vez sólo eso que hoy llaman «potencial» y que, a fin de cuentas, no es nada.

3. Vicente

La calidad del amor se mide por el tamaño de los celos. ¿Ha escrito esto alguien antes o se me ocurre ahora? Yo no era celoso, y estuve así mal visto por los damnificados, para quienes mi falta de ardor en la desconfianza era una desatención, un rasgo de tibieza, una flema excesivamente nórdica en un meridional tan innegable.

Aquel teléfono en mitad de la noche de aquel verano de 1978. Cuando pocos días después volvió a sonar, estando dormidos, María se incorporó indignada en la cama y quiso contestar ella. «El muy psicópata.» Yo no acababa de creer sus sospechas, hasta que en los artículos diarios que publicaba entonces en *El País* empezaron las alusiones maliciosas, recogidas y ampliadas meses después en el libro que Francisco Umbral publicó bajo el título de *Los amores diurnos.* Cuando yo conocí a María en el Dickens y empezamos a vernos a diario, algún día, al cerrar el local, nos íbamos caminando, más de una vez con Javier Marías, hasta mi casa, próxima al bar. Allí bebíamos más copas María y yo, sus pertinentes cocacolas Marías, y una noche, por una conversación anterior que Javier y yo habíamos tenido a propósito de unas canciones de Sibelius, puse el disco en el que Kirsten Flagstad cantaba «¿Fue un sueño?»;

lo escuchamos los tres circunspectos, y María, que, sin cortar del todo, seguía viendo a Umbral, se lo contó al día siguiente. Esa serenata nocturna de aire septentrional indignó al autor de *El Giocondo,* y la escena pasó a convertirse, en el citado libro, en la estratagema que dos bujarrones sin nombre utilizan para deslumbrar a la incauta. Ahí no era Sibelius, que debía de sonar demasiado recóndito a oídos umbralianos, sino Mahler el *leitmotiv* de su sorna, aunque la primera vez que lo sacó en un artículo de *El País* le llamó Malher. María le recriminó la ortografía. De ahí que en la novela el propio autor haga broma: «Parece que lo que toca o escucha [*sic*] o vuela es Malher. O Mahler. No sé cómo se escribe.»

Ante esa acometida exagerada pero en el fondo *divertente,* Javier Marías y yo le sacamos –como parte del juego anagramático que en aquellas fechas cultivábamos cual *julianríos* sin ánimo trascendental– una variante onomástica de su apellido, Bramul, a la que la propia María añadió otra, Lumbar, inspirándose en el hecho de que el polígrafo vallisoletano, y él mismo lo contó por escrito más de una vez, antes de ponerse la ropa cada mañana se vestía de momia, enrollándose el cuerpo, desde el abdomen hasta las axilas, con papel higiénico, para protegerse de fríos, sudores, retortijones y demás peligros a los que, también los que le trataron lo aseguran, era proclive. Confieso que más allá de las piruetas verbales por ambos lados, y del engorro de que el amante despechado llamase regularmente a mi teléfono y colgase para despertarnos antes del amanecer, empecé a tomarle consideración a Umbral, asombrado yo, con algo de secreta envidia, de que alguien de su estatura literaria y su dimensión pública fuese capaz de bramar, y de dolerse, aunque fuese lumbarmente, por amor.

El orgullo herido, la necesidad de hacerse patente, los celos. Y un cierto sabor de cine negro; esas llamadas a altas horas, sin voz, sin amenaza, me recordaban las del «malo» de la excelente película de Blake Edwards *Chantaje contra una mujer,* que en inglés se llamaba, más truculentamente, *Experiment in Terror.* María no la había visto, pero sí Javier, y estuvo de acuerdo.

Nunca pronunció palabra en sus interrupciones telefónicas, si es que era él, como ella aseguraba. Me comparaba a mí mismo, y me encontraba en falta. ¿De qué dislate o acto de arrebato sería yo capaz por la fuerza de un sentimiento? De ninguno hasta entonces. Jamás había seguido por la calle, camuflado de espía, a un novio reticente, como una amiga lo hizo en París. Ni cambiado de ciudad y hasta de trabajo, para no quitarle al amor ninguna hora. Ni vaciado una floristería en el cumpleaños de la persona amada. Mi mejor amigo de esos años, Javier Marías, también amó con el gramo de locura que a mí me faltaba, aunque él lo hizo sin llamadas de *thriller* psíquico.

Por eso, aquella mañana del mes de mayo de 1982 cuando me llamó Villena para adelantarse al posible remordimiento de Luis, y yo colgué aturdido, no sentí nada. ¿Por qué iba a tener celos de un muchacho que cortejaba a Luis Antonio y éste, quedándose en un segundo plano, me había presentado, y con quien lo más que yo hacía, se supone, era tontear?

Los celos son el fastidioso invitado amargo (*«that sour unwelcome guest»*), y ese verso sí que no es mío, sino de Shakespeare. Cuando entran en casa, aunque la casa no sea aún un hogar, más que importunar dejan la huella de una pisada que viene de fuera, del campo embarrado de la sospecha, y esa mancha queda en el suelo del cuarto del amor.

Luis era libre, Luis Antonio un amigo, y yo no podía sentirme mal. Seguiríamos pues nuestra pequeña historia alicantina como un rondó caprichoso o una comedia galante del XVIII, con puertas que se abren y cierran fácilmente, llamadas al teléfono de un colegio, sueños no interrumpidos por ningún Otelo.

Pero ese cuadro de costumbres frívolas, esa premisa basada en el principio órfico del amor libre, los bajos fondos de la retribución instintiva ratificada en la lectura, tan de mi tiempo, del *Eros y civilización* de Marcuse, tuvo un detractor. Respetuoso, cauto, cariñoso, pero en contra del modo de actuar que yo le iba contando. En su carácter no estaba el reñir sino el advertir. Creo, sin embargo, que entonces yo no tomé en cuenta esas advertencias del que llamaré El Gran Detractor, y si le fui fiel a Luis en los meses siguientes no fue por virtud, sino por azar, con esa falta de celos de los que no aman arrolladoramente, al contrario que Lumbar.

Fiel durante el verano y hasta bien entrado el curso escolar 81-82, que empezaba no sólo para Luis sino para mí, pues, gracias al ofrecimiento de José Vidal, fui contratado, después de un sabático docente de dos años, como profesor de literatura y civilización española en el programa hispano de Kalamazoo College. Las clases eran en el Instituto Internacional de Miguel Ángel, 8, allí donde Bousoño explicaba a Aleixandre, escuchado a veces por Luis. Nunca nos cruzamos en los pasillos de la docta casa.

3. Luis

De vuelta a Alicante tras los exámenes de junio me había transformado, aunque no tuviera palabras para expresarlo. Simplemente, por primera vez, me sentía satisfecho, había cruzado fronteras que ni siquiera imaginaba meses antes. Era capaz de hablar y de expresarme. Mi tartamudez de siempre se había mimetizado con un gesto de asombro y estupor que copiaba a Vicente y que él a su vez, según me dijo, había tomado prestado de Jaime Salinas. Era el estilo de Boston. Así que, sin saberlo y de su mano, mi tartamudez se había transformado en un estilo de conversación intelectualmente atractivo. El truco es asombrarse, arquear las cejas con un impulso leve de la cabeza hacia atrás y tartamudear brevemente al inicio de la frase mientras uno se pregunta en voz alta: «Pero ¿co-co-cómo es posible?» El bendito camaleonismo de la adolescencia había acudido en mi ayuda.

Con esa recién descubierta habilidad para camuflar mi sentido del ridículo me animé a hablar, al menos con los amigos de siempre. Resulté ser un pesado. No dejaba de contar lo que había vivido como si el mundo alrededor se hubiera detenido. Alicante había encogido, la larga línea del mar, la playa, el paseo del puerto hasta el barrio de San

Gabriel se agotaban antes de lo previsto. Las aceras eran más estrechas y los coches más lentos. Perdí sin darme cuenta a los amigos de antes y me refugié en el grupo de cinéfilos de los Astoria, donde Paco Huesca me dio la bienvenida, se alegró de mi regreso y celebró mis aventuras. Uno de mis poemas del año anterior estaba enmarcado en la sala de los minicines dedicada a Luchino Visconti. Me sentí adoptado por aquel grupo. Fue mi pandilla adolescente en una adolescencia que no había sentido hasta ese momento. Fueron las noches de luna llena en una playa de San Juan todavía semidesierta, las conversaciones sin trascendencia en las que sin embargo existía una voluntad de aceptación que no había conocido antes. Paco era un entusiasta, y si no lo era, al menos dejaba que el entusiasmo le traspasase a pesar de las dificultades con los cines y del ritmo del día a día. Era el chófer, el consejero, alcahuete a ratos perdidos, el amigo que escucha y, sin pretenderlo, un maestro del cine. Capaz de recorrer la Rambla de arriba abajo en su viejo coche, haciendo sonar el claxon y desplegando al aire pósters de Sara Montiel con motivo de su visita al Teatro Principal.

Eran las noches en el barrio, bares como L'Escala abiertos a la calle en los que se servía la cerveza a través de una ventana. Yo trataba de adaptar mi recién descubierto mundo homosexual a las dimensiones de aquella pequeña ciudad mediterránea. Acababa de abrir sus puertas, junto a los cines Astoria, El Forat, un agujero incómodo como su propio nombre indica, donde confluían imágenes de santos y travestidos, una mezcla en que colores y formas importaban más que sus significados. Aquellos choques semánticos eran –en costura, decoración y maquillaje– el equivalente al surrealismo de Breton o de Aleixandre.

De día, el contraste con la vida familiar me asustaba. Empezaba a sentir extrañeza de mí mismo. Vivía con un pie en cada mundo: uno en el cielo y otro en el infierno, uno en el hielo y otro en el fuego, sin encontrar una temperatura de equilibrio. Seguía escribiendo poemas. Era fácil dejar que surgieran imágenes poderosas en aquel torbellino de descubrimientos: el deseo, la playa de noche, el calor del grupo, la poderosa inconsciencia, ese no saber que hacía su aparición como un hada protectora, ocultando todavía su dimensión de duende perverso. Dios vio aquel mundo y supo que era bueno.

En aquel verano tuve mi primera ruptura epistolar con un chico asturiano que había conocido en O'Clock. Nos caímos bien y decidimos escribirnos. A la segunda carta me hizo saber que mejor no. Yo no dejaba de hablar de un tal Vicente y le parecía que no debíamos seguir escribiéndonos. Lo que era obvio para mí, la importancia de aquel descubrimiento, no lo era para otros. Fue el primer caso, la primera advertencia: otro se daba cuenta de mis sentimientos antes que yo. Ahora asumo que suelo ser el último en saberlos. Después de una vida de aislamiento hablaba y hablaba, anécdota tras anécdota, juego tras juego, como si viviera en el centro de un pequeño universo en expansión.

Vicente se incorporaría más tarde, y sólo unos pocos días, al suave ritmo alicantino. Paco y él hablaban de cine en un aparte, en otro tono, como si dirimieran cuestiones que no estaban al alcance del resto de los mortales. Tenían sus «conversaciones de mayores» de las que luego nos llegaba, como un eco, un breve resumen quitando importancia a lo hablado. Básicamente, me sentí bendecido.

Había pasado de un romanticismo suicida en el amor a un ecumenismo cercano a los principios del amor libre en el que –salvo fuerza mayor– todo el mundo debía estar disponible para tener sexo con otros, para dar placer, para dejarse estar y disfrutar. Así que compartí cama o escondite con quien se encontrara dispuesto, haciendo cómplice a Vicente, a veces, de algún descubrimiento. Era una forma de predicar con el ejemplo. Años después tuve la experiencia de recibir en casa a un amigo especialmente frágil, todavía bajo los efectos de un brote de entusiasmo similar: se había desnudado en la Plaza Mayor de Madrid para hacer el bien y mostrar el camino a los demás. La verdad es que era de una belleza deslumbrante y, quizá con un poco más de sensibilidad por parte de los transeúntes, habría hecho el camino hasta Móstoles, donde vivía, siguiendo la ruta que Galdós describe en su *Nazarín*. Pero la policía no era de la misma opinión y pasó la noche en comisaría. Avisé a algunos amigos y seguí viéndole durante su recuperación, que duró meses. Me impactó su estado aquella tarde al contarme con sencillez lo que había pasado. Sin recordar entonces que yo había vivido, en ese mismo filo, ese paseo de funambulista al borde del abismo.

Leí, leí, leí..., de los *Cien años de soledad* de García Márquez del año anterior había pasado al Truman Capote de *Otras voces, otros ámbitos;* la prosa desplegaba un universo estético cercano a la poesía. Era una narrativa de sensaciones, no sólo de hechos y descubrimientos. Había algo más primario y a la vez más elevado en esa escritura. No fue sólo Capote: Ossip Mandelstam o Walter Benjamin caerían en esa temporada. También extraños relatos, como *El confidente secreto* de Conrad, donde la homosexualidad se vuelve una presencia rotunda aunque innombrable. Fue una llamada vocacional bajo una especie de locura.

Decidí empezar el curso siguiente con estudios de filología. Quería escribir teatro, cine, contar historias, hacer del lenguaje, los lenguajes y sus choques, los protagonistas de esa aventura. Pero no era posible la matrícula como libre oyente en filología. Así que debía pedir el traslado y seguir en sociología como alumno libre. Perdería la beca. No he terminado de entender los criterios administrativos. Tenía la impresión de que la burocracia era una especie de lotería opaca sin rasgos humanos reconocibles. Aun así, lo hice. Buscaría trabajo escribiendo o traduciendo para compensar la pérdida y seguir pagando los estudios en Madrid. Mis padres estuvieron de acuerdo, Vicente estuvo de acuerdo. Haría dos carreras, sociología por la mañana, filología por la tarde, y trabajaría en casa, con la máquina de escribir y los diccionarios, de noche y los fines de semana. Empezaba el segundo curso como un reto de nuevo. Necesitaba tomar aliento.

4. Vicente

Desde el regreso de Inglaterra mis veranos transcurrían como las *villeggiature* que refleja Goldoni en su trilogía teatral, en mi caso un poco menos largas y sin el carruaje de los cachivaches. Llegaba en tren, o en los autobuses de la Chaco que hacían el trayecto Madrid-Alicante, y me instalaba en la Torre AISA, con su nombre casi morisco que tanta gracia le hacía a Vicente Aleixandre. La torre, un feo y alto bloque de apartamentos, estaba en el centro de San Juan, en lo que se podría llamar primera línea y media de playa, pues tenía delante, junto a la piscina comunal, otro edificio del mismo complejo y de tres alturas sólo. Así que desde el 5.º D que mis padres habían comprado años atrás se veía la playa, de copiosa y fina arena hasta que la riada de una gota fría especialmente torrencial se la tragó, y detrás el mar, levantisco y arremolinado por la apertura costera de esa extensa playa, la mejor de Alicante.

Era el tercer verano después de morir papá, y esa vez tenía, junto al gustoso deber filial de hacerle compañía a mi madre, un acicate más. Luis estaba allí, en la otra punta de los ocho kilómetros que separan Alicante de San Juan. Me bañaba todos los días en la playa, leía junto a la orilla en la panzuda hamaca de los mayores, comía con mamá, me echaba la siesta, y varios días a la semana, cuando decidía no escribir por la tarde, tomaba el renqueante *trenet* a Alicante, donde él me esperaba y nos esperaba el piso franco de la calle Virgen del Socorro, que mi madre cerraba parcialmente, sin la escrupulosa ceremonia de los burgueses vénetos de Goldoni: nada de fundas blancas cubriendo los sillones, las lámparas sin envolver, la nevera en funciones, y mi cama hecha, pues en esos días en que bajaba a la ciudad estaba convenido, al no conducir yo ni haber transporte nocturno, que me quedara a dormir allí. Después de ir al barrio antiguo o al cine y hablar con los amigos, más suyos que míos (excepto Paco Huesca), Luis y yo acabábamos en Virgen del Socorro, aunque por prudencia más que por decencia él no dormía conmigo. Antes de amanecer se volvía a vestir, apagaba la luz del dormitorio, que daba a la vertiente de la montaña, y me dejaba durmiendo hasta buena mañana. Yo hacía esfuerzos para que mi berrido de despedida tuviese algo de arrumaco.

La versión pública y también de uso interno era que lo nuestro era un romance y no un amor. Romance es una palabra que en español, sin el sentido primordial que tiene *romance* en inglés, siempre me ha gustado. Mi madre la utilizaba a menudo, sobre todo en su formación adjetival: yo, que por lo visto empecé ya de adolescente a ser hablador, era, decía ella, «un romancero». Encontré de lo más apropiado que nuestra historia estuviese bajo la advocación de un género literario arcaico y una lengua derivada del latín. Por si eso fuera poco, Vicente Aleixandre, mi simbólico padre confidente, vino a reforzarlo en el siguiente párrafo de la carta que me mandó a la Torre AISA el 18 de agosto de ese año de 1981: «¡Qué bien todo lo que me dices de tu colaboración con Luis Cremades! Yo apuesto por que la obra que habéis comenzado en común llegará a su término y tú estarás contento de ella. Me gusta ver el entusiasmo que pone tu colaborador y eso me parece un estímulo para tu inspiración y para que el proyecto se remate tal y como lo tenéis previsto en sus líneas maestras.»

En la correspondencia que mantuve con Aleixandre durante casi dos décadas, desde el verano de 1966 hasta la última postal y la última carta de agosto de 1984, escritas con letra vacilante pero sin faltas, ni de ortografía ni de humor, el poeta usaba sobrentendidos y embozos en las referencias íntimas; lejos de verlo, incluso en aquel tiempo oscuro y represivo, como una «epistemología del armario», yo lo disfrutaba en su parte de zumba metafórica. Alguna vez escribía el término *epentismo,* que era el que García Lorca y su *entourage* usaban entre sí como idiolecto de la homosexualidad y yo empecé a usar fuera del chalet de Velintonia con los amigos epénticos o filoepentes. Otras, Aleixandre empleaba el género neutro o la feminización alegórica del ente masculino. En esa carta suya del verano del 81, escrita en su larga *villeggiatura* anual en Miraflores de la Sierra, desplegaba la imagen encubierta del «proyecto en común». Se la conté a Luis, que aún no conocía a Aleixandre personalmente, y se puso a reír, me parece recordar que de felicidad.

Yo estaba, por mi lado, en los días sin Luis, escribiendo en San Juan una novela, *Los padres viudos,* que ganó un premio y salió en 1984, dedicada, sólo con iniciales (por motivos que ahora no me explico), a tres personas centrales de mi vida, V. A. M., J. B. G. y J. M. M. Sólo uno de ellos era entonces viudo, Juan Benet Goitia; el tercero, Juan Molina Máñez, había hecho enviudar a mi madre, y el primero, Vicente Aleixandre Merlo, fue mi primer padre segundo o maestro de vida. Nunca he releído el libro desde entonces, pero recuerdo, además de un intermitente registro versicular que pronto encontré algo empalagoso (y dos personas muy distintas me señalaron: Antonio Gala, por escrito, y Mario

Míguez de viva voz), su fijación, por primera vez manifiesta en lo que escribo, con el cruce simbólico de padres e hijos. Fue la novela que rompió en cierto modo el patrón formalista y opaco de las dos anteriores, y si la memoria no me hace equivocar, le debo al propio Luis, que me ayudó el año siguiente a mecanografiarla, algunas sugerencias para el texto de contracubierta, que confeccionamos entre el editor Gustavo Domínguez y nosotros dos. Creo que yo debí de escribir lo de «*novela familiar* contada por un alma neurótica e inocente que sólo en el lujo de la ficción y en el arte del trampantojo alcanza paz»; el párrafo tiene más de un latiguillo «molinesco», en la expresión sarcástica de J. B. G. A Luis le atribuyo, por ciertos indicios de sentido más que de estilo, la frase que lo cierra: «punto de referencia de una generación que, en estos momentos, al temblor de la brújula opone la tersura (engañosa) del medio». Cuando *Los padres viudos* se publicó con esos paratextos, Luis y yo llevábamos un año separados definitivamente.

Acabado el veraneo alicantino, y antes de empezar nuestro segundo trimestre lectivo, Luis viajó solo a Londres, aunque patrocinado por mí. En un primer momento el viaje íbamos a hacerlo juntos, pero yo decidí no ir, dejándole solo e independiente en la aventura. Los viajes ponen a prueba la concordancia de los enamorados recientes, y esa prueba podía resultar prematura. ¿Estaba yo enamorándome de Luis? Una frase de una carta de Aleixandre del 13 de septiembre me lleva a la duda: «¡Cuánta actividad y diversidad! "Daba a un mismo tiempo para dos rivales", decía Rubín (hoy estoy envenenado de literatura). Para ti esos "rivales" serían tu escritura y tu divagación nocturna. Pero no son rivales para ti, sino expresión de una misma cosa: la vida. Yo desde mi orilla me sumo a todo y todo lo comparto. De ningún modo me siento extrañado, quiero decir expulsado.»

¿Hacía de nuevo Aleixandre glosa de la pareja al hablar de «divagación nocturna», o es que yo le había contado en mis cartas alguna escapada extramuros? Si es que había un muro conyugal con Luis.

Ocupado en esas divagaciones y dudas, una fecha crucial se iba acercando. La del 18 de octubre, el día en que cumpliría treinta y cinco años. Ya no me acordaba de las angustias sentidas al cumplir los treinta, pronto desvanecidas. 1981 había sido un año onírico. El suceso más trascendente, el intento de golpe de Estado del teniente coronel Tejero y sus cafres, lo había vivido como una ensoñación, pues me pilló relajadamente en Berlín, donde la palabra *putsch* agrandada en las portadas de todos los periódicos me hizo pensar en los cartelistas de la República de Weimar. Allí no pasé ningún peligro, y cuando regresé a fines de febrero, calmadas las aguas golpistas, el país parecía el mismo del año anterior. Un país que me recibía como a un pródigo. O eso pensaba yo.

Luis me haría un regalo de cumpleaños, entregado en mano, llegada la fecha del 18. No recuerdo si hubo algo más, una corbata, un frasco de colonia, quizá no. Lo que hubo, y por eso lo tengo, fue escrito. En el reverso de una tarjeta postal comprada en la Tate Gallery, Luis pintó al pastel con color morado unas figuras geométricas, de futurismo soviético, y un cuadrilátero rosáceo y monocromo, a lo Rothko; se había aplicado en la visita al museo. La abstracción de su dibujo contrastaba con la cara de la postal, un *Blue Boy* de Gainsborough, aunque no el más célebre, que está en California y es de cuerpo entero; el de la Tate retrata de medio cuerpo a un agraciado muchachito de la aristocracia dieciochesca llamado, según reza la propia tarjeta, Edward Richard Gardiner. Tampoco eran abstractos, quizá sí metafóricos, los dos textos a mano que Luis puso, dos citas. La primera, el final de un «Poema de amor» que yo había escrito y publicado al menos tres años antes de conocerle:

y (porque tú cancelas la puerta que conduce hasta el
sueño) de nuevo sometido,
ajeno, siempre presto a iniciarme en los extraños
ritos de tu cuerpo.

V. M. F.

Debajo, dos versos suyos de un poema de entonces:

Un carcaj vacío de profeta. Tu vientre
Se está llenando. Yo soy el dardo.

L. C.

4. Luis

Antes de empezar el segundo curso en Madrid pasé, gracias a Vicente, dos semanas de septiembre en Londres.

Había aprendido inglés con quince años, en un largo verano en Saint Paul, Minnesota. Me había invitado mi tía Montse, prima de mi madre, casada con un constructor de la base aérea de Torrejón de Ardoz al que acompañó de vuelta a los Estados Unidos. Tuvieron diez hijos por lealtad a la Iglesia católica y en espera de una dispensa papal por la mala salud de mi tía que tardó décadas en llegar. Aprendí inglés a fuerza de conversación, a veces infantil, a veces adulta, casi siempre adolescente. Había descubierto los cuentos de Borges entre los libros de mi prima mayor, estudiante de español. Y también una forma de convivencia, de diálogo, unos rituales familiares regulares, que dejaban el resto del tiempo libre. El inglés, como idioma, parecía inducir a una vida civilizada, se podía hablar sin exaltarse y, después de la conversación y de los planes oportunos, uno tenía tiempo libre. En casa de mis padres, en Alicante, la sensación era la inversa: no era fácil entrar en conversación. Y se esperaba, en cambio, que uno estuviera disponible para cualquier eventualidad. Después de un verano completo y parte de otro había seguido estudiando inglés en Alicante.

Me expresaba con facilidad, pero apenas sabía nada de gramática o de ortografía.

En ese verano, Andy, que hasta hacía bien poco había sido pareja de Vicente en Londres, y Trevor, su nuevo compañero, habían pasado unos días en Alicante. De alguna manera, Vicente nos puso en contacto y habían hecho *oficial* una invitación a su casa en Londres. A mis padres les pareció bien, una especie de viaje de intercambio: se alojarían unos días en el piso de la calle Bailén, junto a la Rambla. La visita contaba con todas las bendiciones, aunque Vicente quedaba prudentemente al margen de la justificación oficial. Andy y Trevor pasaron unos días de playa, en San Juan, en Benidorm. Vicente, por algún motivo, no estaba en la ciudad. Me había convertido en anfitrión por parte de ambos y era capaz de enseñarles el viejo y el nuevo Alicante, el que recordaba de toda la vida y el que iba descubriendo en ese verano desde una perspectiva más amplia, a través de comentarios intrascendentes y observaciones luminosas.

Poco después, correspondí con mi visita en Londres. Vinieron a recogerme a Heathrow, me llevaron hasta su apartamento, más acogedor que el viejo piso de techos altos de Alicante. Era la primera vez que compartía el mismo espacio, los mismos ritos, con una pareja gay. Andy era alto, rubio, delgado; Trevor más redondo, sonriente, afectuoso. Los dos al mismo tiempo curiosos, inquisitivos y comprensivos, dispuestos a hacer de guías en una ciudad sacada de un sueño, por la normalidad con que sucedía lo excepcional. Parecía un milagro asistir a los pequeños rituales compartidos. En aquel piso, ser gay no era una dolorosa escisión entre la realidad y el deseo, entre la soledad, los sueños o la seducción imposible, sino una forma afectuosa de compartir la vida, desde la comprensión y el respeto. Las fronteras con el resto de la ciudad eran suaves, sin confrontaciones innecesarias; ser gay era un rasgo más que se concretaba en los amigos, algunas salidas de noche, en las que se hablaba de política, de música, cine o teatro... Ser gay era una anécdota más entre otras diez mil que iban configurando el día a día. Esas anécdotas, los detalles, los matices, merecían el lugar de honor en cada conversación: el agua hervida con un chorro de lima que tomaba Andy por las mañanas o la cita para ver una comedia de la que apenas podía seguir el argumento.

Me sumé a una rutina feliz: la vida en casa y los largos paseos solitarios por Oxford Street y el Soho. A pesar de la lluvia, Londres en ese inicio de la década de los ochenta era una ciudad llamativa en sus colores y sus formas. Madrid era gris y en sus avenidas perdía la escala humana; Londres era un laberinto de rincones infinitos, un estímulo constante para la curiosidad, un estado de shock progresivo. Lo más sorprendente eran los propios londinenses; aunque debía hacer un esfuerzo para no mirarles fijamente a los ojos como era mi costumbre. Me fascinaban los detalles en la indumentaria, algunos jóvenes en los inicios del punk con su collar de mascota, el pelo negro intenso, camisetas inverosímiles, los pantalones a cuadros ajustados. En general había una preocupación por la estética como símbolo, como creación personal. Y una amabilidad en voz baja que me cautivaba. Compré algunas corbatas estrechas, una de raso, negra; otra de cuero, turquesa. En una librería –ése fue otro descubrimiento, las librerías y los libros de aquel Londres sumergido en la memoria– una dependienta me saludó sin conocerme. «Bonita corbata», dijo. Y me alegró el día. Había pasado tardes enteras en librerías de Alicante o Madrid sin que nadie me dirigiera la palabra. En Londres, en cambio, los encuentros, las disculpas al tropezar, las conversaciones casuales parecían fluir con libertad. Día a día me iba mimetizando con el ambiente, la actitud, la mirada, el ritmo en los paseos, la curiosidad flotante a mitad de camino entre el horizonte y los propios pensamientos. Había salido con Andy y Trevor a una clásica discoteca gay, El Sombrero, donde me atreví a tomar la iniciativa y pedir *Two beers, please*. Con acento mexicano el camarero respondió: «Ah, dos cervezas...» Aún debía practicar. Una noche me animé a ir a Heaven, la discoteca gay que en aquel momento marcaba tendencia, bajo los arcos de Charing Cross si no recuerdo mal. Era una gran nave con varios pubs en los costados, como un centro comercial de bares y pistas de baile, diferentes ambientes en un laberinto de fiestas, músicas y decorados en contraste. Llegaban treintañeros en moto de gran cilindrada que aparcaban en la puerta. En el guardarropa dejaban la mochila, el casco, la chaqueta, con ánimo de entrar y pasar la noche en la discoteca apenas con un tanga negro o rojo y las botas. Yo paseaba, de un lado a otro, me dejaba llevar por la curiosidad como antes en otros viajes solitarios. «¿Bailas?», me preguntó un joven de aspecto agradable. Le dije que no lo hacía bien, que hacía mucho calor. Me preguntó si era alemán, por el acento. Me halagó que me hubiera tomado como parte de la ciudad. Nos vimos un par de veces más, aunque tuve la sensación de que no llegué a entenderle... Era un ingeniero más sobrio y menos abierto que Andy o Trevor y yo todavía no era capaz de llevar una conversación personal en solitario.

Hubo una ruta de museos en consonancia con el tono del viaje. El que más me sorprendió fue el Victoria and Albert Museum, la colección de trajes y objetos cotidianos de otras épocas (aunque admiré y me dejé impactar por la obra de Bacon en la Tate Gallery). Hacía tiempo que había entrado, por así decir, en un vacío ideológico. Los cambios políticos y económicos no aseguraban eso que se llamaba «progreso». Había asistido en Alicante a unas conferencias de José Luis L. Aranguren. Él sostenía una visión más antropológica de lo que sería ese cambio social. Recuerdo que pregunté qué pasaba con eso que los revolucionarios llamaban «estructuras» y si todo consistía en atender y seguir la moda. Más que la moda, vino a decir el filósofo, era a través de un cambio en los estilos de vida como se incorporan de manera natural la educación y el lenguaje, la tecnología, el sentido del respeto y la libertad personal. El progreso, si lo había, estaba en los viajes, el mestizaje y la tolerancia. Esas dos semanas en Londres fueron confirmando esa visión. Uno vive como habla, o siente o cree, y puede hacerse en comunidad, en diálogo, en contraste sin fricción forzosa. En esa ciudad ya existía una cultura gay con años de recorrido, no se sentía el peso de la clandestinidad ni la amenaza de la doble vida, al menos entre los jóvenes como Andy y Trevor y sus amistades. No pude ver los celos o envidias propios de las pasiones mediterráneas. Nacho, un inmigrante español que trabajaba de camarero, era el único caso de provocación o pique en algunos encuentros. Pero terminaba por ser más tópico que hiriente, más reflejo costumbrista que una realidad irritante. Cada detalle era pequeño por naturaleza y cobraba peso a través de la conversación sin acentuarse demasiado, sin encasquillarse, dejando paso con facilidad al siguiente. Esa falta de énfasis, esa naturalidad haciendo lo que hay que hacer fue una de las grandes lecciones de ese viaje. Y quizá de todos aquellos años universitarios. La otra sensación dominante en Londres, de paseo en la City o camino de Victoria Station para ir de excursión a Brighton, era que la democracia no era sólo una forma política, una idea, sino un sentimiento, fundamentalmente urbano, basado en la proximidad, en la convivencia, en la capacidad de fluir de seres tan diversos en espacios limitados. Era un feliz volverse insignificante, un relajante pasar desapercibido en medio de una nube de semejantes. Nada que ver con la interminable bronca española, con los grupúsculos a gritos o las conspiraciones de café.

Al reconstruir este viaje, yo no recordaba la visita previa de Andy y Trevor. Se me había borrado de la memoria. Ellos han seguido juntos todos estos años y guardaban fotos y las notas de su diario. Enviaron a Vicente un mail fechando y recordando ambos viajes:

«Adjunto dos grupos ficheros con fotos de nuestro viaje a Alicante del domingo 30 de agosto al domingo 6 de septiembre de 1981.

»Después Luis llegó a Londres el jueves 24 de septiembre de 1981 y estuvo hasta el jueves 8 de octubre de 1981. Una visita que no fue brillante sospecho que en buena parte por la barrera del lenguaje. Pero fuimos al río y a un viaje a Brighton y al West End y a los clubs. El viaje a Brighton, según mi diario, fue particularmente difícil en tanto parece que él apenas dijo dos palabras en todo el día...»

Si había una barrera, desde luego, era el lenguaje, no el inglés o el español, sino cualquier lenguaje, que no usaba salvo que tuviera algo que decir. Y no tenía nada que decir cuando me sentía bien. Al contrastar sus impresiones me doy cuenta de lo lejos que estaba de cualquier experiencia compartida.

Además de la excursión a Brighton hubo tiempo para pasar un día de visita en Oxford, adonde fui solo, en día laborable, disfrutando del viaje en tren desde Victoria Station. Allí me recibió Eric Southworth, profesor y colega de Vicente en el departamento de literatura española. Hablamos de T. S. Eliot y me recomendó vivamente la lectura de Ted Hughes. Agradecí un libro que me regaló. Pero el gran impacto de aquella jornada fue la fusión entre la campiña y los viejos edificios, las bicicletas de algunos estudiantes, los campos de deporte, como un lugar perfecto para un aprendizaje hecho en parte en conversación y en parte como reflexión en un paisaje muy distinto de la autopista de salida de Madrid que yo transitaba hasta la facultad de Sociología cada mañana. Deseé volver, deseé trabajar para regresar y pasar un tiempo en ese entorno, para leer dejándome empapar sin las interferencias de la radio fórmula española, sin la indiferencia de los primeros antisistema de mi facultad, de negro y jugando al mus en la cafetería, sin los comentarios simplistas de los catedráticos reduciendo Platón a un imaginario protofascismo en *La República* o la obra de Keynes al resultado de un comportamiento homosexual anómalo con sus doctorandos.

De regreso, en el aeropuerto sentí vergüenza frente al mostrador de Iberia, donde un grupo de señores con traje gris gritaban en una improvisada melé española reclamando su tarjeta de embarque. Como contraste, en el resto de mostradores los viajeros hacían cola en silencio y de manera natural. Esperé a que se disolviera el motín y saqué el embarque. Me sorprendí de nuevo cuando en el vuelo las azafatas se dirigían a todo el mundo en español, excepto a mí, silencioso, al que hablaban en inglés. De nuevo me había mimetizado, pero esta vez con placer y, sobre todo, con facilidad, con calma, como si en ese entorno fuera capaz de sacar lo mejor de mí mismo. Aunque no fuera así. El último día había querido comprar como regalo para mi padre una caja con las nueve sinfonías de Beethoven dirigidas por Wilhelm Furtwängler. No me quedaba dinero y cogí unas libras que había en la cocina de Andy y Trevor. Era el dinero para pagar las horas de una mujer que les ayudaba en la casa. Si sentía vergüenza de los españoles, yo iba en el mismo paquete. Estaba sin educar, sin hacer. Sabía lo que deseaba pero no encontraba las palabras, el lugar, la forma. Una vez en Madrid, recién llegado a casa de Vicente, tras un saludo efusivo y las primeras anécdotas, salió el tema. Y fue también la primera vez que pude reconocer que había hecho algo mal.

Hasta entonces yo había vivido bajo una apariencia de

64

chico formal, cuando no lo era tanto. Había aprendido algunas artes solitarias para la supervivencia. Había robado libros en los últimos años en Alicante, bien que sólo en grandes almacenes, había aprendido algunos trucos para sacar más propina en la taquilla del aparcamiento de coches... Tenía un cierto comportamiento experimental, solitario, sin contrastar. Estaba cansado de mentir, de esconderme, de quedar bien. No sabía cómo pedir ayuda o qué hacer cuando surgía un problema. Cualquier detalle terminaba por estallar en gritos y dramas inspirados en las grandes tragedias de la ópera. No tenía la práctica habitual de sentarme y hablar, de pedir disculpas, de comprender esa necesidad de las formas, de la previsión y del respeto. El hecho de que Vicente devolviese el dinero a Andy y me permitiese pagárselo más adelante fue otra parte de la liberación.

5. Vicente

¿Quería yo que Luis imitara mis primeros pasos en Londres? ¿Quería protegerlo, confiarlo a los amigos ingleses que mejor podían guiarle y apreciarle? ¿Quería que tuviese un Bed & Breakfast gratis y un plan más distinguido que el del turista medio español, ahorrándose los *beefeaters* de la Torre de Londres, la maravilla del mundo más sobrevalorada?

¿O quería disimuladamente controlarlo a distancia?

No recuerdo ahora lo que quise entonces, ni sé si al volver a finales de septiembre me contó sus aventuras nocturnas en las discotecas que yo mismo había frecuentado en los últimos años londinenses, seguramente con menos éxito que él. Luis y yo formábamos pareja, un poco más cada día, quizá sin darnos cuenta del grosor del vínculo que nos enlazaba; pero la pareja seguía, al menos nominalmente, abierta, para desazón del Gran Detractor reclinado en su diván. Aunque Luis me mandó desde Londres una tarjeta postal deliciosa, el primer mensaje escrito de nuestra relación. La imagen de la postal era la cabeza de terracota de un bello joven etrusco del siglo III antes de Cristo, y en el texto del reverso esta declaración:

Como el de la postal, mi caso es el del joven mediterráneo en esta Isla de las Brumas. La diferencia es que este joven de la foto te recuerda menos que yo, que te puedo reconocer en cada esquina como en un viejo musical melodramático americano. Londres y yo soñamos con verte aparecer. Te quiere

Luis

Pero estaba el asunto de las libras esterlinas. Cuando Luis llegó a Madrid y vino por la noche a casa, yo ya lo sabía. Andy me había llamado por teléfono al descubrir que faltaba ese dinero dejado en la cocina para pagar las labores de la asistenta mientras estaban ellos trabajando, Trevor como administrativo en una sucursal del Allied Irish Bank, Andy, clausurado el salón de belleza de Park Lane por sus dueños, los peluqueros consortes John and Raymond, en Keith Prowse, la firma más reputada de una de las instituciones más acendradamente británicas que han existido: las agencias de venta por anticipado de localidades de teatro. La Red la habrá matado lo más seguro. Andy, con sus modales flamígeros y su coquetería exorbitante cuando era joven, es una de las personas más rectas, más honradas, que he conocido en mi vida, y estaba furioso. La pequeña cuantía era lo de menos. Le habían acogido y agasajado, ayudado, invitado al teatro en localidades (Andy las obtenía con facilidad) de patio de butacas, tan caras allí, y a cenar después en un buen restaurante de Covent Garden. Les había caído muy bien a ambos, llegando Trevor a sentirse calladamente atraído por Luis. ¿Por qué no les pidió ese dinero? Andy me culpaba a mí de haberles metido en casa a un joven ladrón. «*A rather cute thief*», le llamó.

El asunto se resolvió con los dos pagos, el mío a ellos y el de Luis a mí, pero las explicaciones del «ladrón bastante mono» me resultaron inverosímiles. Es cierto que todos, o

67

casi todos, habíamos robado algún libro en las grandes superficies, antes de la instauración de las alarmas y los arcos detectores, y yo mismo, en un apuro serio de dinero a los dieciséis años, estudiando francés en París y esperando un giro desde Alicante que no llegaba, fui pillado llevándome sin pagar de un supermercado del Boulevard Raspail una *baguette* y dos barras de chocolate. Pero robar diez libras en casa de tus anfitriones era, más que un delito, una afrenta; como robar *Mensaje del tetrarca,* un libro restringido e inencontrable de Pedro Gimferrer que tenía orgullosamente en mi biblioteca y se llevó un poeta amigo mientras yo iba a la cocina a traer más hielo para el whisky.

Quise quitarle importancia al hurto, sin entrar a juzgarle, y eso fue la señal de un acto expiatorio. Le quería y le perdonaba, o le perdonaba porque empezaba a quererle, borrándole al convicto la culpa y la pena con un indulto total. Y eso que en ese cuarto trimestre de 1981 yo no había leído el *Journal d'un voleur* de Jean Genet.

Le oculté a Vicente Aleixandre el incidente londinense; él le había tomado cariño a Luis, antes de conocerle, supongo que al verme a mí feliz a su lado. Aleixandre era el gran protector de los amores de sus allegados, del Amor en términos generales, aunque no se mostraba reacio, ni mucho menos, a oír atentamente el relato de las escapadas de una noche de sus jóvenes amigos, haciendo preguntas precisas cuando no le quedaba claro el detalle de la depravación que alguno de los más osados llevaba a cabo en las saunas de cinco pisos de Ámsterdam o en los lugares de vicio especializado de Nueva York. Favorecía y consagraba laicamente los noviazgos y casamientos heterosexuales, recibiendo en el chalet de la calle Velintonia y haciéndose amigo de las novias y futuras esposas que le presentaban Marcos-Ricardo Barnatán, Jaime Siles, Antonio Colinas o Guillermo Carnero. Pero su bendición más sagrada era para los novios formales epénticos.

Un mes después del hurto en la cocina de Londres yo cometí una fechoría española. Luis había empezado a estudiar filología, sin abandonar sociología, pese a mis mofas: no hay dos ramas del saber más reñidas, le decía yo. Estaba muy contento de su duplicidad, y sobre todo de su arranque filológico. En la facultad de Letras, mi antigua alma máter, tuvo profesores mejores que los míos y conoció a un compañero de curso, Mario Míguez, del que me hablaba a todas horas. Era poeta, guapo y ya adherente, en primero de carrera, al epentismo. Tres condiciones que a ellos les unió y en mí provocaron curiosidad.

Yo seguía escribiendo *Los padres viudos,* y dando las primeras clases a los estudiantes norteamericanos de Kalamazoo en el Instituto Internacional de Miguel Ángel 8. Luis se había amoldado con gusto a mis rutinas más implacables: ir al cine y al teatro, habitualmente gratis. Al cine, por los privilegios mantenidos del crítico, el oficio más viejo del mundo en mi caso, pues me publicaron con quince años una reseña espontánea de *Siete novias para siete hermanos* mandada a la revista *Film Ideal,* la cuna o el crisol de los Novísimos, y seguí ejerciéndolo con pequeñas intermitencias; en 1981 había vuelto a escribir de manera regular en *Fotogramas.* Al teatro, mi primer género literario de prebachiller, como lector y autor de dramas edificantes para niños piadosos como yo, me había aficionado seriamente en Londres, y seguí yendo en Madrid, aunque aún faltaban tres años para mi iniciación en las tablas. A Luis le gustaba más el teatro que el cine, quizá por la novedad y la oferta, viniendo de Alicante; por lo que me contaba, la cartelera teatral había mejorado poco desde mi adolescencia, cuando los espectáculos más notables a los que mis padres me llevaron fueron, en tragedia, *Anna Christie* de O'Neill al aire libre en los Festivales de España celebrados en el Parque Municipal de Elche, y en comedia pastoril-cómica, o histórico-pastoril, *¿Dónde vas, Alfonso XII?* de Juan Ignacio Luca de Tena en el Principal de Alicante. La noche de *Anna Christie* en el parque de Elche hizo mucho viento, el amago de una tormenta de agosto, y recuerdo la falda larga de Nuria Espert levantada hasta unas alturas que mi madre encontró impropias para mis ojos; ella quizá no sabía que la ropa interior de la joven diva y el denso drama portuario y prostibulario superaban a mis catorce años mi capacidad de pecado. De la *stravaganza* monárquica de Luca de Tena me quedó en la memoria el gran despliegue de vestuario, *vintage Cornejo* imagino ahora, y la buena planta del protagonista Vicente Parra, si bien entonces yo no podía sospechar más concomitancia con él que el nombre de pila compartido.

Recuerdo mucho mejor la noche en que Luis y yo vimos en el teatro María Guerrero *Coronada y el toro* de Francisco Nieva, invitados por el autor. Nieva formaba parte del círculo de íntimos *mayores* de Velintonia, por su cercanía a Carlos Bousoño, Francisco Brines, Clara y Claudio Rodríguez, Angélika Becker y José Olivio Jiménez, grupo al que los más jóvenes, como yo o Fernando G. Delgado, José Luis Toribio y Guillermo Carnero cuando venía de Barcelona, nos añadíamos. Aleixandre admiraba mucho el teatro de Nieva, y a mí también me entusiasmó *Coronada y el toro,* primera obra suya vista en escena y no leída. La visión exacerbada y zumbona de las dos Españas era tan rica que me supieron a tres, sumando a las primeras el país subrepticio de los sueños. Luis no se dejó seducir por el lujo verbal de la obra, tan lleno de sentido y de gracia, entre el esperpento y el *camp*. Rió conmigo algunas de las brillantes réplicas de Esperanza Roy, pero a la salida, cenando unas costillas de cerdo en el Hollywood próximo al teatro donde nos había presentado medio año antes Villena, me dijo una frase muy ocurrente sobre *Coronada y el toro:* «un Espriu con colorete».

Yo no estaba de acuerdo, pero me gustó descubrirle tan insumiso, tan agudo.

Mi fechoría sucedió en Valencia. Fui a dar una conferencia, si no recuerdo mal en un curso de invierno de la Universidad Internacional Menéndez Pelayo, y conocí ese mismo día a Juan Vicente Aliaga, entonces estudiante de historia del arte y muy catalanista en valenciano, la lengua de mis abuelos, mis padres y mis tíos que yo y mis hermanos, crecidos en la castellanizada Alicante, nunca aprendimos. Juanvi, como siempre se le ha llamado, acudió a la conferencia y se presentó, o tal vez ya venía adrede por el contacto previo de un amigo común. Acabada la conferencia, y no habiendo cena oficial, le invité yo a cenar, y la cena se alargó tanto que no nos fue posible dejarla a medias cuando cerró el restaurante y el último bar.

Estaba hospedado en el Hotel Inglés, una leyenda en mi casa, pues allí, en la época en que pasaba por ser el más señorial de Valencia, se alojaba mi padre cuando iba a presentarse a las oposiciones de intendente mercantil desde su pueblo, Sueca. El Inglés no desmerece en su estilo, más austriaco, diría yo, que británico, junto al edificio al que se enfrenta, el palacio profusamente barroco del Marqués de Dos Aguas. 1981 queda hoy algo lejos, y el riesgo romántico de exagerar el clima de intolerancia aún entonces presente –seis años después de la muerte del dictador pero pasados apenas unos meses del levantamiento militar, tan marcado en Valencia, con tanques apostados en el centro de la ciudad– puede alterar mis recuerdos. Yo había llegado solo al hotel, ocupado solo mi habitación de dos camas, y regresé esa noche, a las tantas, acompañado, pidiendo con aplomo la llave del cuarto. El recepcionista nos miró a los dos con aprensión, pero me dio la llave, idéntica a la que mi padre me había descrito tantas veces, colgando de un pomo de porcelana con borla.

A la mañana siguiente, despedido el invitado a las primeras luces del alba como es obligatorio en las comedias de enredo adúltero, desayuné solo, con algo de resaca, en la cafetería del hotel, subí de nuevo al cuarto, cerré la bolsa de viaje y bajé, dispuesto a devolver la llave, pagar los extras y caminar hasta la cercana estación ferroviaria. «¿Ha consumido usted algo del minibar?» Algo de alcohol se había, en efecto, consumido, además del café mío de la tarde anterior. Saqué un par de billetes de cien pesetas, pero el recepcionista junior que me atendía se apartó, dejando el puesto al recepcionista senior, un hombre tan provecto que bien podía haber sido el que atendió a mi padre en sus oposiciones. «La orden de pago que tenemos de la Universidad es por una doble de uso individual, señor Molina. Si no hay error, esta noche pasada ha habido un uso doble en su habitación individual. Tiene usted que pagar la diferencia.» La pagué con tarjeta y salí, observado, me pareció que con sorna, por los atlantes desnudos que sostienen las protuberancias de piedra del portalón del palacio del Marqués de Dos Aguas.

5. Luis

Entraba el otoño en Madrid. El cambio de tonos en el parque del Oeste, de un verde seco al tostado y luego al amarillo cálido, era la referencia diaria al coger el autobús a la facultad. En ese segundo curso, el paseo comenzaba en la calle Rodríguez San Pedro, cerca del barrio de Argüelles, desde la casa de mi tía Carmita. Por las mañanas en la facultad de Sociología, por las tardes en la de Filología. Me sorprendí más interesado en la psicología social que en las letras. Me llevaba bien con la lingüística y el latín, pero me enervaban las clases triviales que ponían énfasis en la gastronomía del Quijote como aspecto clave de su magnitud literaria. En una de las primeras clases de historia medieval, que dictaba un funcionario sin más deseo que terminar pronto su tarea, llegó tarde un joven moreno, delgado, con el pelo negro y largo; se sentó resueltamente a mi lado. Miró mis apuntes, yo aprovechaba el rato para corregir un poema. Me enseñó algo que había escrito. Nos miramos y casi sin mediar palabra salimos de clase, por el pasillo central hacia la puerta delantera, con cierto aire de dignidad entre avergonzada y rebelde. Fuimos a la cafetería y luego a los jardines afuera. Mario Míguez hablaba con pasión de literatura y eso era lo que más podía atraerme entonces. En vez de un capítulo de historia medieval, esa tarde entendí la música de los versos de José Martí en su voz y en sus gestos. Había un ritmo más contenido que en el modernismo de Rubén Darío, más atrevido en muchos aspectos, al menos con la perspectiva de entonces. Hablamos de música y metáforas, de la sensibilidad del *Ismaelillo* y de la sorpresa y la revolución del lenguaje en *Pasión de la tierra,* de Aleixandre. Mario era, en lo peor y en lo mejor, un cazador de lo sublime. Quizá yo estaba más vuelto a lo terrenal, a un fondo magmático de donde esperaba que pudieran surgir sorpresas a fuerza de poner en práctica una especie de minería verbal. Mario ponía énfasis en la música, yo en las imágenes. Pero el entusiasmo nos unía por encima de cualquier otra consideración.

Me impactó la coincidencia y se lo comenté a Vicente. Mario era un poeta con criterio, no había duda, y con el tiempo fuimos compartiendo amistades en aquel círculo de escritores, más o menos curiosos e interesados por la poesía y por la perspectiva que los jóvenes podíamos aportar. Tenía la impresión de que los dos escribíamos partiendo de cero, haciendo tabla rasa, de nuevo, frente a las preocupaciones morales de los mayores y las preocupaciones culturales de los menos mayores. El tema nacional, «España» como asunto literario, no parecía más que una entelequia, una construcción destinada a disolverse en un espacio cultural más amplio. De ahí que las inquietudes de Paco Nieva en *Coronada y el toro* no terminaran de engancharme, aunque sí la puesta en escena, las irrupciones casi violentas de Esperanza Roy obligada a impulsar la voz y el gesto de cero a cien en segundos, entrando en tromba en cada escena para desaparecer o calmarse después. Me encantaba la vitalidad, la expresividad en la obra de Nieva. Pero creía que lo mejor para España era no mencionarla, ni referirla, ni hablar de ella. No era más que un arma afilada que terminaba por hacer daño a quien tuviera el propósito de usarla.

En ese mes de octubre, Vicente me comunicó que podría visitar a Vicente Aleixandre. El curso anterior había hablado con Carlos de esa posibilidad, pero Aleixandre estaba débil, acababan de operarle de cataratas y convenía esperar un momento mejor que, al parecer, había llegado de las manos del Vicente más joven. Había un ritual en torno a esos encuentros, según sabía por Carlos. Vicente Aleixandre recibía visitas de otros autores, poetas o críticos, como parte de sus quehaceres cotidianos. Era lo que mantenía viva su fuerte presencia de entonces; quien más quien menos había tenido oportunidad de verle, de leerle algún poema, de escucharle, de conversar del pasado o de las dificultades presentes. En algunos parecía causar más impresión que en otros.

Aleixandre también era objeto de insidias, en modo silencioso. El curso anterior había asistido a unas charlas de Félix Grande sobre la poesía española del siglo XX, a la que dedicaba tres sesiones de tres horas en un colegio mayor vecino. En ningún momento mencionó, ni de pasada, a Vicente Aleixandre, su obra o su influencia. Extrañado, pregunté al final de la última sesión por las razones de esa ausencia. Me miró con aire compasivo y me dijo que a él Aleixandre nunca le había emocionado. Me fui sorprendido, e inquieto. Me costaba entender que dedicara buena parte de su charla a contar largos episodios con las bellas mujeres que había conocido, como parte indisoluble de su experiencia literaria. Pero tomar unas charlas sobre la poesía del siglo como una confidencia personal sin facilitar mapas y orientaciones para el que quisiera explorar, perderse, disfrutar, me parecía una estafa, un desprecio y una pérdida de tiempo... Tropezaría más veces con esa actitud condescendiente, que puntillosamente escamoteaba cualquier mención al maestro. Y si esa mención aparecía, reconocían sibilinamente que *Ámbito,* su primer libro, más cercano de la poesía pura y la influencia de Juan Ramón, era una propuesta aceptable. Del resto, de lo que fue su obra, su evolución, sus retos personales, la transformación de su mirada y su lenguaje, ni pío. Un velo de ignorancia cubría cuidadosamente su propia indiferencia; o un velo de indiferencia cubría su propia ignorancia. Una actitud elitista y frívola que ha marcado nuestra cultura desde entonces.

Podría pensarse que el viejo Aleixandre representaba esa actitud elitista. Y sin embargo mi impresión era la contraria. Yo tenía costumbre de ir a visitar gente mayor. Iba de visita a ver a mi abuela en Jijona, y parte del rito era bajar a saludar a la tía Luisa y a Luiseta, en el bajo de la casa donde vivía mi abuela, una mansión con columnas, vidrieras y grandes tallas de santos. Más informales las comidas con *l'avia* Juana, una especie de abuela adoptiva con la que pasaba el día algunos fines de semana en su casa de la avenida Doctor Gadea, iba a comer y a dar de comer a sus canarios. Desde niño había disfrutado con las historias de los mayores. Mi maestra fue mi otra abuela, *l'avia* Josefa o *l'avia* a secas, con sus fantásticas historias de la guerra, del refugio en el campo, de los perros que distinguían el sonido del motor de los aviones de cada bando y avisaban de un posible bombardeo. Si algo me gustaba más que los libros eran esas historias venidas a cuento de no se sabe bien qué que se iban adaptando y alargando sobre la marcha según la cara que yo pusiera al escuchar.

Iba contento y tranquilo. Sabía que le leería algunos poemas, sabía que él diría –«Hay poeta», como una especie de confirmación ritual. Nunca había dicho lo contrario, creo. Supongo que el impulso por escribir, por transformar lo que uno sintiera en versos, en una forma de arte, con sus reglas y sus transgresiones a las reglas, ya justificaba ese «hay poeta» que formaba parte del rito.

Llegué a las cinco en punto. Había caminado hasta la ciudad universitaria para hacer tiempo, para estar en silencio, junto a la verja, un rato antes del encuentro. Me recibió su hermana, me guió hasta una salita con una ventana al jardín. Aleixandre ya estaba sentado, con un pañuelo entre los dedos de la mano derecha, una gruesa chaqueta de punto sobre la camisa azul y una corbata en azul más oscuro con el nudo simple en perfecto estado, los ojos claros bajo las gafas espesas –la espalda recta en el sillón daba una impresión de dignidad que había visto en gente de su generación. Una sencillez impregnada de formalidad le permitía expresarse sin perder espontaneidad. Aunque lo espontáneo en él era pensar dos veces lo que iba a decir, titubear antes de escoger la palabra justa, evitar la verborrea, el hablar por hablar. Medía cada frase y cuando me daba la palabra asumía su papel en la escucha poniendo la atención en primer plano. Leí dos poemas, le veía al levantar la vista, inmóvil y en silencio, un silencio construido en la experiencia y un interés auténtico por lo que oía, recogido y despierto, en una actitud ceremoniosa y natural que tardaría años en encontrar de nuevo. ¿De qué hablamos? Me contó como anécdota una visita de García Lorca a esa misma casa. Era por la mañana, hacia la una, Federico había llegado acompañado por un joven, al parecer interesado en aquel «epentismo» mítico. Enfrente de la casa había un colegio de monjas y, al oír la salida de las chicas, el joven se acercó a la ventana para piropearlas en voz alta. Aleixandre le interrumpió. Le dijo que había llegado invitado a esa casa gracias a Federico y que no iba a permitir que le dejara en mal lugar, que no iba a tolerar esa ofensa a la dignidad del que era su amigo. Le pidió que se marchase. Ése era el mensaje, si había alguno, de la charla de aquel día. Cómo se indignaba con expresiones habituales –«maricón el último», ponía como ejemplo y lo citaba con desprecio–, cómo desde la impremeditación de un lenguaje violento se atenta contra la dignidad de otros. Leí dos poemas y se sorprendió por su naturaleza irra-

6. Vicente

Estaban los dos muchachos en la cafetería sentados frente a mí, y no paraban de hablar, quitándose la palabra como en un juego a dos bandas. Pero yo sólo miraba a uno. ¿Llamaba así la atención de los camareros, o nadie reparaba en nosotros tres? Me acordé de la primera escena del partido de tenis en *Extraños en un tren*. Yo era como Robert Walker, llamativamente absorto en un punto fijo de la cancha, mientras la pelota vuela de un campo a otro y los demás espectadores la siguen. Robert Walker mirando a Farley Granger. Desprovisto yo de toda ansia asesina, miraba fijamente a Luis no para inducirle a un crimen, ni porque quisiera comérmelo con los ojos por encima de las tortitas con nata que los chicos se habían dejado a medias en el plato. Le miraba para verle sacar y responder, y para verle recibir, sin distraerme, los saques verbales de Mario Míguez, sentado a mi izquierda. Iba todo tan rápido y jugaban ellos con tanto celo que no era cosa de perderse la actuación de mi favorito. El duelo no acabó en sangre, al contrario que en la película de Hitchcock, ni yo sentí el tormento de sus antihéroes.

Mario fumaba, desconcertantemente. Todo en él proclamaba al no fumador. Y aunque los escritores más admirados y los amigos más queridos de una buena parte de mi vida fumaban, yo aún seguía infantilmente dividiendo al género humano en los que han de fumar, por bien de la integridad de su porte, y los que nunca deberían por estética fumar. Nada más verle aquel día, sin saber de sus hábitos, le puse entre los segundos. A los diez minutos de estar sentados llegaron las tortitas con nata que los dos amigos jóvenes iban a compartir, y Mario sacó sus cigarrillos. Apenas probó las tortitas, dejadas para Luis, que era goloso, y encendió, entonces se podía, y ni siquiera se pedía permiso a la mesa, el primero de una larga serie. Lo que pasa es que Mario, uno de los agonistas más risueños que he conocido, fumaba sin dejar de reír, lo cual, yo, que no he fumado un solo cigarrillo en mi vida, ignoro si es facialmente posible. Como era un seductor, y yo debí de dar un respingo al ver su tabaco, tal vez Mario reía para hacerse perdonar el fumar.

Luis, que no fumaba, había pasado brillantemente la prueba. Contestaba, improvisaba, devolvía, tiraba a matar, tomando al menor descuido del adversario la delantera, y todo ello sin mirarme, sin la necesidad de encontrar un apoyo o un asentimiento en mi presencia. Yo bien podía no haber estado de espectador y el duelo habría sido igual de encarnizado entre los dos contrincantes.

El espectáculo de aquellos dos geniecillos de diecinueve años me hizo sentir una culpa «hitchcockiana». ¿Cómo era yo de rápido a los diecinueve? Esa ansiedad la calmaba una certeza que saqué de aquel primer encuentro con Mario: eran tan iguales, tan rivales, tan concurrentes, que no había riesgo de que se encapricharan amorosamente el uno del otro. Acerté.

La belleza de Mario, que se mantenía, enmarcada por una barba de poca espesura la última vez que le vi, ya en la segunda mitad de su cuarentena, era de una naturaleza singular. Al igual que Luis, era de estatura mediana tirando a

80

baja, pero tenía una manera bifurcada de presentarse ante los demás: alegre y pesimista, juguetón y grave, coqueto y modoso. Esa ambigüedad le agrandaba.

Pocos días después de conocernos, Mario me pasó, vía Luis, dos poemas, y uno de ellos, que sigue siendo de los que prefiero entre los suyos, se inspiraba en el tema evangélico del *Noli me tangere* según lo pintó Correggio (el cuadro está en el Prado).

No me toques,
si a mi trabajo llegaste, a mi danza
en el huerto; porque tú me confundes.
Sigue incierta. Tu tacto es delicia
que no ha de sentir mi desnudo.

La espiritualidad carnal, la mezcla del recato y la incitación que hay en el poema, me parecieron salidas más de Caravaggio que de Correggio.

A finales de ese cuarto trimestre de 1981, Luis y Mario conocieron a Fernando Savater y Lourdes Ortiz, que formaban pareja, en aquel momento acrecentada por la constante presencia a su lado de dos jóvenes alumnos de la Escuela de Arte Dramático de Madrid, donde Lourdes enseñaba historia del arte. Se decía que los dos aspirantes a actor eran también adoradores nocturnos de la pareja. Fernando había sido compañero mío de carrera y curso en Filosofía, aunque los accidentes del compromiso en la España de Franco nos habían separado por imperativo legal; recuperamos la amistad en esos veranos del pseudobritánico pub Dickens, situado a poca distancia de su casa y la mía. No recuerdo si yo les presenté o coincidimos todos por azar en algún acto literario; Lourdes les ahijó de inmediato, aunque Mario y Luis no tuvieron el estatus fijo de los dos estudiantes de arte dramático.

También por esos mismos días surgió la idea de la confabulación. Estaba el «Noli me tangere» de Mario, estaban en número creciente los nuevos poemas que escribía Luis, y estuvo providencialmente Gonzalo Armero en un baile, los escritores bailaban más que ahora en aquella época, sugiriendo la posibilidad de una selección con presentación mía de escritores inéditos en las páginas de la revista *Poesía,* que él editaba.

Luis y yo coincidimos en Alicante, cumpliendo cada uno en el seno de su familia con los ritos gregarios de la Navidad, a los que nosotros añadimos unas solemnidades más profanas. Nos acostábamos en casa de mi madre, aunque la idea de alquilar una habitación (de uso doble) en el Palas, que aún seguía entonces varado frente al puerto, nos tentó una tarde. Una noche en que sus padres y sus hermanos estaban en la finca familiar de San Vicente del Raspeig, fuimos al Avenida, y al salir la tentación vivía literalmente a unos metros del cine, pues el piso de los Cremades estaba en la calle Bailén, a espaldas de ese gran coliseo que tan lujosamente acompañó mi cinefilia de adolescencia. Luis dijo que no había ningún riesgo. Recuerdo el piso grande y largo, los banderines deportivos colgados en las paredes del cuarto de los chicos, que ahora ocupaba, solo, el hermano pequeño, Gualberto, y el ruido de la puerta de la calle, que se abrió inopinadamente mientras estábamos debajo, o, bueno, tal vez encima de las sábanas. Luis reaccionó con gran rapidez y aplomo. Se puso un pantalón de deporte y salió al salón, donde su padre le comunicó que había adelantado por un motivo que no entendí la vuelta; pero ahora iba a salir. Oí en efecto, al cabo de pocos minutos, el cierre de la puerta, y volvió Luis, descojonándose de risa al verme a mí en cueros, la ropa había volado no sabía adónde, asomar la cara de susto tras la cortina de la ventana.

El peligro del interrupto no existía en mi casa, ocupada

en los meses de invierno por mamá. Mamá se había ido quedando sorda desde que una grave enfermedad pulmonar le afectó el oído, y ella, aún una joven madre entonces, no se cuidó esa dolencia; cuando a punto de cumplir los sesenta consultó, conmigo de acompañante, a un otorrino célebre de Madrid, el doctor Sáinz de Aja, era tarde para remediarlo. Empezó a llevar audífonos, a sufrir aislamiento en cuanto a su lado hablaban más de dos personas, y la muerte de papá, según ella, le había agravado la sordera. «Sólo te entiendo bien a ti», me decía, en una de las declaraciones más galantes que jamás he recibido de una persona amada. Tuvimos una relación profunda y tierna desde 1979 (a mi vuelta a España) hasta su muerte en 1994, época en la que hicimos dos largos «viajes de novios», así los llamaba guasona, pues pasábamos juntos los días enteros, fuese en los zocos de Marruecos o en el balneario de Puente Viesgo, cercano a Santander, donde se concentraba la selección española de fútbol en vísperas de un partido de la máxima trascendencia nacional. Yo, dada su inseguridad auditiva y su fragilidad de señora mayor de ochenta años, la llevaba siempre de la mano en la bajada a las cuevas rupestres de Cantabria, o bien agarrada por la espalda para que no resbalase en las tenerías a cielo abierto de Fez, causando en la chiquillería que nos seguía por la medina una oleada de simpatía, no exenta, tal vez, de la esperanza de una propina. Sólo la noche nos separaba, cada uno en su habitación doble de uso sencillo, en la que una vez tuve un visitante ajeno al tándem materno-filial.

En el piso de Alicante, adonde viajé a menudo a verla, durante y después de la relación con Luis, ella se había mudado, en un trueque que podría haber sido pasto de psicoanalistas, a mi habitación de soltero, que encontraba más cómoda, dejándome a mí, al fondo de la casa, la alcoba de los padres: dos grandes camas convencionales que sustituían el aparatoso conjunto art déco, trasladado por carretera, viviendo yo aún en Inglaterra, a mi piso de Madrid, para alegría de ella, que ya no pudo acomodar su lecho de casada, su gran armario de cuatro cuerpos, su cómoda de espejos, en ninguna de las habitaciones del piso *funcional* comprado, poco antes de la jubilación de mi padre, en la calle Virgen del Socorro. Yo tenía allí toda la libertad del mundo, y así se lo recalcaba alguna mañana al decirle: «anoche, ya tarde, estuve aquí con un amigo que se quedó prendado con las vistas del mar». Mi madre, genuinamente inocente o resabiada, se alegraba de que mis amigos disfrutaran del mirador acristalado de aquel sexto piso que daba a la playa del Postiguet y a las aguas mansas del Mediterráneo.

Luis y yo veíamos las vistas, no faltaba más, pero llegado un momento, tomándole yo de la mano e instándole a ir sigiloso por el pasillo donde estaba a media altura el dormitorio de mamá, le conducía, como un libertino abriendo camino a la perdición, hasta el fondo, muy separado del resto de la casa, y con su propio cuarto de baño para las abluciones copulativas. A ojos de mi madre, que nunca le vio, Luis tenía la ventaja de no fumar, por lo que no quedaban colillas ni olores en la casa, algo que agradecía aunque estoy seguro de que, en caso contrario, también lo habría aceptado.

Eso era por la noche. Por el día le escribía una carta de amor. Una carta de amor por encargo. Me sentaba después de desayunar en el mirador con vistas a la playa, mamá en su mecedora leía los periódicos a mi lado, y yo trataba de poner en folio y medio lo que sentía por él y lo que sentía que el amor entre dos seres como nosotros tendría que ser o iba a ser. Como todos los enamorados, me consideraba un elegido, y esa alta categoría se sustentaba también en las excepciones permitidas a los seres fuera de lo común: esas «treguas de infidelidad» a que aludí en el texto de la carta.

La terminé en el mirador y esa noche se la leí, en los prolegómenos de la habitual romería, pasillo abajo, hasta el dormitorio paterno hecho mío. Luis se emocionó al oírla, tal vez sentado en la mecedora. La cita de *Madame Bovary*, las alusiones a días anteriores a nuestro navideño encuentro alicantino, el encabezamiento neutro en inglés, una manera, siendo bastante claro, de no serlo del todo por prudencia o por desconfianza de la belicosa España que acababa de golpear a la tímida España en transición. Al acabar mi lectura, Luis parecía a punto de llorar. La dio por recibida, me abrazó, y la sellamos juntos al fondo de la casa donde mamá, con su respiración a veces anhelante, dormía su propio sueño.

La carta era un encargo del suplemento dominical de *El País* a diez escritores y artistas muy distintos, desde José Luis Sampedro y Julio Caro Baroja a Montserrat Roig y Terenci Moix, pasando por Elías Querejeta, Maruja Torres, Ramoncín, Agustín García Calvo y, casualmente, Francisco Umbral, y se publicaba con ilustraciones de espíritu finisecular y los nombres de los destinatarios de cada una, imaginarios o reales, escritos a mano por sus autores. La dicté al día siguiente, como se hacía entonces, a las secretarias de redacción del periódico, y salió el 10 de enero, ilustrada la mía por una dama de vestimenta neogriega (algo así como una amazona de Alma-Tadema) a punto de clavarle una pica a un incauto cangrejo de mar en un rocoso arenal al pie de un acantilado.

6. Luis

Doble es la herida, el aliento que ata
la corriente...

Esa figura del doble, del otro invisible –como una vaga
referencia al mito nórdico del *Doppelgänger,* el gemelo malvado, o con resonancias a un posible fenómeno de biloca-
ción– en este poema parecía atender a una condensación en
la figura de la persona amada. Como si en un cuerpo fuera
posible amar cuerpos anteriores o sólo imaginarios. Ése fue
el poema que había leído a Aleixandre en la primera cita, el
que llamó su atención por su fuerza irracional. Había dos
Vicentes, el mayor y el más joven, el distante y el cercano,
como dos sombras benefactoras. Si cada uno estaba atrave-
sado por caminos y perspectivas infinitas, entre ambos
cruzaba una sola trayectoria, una tradición a la que me
rendía como aprendiz. *La divinidad del aprendiz* era un título que ahora me parece cursi, reflejaba cierto estado de
enamoramiento fabulado, de un narcisismo exacerbado,
aunque entonces pareciera natural: el resultado del milagro
de haber salido de la soledad y el aislamiento de Alicante
para entrar en conversación con los protagonistas de un
mundo hasta ese momento sólo soñado.

Antes de aquellas primeras citas con Aleixandre me
había acomodado progresivamente en la nueva casa con
mis primas y mi tía Carmita. Una tarde de octubre fuimos

Carmita y yo a comprar una estantería al Rastro, en madera de pino, seis estantes, apenas más alta que yo, que me acompañaría durante años. Esa estantería, la máquina de escribir y algunos diccionarios eran mi equipaje entonces. Durante el trayecto me contó en tono confidencial que tras la separación había conocido a un exiliado cubano y que mantenían relaciones más o menos informales. Me alegré por ella. Tras su separación, y a pesar de las dificultades que no terminaba de comprender entonces aunque intuía, mi tía merecía mi respeto por su coraje y su sentido común. Me encantaba la idea de verla feliz con un hombre más joven. Yo no tenía, por supuesto, ningún prejuicio, al contrario. Confidencia por confidencia, le conté de mi homosexualidad y de la relación con Vicente. Ella asintió sin profundizar. Quizá no le terminara de gustar que yo estuviera con alguien mayor. Aunque al contarme que ella estaba con alguien más joven sintiera que se había quedado sin autoridad. Más de una vez mi madre le presionó para que le contara de mí. Ella le sugería siempre que debía hablar conmigo. Pero mi madre no pasaría de indirectas maliciosas y chistes de mal gusto que no hacían más que alejarme.

Aquel segundo curso, con todo el trabajo por delante, sería intenso. En la casa de mis primas parecía vivirse un momento de entusiasmo poético con mi llegada. O lo inventaba yo. Eloy, un compañero de arquitectura de mi prima Elisa, le acababa de comprar un ejemplar de *La destrucción o el amor*. Me sorprendía que aquel lenguaje hecho de choques extremos fuera capaz de abrirse camino entre estudiantes de arquitectura. Entre tanta rareza, empezaba a sentirme uno más, parte del común de los mortales. Eloy me contaba confidencialmente que había pedido en la librería que borrasen el precio del libro de Aleixandre, entonces anotado a lápiz, dado que era para regalar. Acto seguido pedía, por favor, que pusieran uno más alto. Eran las bromas de los tímidos de entonces.

Sería el mes de noviembre cuando por fin presenté a Mario y a Vicente. Recuerdo poco los detalles y sí una confusión profunda que se fue acentuando con el tiempo. Aquella tarde perdería al Mario cómplice, al amigo, si es que alguna vez lo tuve. Lo que empezó como un juego, como un diálogo, una conversación animada, iba cobrando tintes de reyerta. Yo no podía hablar sin que Mario reconviniera; no podía preguntar sin que Mario repreguntara; ni formular sin que reformulase. Era una batalla. Y no ha sido la única. Es posible que despierte ese instinto en otros. Mi habla es seca, sentenciosa, puede sonar hiriente. Es el habla de un tartamudo que pelea consigo para vocalizar sin titubeos; el habla del que no sabe y trata de emerger con una imagen o una posibilidad más que una idea hecha. Y a pesar de las dificultades, o precisamente por eso, me gustaba conversar, me parecía saludable, un entrenamiento que hubiera agradecido tener con alguien como Mario, pero fue imposible. Me gustaba defender una posición, podía escuchar a mi interlocutor e introducir cambios después, en un segundo encuentro. Entonces no imaginaba el alcance de aquella batalla. Cada favor fue un golpe recibido. Si le presentaba a Vicente o a Álvaro Pombo, si facilitaba la publicación de su primer libro, si escribía la primera y entonces única reseña de aquel primer libro... daría igual. No fue el único caso. Debo atribuirlo al karma, esa forma agónica del destino, o a la cultura de escasez y apariencias de una capital provinciana en la que se reencarnan esos hidalgos muertos de dignidad y sin declarar su hambre. Sea lo que fuere, me parecía triste. Un amigo común, Eduardo Naval, con un don natural para el humor práctico, se entretenía citando a los clásicos delante de Mario, cometiendo errores deliberadamente, como parte del juego. Mario saltaba como un resorte y le corregía, a veces era San Juan, otras Espronceda. A mí no me hacía gracia el chiste. Al cabo del rato llegaba Eduardo exultante: «Tres veces ponía el cebo, tres veces venía a comer de mi mano.»

En esa primera cita con Mario y Vicente, perdí al amigo, gané al compañero y al rival. A los pocos meses se confirmó esa extraña confusión inicial cuando oí a Mario decir en voz muy alta, con Leopoldo Alas y Ruth Toledano por testigos, en los mismos jardines de la facultad donde nos habíamos encontrado, que al único que podía temer era a Luis Cremades. ¿Temer? ¿A mí? ¿Era un elogio? Yo sólo entendí una humillación para Leopoldo –para Ruth– y una incomprensión profunda de lo que yo sentía. Hay momentos, detalles, frases concretas que suenan en un idioma extraño, nos vuelven virtualmente extranjeros, nos recuerdan que no pertenecemos al mismo lenguaje, ni a las mismas creencias. Nuestro hogar, nuestra familia y nuestros amigos viven en otra parte, lejos, donde no caben ciertas expresiones; un mundo ideal, que en mi caso, desde luego, operaba realmente: lo vivía como única certeza. En aquel momento era mi naturaleza, es decir, las reacciones espontáneas ante lo que oía y veía. Con el tiempo se ha ido afirmando –en medio del desastre– como una elección radical: en medio del caos, el artista es capaz de elegir un rincón bello, como puede hacerlo Hockney desde una ventana en Londres o Picasso en sus últimos días en la Costa Azul. Es una decisión rupturista, diría, una forma de compromiso y, desde luego, de vanguardia.

La relación con Vicente, en cambio, había entrado en una rutina suave que me complacía especialmente. Eran encuentros de fin de semana, con su salida, al cine o al teatro, sus momentos de charla interminable, sus ratos de lectura o los momentos de encuentro, menos frecuentes, con alguno de sus amigos. En esas rutinas invisibles me sentía como pez en el agua. Eran momentos programados de fluidez. Sin exigencias previas, cada encuentro encontraba su propio ritmo y no parecía importar el siguiente. No había exigencias aún, aunque sí alguna sombra. Vicente recordaba con especial afecto y admiración a José Manuel Bejarano, un chico de Cádiz, alegre y atractivo, primo de un poeta de Jerez de la Frontera, Francisco Bejarano. José Manuel era de una rotunda belleza andaluza, moreno, con el mentón ancho y el pelo negro y lacio, llamaba la atención su vitalidad, un entusiasmo desbordante, que enfocaba en Vicente. Ahora entiendo que debía de ser irresistible. El recuerdo de esa relación se reavivaba tras algún encuentro, los tres, yendo a un teatro. La capacidad de José Manuel para acertar con un bocadillo de calamares en Tirso de Molina y un comentario sobre Susan Sontag mientras miraba de reojo a Vicente, le dejaba como punto de comparación, una referencia, un *benchmark* amoroso inalcanzable. Yo no era así, tampoco podría querer así a Vicente, si era eso lo que deseaba y merecía. Por primera vez tuve la sensación de estar ocupando ilegítimamente un espacio, una posición que no me correspondía. Podría ser un discípulo amoroso, no un amante apasionado.

Pero las sombras pasaban y cada encuentro parecía sumar más que restar. No me gustan las declaraciones, los propósitos o los programas, aunque me divirtiera la retórica del panfleto, más como teatro o ironía, como provocación más que como vocación. Como me divierte ahora la retórica pragmática de los libros de autoayuda. Cada momento tiene un subgénero y algunos llaman la atención por sus posibilidades, casi siempre cómicas. El sentimiento amoroso pertenecía al orden del silencio, de los actos, de las repeticiones invisibles, de las rutinas y los rituales, de lo ya sabido; era la base sobre la que podía deslizarme en el tiempo con la seguridad que daba la compañía y la vigilancia de un patinador experto. Fue él, Vicente, el que se atrevió a poner nuestra relación por escrito en una carta, por encargo de *El País Semanal* para un especial sobre «Cartas de amor», que se publicó el 10 de enero de aquel año 82. No recuerdo la emoción de la primera lectura manuscrita. Sé que tardé en digerir el texto. Recuerdo mejor haber leído la carta una vez publicada. Me emocionó el respeto, la profundidad a través de la superficie cotidiana, esa mirada –oblicua, como dice– enfocando el sentimiento amoroso en los detalles de la rutina diaria. Se me quedó grabada la metáfora del oso, esa idea del amor como un propósito sublime que se sabe fracasado de antemano. Me sentí comprendido en esas alusiones que eludían el foco central, la cárcel de las expectativas mutuas y las frustraciones inevitables. Temía una encerrona y fue una liberación y, sobre todo, un guiño cómplice, un regalo de Reyes que podría dejar su influencia en una relación con cimientos compartidos precisamente en lo más delicado: el temor, las dudas, la comprensión mutua.

My love:
No te asustes si empiezo así. No es que vaya a esconderme en frases extranjeras para escurrir el bulto. Ya me escondo bastante en escribirte ahora pudiéndote llamar o presentarme en casa y darte un gran susto en forma de un gran beso al abrirme la puerta. Me acusas –sin decirlo– de que soy hablador, pero nunca te hablo de nuestro amor, del mío. Qué razón tienes. Hablando sin parar y desplegando al máximo toda la energía de la que soy capaz, se agota el sentido o no queda ya tiempo para hablar de amor. Y es que no me gusta. Puedo muy bien querer y sentirme querido sin tener que escuchar y yo mismo decir frases que no me suenan o me suenan a dichas. Recuerdo una imagen que anoté conmovido cuando era estudiante, leyendo una novela, aunque creo que entonces no la entendí del todo: «La palabra humana es como un perol rajado con el que tocamos

melodías que sólo hacen bailar a los osos en vez de enternecer a las estrellas.»

Acabas de reírte, estoy seguro, y ya estarás pensando con toda picardía: «Ah, te veo venir.» Te equivocas. La cita no es un pretexto sólo. Porque, dejando a un lado el pero del lenguaje, yo, verdaderamente, no podría decirte que te quiero, respondiendo de mí. Anoche te quería cuando, al volver del cine, tú me estabas contando tu jornada, tus clases, tu curiosa manera de repetir a otro lo que tú y yo decimos, desfigurando el qué –para ellos impúdico– con un cómo enigmático e incluso prestigioso. Te quise en el portal, cuando, en el peor momento, porque podían vernos los peores vecinos, me besaste empinándote sobre tus zapatones. También te quiero ahora. Y creo que la mejor promesa de amor que un alma perdida como yo puede hacer es la de ofrecer sus ganas de amar: deseo locamente enamorarme de ti, y te quiero así ya. Aunque sea tan sólo, de momento, una idea, el proyecto-espectáculo de armar nuestro amor como se arma un puzzle me hace sentir la mayor ilusión, una felicidad inquieta que es un presentimiento totalmente amoroso. Saber que por delante queda la travesía entera del amor a tu lado para escudriñarlo, sacar fuerzas de él, consumirlo. Y que en esa aventura no voy a verme solo, como en otras más «útiles» de mi vida corriente, sino que tú serás quien guíe, quien diga la última palabra, después de haberme dicho la primera. Porque tú, aunque los dos riñamos queriendo acaparar la timidez mayor, te declaraste antes.

Mi capricho es pensar que también yo me he declarado a ti, que todo mi cortejo desde aquella noche es una declaración –oblicua– de amor. ¿O es normal estar veintidós horas hablando sin parar juntos, desconocidos, conociéndose a tientas, sin tocarnos un dedo? Yo, que soy fetichista, le doy mucha importancia a la primera estampa. (Tal vez sea un concepto levemente anfibio del flechazo.) Cuando nos presentó L. A., él, que me conoce bien, sabía ya, yo creo, que el encuentro, más que una introducción casual, era un celestinaje. Habías superado, a primera ojeada, las duras pruebas físicas que dan paso al deseo, y allí mismo, apenas aprendido tu nombre, envarados, de pie, mirándonos los dos no a la cara, sino —en un rodeo— yo a tu pelo, tú a mi gabardina, disfruté ya de ti, anticipando mentalmente nuestra historia futura en un minuto escaso.

Te podría haber dicho, ya entonces, lo mismo que ahora. Que mi sola ventaja, la de tener más años, puedes utilizarla hasta abusar de mí, como yo usaré tu cara adolescente para mirarme en sueños. Que el deseo de ti, nunca gastado en todos estos meses, no va a disipar las ganas de emprender correrías ligeras. Que tu cuerpo, que conozco aún poco, no borrará otros cuerpos. Pero que en esas treguas de infidelidad tu presencia acecha y me inspira una culpa que en el fondo me gusta.

Me sentí aquella noche y me siento ahora observado por ti, y todo lo que hago, lo que escribo y digo desde ese momento ha de pasar por ti, y tú has de pasarlo. Este examen mutuo, pues también yo vigilo, forma parte de la lenta conquista de nuestra seducción. Y en la inseguridad de no tenerte del todo, ya que tampoco estoy dado del todo a ti, se funda la esperanza de un amor que nunca acabará, porque nunca tendremos el tiempo suficiente de completarlo ni de reconocerlo.

Lovingly,

Vicente Molina Foix

7. Vicente

Luis volvió a Madrid inmediatamente después de la noche de Reyes, para reanudar las clases en sus dos carreras, y yo me quedé acompañando unos días más a mi madre; de ese modo leí la carta amorosa ya publicada en el mirador acristalado donde la había escrito dos semanas antes. No tengo recuerdos de que mamá, que seguía fervorosamente mis escritos, sobre todo los breves, leyera el suplemento de *El País,* con mi nombre en portada junto al de los otros contribuyentes al especial. Mamá, en cualquier caso, no hacía preguntas cuando las respuestas le resultaban innecesarias. Sí recuerdo lo que sentí al leerla impresa y firmada: ¿sería capaz de cumplir las promesas de amor que, sin ningún apremio, había hecho por escrito y ante el testigo y beneficiario de mi obligación?

Para no angustiarme antes de tiempo, preferí, como suelo hacer en esas circunstancias, salirme por las coordenadas del autocastigo humorístico. Aquella carta a Luis My love era como los anuncios pagados que algún enamorado ardiente inserta, para festejar un aniversario, en las páginas de sociedad de un periódico local. O algo peor, que ya por aquel entonces se empezaba a ver: declaraciones breves pero de gran potencia visual, «Te quiero muuuuucho, Jose», «Eres

94

mi Senda, Eli», que unas avionetas dibujaban con humo en los cielos de la Costa Blanca. Sólo confiaba en que la mía fuera menos volátil y no tan cursi.

Al regresar yo a Madrid empezó a tomar forma lo que sería «5 poetas del 62», la antología de inéditos publicada, en julio de ese mismo año, en el número 15 de la revista *Poesía*. Mario y Luis componían el núcleo inicial, pronto se incorporó Leopoldito Alas a lo que sería una terna de grandes amigos, y, con la ayuda del propio Armero, del editor y poeta Jesús Munárriz, y de Luis Antonio de Villena, que me dieron nombres y contactos, fui leyendo una buena cantidad de poemarios de jóvenes en estado de merecer, algunos de los cuales, no publicados creo, conservo. Pero en medio de esas labores, siempre con Luis a mi lado de consejero áulico, conjurado y coautor, sucedió algo que puso en peligro la propia idea de la antología.

El estudiante de historia del arte por quien pagué una cama extra en el Hotel Inglés venía a Madrid a ver exposiciones y me pedía alojamiento, si era posible. Era posible, en la pequeña habitación de invitados que tenía entonces el piso, y así llegó sobre el 20 de enero Juanvi Aliaga, a quien le conté de inmediato, para dejar las cosas claras, que me sentía, tres meses después de nuestra *noche valenciana,* muy ligado al estudiante alicantino Luis Cremades, por quien había dejado de flirtear con otros.

Juanvi, que había leído la carta de amor en *El País,* lo entendió y mostró el deseo de conocer a Luis. Y Luis también quería conocerle, sabiendo por mí, eso formaba parte del pacto de infidelidad consentida en los primeros meses de nuestra relación, lo sucedido en Valencia; como él había hecho, no sin causarme cierta comezón, con las suyas, me parece que más numerosas, yo le había contado al volver del viaje mi fechoría.

El 23 de enero fuimos los tres juntos a ver *La vida es*

sueño, en el montaje que había hecho e interpretaba José Luis Gómez en el Teatro Español. Su Segismundo, si bien no estrictamente joven, era el perfecto príncipe de la inmadurez, dirigiéndose hacia nosotros, un público de perplejos, sentado él en el proscenio y con las luces de sala encendidas, para subrayar nuestra condición de receptores de su inquieto mensaje. Todo nos fascinó en esa representación, que tenía además una bellísima y muy original escenografía de Eduardo Arroyo.

Salimos a la Plaza de Santa Ana y caminamos, conversando embelesadamente sobre el texto de Calderón, hasta el Palacio de las Cortes, donde yo les anuncié que me iba hacia el metro. Luis, me parece a mí, debía de saberlo, o tal vez no, pero lo cierto es que a menudo (y ya era así entonces) he de trabajar, sobre todo en encargos de tipo periodístico, de noche, incluso al volver de una salida larga o una cena amistosa, acuciado por la entrega del día siguiente; por las mañanas soy de lento arranque. Los dos protestaron, inútilmente; si en otras cosas soy un dejado, en las obligaciones trato de comportarme con la disciplina de un monje. Ellos podían picar algo juntos y seguir hablando, y ya habría más ocasiones de encontrarnos los tres con tiempo por delante; «mañana mismo, o pasado mañana». Le di un beso a Luis, un abrazo a Juanvi, y me fui a escribir lo que fuera mi compromiso de aquel día.

Hay tres versiones de lo sucedido esa noche. La mía es la más fácil de contar, pues consiste en la comprobación de que mi huésped no vino a dormir a casa, llegó a media mañana, con cara de calavera, y respondió a mis primeras preguntas de sospecha que, en efecto, Luis y él se habían acostado en el piso de la tía de Luis. El relato de Juanvi partía de dos premisas: al irme después de la función de manera brusca e inesperada, había entendido —pese a la clara advertencia nada más instalarse de mi nuevo estado de amante fiel— que le incitaba al pequeño adulterio, como

96

parte de esa disposición libertaria del amor que yo mismo había practicado con él en el Hotel Inglés. La segunda premisa era que, antes de aceptar la invitación de Luis, éste le había dicho que él y yo no estábamos ya juntos. No le creí en esto, y no lo creo ahora.

La versión de Luis coincidía, y no pienso que fuera un ardid establecido de consuno por ambos, en que mi retirada la interpretó también como una invitación al pecado, de carácter venial, quizá a modo de hacerme yo perdonar, retrospectiva y simétricamente, la infidelidad con el mismo objeto valenciano de un deseo alicantino. Según él, Juanvi le habría dado a entender sus intenciones lascivas, y él me las quiso advertir a la salida del teatro, sin que yo hiciera nada para impedirlas. No recuerdo nada de eso, ni le creí cuando me lo expuso.

Me sentí traicionado por la ingratitud del amigo al que había dado albergue en casa, y herido en el orgullo del amante al que le desbaratan de golpe unas reglas en gran medida dictadas por él.

El 24 de enero, poco después de una conversación telefónica en la que sin duda estuve hiriente y colérico, Luis me mandó por correo una carta, su primera carta:

24-I-82

Querido Vicente:

Es absurdo escribirte ahora, apenas un momento después de haber hablado contigo. ¡Y qué más da lo absurdo! La falta de hombría, el quedar elegantemente, me da lo mismo; te escribo porque estoy asustado y tú pareces no entender lo importante. Antes que el acto interesa el significado del acto. Un hecho, o dos, o tres, no significan, si no se explican. Aunque –si he de serte sincero– yo no tengo mucha explicación, pero no quiero acobardarme por aparecer ridículo si intento comprender y explicarme.

Estoy asustado por lo que has dicho de que nada queda entre nosotros. Es falso. El amor no es un jarrón que se rompe y del que ya sólo quedan cascotes sino algo que se aprende y no se olvida de la noche a la mañana. Y en la lección más dura, brusco, me dejas solo. ¿Cómo no he de sentir miedo?

Si efectivamente dejamos de vernos, supongo que se acabará perdiendo todo lo que ahora siento por ti –que tú no sabes adónde llega– pero hará falta un tiempo, mucho, me parece. Y en ese tiempo se inscribe esta carta que –ojalá me equivoque– no vas a querer contestar. Pero no puedo dejar de mandártela.

¿Llegar a matar por un polvo? Eres un histérico, me haces mucho daño al decir eso y lo peor es que piensas que me lo merezco. No quiero insistir mucho en lo pasado. Yo imaginaba que nos acostaríamos si no íbamos contigo y, sobre todo, si él no llegaba a tu casa hasta la mañana siguiente. Y a mí ni me importaba ni me desagradaba. De ahí que yo intentara hablar contigo, Aliaga había sido muy claro. Porque a mí quien me ha importado siempre eres tú. Eso es lo que tú pareces no entender y en lo que no me tomas en cuenta: que yo, por encima de Aliaga y de cualquiera, te quiero a ti.

Me mencionas el «libre albedrío» de que se hablaba en *La vida es sueño*. ¿En qué queda el libre albedrío si se desconoce sobre aquello que se decide? Y si yo desconocía –no miento– tus sentimientos, no fui más libre que un ciego que tienta el camino con un palo. Se cae y tú te despides.

La salidez, su control (que es lo que, siendo joven, falla), el hacer el amor con cualquiera que no seas tú, son asuntos menores; y, como tales, corregibles. ¿Cómo puede, por esto, haber ruptura? Y no me interesan, si son sobre esto mismo, las reflexiones de J. M. Bejarano.

Me has dejado perplejo con tu decisión. ¿Tan baja es nuestra relación que no pasa por encima de este escollo? No es perdón lo que te pido, sino ayuda para que podamos recuperarlo sin deshacer lo fundamental. Déjame que practique la lección aprendida.

Lourdes me dijo el sábado que la llamaras, que le apetece mucho verte. Vicente, no quiero otra cosa que seguir contigo.

Luis

P. D. Al cerrar la carta, temo haber escrito alguna inconveniencia, no me la tengas muy en cuenta. Tengo miedo y no sé qué decir.

7. Luis

«Un hecho, o dos, o tres...», decía yo en la carta como si la serie de infracciones o desaguisados pudiera ir ampliándose en sucesivos juegos de complicidad, en ese dejarse llevar despreocupado de los pocos años. El final de aquella noche con Juanvi Aliaga había sido un hecho aislado, fruto de una coincidencia mejor o peor interpretada. No llegaba a ser una pauta. Es decir, no tenía como rutina salir a buscar sexo y, menos, en coincidencia con amigos de amigos o amigos de amantes. Tampoco era un deseo, una sed que me quemase, aunque estuviera interesado, todavía vagamente, en descubrir el sexo o descubrirme en él. Pero sí, es cierto, era un juego, o parte de un juego. Una manera de estar sin estar, de vivir sin compromiso, aceptando la provocación y los deslices como parte de una vida aventurera. Y eso entraba en contradicción con la estabilidad que yo esperaba de Vicente, de la que dependía mi propia estabilidad hasta el momento.

Esa ruptura brusca me hizo sentir en el aire. Aquello en lo que creía, lo que era el mundo entonces, o lo que importaba de ese mundo, quedaba, de la noche a la mañana, en suspenso, disuelto. Estaba en estado de shock: un asombro mudo que me empujaba afuera, a la última fila de un teatro,

propios comentarios, más o menos arbitrarios cuando no radicales, absurdos o directamente provocadores. En algún momento aseguré que raramente decía lo que pensaba, para qué, sino lo que era necesario para provocar una reacción en el otro. Que la sinceridad no existía, aunque sí el interés por buscar un territorio compartido. El rubio me miró con ojos de seductor de cine y susurró: «Eso me lo tienes que contar con una copa en la mano.» Hacía lo que yo decía: hablar para provocar, no para expresar un deseo. Me invitaba a una cierta intimidad, aunque no tuviera sed. Y si la tenía, no era esa clase de sed. Quedamos en volver a casa en un paseo y en el paseo quedamos en vernos para estudiar latín. José María –era su nombre– me contó que había conocido a su novio, el moreno de pelo crespo, que trabajaba de camarero en una discoteca de Cea Bermúdez, hacía apenas un par de semanas. Me sorprendía la velocidad de los noviazgos entre jóvenes –aunque tuvieran mi edad–, tan distante de lo que yo había vivido. Más confidencialmente, me habló de una relación anterior con un escritor de prestigio entre adolescentes, un antiguo sacerdote llamado José Luis Martín Vigil; sus libros habían sido lectura recomendada en el colegio de jesuitas. Eso me permitió hablarle de mi relación con Vicente, de mi angustia en ese momento tras la ruptura reciente. Al cabo de una semana y dos o tres paseos más, José María me propuso una relación. Su historia con el camarero de pelo rizado había terminado. Le dije con determinación que yo había escrito a Vicente, y esperaba una respuesta. En la segunda semana seguimos con los paseos. No podía creer que un noviazgo, un compromiso, surgiera en un momento de azar. Hacía casi nueve meses que conocía a Vicente y ni siquiera habíamos planteado la relación en esos términos. Pero acepté que preparásemos juntos el examen de latín. José María vino a casa, conoció a mi tía, y se cayeron bien. Frente a mi actitud más seria y distante, el nuevo amigo aportaba cierta dulzura y yo me sentía acompañado algunas noches de estudio, hasta las diez, cuando él debía regresar a su casa. Yo seguía sin noticias del amante desaparecido en un silencio que, tras la carta sin respuesta, ya parecía definitivo.

Al final de la tercera semana llamó Vicente para vernos. Yo había perdido el interés, y casi la sensibilidad, por todo lo que no fueran horarios u obligaciones formales. Acudí a la cita en su casa, donde me encontré a un Vicente triste medio escondido tras la puerta, abatido. No lo esperaba así, humilde: el guía, el hablador, el bromista de siempre se había vuelto silencioso, dubitativo. Pidió disculpas y me conmoví, nos abrazamos y me desbordaron unas lágrimas, creo que suyas. Yo era entonces más contenido, de gestos mínimos; el mundo de la tragedia y los grandes momentos me enfriaba, me apartaba, tanto en el enfado como en el arrepentimiento. Estaba asustado de nuevo. El miedo era el sentimiento más presente en la carta que había escrito a Vicente. Miedo a que se quebrara un mundo, una orientación, un proceso, una aventura, algo que –yo lo sentía así– estábamos creando juntos. Pero miedo también a la incertidumbre y a unas turbulencias emocionales en las que me sentía incapaz de manejarme.

Aparte de la sorpresa y mi incomodidad con los excesos emocionales, el regreso a esa casa a ratos compartida, los objetos mudos en su lugar de siempre, la mesa baja con algunos libros, la luz desde la ventana a media tarde, parecían dar la bienvenida. Hubo un lapsus, al pasar por alto un incidente molesto al que no presté atención. O no quise hablarlo con Vicente por respeto al espíritu de reconciliación. Pocos días después estaba prevista una lectura de mis poemas en el auditorio de la Cruz Roja. Vicente había llamado a sus amigos para sugerirles que no asistiesen al acto, para desconvocar, por así decir, la convocatoria anterior. Me costaba imaginar la escena: Vicente al teléfono llamando uno a uno a los contactos de su agenda para informarles del riesgo o los daños posibles si acudían a la lectura de poemas de un joven de menos de veinte años. Parecía un esfuerzo inverosímil. El hecho de que no me quejase y lo dejase pasar influyó en que esa escena imaginaria, que no llegué a imaginar en su momento, quedara grabada en el futuro como resumen de aquellas semanas de separación.

Hubo en esa tarde un segundo momento para confidencias. Me contó que había celebrado un homenaje solitario, al sentirse herido por mi escapada nocturna con Juanvi Aliaga, pidiendo ostras en un restaurante como compensación por los daños sufridos. Esa celebración de la soledad podía compartirla y me gustaba en él. Yo debí comentarle mi encuentro con José María, quitándole importancia. Con todo, se había formado un extraño paquete de experiencias y reflexiones: el patinazo (in)feliz con Aliaga, la defensa del libre albedrío en versión de José Luis Gómez, ataques verbales por cómo había usado Luis Cremades ese mismo libre albedrío, si es que lo tenía, el largo silencio, tres semanas de incertidumbre, las lágrimas al regreso, la confesión de las llamadas para aguar la que iba a ser mi primera lectura de poemas en Madrid... Y sin embargo quería volver al encanto de las rutinas conocidas, a las conversaciones en que podía expresarme sin reservas, donde mis excesos podían ser contenidos y mi curiosidad guiada. Aunque algo, aún imperceptible, había quedado en suspenso, como un interrogante: el aprecio que Vicente pudiera tener de mi talento parecía estar encadenado a nuestra relación. Y de nuestro afecto dependería su apoyo. «¿Tanto me quieres, tanto vales?» Es una forma vulgar de expresar los riesgos de un amor desigual descompensado, donde el apoyo dependería del afecto. Aquello resultó –al menos entonces– confuso.

Algunos amigos pudieron asistir finalmente a la lectura

de poemas, vueltos a convocar por vía de urgencia, aunque faltaron Carlos Bousoño o Lourdes Ortiz. Recuerdo que Jaime Salinas, al terminar, se acercó para decirme que se había divertido. En un particular tono enigmático, las palabras del fundador del «estilo Boston», alegre, conciso y ambiguo al mismo tiempo, hacían imposible saber si decía eso o justamente lo contrario. Si había estado «francamente divertido» o había conseguido ponerme en ridículo. Esa tarde yo llevaba un pantalón de Fiorucci, color verde semáforo, y una camisa de algodón crudo, sin cuello, al estilo de Ibiza. Desde los días de Londres me preocupaba, más que de la moda, de mi propia imagen. Citando a Witold Gombrowicz, quería aprovechar la poca edad y mi media docena de poemas para hacer una defensa, obviamente, de la inmadurez como exploración de las posibilidades creativas. Era mi primera presentación en público. Recuerdo el esfuerzo, los ensayos y trabajos preparatorios, los nervios... Con el tiempo tengo la impresión de que sería un bautizo narcisista, que daría comienzo a un interminable baile de espejos.

8. Vicente

Fui a Velintonia seguro de mí mismo. Preparado para lo imponderable y lo previsible. Por teléfono, días antes, en el momento de fijar la fecha de la visita, Aleixandre me había hecho uno de sus dulces reproches. La costumbre adquirida era visitarle en su casa una vez cada siete días, diez a lo sumo, y habían trascurrido casi quince sin llamarle para quedar. «Te he puesto falta, pero te la quitaré en cuanto te vea entrar por la puerta, sin que me traigas dispensa.» Lo curioso es que esa vez yo la tenía, y la llevaba conmigo.

Visitar a un anciano de ochenta y cuatro años y hacerlo según el patrón de frecuencias, horarios y límites que seguía vigente desde mi primera entrada en esa casa en el año 1966 no parece el mejor plan para pasar la tarde cuando uno tiene treinta y cinco años, o ni siquiera los veinte. Sólo aquellos amigos escritores que no tuvieron la oportunidad o la gana de hacerlo se mostraban escépticos, sarcásticos incluso, cuando uno les decía que esa tarde, de siete a nueve y media, iba a estar sentado en el sillón prescrito, sin nada de beber ni de picar, frente a un hombre viejo vestido con estudiada elegancia sobria (el cárdigan como enseña, la corbata distinta a la de la visita anterior), en una casa habitada por él, una hermana de edad apenas inferior a la suya y un perro que, en el curso de casi veinte años de amistad iba cambiando de raza, de rasgos, de manchas de color en la piel, pero no de nombre, *Sirios* todos de una dinastía canina sin numeración. Que la silla prescrita donde tú te sentabas fuera «la silla de Federico», allí donde su recordado García Lorca se sentaba momentáneamente antes de revolotear por la estancia, enredar con los libros de los poetas amigos, parodiar al más triste, o entonar cuplés que encandilaban al otro lado de la puerta corredera a los entonces señores de la casa, don Cirilo Aleixandre y doña Elvira Merlo, aportaba quizá resonancias magnéticas si uno era mitómano, pero no disminuía la formalidad externa, sólo externa, de la velada. A cambio, que el anciano del cárdigan sentado frente a ti fuera premio Nobel de Literatura tampoco exigía cautela o pompa. Lo contrario, más bien: desde que la Academia Sueca le había distinguido en el año 1977, y los Reyes de España le vinieron a visitar en esta casa, y a la callecita de Velintonia le cambiaron el nombre por el suyo, Aleixandre agradecía aún más el desenfado, lo azuzaba, pedía más noticias del más allá de esos muros, ahora rara vez abandonados por las serias dolencias que había tenido, «el precio del Nobel», decía medio en broma. Se refería sobre todo a las secuelas que le dejó el brutal herpes zóster de los últimos años setenta, visible en su cabeza y todavía padecido en los primeros ochenta, cuando su vida diaria, escribía en una carta de aquel mismo 1982, estaba «mortificada por dolores y demás molestias, que se renuevan con imperecedera juventud. Yo envejezco pero ellas, siempre flamantes y siempre con nuevos bríos para acogotarme. ¡Dios las bendiga!».

Los sarcásticos nunca se lo creerán, pero lo saben tan bien como yo los muchos poetas y novelistas y profesores que por allí desfilaron: en Velintonia pasabas las tardes más entretenidas de tu vida.

Ese día de primeros de febrero de 1982 yo iba muy seguro de mí mismo y dudoso a la vez de que aquella velada resultase lo divertida, lo picante, lo instructiva que lo eran todas las que transcurrían, una vez traspasado el marco de la timidez inicial, junto a aquel gran poeta del siglo XX. Porque el argumento central de esa visita era contarle a Aleixandre mi ruptura violenta con Luis y leerle la desolada carta de respuesta que éste me había escrito.

Si yo iba preparado para la prueba, él parecía el tutor benévolo que no va a suspenderte pero quiere saber tu preparación. Le expuse con detalle, sin ahorrarle truculencias, los detalles de lo que había sucedido la noche de *La vida es sueño* y las lesiones causadas en mi persona de amigo-amante por los traidores; Aleixandre me las dejó mostrar sin impaciencia, como un médico de campaña que antes de hacer la cura acepta que el herido se explaye contándole la saña con que fue alanceado en la trinchera. Después escuchó atentamente las palabras escritas por aquel ciego temeroso de diecinueve años que él mismo había tenido de visita allí, sentado en la misma silla de Federico que yo, una tarde. La carne al desnudo de mis heridas, la belleza literaria de las quejas del joven poeta, las justificaciones de la venganza del narcisista traicionado; todo fue oído y aceptado sin rechistar por mi interlocutor, hasta el momento, mediada ya la visita, en que surgió ante mí, como la estatua animada de un justo que ha callado demasiado tiempo los atropellos advertidos a su alrededor, el Gran Detractor.

La bondad y el sostén que Aleixandre brindaba a sus amigos más jóvenes (y todos éramos más jóvenes que él desde el principio), ayudando a su felicidad, dando amparo a sus aflicciones, prestando apoyo a sus pasos en falso, no significaba que él no tuviera un sistema amoroso formado en su extensa historia del corazón y afianzado en la vejez. Sin gazmoñería, sin adoctrinamiento, sin regaño, Vicente

A. sacó ante mí aquella tarde todo lo que llevaba más de seis meses considerando, desde que advirtió que esta vez su joven amigo Vicente M. no desempeñaba el papel, otras veces ya visto en aquel salón, del enamoriscado, del picaflor, del curioso, sino, debió de pensar él, el del enamorado de verdad. Y entonces me habló la voz firme y suave de quien tanto amó y tanto del amor escribió, cuando el amor le daba compañía y cuando le daba destrucción y duelo.

Vicente, me dijo Vicente A., tú eres el culpable, dos veces culpable. Lo fuiste primero insinuando, o aceptando, un modo libre de amar que el verdadero amar no precisa en sus pautas. Tú le pusiste a Luis en la senda de la degradación del amor, y al contarle, cuando vuestro compromiso amoroso estaba creciendo, la infidelidad de aquella noche en Valencia, le dabas ejemplo y algo peor, rebajabas la calidad del sentimiento a un divertimento sin obligaciones. Y ahora, cuando él te sigue en la senda y aplica tus principios, sale en ti el ofendido. Si le quieres de verdad, como yo creo, deja de lado los detalles feos (el amigo hospedado en tu casa, su deleite mientras tú estás, ajeno y solo, escribiendo) y vence el orgullo. Llámale.

Aleixandre no me leyó la carta que a él mismo le había escrito Luis, en petición de socorro, pero me quedó claro que sus palabras, reconstruidas ahora por mí en la memoria, traducían no sólo el contenido de su propio corazón sino la emoción que le había causado al octogenario el mensaje de auxilio del adolescente asustado.

Salí de Velintonia, tras el rapapolvo del Detractor del Amor Degradado, con una alegría pueril. La palabra *degradación*, que para mí tenía hasta entonces un significado castrense, asociada a escenas de western en que a un oficial de los Confederados le arrancan con espada los galones del uniforme que ha mancillado, adquirió un sentido nuevo lleno de honra y entrega. El amor visto como una dignidad que sólo sus más valientes militantes saben ganarse, sin echarle las manchas del desdoro a su hoja de servicios. Crucé con ese nuevo ánimo aguerrido el norte de la ciudad, caminando en vez de tomar el autobús que me llevaba directo a casa desde la Avenida de la Moncloa, próxima a Velintonia. Nadie que yo conozca, empezando por el titular, utilizó nunca el nombre de «calle de Vicente Aleixandre» para darle nombre a esa callecita de chalets con jardín, que tampoco se llamaba, en realidad, Velintonia, sino Wellingtonia, «el árbol cupresáceo», según doña María Moliner. Vicente A., para facilitar las cosas, y sin faltarle al respeto a la ilustre lexicógrafa, había castellanizado la wellingtonia. Y así quedará en la historia.

una carta en un momento difícil precisamente con quien nos había presentado, era en busca de comprensión y mediación. No esperaba una respuesta escrita, dada su salud y sus dificultades con la vista. Temía ser calificado como un joven cazador en busca de trofeos literarios. Había una perspectiva en sombra capaz de distorsionar mi mundo elemental de entonces.

En esa vuelta a la normalidad y las rutinas previas al terremoto Aliaga, el problema inmediato era aclarar la situación con José María. Aunque había sido claro con él desde el principio, debía actualizar la situación, ponerle al corriente y pasar a ser simplemente compañeros, sin más expectativas. Quedamos a la salida de clase; esta vez cogimos el metro para ir a la cafetería alemana cerca de la glorieta de Bilbao. Allí le conté la conversación con Vicente, el reencuentro y la nueva situación. No tenía sentido prolongar unos preliminares que no terminarían por concretarse. José María reaccionó con aplomo, me sorprendió con un tono firme y seguro en su apuesta por mí. Quizá sea la única vez que le haya oído, que haya oído a nadie, apostar por mí en voz alta y clara. Me dijo que yo ya conocía a Vicente y que él, recién llegado, merecía una oportunidad, que le dejara acercarse, que le conociera, que tomara mis decisiones después. No sabía decir que no y menos ante una actitud tan decidida. Pensé decirle: «Prueba.» Curiosamente no pensé: «Probemos.» Como si fuera un juego suyo en el que mi persona, como un cuerpo extraño, quedase fuera. Le dejé hacer. En mi código de entonces, cuando necesitaba un código para cada acto, yo había sido honesto y él parecía haber respondido en la misma línea. Sólo que en ese instante estaba dejando de ser honesto con Vicente. Como si la relación tras el reencuentro no se hubiera renovado completamente y apareciera otra, divergente, en estado de larva. En ese primer momento, el engaño parecía inocuo, razonable si se analizaba parte por parte. El amoniaco limpia, la lejía limpia, pero los vapores de la mezcla son veneno. Yo no sabía de la alquimia de las relaciones. Si no había despertado el doble, el gemelo malvado, es posible que en ese momento se estuviera gestando, al menos aparecía un caldo de cultivo.

Tras el reencuentro y la vuelta a una nueva normalidad, esos meses de invierno fueron particularmente intensos y productivos. Vicente trabajaba en una antología de poetas jóvenes a partir del contacto casual entre Mario y yo, y de las posibles coincidencias en una manera común de acercarnos a la poesía. Debía de haber otros jóvenes con inquietudes que ayudaran a detectar cómo los cambios del momento se filtraban en el quehacer poético de una generación emergente. Si los poetas huelen los tiempos, el cambio del viento, el desplazamiento de la perspectiva de sus contemporáneos, era posible que en un grupo de contemporáneos se dieran rasgos comunes. Eso abonaba la teoría de las generaciones y eso defendía Carlos Bousoño en sus clases. Vicente había acogido el proyecto con entusiasmo. Aunque yo no podía hacer más, tras presentarle a Mario, que facilitarle mis versos y dejarle hacer.

Por mi parte, empezaba a saber lo que era el estrés, aunque conseguía resistirlo. La primavera anterior había padecido una gastritis que me había llevado a dejar el colegio mayor. Este segundo curso me sentía más resistente. Traducía una antología de los poemas de Rudyard Kipling para la editorial Visor, gracias a la mediación de Vicente. El trabajo, apenas iniciado, había quedado en dique seco durante las tres semanas de separación. Ahora volvía con entusiasmo a la tarea: primero una versión literal, después buscando formas, alteraciones, supresiones, sinónimos, contracciones de la forma en busca de reproducir un efecto musical no idéntico pero sí análogo, una cierta reminiscencia de lo que podía ser disfrutarlo en el original. Trataba de adaptar el verso en español a mis imaginarias resonancias del poema en inglés, leyéndolo en voz alta, de un lado a otro del pasillo de la casa de mi tía. *Tenía* que sonar bien, debía ser un texto decible, recitable y musical en la medida de lo posible.

Algunos fines de semana colaboré con Vicente en un artículo sobre la caza de brujas en la época del macarthismo para una enciclopedia sobre cine. Era un trabajo que me proponía como «negro», en jerga literaria, aunque realmente no me transfiriese la responsabilidad de la redacción. Llevé a cabo la búsqueda de fuentes, las fichas y una primera redacción que reharía Vicente, antes de firmar el texto. Aprendí algunos pasos básicos de disciplina intelectual que en las facultades no se enseñaban. Y disfruté –eso no se aprende– del particular ambiente del *paso a dos* en la escritura, con Vicente encerrado en su estudio y yo en la mesa del comedor –el salón quedaba como territorio neutral– subrayando y anotando citas, referencias, dudas que comentaríamos durante el almuerzo. Dentro de la actividad solitaria que es escribir, aquellos meses adquirieron un prestigio especial. No ha vuelto a suceder, aunque es de las pocas circunstancias que me hacen sentir envidia si alguien cuenta que lo ha vivido.

Al terminar el artículo, comencé a mecanografiar los primeros capítulos de *Los padres viudos,* la novela que, entonces a mano, en holandesas y con estilográfica de tinta azul, estaba escribiendo Vicente. Me pidió que respetase religiosamente el orden de las comas, por arbitrarias que parecieran, como si con ellas estableciese un raro equilibrio en las frases haciéndolas sonar, más que al jazz de la prosa de John Dos Passos, a ritmo de contradanza o giga inglesa. Con esos trabajos esperaba pagarme algún viaje el verano siguiente. Hablábamos de ir a Italia.

9. Vicente

Había un animal favorito en el jardín de los «hijos postreros». Era el que había escrito estos versos:

No puede verse, pero hay un chiquillo que da vueltas
en torno: una nueva huelga de hambre, mientras
mira y finge morder fruta, estatuillas
de marfil. Hay señales
de diente en su oreja y su mejilla.
Desde ayer por la tarde habla junto a la puerta.

El chiquillo que daba vueltas en torno, haciendo huelga de hambre, había regresado y estaba en casa. ¿Era el mismo que antes de ser expulsado? Era en todo caso el autor de «El animal favorito», y con ese poema de Luis y el «Noli me tangere» de Mario Míguez me puse en movimiento antológico.

Inmediatamente después vino Leopoldo Alas Mínguez, que dejó embobados a Luis y a Mario. A mí me pareció menos elfo que a ellos, aunque le di la bienvenida inmediata al cuento de hadas que preparábamos. Sobre todo cuando me dejó sus versos inéditos, y un poema titulado «Marquesa»: «Marquesa, no te muerdas las uñas, / no lamentes las pérdidas, / [...] Marquesa, no te caigas de los tacones / aunque tiemblen las tablas.»

Leopoldo vivía en Madrid desde niño pero había nacido en Arnedo, un pueblo de La Rioja, pocos meses después que sus dos amigos, y eso tuvo efectos definitorios. La conjunción astrológica había sido hasta entonces casual, pero ya que los tres poetas apalabrados eran de 1962, había que buscar dos o tres más de la misma añada, construyendo un lecho de Procusto anuario para que la antología se llamara «5 poetas del 62». La debilidad por los títulos llamativos, que me pierde.

Esmirriado y nervioso, Leopoldo, a quien él mismo aconsejaba por más salubre y más económico llamar «Polo», llevaba con dignidad la infausta broma bautismal de sus progenitores, lejanamente emparentados con el primer Leopoldo Alas de la historia de la literatura. Hoy Polo está muerto y su predecesor homónimo sigue siendo un clásico, el autor de la tercera gran novela de la lengua castellana, tras, naturalmente, el *Lazarillo* y *Don Quijote*. Como ahora no salgo de noche no puedo saber si Leopoldo Alas I suena en los garitos como entonces. Pero entonces, soy testigo de ello, Leopoldo Alas II tenía que responder reiteradamente, no diré que en una sauna de madrugada pero sí en la barra de un bar, a la salida de un cine de versión original, al intercambiar direcciones tras un ligue conciso, a la pregunta «¿Leopoldo Alas?, ¿como el autor de *La Regenta*?».

No hagamos más romántico el pasado de lo que ya lo es. Si a Polo le preguntaban en los primeros ochenta por su parentesco con el escritor decimonónico era porque la novela –que todos los jóvenes inquietos del momento descubrimos pasmados en 1966, al publicarla Jaime Salinas y Javier Pradera con el número 8 de la colección de bolsillo de Alianza Editorial– no dejó de reeditarse en la siguiente década y fue llevada al cine por un director de prestigio, el también novelista Gonzalo Suárez, aunque el éxito multitudinario llegó más tarde, en los noventa, cuando *La Regenta,* muy bien adaptada por Fernando Méndez Leite, se convirtió en el culebrón de las noches televisivas; seis millones de espectadores lo siguieron. Creo recordar que por entonces Polo prefirió volver a ser llamado Leopoldo, con todas las letras, sacando provecho de la semejanza ancestral que en los ochenta le abrumaba.

Al contrario que Mario Míguez, Leopoldo tenía la lógica del fumador nervioso. *Nervous.* Él fue, de todos sus amigos, quien más ostensiblemente encarnó ese adjetivo en la acepción sexual figurada (similar a epéntico) que le daban los americanos de Tánger, Tennessee Williams (que la inventó), Truman Capote, Paul Bowles, que se la enseñó a su amigo español Emilio Sanz de Soto, que fue el que nos la transmitió a nosotros.

A su delgadez de etíope y a su nerviosismo universal, Polo le ponía una simpatía irresistible. Luis era el hondo, Mario el trascendente, y Leopoldo el jugador. Más que hablar, chisporroteaba, y tenía otra virtud: escuchaba y daba fácilmente la razón.

La búsqueda de los restantes poetas inéditos tuvo dos episodios, uno frustrante y el otro lúdico. Me llegaron, si no recuerdo mal vía Villena, el cónsul (de Sodoma) de la poesía española contemporánea, unos poemas de otro estudiante, Jorge Riechmann, que me gustaron. Nos vimos. Era tenue y serio, inteligente, y fue fichado de inmediato. Faltaba el quinto, pues cinco era un número más quebrado que seis.

Ya que Luis era, además de animal favorito, el sujeto primordial del proyecto, su inspirador en mí, su razón, estuvimos de acuerdo en sellar la paternidad compartida con la adopción de una criatura de laboratorio, mucho antes de que estas cosas se permitiesen entre hombres. Y así creamos

117

a un nuevo ser, el poeta rabiosamente heterosexual Amadeo Rubio Eguren, el segundo apellido un doble guiño: al territorio vasco (en un reparto geográfico que ya tenía dos poetas madrileños, uno alicantino y uno más o menos riojano) y a José María Eguren, el estupendo modernista peruano, autor de unos versos que nunca han dejado de producirme titilación:

> No lejos de alba Venus de Carrara,
> junto al grotesco Luzbel en oración,
> se adivina en rojas letras: ¡Sayonara!
> la doliente despedida del Japón.

Nuestra criatura, además de heterosexual y bilbaína, tenía que tener un alma peculiar, y le hicimos versificador rijoso con rima; autor de «un largo libro de sonetos y versos heptasílabos y alejandrinos» titulado *Nombres de mujer,* así le presenté en el prólogo de la revista *Poesía.* Los poemas de Amadeo Rubio fueron para sus padres, como los hijos pueden tan a menudo serlo, un motivo de unificación. Recuerdo los meses de marzo y abril de aquel año (la antología se la entregué a Gonzalo Armero en mayo) por sus veladas conspiratorias en mi casa, Luis y yo inventando, puliendo, recitándonos el uno al otro los versos fálicos de Rubio Eguren («Yo tengo el áspid duro que deseas»), antes de que, fatigados de la prosodia, también nosotros nos enredáramos en la intensa mecánica labial tan característica del poeta inventado.

Además de estos padres putativos, Amadeo Rubio Eguren tuvo un padrino de gran categoría. Feliz de vernos felices, Aleixandre accedió a desempeñar labores de *consulting* en el acabado de los cinco poemas rimados que aparecieron firmados por aquél. El juego del apócrifo por amor le divirtió, y sus sabios consejos sobre el diptongo y la sinalefa, que yo trataba de retener en Velintonia para comentarlos por la noche con Luis, no son desde luego responsables de alguno de los errores de acentuación de los que no libramos al pobre Rubio.

También había que buscarle un rostro a Amadeo, y para eso conté con la ayuda de un amigo, atleta de un barrio periférico, al que puse al tanto con la explicación de que se trataba «de un camelo dadaísta». La palabra *dadaísta* causó efecto en los vestuarios de su gimnasio; tres chicos se ofrecieron voluntarios, siendo al final el más macizo (nunca supe su nombre) quien se prestó a dejarse fotografiar y ceder su imagen para un almanaque dadá que jamás verían los de su entorno. Obtenidas las fotos, no demasiado buenas, se las pasé a Luis, que encontró al chico muy sexy. Las examinamos juntos, sin especificarle yo la periferia concreta del modelo, y elegimos una de las menos oscuras.

Pero cuando ya teníamos encarnado físicamente a este vascuence Ossian de Alcorcón, y yo –como el falsario Macpherson dieciochesco que hizo pasar por obras de un poeta gaélico del siglo III sus propios versos– le daba los últimos retoques a mi texto preliminar, llamó Jorge Riechmann con voz grave para comunicarme que retiraba sus poemas de la antología. Jorge había pensado que esta salida suya en una revista reputada como *Poesía* era prematura; no se sentía lo suficientemente seguro de su quehacer y, pese a mis protestas, sinceras, sobre su calidad, se mostró inflexible. Para paliar el perjuicio causado se ofrecía a pasarme los poemas de un amigo suyo madrileño de apellido catalán que estimaba superior a él. Y así apareció Alfredo Francesch, cuya poesía, sin gustarme como la de Riechmann, cuadraba en el lecho.

Riechmann cobró seguridad en sí mismo y publicó al cabo de un tiempo, siendo hoy un poeta distinto al de 1982 pero valioso. A Alfredo, que no congenió con sus tres compañeros tangibles, le perdí la pista, y de Amadeo decíamos siempre Luis y yo a los otros que nunca estaba porque, siendo un juvenil *coureur de jupons,* no paraba de ir aquí y allá en pos de cualquier falda que pudiera levantar.

Luis, Mario y Leopoldo son poetas que permanecen, y de cada uno de ellos hay al menos un libro que está entre lo mejor de su generación, y eso es decir mucho (aunque no muchos lo digan o lo sepan). Creo sinceramente que la cosecha, con su engendro simulado y su acto fallido, salió de graduación alta. Respecto a Rubio Eguren, cuya verdadera persona sólo conocimos sus progenitores y su *godfather* de Velintonia, duró de bardo lo que Luis y yo de pareja. Nunca, al contrario que el Ossian de Macpherson, fue descubierto, aunque tampoco alcanzó nunca, quizá por la brevedad de su obra, el alcance internacional que las imposturas *ossiánicas* tuvieron en el Romanticismo europeo.

Ahora bien, hizo escuela, muy modesta pero persistente. Muerto él, yo fui su seguidor ocasional en rimas de corte procaz.

9. Luis

Creo que fue un sábado por la tarde. Vicente Molina nos había convocado a Mario y a mí para hablar de la antología en marcha. Había un tercer invitado esperando en la casa, Leopoldo Alas, del que Vicente había sabido a través de Luis Antonio de Villena. Leopoldo ya había publicado un libro de cuentos, *África entera tocando el tam-tam*, y había conocido a Luis Antonio al acudir a una de sus lecturas de poemas. La primera impresión, Leopoldo con el flequillo hasta las cejas, sentado en el sofá de Vicente mientras yo lo hacía en la butaca de invitados, era la de estar ante un extraterrestre, un duende mitológico o una descarga eléctrica hecha materia. Me mantuve a distancia. El pelo lacio y rubio, la delgadez, podían darle un aspecto lánguido, vagamente romántico, pero, al contrario, expresaban una fragilidad poderosa en el contraste del cuerpo con la mirada penetrante, la media sonrisa, la soltura en la expresión, quitando importancia a lo que se dijera para poner su acento en el encanto de la conversación que nos sostenía. Marcaba las distancias con una educación espontánea y natural, capaz de incorporar expresiones notablemente vulgares como parte de una broma amable. Si tenía una bandera estética era la *frivolidad,* un no tomarse las cosas en serio, como prevención hacia una sensibilidad extrema, a la que sólo tuve acceso con el paso de los años. En nombre de esa frivolidad sagrada abría juego por los costados de las conversaciones, sin enfrentarse directamente, rodeando argumentos para convertirlos en cuentos. En el mundo de Polo, cada persona era un personaje, una caricatura de sí mismo que extralimitaba sus superpoderes y acababa saltando al vacío por placer. Desde aquel sofá en casa de Vicente, Leopoldo era una ventana a otro Madrid, distinto del que había conocido en la universidad o en los estrenos de teatro. Un Madrid que, en el caso de Polo, tenía su certificado de origen en el Liceo Italiano, donde había estudiado, de donde procedía buena parte de sus amistades. Tenía un mundo propio, exquisito y juguetón, compartido con viejos conocidos de infancia, como Bernardo Bonezzi, músico refinado, de notable inteligencia, que disfrutaba haciendo pop comercial cercano al absurdo. Había un Madrid, menos esteticista, que combatía en sus trincheras con restos aprendidos del espíritu del humor de la resistencia, tal vez porque fueran sus padres suscriptores de *La Codorniz: la revista más audaz para el lector más inteligente,* o por sintonía con una necesidad compartida de cambiar de discurso.

En su aparente falta de pretensión, los poemas de Leopoldo resultaban demoledores para alguien que dedicaba a los suyos tanto esfuerzo como yo. «No hace falta», parecía decir, «ellos tienen vida propia.» Establecía de inmediato una complicidad confesional con el lector, donde lo que se confesaba era un delirio de rebeldía que se había vuelto amable a través de las convenciones. El maestro en las convenciones, en el quedar bien y la sonrisa inocente, era un terrorista social de incógnito, disfrazado de un duende del norte que, de paso por Madrid, se hubiera interesado por las huellas de García Lorca y su otro duende.

Estaremos siempre, lo sabes,
en los palcos
de todas las revoluciones [...]

Lo que inicialmente fue un encuentro educado en aquel salón luminoso del piso de Vicente, llegaría a transformarse en un torbellino vital, una larga, dinámica, compleja y contradictoria relación a tres: Mario, Leopoldo y yo, también llamados «las tres gracias» en versión de Francisco Brines. O «las hermanas Brontë»: se me había ocurrido la idea de una novela cruzando nuestras vidas posibles con las vidas fantaseadas de las tres hermanas de la novela romántica. Nunca llegué a escribirla. Fueron Leopoldo y Mario los que hicieron algo similar con el título *Amamos tanto a Estela,* un texto que debe de haberse perdido. El encuentro había abierto mi mundo conocido hasta entonces. La rivalidad soterrada entre Mario y yo encontraba en Leopoldo un punto de equilibrio amable. Con el paso de los años, Mario iría desapareciendo y Leopoldo se convirtió, a fuerza de enfados y reencuentros, en hermano y confidente. Era fácil, siendo como éramos, que chocásemos, y también, cosa más difícil, era fácil que nos reencontrásemos de nuevo, más conscientes de nuestros límites, más respetuosos y sin haber perdido autenticidad.

Un segundo encuentro, tras el primero fruto del azar, con Mario, daba consistencia a la antología. Había un tercero posible, Jorge Riechmann, con un libro inédito que había de titularse *El Gran Norte.* Sin embargo, el joven poeta no accedería finalmente por «no sentirse preparado», según me transmitió Vicente. A pesar de ser ambos –Jorge y yo– poetas, a pesar de una preocupación común por las ciencias y las ciencias sociales, no hemos llegado a encontrarnos. Sería el año 2007 cuando Leopoldo presentó la poesía reunida de Riechmann en la Escuela de Letras de

Madrid, una edición en la colección Ocnos Alas, que dirigía a medias con Juan Carlos Suñén. A esa misma hora, yo tenía que dar clase en el aula contigua. Nos cruzamos en el pasillo y no me atreví a saludar. Tal vez con el tiempo haya percibido una ortodoxia –a la que suelo ser refractario– en sus planteamientos vitales y estéticos que ya apuntaba en ese primer «no me siento preparado», que tenía mucho de sensato y poco de veinteañero. En todo caso, esa marca, esa idea de una «cosecha del 62», se consolidaba como síntoma de lo que éramos: la generación del baby-boom, o los hijos del desarrollismo español, sobrevenidos desde el compromiso de la Iglesia con el régimen y las miradas a unas playas llenándose de turistas turbadoras.

Años después surgiría con fuerza otro poeta del 62, Roger Wolfe. Él y yo habíamos sido compañeros en las aulas de los jesuitas desde los once a los diecisiete años. Habíamos compartido borradores y apuntes poéticos casi a diario desde la adolescencia. Habíamos mantenido una correspondencia densa y constante durante el primer curso en Madrid, desde el colegio mayor. Y, sin embargo, no se lo había mencionado a Vicente, se me había borrado, como si el mundo nuevo viniese a sepultar las huellas del anterior. Roger Wolfe era parte de un recuerdo de Alicante, compacto, cerrado, borroso, que parecía estar en cuestión, que necesitaba desaparecer para dar paso a experiencias diferentes. Gracias a Roger había leído a T. S. Eliot. Es cierto que su poesía estaba en las antípodas de mi esteticismo sensual: ni música ni imágenes seductoras, sino todo lo contrario: un hiriente estado de crisis existencial, de cuestionamiento del orden a fuerza de darle alas al espanto. Quizá evitaba lo que tenía de contacto con mis particulares oscuridades interiores, que no quería ver reflejadas o dichas para otros.

Como sustituto de Jorge Riechmann apareció otro autor del 62 que el propio Riechmann sugería, Alfredo

Francesch, con una poesía sonora, en busca de un lenguaje poderoso que combinase imagen y musicalidad para sorprender y seducir al lector. Esa inquietud por lo raro y lo sorprendente lo hacía valioso. En la relación personal, sin embargo, no hubo chispazo. Francesch era más reservado. O su heterosexualidad le hacía menos cómplice a nuestros ojos. En un segundo encuentro, algunos años más tarde al hilo de unas lecturas de poemas que organizaba Fina de Calderón en el Centro Cultural de la Villa, escribía poemas inspirados en las imágenes del tarot. Había algo iniciático en su búsqueda, una voluntad de traspasar la frontera de las palabras para llegar a ese más allá recurrente al que vuelven los cuentos cada vez que invocan el conjuro, la fórmula mágica del «Érase una vez...».

La antología se completaría con un quinto poeta, un apócrifo, un heterónimo a dos o una voz compartida entre Vicente y yo. El asunto de la identidad quedaba de su parte, que parecía tenerlo más claro. Me contó que sería un poeta de raíces vascas, Amadeo Rubio Eguren, claramente heterosexual y asentado en metros y rimas clásicas. Escribí dos sonetos amorosos en clave *new romantic* («el chico de lamé que tanto adoras / con hebillas de sangre en un costado») y siete heptasílabos con el título «Lo que dice el toro», que, más que heterosexual, rayaba en un machismo ordinario y violento disimulado con la rima:

No corre, la muchacha,
no se mueve, incitando
mi aliento que la guarda
de las buenas maneras.

En silencio reclama
que en su interior navegue
el frío de mis armas.

En paralelo a la escritura de los poemas de Amadeo yo terminaba un poema de composición lenta –«El animal favorito»– que daría título a mi primer libro de poemas, aunque aún faltaban casi diez años para su publicación. El título había surgido como una broma de Vicente al dedicarme una plaquette de poemas suyos publicada por Julio Juste y Pablo Sycet en Granada, en 1981, titulada *Zoologías* y un poema dedicado a las ladillas que comenzaba con un verso de tono franciscano: «Hermanas, no me piquéis aún». En la dedicatoria escribió: «A Luis, mi animal favorito». A Paco Brines le llamó la atención aquel título, aunque me hizo saber que ése en concreto no era de los mejores poemas, cosa que no llegaba a entender. He terminado de perder la poca sensibilidad jerárquica que me quedaba. A partir de cierto «buen hacer», la poesía se despliega horizontalmente, en igualdad de condiciones de unos poemas con otros, siempre que sean capaces de descubrir y crear horizontes nuevos. La poesía es capaz de transformar una mirada particular en ese «vasto dominio» que mencionaba Aleixandre en uno de sus libros más extensos y serenos. Mario Míguez, Paco Brines y muchos otros daban la impresión de estar permanentemente haciendo listas de éxitos, o de logros técnicos, confundiendo la poesía con el olimpismo. Ese poema, «El animal favorito», ha sido capaz de volver a mi memoria como una señal, como un interrogante, como un sueño o una clave que se repitiese en situaciones diferentes, ha sido un recuerdo recurrente en presentes distantes. En los versos finales se invocaba una sincronía de la respiración, un movimiento acompasado que remitía, involuntariamente, a una existencia compartida:

[... /...] Sin que nadie
pueda verlo, hay un alma frágil que pretende
–duende del ayuno y las mentiras– a quien yace durmiendo

con un retrato viejo, un espejo, un hoyo
entre las manos, un círculo negro, una garganta
por donde respira la herida de aquel rostro,
por donde, sin darse cuenta, los dos juntos respiran.

«Luis Cremades», decía Vicente en su prólogo, «es el ilusionista de los cinco, el que domina y utiliza más una dicción entreverada y engañosa, dada al polimorfismo y resuelta en ricos engastes y complejos cruces de sentido.» Y, sin embargo, no había engaño, era mi manera de decir lo que sentía, con un lenguaje alejado de conceptos e ideas, que no decía *dolor* sino *círculo negro* o *herida,* un lenguaje tan concreto para mí como ajeno para la mayoría. Estaba más de acuerdo con el discurso general del prólogo. Se decía que los cinco autores revelábamos un «don heurístico», una capacidad para el hallazgo verbal capaz de cuestionar al lector, invitándole a ser poeta él mismo. «Concederle al lector un cometido heurístico como el del poeta. Fomentar al "poeta" que el lector lleva dentro, en lugar de arrinconarle en el estrecho quicio de *una* metafísica, oído receptor de la verdad del Otro.» Esa idea, confundida muchas veces con un relativismo subjetivo, o una sofística de baja ley, asume que la poesía es capaz de crear, a partir del lenguaje, obras, objetos de naturaleza independiente, capaces de convocar a lectores diversos, como un diamante a través de sus aristas y facetas, apuntando en direcciones divergentes. Pero el cristal tallado, el objeto, el prisma que descompone la luz, funciona, si está bien hecho, con independencia de la casuística de sus observadores. He sido, a través de la poesía, un ilusionista en busca de la verdad, un tramposo sin trucos –la simple mención de las cosas era la trampa que había que desnudar en el acto creativo–, un descreído que ha ido dejando huellas de su aprendizaje.

10. Vicente

Como puedes ver, me he ido, aunque no para siempre.

Me ha resultado difícil, a lo largo de una vida que se va haciendo larga, vivir en compañía, fuera naturalmente del marco familiar, que en mi caso supuso la fácil convivencia con mi hermano Juan Antonio en pisos de estudiantes, mientras los dos acabábamos las respectivas carreras de ciencias y letras en la capital.

Dos veces lo hice en Londres, por voluntad propia la primera, por necesidad la segunda. La primera, con una chica francesa que había conocido en Madrid, duró cinco meses y terminó cuando un embarazo no deseado nos llevó a una situación de angustia, después al encono, y finalmente a un quirófano. La segunda, de pura conveniencia (compartir gastos en el piso de dos funcionarios del Estado británico y activistas de un movimiento gay de derechas, con hábitos y horarios distintos a los míos), se hizo llevadera dos años. Al poco de volver a España después de los ocho años ingleses, con la determinación si cabe más afianzada de llevar una vida de soltero aunque tuviera pareja, tuve que negarme a lo que un amigo íntimo, el más querido entre los de mi edad, me propuso, por razones de intendencia suya y sin que hubiera desde luego entre nosotros más que una intensa amistad de casi quince años: ocupar por un tiempo indefinido mi habitación de invitados, dividiendo los gastos de mantenimiento. Aparte de que este amigo estaba encadenado al cigarrillo y mi territorio ideal tendía, sin los integrismos actuales, al *smoke free,* la propuesta me desconcertó, y después de considerarla y barruntar los agobios y roces que podrían surgir, sin la posibilidad, que sí da el amor, de vencerlos rápidamente con una promesa tierna o un achuchón, le dije que no. La amistad siguió en la asiduidad y complicidad de antes, pero quizá en lo más profundo de él esa negativa mía, que tildó de egoísta, dejó la semilla de una desavenencia que muchos años después nos separaría, en la mayor pérdida –sin muerte por medio– que jamás he sufrido.

Luis y yo no vivíamos juntos arrendatariamente; él pasó del colegio mayor donde le conocí a la casa de su tía, donde tenía sus cosas, y sus horarios, sujetos a las exigencias de las dos carreras a partir del cuarto trimestre de 1981, casaban mal con los míos, que salvo en casos de fuerza mayor propenden a lo tardío (de noche y de mañana), a lo irregular y lo desordenado, y por tanto a loególatra. Aunque miro mucho el reloj diurnamente, mi ideal de felicidad es no poner el despertador a ninguna hora, y dejarme despertar por la vigilia espontánea de un sueño satisfecho o por la llamada urinaria.

Pero era como si viviéramos juntos. Luis tenía la llave de mi piso, la libertad de entrar y salir cuando quisiera, y el plan perfecto de un día laborable era, al menos para mí, estar escribiendo a solas mientras él iba a sus facultades, esperarle al atardecer para escuchar el relato de sus andanzas por el campus, las últimas malicias de Mario Míguez, que siempre encontraban mi risueña disculpa, darle de merendar y de cenar, leer un rato juntos, juntos pasar la velada, en casa o en el cine, y volver juntos al dormitorio art déco, al que Luis había empezado a perderle el respeto. A veces, en los años siguientes, y con sarcasmo, he convenido con amigos solterones como yo que la felicidad conyugal ha de consistir en acabar el día sentado junto al ser amado (y el principio vale para todas las combinaciones amatorias) en un sofá, mirando las noticias de las nueve en la tele, cogidos de la mano y sintiéndose afines. Lo demás es bohemia y soledad.

Creo que entre marzo y abril de ese año fueron muchas las veladas de sofá y manos entrelazadas con Luis, aunque el esquema pudiera ser roto fácilmente por unas cuantas copas, una disputa literaria, una carantoña, un transporte lascivo que nos sacase precipitadamente del cuarto de estar. A veces, en un día feriado o cuando nuestros horarios se trocaban, me gustaba volver a casa yo, abrir la puerta, comprobar que el cerrojo estaba echado, pero saber, nada más entrar, que Luis había estado allí, ocupando el dominio que ya tenía en mi piso, bebiendo los refrescos del frigorífico, picando, como gran goloso que era, algún resto del postre de la noche anterior, contestando al teléfono con aplomo. Y sabiendo yo que volvería pronto.

Por eso, una de las declaraciones más vehementes que conservo de él, junto a las cartas amargas y dulces, es una hojita cuadrada, sin duda arrancada de uno de esos bloques que se dejan al lado del teléfono para anotar los recados:

Como puedes ver, me he ido, aunque no para siempre. Mañana no tienes la comida con Planeta, se ha aplazado y ya recibirás noticias. Si te vas al cine déjame junto a la máquina papelitos blancos de borrar. El trabajo está acabado y llegaré sobre las 10.30 a seguir tecleando. Las teclas de la máquina de escribir son los puntos erógenos de la literatura moderna, que diría Ramón.

Un beso en secreto
(para que no te vean los vecinos)

Luis

130

Acabada, cuando rompimos, esa permanente inmanencia con Luis, he tenido o al menos he intentado tener réplicas de aquel estado feliz, y no sabría decir si los experimentos llevados a cabo alcanzaron, en cómputo de horas, las que pasamos él y yo juntos. Pero la sensación del volver a casa y poder encontrar notas como la que he citado nunca ha vuelto a darse.

10. Luis

Los momentos felices en aquel piso de la Avenida de América se habían borrado de la memoria, las noches de estudio, las tardes frente a la máquina de escribir, excursiones al estudio de Vicente, clausurado durante sus sesiones de trabajo, con las paredes cubiertas de libros en orden escrupuloso. Había sido un mundo aparte, un taller de aprendizaje, una biblioteca, un lugar de descanso y abandono, y un espejo en el que mirarme.

Comenzaba el verano de 2008. Habían pasado veintiséis años desde aquella casi convivencia con Vicente y en los últimos seis un persistente dolor en la pierna me obligaba a tomar calmantes a diario. Al mismo tiempo, un estado de ansiedad sin nombre y sin dirección iba creciendo. Cada vez dormía menos. Decía el psiquiatra que era normal ese dormir menos con la edad. Llegué a un estado de alteración en que dormía tres horas de cada cuarenta y ocho. Cada noche me sentaba a escribir largos poemas, hasta cien en ese verano. En uno de ellos, sobre el lenguaje y la experiencia amorosa, al comienzo del segundo movimiento apareció una voz diferente de la mía, en conversación conmigo, abriéndose camino desde una memoria lejana. Esa segunda voz, misteriosa, del poema empezaba diciendo:

ahora recuerdo cuando fui a tu casa
y frente a la puerta de entrada
al fondo del pasillo, me recibió
un gran cartel que anunciaba

que en esa casa había poesía
aunque había que encontrarla

Era la casa de Vicente, su imagen, su memoria. Había permanecido encerrada y sin voz durante todos esos años, mientras yo había jugado a ser él, o a descubrir quién era yo. Un espacio común, un territorio que se llenaba de huellas amorosas a través de mensajes que hacían de puentes entre dos experiencias diversas, distantes, a veces felizmente coincidentes. Yo entraba y salía con libertad de aquel espacio aparte. Había aprendido a mantener unas normas que se concretaban en los objetos compartidos, en el orden de libros y papeles, y en los mensajes que nos dejábamos.

y manuscritos, apuntes, citas,
notas, recetas, mapas
improvisados esquemas en desorden
completando el cuadro...
¿recuerdos de tus enamorados?

Un espacio común que heredaba una historia aparte, que no me pertenecía, y que Vicente me hacía saber con el orgullo épico de los novelistas. Sentía una necesidad no hablada, un exigente «estar a la altura». Temía verme desbordado. Los mejores momentos sucedían lejos de los planteamientos, de programas y propuestas, cuando simplemente cerrábamos el día frente a la tele para comentar escenas sin venir a cuento. Todavía hoy es una prueba de afecto, ese dejarse estar frente a unas imágenes improvisando comentarios tangenciales, a veces con humor, a veces sólo con intención amorosa, deshaciendo las dificultades del día vivido.

　　　pero no iba a ponerme celoso
　　　ahora que me habías invitado
　　　–además, en seguida el calor del lugar
　　　la falta de importancia de cada cosa
　　　el valor de lo espontáneo, el amor a lo inexacto...

　　　subieron –como una borrachera suave
　　　y me quedé contigo como en un sofá
　　　–dejo que me abraces sin más
　　　que me sostengas, me comporto
　　　como un niño y tú me consientes

Esa experiencia de ser sostenido, aunque fuera sólo brevemente, pertenece al mundo de entonces. No ha vuelto a repetirse. En parte porque mi edad ya no fue la misma, en parte por desconfianza tras la pérdida. En esas noches de insomnio, muchos años después, emergía como una voz improvisada recordando en un balbuceo la experiencia olvidada. Había un yo que escribía con fuerza y dureza, un yo afirmativo peleado con aquello que decía. Y otro sin palabras, que no había hablado, que sentía sin saber decir lo que sentía. Y que renunció después a ese mundo, a esa experiencia en las emociones.

　　　y desde entonces no conozco
　　　otro abandono como el tuyo
　　　un despreocuparse que dé más placer
　　　que seguir contigo despreocupado
　　　y atento a los detalles –el deseo
　　　que fluye y parece que navega

cuando juega con tu oreja, con tu espalda...
cuando juega entre la piernas
y deja que suba un cosquilleo suave
y deja también que pase
porque no hay que preocuparse...

El sexo todavía no tenía ese nombre. No era un acto, era un estado amoroso que se resolvía en el cansancio de la noche o en la semiinconsciencia del amanecer tardío. Había echado de menos aquellos momentos. Al olvidarlos y enterrarlos había impedido que emergieran de nuevo. Había vivido en estado de guerra, en estado de alerta, en la búsqueda permanente de un olvido voluntario. Había enterrado el dolor y ahora emergía su dulzura en un estado de trance provocado por otro dolor, esta vez físico.

los besos llegan, a fuerza de encontrarme
con los labios en tu pecho, a fuerza de sentir
el roce de tu piel una vez y otra y su perfume
que a veces no sé cuándo no te estoy besando

a fuerza de insistencia, de proximidad
a fuerza de no querer marcharme el cuerpo
se me acostumbra a tus caricias y las toma
como su forma natural de sentirse descansado

Había cargado a Vicente con el papel de guía y maestro. Y él a mí con las responsabilidades del discípulo. Sabíamos los mitos y relatos sobre el amor docente, desde Sócrates y Alcibíades hasta las versiones recientes del Pigmalión, pasando por suposiciones difusas, como la relación de Leonardo con su discípulo. Pero entonces era nuevo para nosotros. No sólo las emociones que despertaba, sino su encaje en un mundo más amplio que despertaba con nosotros. Yo tenía miedo. Con el tiempo entendí que no pude, no supe o no me atreví a dar el paso. No estaba seguro de que Vicente esperase en la otra orilla. Aquella pérdida –entonces no lo sabía– ha sido el hilo conductor de búsquedas posteriores, más o menos afortunadas. Fue el detonante de un camino dirigido a golpes, porque ya no sería el invitado, el huésped, sino el anfitrión. Asumiendo la responsabilidad que entonces había dejado en otros hombros.

de saber que nada falta, que te ocupas
de las cosas necesarias, de la rutina
y de la sorpresa, del placer, a veces
casi de la abundancia...
qué hace un amante
como yo quisiera serlo, qué hace un joven
mantenido que no sea gozar y dejarse sorprender
por los regalos y devolver con atenciones
y cuidados al amante que así nos cuida y nos regala

sólo puedo ser agradecido y disfrutar lo que me das
que siempre es mucho por mucho que me acostumbre...
sólo puedo ser humilde y dar las gracias... hablar
de tu casa, del cartel frente a la puerta y de sus notas
y sus cruces, del vino que me sirves y del placer que me regalas

En el poema de 2008, yo ponía estas palabras en boca de Omar, como si él respondiera así a las mías. Pero son el recuerdo destilado por el tiempo y el aislamiento de mis propias palabras con casi veinte años, silenciadas, distraídas, combatidas si era necesario. Las palabras de alguien frágil que se enamora y teme perder el poco control que guarda para sí. Y entiende que ese amoroso dejarse llevar es el camino para encontrar confianza y satisfacción. Entonces, en el invierno y la primavera del año 82 mi expresión era menos clara.

11. Vicente

El 1 de mayo Luis cumplió veinte años. Una semana
después, el 7, se cumplía el primer aniversario de la primera noche en el dormitorio art déco. Sin embargo, esos dos
amantes tan bien avenidos, tan armónicos en sus intereses
fuera del lecho, tan complementarios, tenían una sombra
que nublaba algún día su felicidad. El acompañamiento
enigmático de esa sombra le lleva a Vicente a escribir esta
carta a Luis el 3 de mayo, empezándola, como en un *ritornello* de una melodía más despreocupada, con las seis palabras
que abrían su carta pública de amor aparecida en *El País* el
10 de enero.

Madrid, 3 de mayo, 82

Querido Luis:
No te asustes si empiezo así, ni por escribirte. No se
trata de una de esas reacciones exageradas que me achacas,
sino, al contrario, de una breve meditación que te escribo a
ti (aún, ahora, sin saber si te va a llegar) como medio de
hablarme a mí. Lo cierto es que me he quedado un poco
tristón, hoy domingo, cuando te has marchado, y, después
de mi diaria ración de trabajo y de una emocionante versión
de *Carmen* en el festival de Ópera, me pongo a escribirte

como desahogo o como culminación de un día apagado y sin embargo influido por el profundo «drama africano» (en palabras de Nietzsche) de la ópera de Bizet.

¿Eres feliz? Esa pregunta mórbida y algo ingenua es la que me preocupa. Quizá por la razón muy egoísta de que es la que yo me hago a mí mismo. ¿Soy feliz contigo? More often than not, yes, pero no me siento –aún– capacitado para una respuesta categórica y definitiva. Y eso me preocupa. Soy, y ya habrás podido apreciarlo, muy infantil en muchas cosas, y en la que más, quizás, en el amor y sus confusos derivados. En ese terreno, y quizá en razón de mi frialdad congénita, de mi reserva, lo quiero todo o no quiero nada. Al menos formalmente.

De ahí mis sinsabores, mis vuelcos, mis respuestas a veces desabridas, que con toda razón has protestado. Tienes que comprenderme. En una ocasión dijiste –y visiones tan inteligentes no se olvidan fácilmente– que mi modo de amar era escéptico. Sí. Pero porque es un amor tan poco acostumbrado a la acción que, al igual que la flota inglesa, sólo se siente motivado en ocasiones de gran guerra, de conflicto mayor. Por eso en los últimos meses has notado una agitación, un cambio epiléptico, un repliegue estratégico en mí. Es el reflejo espontáneo del soldado curtido y descreído que, por mucha escaramuza que se anuncie, no cree posible que la Guerra, la verdadera lucha cuerpo a cuerpo, haya llegado. Se resiste, ironiza, torpedea incluso sus propias posiciones en un intento de retrasar, de aplazar lo que, por otro lado, se ha pasado toda la vida reclamando y diciendo que era su último destino. Tú lo decías: soy un enamorado del amor que nunca –prácticamente– se ha enamorado, y a quien el vislumbre de un primer amor hondo y diferente a lo previsto desconcierta. O asusta.

Quizá temo quererte, porque te quiero ya y nunca me he atrevido a decírte(me)lo. Y como solución ficticia me propongo a mí mismo esa pregunta esquemática de la felicidad, que hacía al comienzo. Pero creo que es importante, anyway, hacerse la pregunta. Y hacértela a ti, ya que quizá en ella resida la respuesta a tus inquietudes y agobios de hace unas semanas, que ignoro si se han desvanecido totalmente. Después de un año de incursiones y aproximaciones, me parecería grave que no te sintieses <u>totalmente</u> feliz; y lo mismo, claro, reza para mí. La retórica que todos, más o menos, aceptamos como el tributo pagadero a la modernidad, insiste en que cualquier amor adulto entre seres inteligentes será conflictivo y difícil. Yo quiero rebelarme frente a esa falsilla. Aspiro primitivamente, como un salvaje de islas del Pacífico que vive a la sombra del Paraíso, a no tener más horizonte que el de la felicidad sin manchas ni inquietudes. Soy, por supuesto, consciente de que ese «estado de gracia» puede disiparse de un soplo, pero eso no obsta; justamente porque la fragilidad del estado amoroso es tan patente, deseo que el estado en sí discurra en plenitud, en un clima de ilusión desaforada.

Y no es ése el caso, creo, en nuestra relación. Hoy domingo, por ejemplo, me parecía –y no es la primera vez, ya lo sabes– que nuestra despedida de mediodía no era la propia de dos amantes. ¿Es sólo formalismo preocuparse de que *no* parezcamos amantes en esa y otras ocasiones anteriores? Yo diría que no. La Forma nos conduce, nos revela a nosotros mismos, a nuestro espíritu lerdo e inconstante, el fondo de las cosas. Los reflejos pueden a veces iluminar una oscuridad. Y los nuestros no siempre son resplandecientes.

Lo peor –y tal vez lo mejor– es pensar que quizá esos paréntesis están causados por minucias. Por problemas –aún– de rodaje, de despiste. Ya sabes que te acuso, sin ningún encono, de descuidado. Si lo hago es porque pienso que nuestro «Proyecto de Amor» podría peligrar por esas inconsistencias, por orgullos pueriles, por gestos mal pensados o imprevistos. Y el peligro vendría después de una ascesis de un año, de una grata subida al monte Carmelo que no es sino la promesa de un gozo superior, de un éxtasis completo y cotidianizado, que aún nos aguarda. ¡Qué tonto sería desandar ese camino por no ir bien calzados o por un mal chubasco!

No sé aún muy bien si esta carta makes sense, ni sé aún si te la voy a enviar, a dejar leer, aunque sí sé que no te la daré antes del martes, pues no quiero turbar en absoluto tu «encierro» de estudios para el examen. Es quizá una carta egoísta. Y dirás, tal vez, tú, la de un perfeccionista que quiere saltar por encima de la materia oscura de los sentimientos para lograr una fría obra maestra del amor. Es posible que tengas razón. Y frente a ella (tu razón), encima, tampoco puedo –ni siquiera– ofrecerte una pasión desmelenada, porque no sé sentirla.

Se trata, en cualquier caso, de una carta que <u>nos</u> escribo porque sé muy bien que sólo escribiendo uno llega a decirse las cosas que, pensadas o dichas, son más fugitivas. Yo quiero que estas palabras y esas ideas adquieran prestancia. Y ojalá que sirvieran igualmente para despejar esas pequeñas nubes que la mayor parte del tiempo <u>no</u> oscurecen nuestro horizonte pero que, sin embargo, yo, quizá con excesivo celo meteorológico, creo advertir agazapadas y dispuestas a levantarse y mojarnos la fiesta. Ésa es la perogrullada clave de mi carta: deseo que nuestro amor sea un festival continuo, un jubileo, en <u>ningún</u> momento y para <u>ninguno</u> de los dos tocado por el más leve atisbo de carga, de obligación, de rito.

Lovingly and with a big kiss,

V.

11. Luis

Imagino que aquella carta de aniversario llegaría como una tromba, uno de esos aguaceros de gota fría que inundan lo que encuentran a su paso sin saber de antemano qué destrozos pueden causar. No estaba en el mejor momento para asumir las dudas de mi amante y mentor. Ni podía saber si las dudas tenían que ver con mi capacidad amorosa o con su propia experiencia previa, con su escepticismo hacia un amor o una idea de amor, más cerca de la metafísica que de la práctica diaria. Tampoco recuerdo antecedentes, conversaciones previas en las que asomaran esas dudas. Lo más probable es que fuera una sorpresa, un examen adelantado de final de curso que en aquel momento manejé como buenamente pude. «Son pruebas de amor», podría pensar ahora, con el paso de los años, que el adulto inseguro pide al adolescente incierto que no sabe su destino. Respondí con el corazón en la mano, en la medida de lo posible. El amor, según lo sentía, era una práctica con poca teoría, un hacer y un dejarse hacer por las circunstancias en un entorno compartido; un juego, como diría más adelante, en el que los jugadores se la juegan, sin perder por eso el espíritu, la conciencia del círculo mágico que crean a solas, en la comprensión del otro, donde un lenguaje común es capaz de disolver las dudas y los resentimientos nuestros de cada día.

Imagino que respondería desde mi cuarto de estudiante en Madrid, entre cansado y escéptico, comprensivo y cariñoso, con voluntad de quitarle hierro al asunto. No sé si la respuesta estuvo a la altura requerida. Las dudas persistieron.

7-V-82

«Y en la seguridad de no tenerte del todo, ya que tampoco estoy dado del todo a ti, se funda la esperanza de un amor que nunca acabará, porque nunca tendremos el tiempo suficiente de completarlo ni de reconocerlo.»

Querido Vicente:

Tu carta me ha resultado provocativa, en el mejor sentido de la palabra. Yo aprovecho esta tarde de semienfermedad y aniversario para reflexionar esa provocación. Me da lo mismo si la cita tergiversa el sentido que tú querías darle, para eso son las citas; ésta me vino a la cabeza enseguida como aclaración de en qué medida me hace ser feliz nuestra relación. Dicho de otro modo: no lo sé; no siento la felicidad como un proceso unívoco sino como una serie de acontecimientos que te llevan a contestar «more often than not, yes». Una respuesta categórica y definitiva no responde a esa pregunta tal y como yo la entiendo, que es el modo en que también la vivo. Si algún día tú la encontraras, yo desconfiaría, la consideraría necesidad pasajera o, peor, una broma.

Ya no habría mucho más que decir; y es que me resisto a contemplar nuestra relación porque me da miedo y porque no veo la necesidad mientras el balance sea positivo. Me da miedo porque no le veo final, parece que los niños también se asustan al ver el mar. Más de una vez, por cobardía, he pensado en cortar: tú también te asustas a veces y me siento cargado yo entonces con el peso de que nuestra aventura siga adelante. O quizá sea que, simplemente, yo no tenga la capacidad de abstracción que te descansa de mí y por eso me siento agobiado a veces, como si te debiera las veinticuatro horas del día y no tuviera vida para otra cosa. Ahora esto ya ha perdido gravedad pero temo que no me sientas tan contigo como antes. Yo así me siento mejor, me constriñe menos nuestra relación y me siento más libre para enamorarme de ti cada vez que nos vemos.

Aparte, hay un asunto de gravedad; yo no sé si ambos, cada uno por su lado, sabe bien qué quiere del otro, del amor, pero sospecho que son cosas diferentes, ¿en qué medida diferentes? Te veo con muchas ganas de evolucionar, de llegar a más, de alcanzar un «éxtasis» amoroso que desconoces aunque lo presientes. Yo, como sabes, lo he pasado mal de unas semanas a esta parte y ahora que me voy encontrando a gusto apuesto más por un recreo intrascendente. Cada vez me siento más tentado de reivindicar la intranscendencia como componente fundamental del amor más puro. No se trata de restar intensidad a nuestros actos pero sí de evitar quebraderos de cabeza. De repente se me agolpan muchas ideas nuevas y no puedo darles salida. Dejo la carta a mitad, el resto lo completaremos a medias

y el beso te lo daré a «enteras».

Luis

12. Vicente

Luis había respondido con dulzura, casi con mansedumbre, pero sin ocultar lo que yo temía: su parte de sombra. En la mía, aun reconociéndola, prefirió él no entrar. Constreñimiento, descanso, intrascendencia: palabras suyas de presagio de una tormenta quizá menos aparatosa pero de más calado que el simple aguacero.

Esa carta con fecha del aniversario, que conservo sin sobre, debió de traerla él en mano a lo que fue seguramente una larga celebración. El 7 era viernes, y el fin de semana lo pasamos juntos caseramente. Pero el domingo nos correspondía separarnos. Él, algo malucho, tenía que estudiar, y yo tenía que escribir, aunque había quedado al anochecer con mi amigo Villena para tomar una copa en La Biznaga, un bar de ambiente juvenil entonces de moda. A Luis Antonio, La Biznaga le gustaba no sólo por su clientela en flor sino por el nombre vegetal que le recordaba a Torremolinos, donde esa planta se usa como adorno festivo, en versión, creo yo que menos dionisiaca, de las coronas de pámpano que el barón Von Gloeden les ponía a sus efebos de Taormina antes de sacarles la foto.

Y allí, en aquel bar de la juventud donde Villena y yo resultábamos ya «mayores», apareció inopinadamente el muchacho de veinte años recién cumplidos. Luis entró solo, y en esos bares sólo se entra solo a «buscar». Verle en tal actitud, cuando yo le suponía enfrascado en sus deberes sociológicos, me dolió como una punzada: estaba descansando de mí, lógicamente, ejerciendo el derecho a ser intrascendente, a no sentirse constreñido por su amante. Una vez más, como en el día siguiente a la noche de *La vida es sueño*, salió mi crueldad. Un desapego cortante que usa la ironía tanto para vengarse como para defenderse. Yo estaba con Villena y él iba solo. Que siguiera solo.

En la noche de ese mismo domingo 9, Luis me escribió una carta, sellada el 10 (un día de silencio mutuo) y recibida por mí el 11.

Domingo 9 de Mayo

Querido Vicente:

De nuevo mi respuesta. Esta tarde, cuando nos hemos encontrado en La Viznaga, me he llegado a sentir francamente mal. Durante el fin de semana y en varias ocasiones más hemos tocado el tema del amor, con hondura, más aferrado tú a él que yo, para que luego me dejes plantado allí en medio como a un desconocido. Eso es desprecio. Me da lo mismo la cuestión del orden, de con quién hubieras quedado o para qué. ¿Qué es el amor sino la subversión de ese orden? No ya es que no dejaste a Luis Antonio; ni siquiera me invitaste a acompañaros. ¿Desde cuándo tiene el amor reglas tan pobres que me impidan salir por donde tú estarías –después de pensar no hacerlo? Tus ironías –por otra parte siempre a punto– hicieron el resto. Yo me he quedado allí, en La Viznaga, donde tú me dejaste. Mario o Aliaga no hubieran ido allí pues son más tempranos en lo que a la experiencia amorosa se refiere (sin comentarios en cuanto a lo que pienso de esto). No quiero entrar en explicaciones. Te encontré allí y *te quise,* te hice proposiciones

145

que tú rechazaste. Qué cómico luego pensar en la *«eterna seducción»*.

Hay otra cosa, que apenas si explicaba mi carta anterior. A veces he pensado en cortar. Mis problemas en las relaciones con adultos no es tanto el aspecto sexual (como tú me achacabas), sino las expectativas o intereses que son, por tu parte, de mayor vuelo que por la mía. Pero tú no sólo impones esas miras (en la medida en que supones el 50% de la relación), sino que amenazas con la expulsión del paraíso, con no volver a verme en caso de fracaso. Esa exigencia, esa tensión que provoca la necesidad de no fracasar me desalienta.

Y luego tú me dejas colgado esta tarde, y con regodeo, con cierto sonsonete de sorna que me hiere. No hay desmesura, estoy profundamente triste, incapaz para seguir; me sentiría como un bobo dándote explicaciones de que si salí porque hacía dos días que no salía, que fui allí porque, supuse, irías tú, porque allí conozco otra gente... Tú te quedas con De Villena.

Me parecería falta de coraje no reaccionar así. Dices que no pretendes acabar nuestra relación y no dejas de dar pasos en ese sentido. Y yo con miedo para evitar el castigo de perderte del todo, y de perder el mundo que contigo he creado, y el que, por ti, se me ha abierto. El miedo sigue existiendo pero no pasarlo por alto sería una falta de ética. Yo me he quedado allí, en La Viznaga, donde me dejaste, quizá para empeñarme en nuevos proyectos. En cualquier caso, evitaré, durante largo tiempo, mencionar el tema del amor; para no ser falso.

Luis

12. Luis

Había respondido con enfado, con citas y palabras que trataban de aportar un fundamento teórico o estético a un malentendido, o lo que hubiera sido un malentendido desde la buena fe. Pero la buena fe y las palabras sencillas se pierden en los laberintos de las justificaciones. Tenía indigestión de lecturas que iban desde los *Poemas de la consumación* de Aleixandre –y ese verso fatídico: «Se enamoró de un orden. Y subvertió sus gradas»– hasta las ideas de Gombrowicz sobre la eterna seducción de la inmadurez. Eran los escasos soportes de una actitud de rebeldía, propia del que no encaja o no ha encajado antes en un contexto socialmente aceptable. El resultado de esa indigestión lectora sonaba con una estridencia hiriente.

Había terminado el domingo, supongo que iría a casa, dejaría las cosas y al no ver a nadie salí a dar una vuelta. También es posible que al salir del metro bajase una parada antes y fuese a dar esa vuelta de refresco antes del nuevo encierro. Debo añadir: «en Madrid, mes de mayo» –esa hora tras la puesta de sol seguramente lo hacía atractivo, a pesar de haberme sentido mal encerrado con los libros. Las vueltas posibles un domingo por la tarde llevaban al bar gay de moda La Biznaga, que yo escribía con «V» por desconocimiento de las flores malagueñas y porque los carteles con el nombre de los bares solían quedar ocultos tras una puerta, con cierto aire clandestino. Era un bajo estrecho, con una pista al fondo y un sotanillo bien iluminado donde se juntaba gente joven en un horario relativamente temprano. Me sorprendió agradablemente ver a Vicente, sin mala intención, ni mala conciencia. Me alegró la coincidencia y pensé que era buena señal. Podríamos pasar un rato juntos fuera del habitual orden doméstico, que en aquellas fechas de final de curso ya se hacía opresivo. Por contra su reacción me pareció inexplicable: él no se alegraba, más bien al contrario, le había molestado. No sé si es la diferencia de edad, y de prioridades, la que me hacía parecer despreocupado y a él —según yo lo veía entonces— excesivamente controlador.

El caso es que me dolió, respondí con dureza y salidas de tono. Ahora diría: «Yo era un niñato rebelde superado por la situación.» Llovía sobre mojado tras la carta de aniversario. Debía asumir un mundo conceptual de dudas intangibles en torno a una relación cotidiana ya difícil en el día a día. La primera carta me había desbordado. Y este «encuentro fallido» parecía significar que yo era admitido bajo control, cumpliendo planes y horarios pactados. Pero no debía salir de la ruta establecida. Quizá era demasiado para un joven habituado a estar solo, a encerrarse o escapar sin dar explicaciones desde la primera adolescencia y, desde luego, con ideas poco claras acerca de las normas sociales.

Dos días después llegaba la respuesta de Vicente, doblemente molesto: por el encuentro y por mi carta.

11 Mayo 1982

Querido Luis:

Soy, como ves, más impaciente que tú, y odiador del cartero. He recibido hoy tu carta, y si bien la primera sensación fue de desconcierto, después, al releerla, me he sentido atacado (no digo dolorido, pues no cabe) por su tono de guerra. No me lo esperaba. Y no ya porque el incidente del domingo me pareciese nimio, sino, sinceramente, porque no te creía capaz de insinuaciones y desplantes tan groseros.

¿Has releído de veras tu carta? No lo puedo creer. Desfiguras en primer lugar lo del domingo hasta límites cómicos («te hice proposiciones que tú rechazaste», «no dejaste a L. A.», etc.) convirtiendo en una afrenta lo que no fue más que una sorpresa desagradable; estabas de nuevo mal de salud, dijiste al salir de mi casa, y con mucho que estudiar y, francamente, esa irrisoria explicación verbal de que te viniste a «La V.» porque «no había nadie en casa» no hacía sino estropearlo. Yo reaccioné mal, aunque no <u>tan</u> mal como tú dices, simplemente porque me parecía sorprendente y mentiroso verte allí, no desde luego por pensar en una traición. El asunto de que estabas allí esperándome o buscándome, me permitirás, querido Luis, que lo pase por alto: ¿no podrías tener un poco más de sentido del ridículo?

Pero más que esa infantil tergiversación me agrede tu reflexión siguiente. Ni te he achacado problemas en el aspecto sexual derivados de la diferencia de edad (?), ni tengo <u>más</u> expectativas que tú respecto a la historia de amor (una vez más, veo tu incomprensión de mi carta anterior), ni, sobre todo, te <u>amenazo</u> con expulsarte del paraíso. Simplemente yo me entrego a fondo y con el mayor deseo de felicidad y alegría al ser amado, que, hasta tu carta, eras tú. Pero puesto que las historias no pueden decrecer por grados, como la fiebre, también es lógico —y nada chillón— que si dos personas deciden su final, el final traiga separación, distancia. A eso me refería, y no a amenazas.

Tu carta, por el contrario, se cierra con muchas, y no muy elegantes. Tu referencia final al «tema del amor» no la entiendo bien, pero el instinto me dice que es un golpe bajo. Y hablas después de «empeñarte en nuevos proyectos». Te deseo suerte. Nunca pensé que escribirías una carta de ruptura con semejantes maldiciones gitanas y denuestos. Pero todos nos equivocamos, por lo visto.

Lo del domingo no fue, créeme, «un paso más para acabar nuestra relación». Es obvio que, habiendo quedado con L. A., no iba a dejarle plantado allí por una persona a la que, queriéndola 1.000 veces más que a él, yo imaginaba, feliz y en paz, en casa, trabajando. Hablas de miedo a perder el mundo que conmigo has creado, y en eso sí te entiendo. Yo no siento miedo al respecto, quizá porque soy algo mayor que tú y creo saber que todo es reconstruible; pero sí siento amargura y rabia; contra ti porque no entiendes nada de nuestra relación ni te esfuerzas por entenderla; o contra mí, que no me explico bien o me muestro incapaz de hacerte llegar unos sentimientos que siempre, en lo más hondo de mí, quizá tapados por capas centenarias de recelo y orgullo, han sido de ternura, de compañerismo, de compenetración profunda, de camaradería global, de «deseo del todo»: es decir, amorosos.

Esta carta, evidentemente, no aspira a una respuesta, como tampoco la tuya, de hecho, invitaba a la réplica. Pero quizá soy un grafómano, y no he querido perder la ocasión de poner un eco a tu despedida.

Best wishes,

Vicente

N.B. He estado en el recital de Marcos Barnatán, y me da la impresión de que Siles estaba un poco desconcertado ante ese poeta fantasma que ha de cerrar el ciclo. Y le entiendo, después de ver cómo discurren las sesiones.

13. Vicente

En el reverso de uno de los sobres de estas cartas cruzadas en medio del fervor y la riña, he visto ahora una extraña anotación a lápiz, como la signatura de una fórmula matemática: RJP p 56. Al principio pensé que podía tratarse de un apunte incompleto, de los que a veces quedan en un papel que era más grande y perdió un trozo, o de las iniciales de un chico recién conocido, en el que la cifra 56 aludiría a la dimensión de alguna de las partes corporales empezadas por p, todas, si fuera ése el caso, grandiosamente desproporcionadas. Pero tuve una intuición, o un recuerdo, y fui a buscar un libro: una edición argentina, el número 4 de la colección Panorama de Ediciones Siglo XX, fechada en 1959. En la primera página, el precio que Distribuciones Martínez, Doctor Cortezo 1, Madrid, cargaba en aquellos años, 15 pesetas, y en la segunda mi nombre completo escrito a tinta en el ángulo superior derecho, como acostumbraba hacer hasta que me hice un hombre maduro. Y en ese libro ostensiblemente leído y subrayado, en la página 56, Rilke le escribe esto a su nunca conocido en persona corresponsal Franz Kappus: «[Amar] es una ocasión sublime para que madure el individuo, para hacerse algo en sí, para llegar a ser mundo, llegar a ser mundo para sí, por otro.» (Confieso una traición al libro en que yo descubrí las *Cartas a un joven poeta,* pues mi cita la tomo, por parecerme mejor la traducción de José María Valverde, de la más tardía edición española de Alianza.)

No sé si mi fórmula críptica a lápiz es del mismo momento de aquel cruce de cartas en mayo del 82 o el fruto de una relectura posterior, que veo improbable. Leído ahora el fragmento de la carta «rilkeana» número 7 me entra la duda: ¿me dirigía yo a mí mismo el dictamen de Rainer Maria al joven cadete y aspirante a poeta Kappus, o lo señalé al dorso de uno de los sobres de Luis a modo de admonición y conjuro?

Fue un mes de mayo convulso, habiendo empezado con sus veinte años, nuestros primeros doce meses de unión generalmente feliz, y una primera carta mía que preconizaba la consagración de la primavera de los enamorados. Vinieron las lluvias. Y mi tempestuoso carácter no evitó ninguno de los rayos y centellas del cielo más fiero. Hay muestras suficientes en la carta del 11 de mayo, y quizá la más inclemente, por estudiada, es la despedida a la inglesa: Best wishes.

A esos buenos deseos cínicos, Luis respondió con elegancia, con modestia, sin piedad. Quizá era él, «rilkeanamente» hablando, más mundo que yo, a su edad. Pero también sabía ser fulminante.

12-V-82

Querido Vicente:

Mi grosería en la carta es la de un condenado a muerte que decide suicidarse. Lamento no haber sabido entender nuestra relación. Olvida, por favor, todo el posible encono de mi carta pues nada tiene que ver con nosotros. No me sentía capaz de seguir y no encontré otro modo de decírtelo.

No tardaré en devolverte el libro de Radiguet.

Luis

El anuncio de la devolución de esa novela de amor con final trágico, *El diablo en el cuerpo,* que yo había traducido y le había prestado, era más que un deber de cortesía. Una ratificación.

13. Luis

La lectura de *El diablo en el cuerpo* de Raymond Radiguet, en la traducción que Vicente había hecho para Alianza Editorial, seguía en la ruta de novelas de iniciación em-
prendida con *Otras voces, otros ámbitos* de Truman Capote.
Había un exceso de responsabilidad en descubrir el mundo
a través de las emociones de alguien con experiencia. En la
novela de Radiguet, un adolescente, ante la ausencia de
varones durante la primera gran guerra, establece una relación
amorosa con una mujer casada descubriendo su propio
poder antes que sus propios límites. No es que la lectura o
su interpretación fueran de aplicación inmediata, pero con-
tribuían al estado de confusión general que me afectaba. El
exceso de sublimación, de poetización o de reflexión en
torno a una relación que vivía como atípica acentuaba el
desaliento. Tal vez fuera la marginalidad de nuestra propia
condición la que nos obligaba a ser perfectos, a aparecer
como modelo de buen hacer amoroso en el entorno inmediato. Era una relación tipificada todavía como «perversa» a
los ojos de la moral convencional. ¿Era necesario un esfuerzo suplementario para justificarla y darle una apariencia
amable? Yo no sentía aquella carga directamente, aunque
con el tiempo ha emergido como una justificación de lo que

154

entonces quería vivir en un placentero dejarse llevar, cada hora, cada día, sin más presión que las dificultades cotidianas.

En aquel mes de mayo, la carga de trabajo por los estudios me estaba llevando al límite. Había querido abarcar demasiado, por prisa más que por ambición. Y por orgullo frente a una educación formal que me parecía pobre y deficiente.

La siguiente carta de Vicente, con su inicio abierto, dubitativo, más humano, me pareció una puerta abierta para seguir viviendo las cosas como eran, es decir, sin interrogantes añadidos. Ese «no saber», ese disfrutar del milagro de encontrarnos al margen de otras exigencias era lo que apreciaba de nuestra relación. Había límites, en el diálogo, en la conversación, en el respeto mutuo, pero las aspiraciones y las ambiciones parecían regresar al limbo natural de las fantasías que pueden guiarnos, sin llegar a imponerse, una vez asumidas como imposibles. Después de esta carta la relación regresó a un punto de mutua aceptación tras las tormentas primaverales. Vicente se hacía más real a mis ojos, con sus debilidades y sus dudas, los chistes repetidos, los desvaríos, la dispersión a veces que se hacía comprensible como contrapunto a los momentos de concentración. Esas imperfecciones necesarias eran las puertas que servían para airear, relativizar, tomar distancia, para reírse en el juego de la relación creando –aparte de las necesarias soledades– un lenguaje común, hecho, cada vez más, de bromas y sobrentendidos privados que podían expresarse en público.

Aparte de eso, y por primera aunque no última vez en la relación, Vicente me concedía poder: para decidir, para aceptar o corregir. Entonces no me di cuenta cabalmente, esa carta marcaba un punto de inflexión. A partir de entonces, Vicente me escucharía, me tomaría en serio de una manera que me inquietaba y me complacía. Empecé a tomar parte en la relación.

Querido Luis:

Llevo un par de horas dudando, después de haber hablado contigo por teléfono, sobre si esta carta debía ser escrita. Al fin me pongo a ella, aplazando cosas inaplazables, y conservo la duda. Duda, ahora, de si es una carta adecuada, beneficiosa, favorable para mí. Pero voy a escribirla.

Me parece saber, si es que te conozco un poco, que no actuará sobre ti, en cualquier caso, como una coacción. Sólo que lo pensaras me dolería de veras. Me estimo a mí mismo lo bastante y estimo tu serenidad y entereza como para creer que <u>nada</u> dicho ahora de la forma en que lo voy a decir alterará, coartará tu forma de pensar, o el futuro –si lo hay– de nuestra relación.

Pero me ha parecido que después de un año justo de lenguaje cifrado y «indirect speech» –que no rechazo: la retórica <u>también</u> puede ser una forma de comunicación entre ciertos seres predispuestos a ella–, no me iba a quedar tranquilo si me callaba lo siguiente.

Es quizá paradójico que esta <u>primera</u> carta de amor abierta y decidida que te escribo sea quizá la última de nuestra historia. Pero quizá yo, más que escéptico, como tú dijiste, sea un paradójico.

Lo que quiero decirte es muy simple: han pasado más de 5 días desde tu carta de ruptura y mi respuesta <u>aún</u> «formal», y ha habido tiempo suficiente para darme cuenta de que te quiero, de que el cúmulo de sensaciones, carencias y recuerdos de ti que he tenido en esas horas no puede ser otra cosa que amor. Han sido, por otro lado, días movidos y hasta muy divertidos en muchos ratos. He hecho mi vida normal, me he visto sorprendido bruscamente por la aceleración de planteamientos en una historia que quizá pueda llegar a ser sólida y amorosa, y te he sido infiel, si cabe la expresión; mejor sería decir infiel a tu presencia espectral.

Pero en todos esos días, en sus momentos muertos y callados, en las pausas entre un disco y otro, una página y otra, una broma y otra, me he sentido _privado_ de ti. Es algo más que el echar de menos. Es darse cuenta de que todo sería mejor, de que la vida transcurriría más armoniosamente, más felizmente, si esa persona, tú, estuviera presente. No físicamente, o al menos no _en todo momento_. Estuviera, quiero decir, «al otro lado de la línea», de interlocutor.

He entrado y salido, he hablado con otra gente, he visto, por así decirlo, que mi vida, cualquier vida, está llena de caminos interrogantes que puede ser maravilloso explorar. Y he tenido ganas de explorarlos, de vestirme con el ropaje ingenuo del viajero que sale a lo desconocido. Pero tú no te ibas de mi lado. Eras a veces sólo una sobreimpresión en una realidad fuerte y variada, llena de color y promesa, pero no te borrabas. Y a menudo me he sorprendido pensando en gestos tuyos, disfrutando con tu manera de seguir atentamente las cabriolas de _Coronada y el toro_, recordando el estrafalario disfraz de enfermo que te puse el domingo para que el mimo de la enfermedad fuese más convincente. O me ha faltado tu cuerpo al lado, en el «lado malo» de la cama, cuando me he despertado por la mañana y tú no estabas escondido bajo la almohada o abrazado a ella.

Yo me nutro, ya lo ves, de imágenes. Lo sabes bien por lo que escribo, y no sólo mis novelas, sino, por ejemplo, el prólogo de _Poesía_. Creo, de hecho, que las imágenes han sido los referentes más alentadores de nuestra relación. Quizá –si no me equivoco– porque tú también te detienes en ellas, vives _con_ ellas. (¿Tendrá esto que ver con la alicantinidad que predica Vicente Ramos?) Pero ahora estoy muy agradecido a esas imágenes. Por ellas –aunque un poco tarde, quizá _demasiado_ tarde– caigo en la cuenta de que las paradojas y obstáculos (ése es el punto de tu carta pasada que sí acepto, con el que estoy de acuerdo) que he amontonado a menudo delante de nuestro amor y delante de tu camino, no eran probablemente más que la desconfianza orgullosa de un solterón empedernido que se resistía a la idea de verse enredado en un proyecto a dúo. Esas imágenes me convencen ahora –pues su lenguaje de evidencias no falla– de que mi aprendizaje amoroso ha sido lento (sabes bien que a veces soy un niño torpón) pero no embustero. Nunca hasta hoy te he dicho que estuviera enamorado de ti, porque no quería sacralizar innecesaria y quizá falsamente algo que era intenso pero liviano.

Liviano como, por otro lado, siempre ha de ser el amor. (Y aquí sí me permitirás que te diga que no entendiste en absoluto mi carta larga de los 3 folios teóricos.) Me dices en la tuya que mis «expectativas o intereses» son de mayor vuelo que los tuyos en la relación amorosa. Te equivocas. Mi único deseo es vivir sin fisuras, sin sombras, el <u>momento</u> amoroso, que puede durar una hora o una eternidad. La duración no me interesa, no me interesa el «compromiso», la nupcialidad, el contrato. Quiero sólo –como te decía, me parece, en la carta a *El País*– usar la zona no privada (que privadas las hay; la mía es muy grande) del ser amado plenamente, «a tope», como espero que él lo haga conmigo. Ésa es mi única expectativa, hedonista, momentánea, llevada por el único fin de evitar el tormento y el reproche.

Yo tengo, lo confieso, una cierta tendencia a él, a hostigar y reprochar incluso al ser más querido. Es un vicio que no desconozco en mí y por el que me he disculpado ante ti a veces, y que lamento. Pero también creo que mis malhumores eran en ocasiones las últimas escaramuzas rabiosas de un «álter ego» rebelde y solitario que no quería pasar por el yugo de otra persona ajena.

No sé muy bien cómo terminar, porque no recuerdo cómo empecé, y tampoco quiero que esto se convierta en un «stream of consciousness» joyceano. Créeme sincero al decirte que esta carta no persigue ninguna finalidad. Es la carta más desinteresada y franca que he escrito, y la prueba de ello que yo mismo tengo es que ahora, al terminarla, me siento mucho mejor, sin que la situación real haya cambiado. Me siento ligero, casi liberado. Como decís vosotros que un fiel queda al salir del confesionario. Pero lo mío no es una confesión sólo. Es más bien una declaración de principios... amorosos, y no tanto una declaración de amor. No podría evitarla, ni evitártela. Quizá sea fútil, tardía. Pero la hago. Yo tampoco quiero pecar por «falta de ética» como tú dices en la tuya.

Termino (ahora sí) con las referencias concretas a tu carta, las dos a párrafos que, releídos, me han hecho recapacitar. Me acusabas, y yo quise negarlo en la anterior, de «dar pasos para acabar nuestra relación» sin confesarlo a las claras.

Creo —y no sabes lo que me cuesta reconocerlo— que tienes bastante razón. Hay una vena negativa, casi destructiva, en mi manera de ser que no sabe pararse siquiera ante algo como el amor, que mi lado menos oscuro enaltece y quiere sólo mimar. El horrible shock de tu carta, de tu ausencia prolongada, de tu voz tan despegada hoy, por teléfono, me sensibiliza al respecto. Y también en eso pienso ahora que la verdad me llega y la comprendo quizá tarde. La 2.ª referencia es casi anecdótica, pero no puedo sustraerme a ella. Y es, sencillamente, decirte que al leer tu frase «Y yo con miedo para evitar el castigo de perderte del todo, y de perder el mundo que contigo he creado, y el que, por ti, se me ha abierto» he cobrado una súbita conciencia —yo— de eso mismo, como si las palabras se solidificaran a medida que las releía y algo de mucho calado que estaba ahí, pero oculto, saliera a flote y cobrara fuerza.

Perderte también sería un castigo para mí, y tu mundo, tú mismo, estáis tan cerca de mí que vuestra desaparición

14. Vicente

Aunque la técnica es una incomprendida para mí, llegó un momento en que me hice fotógrafo. Inglaterra me hizo, como hizo, más completamente, a Graham Greene. Creo que nunca antes había disparado una cámara, ni siquiera ajena, hasta que decidí comprarme en una tienda especializada de Tottenham Court Road una Asahi Pentax SPF y pedir consejos prácticos a los dos amigos que más sabían de estas cosas, Luis Revenga, al que en un viaje a Madrid reencontré, felizmente casado tras algunos años sin vernos, y Quim Llenas, el hombre que conquistó el corazón de mi amiga la doctora Carmen García Mallo al quedar libre tras su separación amistosa de Javier Marías. Nada aprendí de esos dos sabios, ni de nadie, pues mi torpeza con las herramientas es infinita, tal vez genética (mi padre no sabía hacerse el nudo de la corbata, mucho menos un café), y en la fotografía, como en la telefonía, el bricolaje doméstico o, pasados los años, el amplio espectro informático, no me ha sido posible valerme solo. Nunca he tenido coche.

Debió de ser a mitad de la década de los setenta cuando, envalentonado por un cierto dominio de la mecánica del inglés (tras varios años de adiestramiento, táctil más que teórico), decidí probar con la fotografía. Siendo el ameno paisaje de la campiña británica o la sublime línea rocosa de su costa norte lo que más tendría que haberle interesado a un mediterráneo de secano, mis diapositivas en color fueron casi todas arquitectónicas, y en gran medida utilitarias: estaba estudiando historia del arte en la Universidad de Londres y seguía algunos cursos de arquitectura, entre ellos los que impartía J. Mordaunt Crook sobre el neoclásico y el Gothic Revival, así que nada mejor que pasar los fines de semana visitando iglesias perpendiculares, mansiones palladianas o –mis favoritas– las demenciales fantasías cultistas de los excéntricos como William Beckford, Sir John Soane y Horace Walpole. Para mi sorpresa, las cajitas de plástico color naranja que cada semana recogía, tras el revelado, de la tienda de fotografía próxima al metro de Camden Town, contenían, entre clichés en negro y veladuras, un buen número de distinguibles vidrieras y arcos apuntados, de puentes japoneses y chozas rococó, de fachadas con sus columnas y torreones íntegros. Incluso el sombrío mausoleo que Beckford se construyó en vida a las afueras de Bath y las ruinas de Fonthill Abbey, el capricho neogótico que el mismo autor de *Vathek* diseñó e hizo levantar en el condado de Wiltshire para dar cabida a su prodigiosa colección de libros (que comprendía la biblioteca de Edward Gibbon comprada por el rico diletante en su totalidad), podían apreciarse en esas fotos tomadas al tuntún; el halo desvaído que las envolvía –un desenfoque mío seguramente– realzaba el misterio de la folía.

Una vez demostrado ante mí mismo que sin saber exactamente lo que es un diafragma ni un obturador, e ignorándolo todo sobre el tiempo de exposición a la luz o las capacidades objetivas de cada lente se podían obtener resultados visibles, me atreví con el cuerpo humano y los interiores. Mi *companion* de aquel tiempo, Andrew Major, aparecido aquí antes con su abreviatura familiar de Andy, el chico que trabajaría en el salón de Mayfair, fue el primero que posó para mí en el pequeño *flat* de Regent's Park Road donde viví, gracias al acuerdo ya contado con Alastair Hamilton, los últimos años de mi estancia inglesa.

La segunda persona fotografiada a ojo por mi Asahi Pentax fue María Vela, en su visita a Oxford, y yo creo que la tercera fue Luis, en una sesión en casa que también tenía una finalidad útil: entregado a Gonzalo Armero el material literario de la antología, había que ilustrarlo, y teniendo ya la foto del falso Amadeo y las tres que me proporcionaron Mario Míguez, Leopoldo Alas y Alfredo Francesch, el antólogo tenía que lucirse como fotógrafo.

Esas fotos, en las que Luis lleva a veces bajo la barbilla una *kufiya* palestina que yo tenía por casa, ocultando incongruentemente aquello que tanto me gustaba de su físico, el cuello dórico, y se quita coquetamente las gafas de ver, pese a mis protestas de enamorado de la miopía juvenil, también muestran un acné que no le recordaba. Mi favorita para figurar en la revista era una que le daba el aire un poco doliente de un Werther y contaba con todos los elementos de mi canon, las gafas, el cuello por encima de una camiseta con algo de pelusa de algodón, los bucles en cascada sobre la frente. Pero él eligió la desprovista de gafas, sombras de acné en el pómulo y cuello oculto por el pañuelo palestino. Ésa es la publicada.

Antes de aquella sesión monográfica con Luis hubo otra en la que yo sólo poso y no disparo. Por eso la fotografía resultante, que nos tomó Quim Llenas delante de mi biblioteca a un grupo de siete personas vestidas de tiros largos, es impecable. Cuando la descubrí en un sobre fechada concienzudamente por Quim el ocho de marzo de 1982, no supe a qué respondía tanta gala y ese grupo en particular, no pudiendo ser, como más tarde se convertiría en costumbre anual, la foto conmemorativa de mis fiestas de cumplea-

163

ños con los amigos cercanos de mi edad; esas fiestas de octubre no eran de etiqueta, y los siete que posamos en marzo del 82 la respetamos. Las dos chicas, Aurora Sanz y Catherine Bassetti, están muy elegantes pero comedidas; los cuatro chicos parecen haber echado el ropero por la ventana. Luis Revenga, el marido de Aurora, viste un smoking riguroso, a su lado Javier Marías, con el cigarrillo consuetudinario en la mano, lleva una enorme corbata de pajarita, una bufanda apenas perceptible sobre el fondo negro (¿es terciopelo?) de su chaqueta, y sonríe sin sombra de descreimiento. Sigo yo después, tomando por el hombro a la entonces novia de Javier, la dulce Catherine, trapecista de circo, a la que flanquea Luis Cremades, y, cerrando el septeto, y destacado por ser el más alto de todos, Alejandro García Reyes, único que, pese al traje de raya diplomática y la pajarita brillosa, mira a la cámara con un despego irónico.

He reconstruido gracias a Aurora y Luis Revenga la circunstancia de la fotografía. Íbamos todos a una fiesta-desfile de alta costura en Joy Eslava, sin que nosotros mismos fuéramos a bajar por la pasarela. Quim, sabiendo de nuestra intención y nuestro mucho vestir, quiso seguramente inmortalizarlo y añadirlo a su archivo profesional de la agencia Cover, pasándose antes por mi casa, donde tres o cuatro de nosotros ultimamos el atavío haciendo de mi dormitorio un camerino. La foto, como el resto de las que conozco de Llenas, es de una gran calidad, y en esta en particular algo que no sé si su ojo captó o su criterio impuso nos da a todos una articulación coral muy conjuntada: de izquierda a derecha no hay manos a la vista en Aurora, media solo en su marido Luis, una, la necesaria para el sostenimiento del cigarrillo, en la de Javier, las dos mías, una caída sobre una pernera, la otra puesta en el hombro de Catherine, estando las cuatro manos finales, las de Luis C. y Alejandro, metidas en los bolsillos.

Al lado de esa pequeña sinfonía manual tan modulada llama la atención el cierre de la camisa de la pareja alicantina: mi pajarita blanca sobre camisa blanca me da una cierta pinta de camarero báltico, y el lazo negro anudado de Luis hace pensar en Los Luthiers, aunque he sabido ahora que todo lo que él lleva se lo prestó Luis Revenga, el fajín, la camisola, el lazo y una chaqueta de Kenzo, marca que entonces no estaba muy difundida entre nosotros.

14. Luis

Ese primer invierno había supuesto, en dosis moderadas, una presentación en sociedad. Vicente me llevaba a actos a los que no me había acercado antes. Mis padres huían de la vida social; preferían refugiarse en el campo más que relacionarse en la playa. Lugares como el Club de Regatas en Alicante eran mencionados con una mezcla de desprecio y misericordia, como la mayoría de actos sociales. Una práctica que se habían saltado sólo para inscribirnos en el Club de Amigos de la Música. Los conciertos de música clásica, o jugar al tenis, eran las actividades sociales respetables en casa. Acompañar a Vicente a una discoteca en principio podía suponer un problema: no sabría comportarme. Debía de estar confuso, o lo recuerdo confusamente. Quedamos en casa de Luis Revenga, que me prestó ropa, él tenía mi talla: una chaqueta de smoking estampada y un lazo en vez de pajarita sobre la camisa blanca. Luis actuaba como responsable de atrezzo bajo supervisión de Vicente. Aunque no tuve que cambiarme mucho. Se habían puesto de acuerdo a la primera. Después de arreglarnos, ya en el piso de la Avenida de América, foto de grupo. El hecho de salir disfrazado suavizaba la incomodidad inicial. Algo en aquel Madrid experimental llamaba mi atención: el arte era una referencia cualitativa. El desfile de modelos de Elena Benarroch estaba orquestado como una función de teatro, un musical sin letra, donde el vestuario era el centro de atención y cada escena insinuaba una secuencia narrativa u operística. La discoteca había sido teatro y parecía recuperar su vieja función, aunque al final hubiera baile en la pista donde habían desfilado abrigos y chaquetas.

Salvo esta salida, eran más habituales las tardes de cine a dos. Un paseo a los archivos de la Filmoteca en primavera, entonces en la ciudad universitaria, cerca de la facultad de Periodismo, terminó con un gran aguacero. A la salida se veían nubes en el horizonte y Vicente pensó sensatamente coger un taxi. Me fijé en que las nubes venían del sur, luego no podían traer lluvia. Vicente se asombró de mi razonamiento y acabamos empapados. En Madrid, descubrí, las nubes siguen protocolos distintos, da igual si de más al sur o más al norte, suelen traer lluvia las nubes que llegan desde el oeste.

No todo eran salidas. Los amigos menos noctámbulos iban apareciendo, como Luis Revenga y su mujer, Aurora. Primero, en una cena en su casa, nos pidió que firmáramos el libro de visitas. Pasé un apuro en la obligación de escribir algo ingenioso. Y otra de vuelta en el piso de Vicente, donde él cocinó sus especialidades de emergencia: salmorejo y carne a la sal. Presumía de que era lo único que sabía de cocina, aparte de abrir latas. Aunque pasó la cena celebrando el postre de helado de limón en su propia cáscara y detallando una receta inventada: lo había comprado hecho. Su particular sentido del libertinaje estético pasaba por dar la vuelta sistemáticamente a los valores asumidos, y la cocina casera era un buen ejemplo. Aunque fuera en broma, era, en todo caso, la gran broma, un goteo demoledor que obligaba a revisar costumbres y criterios aceptados.

La corriente que me arrastraba, y más desde el desencuentro de mayo y el último intercambio de cartas, eran los estudios; es decir, los exámenes. Hasta ese momento no había entendido el miedo a los exámenes: habitualmente iba a clase, entregaba los trabajos, no eran muy difíciles si además había leído algún ensayo cercano al asunto, aparte del programa, que diera un toque original a los esquemas dictados en clase. Sin embargo, desde que retomamos la relación tras el incidente con Juanvi Aliaga, me había convertido en un estudiante estándar: menos horas en la facultad, seleccionaba algunas asignaturas para dejarme ver y pasaba más tiempo en la cafetería en busca de buenos apuntes. Lo normal, al parecer, era memorizarlos dos o tres noches antes del examen para reproducirlos en función del tema propuesto y olvidarlos después. Yo no fumaba, apenas tomaba café, no me gustaba pasar horas delante de unos apuntes, como si no hubiera otra opción para aprender. Había pasado alguna noche de estudio intensivo en Alicante, preparando la selectividad, y no había funcionado. Era un ambiente extraño, un código y unas prácticas que no entendía. Ante esa dificultad, que se me hacía insalvable, Vicente me habló de las anfetaminas y me facilitó algunas. Probé el invento con uno de los exámenes en teoría más complicados, la Historia de las Ideas de segundo de sociología, donde debía conocer razonablemente las obras de Hobbes, Rousseau y otros padres del pensamiento europeo; en particular las trifulcas de Lenin para hacerse con el control del partido, el episodio favorito del profesor Juan Trías. Sería una prueba oral. Tomé media anfetamina y pasé la noche con los apuntes. Tomé otra media para ir al examen y evitar el bajón. Pero el profesor había enfermado y el examen se aplazaba al día siguiente. Tenía más tiempo para estudiar. Tomé otra media y pasé de nuevo la noche con los apuntes. Y otra media para presentarme finalmente a la convocatoria. Hablé como pude de Rousseau y su buen corazón con los seres humanos a pesar de sus dificultades en el amor, añadí que sin duda vivió tiempos difíciles. Y no sé cómo con eso aprobé antes de llegar a casa, desplomarme y dormir una larga siesta sin sueños.

Esa noche llamó mi madre para saber si había terminado los exámenes y cuándo pensaba volver a Alicante. Era finales de junio. Había faltado a la cita habitual en las hogueras de San Juan y me esperaban para pasar el verano. Había hecho planes con Vicente para ir al concierto de los Rolling Stones en Madrid. Así que propuse volver al día siguiente del concierto. Mi padre se enfadó lo suficiente como para ponerse al teléfono y dar instrucciones: «¿Los Rolling qué?... Ni que fuera la Filarmónica de Viena. Mañana coges el tren.» Me eché a llorar, cosa que no había hecho desde niño. Mi padre no sospechaba mi debilidad al otro lado. Se asustó ante la reacción: «Espera. Te paso a tu madre.» Ella debió de hablar con mi tía. Yo seguí recuperando fuerzas y se concretó el plan para ir al concierto.

Fue el 7 de julio, San Fermín, una semana después de mi primera y última experiencia con estimulantes en época de exámenes. Nos acompañaban algunos amigos de Vicente, seguramente Alejandro García Reyes y Miguel Payo, dos maestros en ese arte bostoniano de la conversación dubitativa y casual que Vicente había adoptado de Jaime Salinas. Javier Marías, más cerca del original, la había adoptado suavizando sus aristas, pero Alejandro y Miguel la llevaban al extremo. El punto irónico de Vicente que le hacía reírse a mitad de frase –nunca supe si del contenido o de cómo la contaba– en Alejandro y Miguel se convertía, con la intensidad, en un drama doloroso; el tono de comedia se volvía, con la fuerza hispana, melodrama. Era un juego de improvisaciones, personajes simulados y felicidad real. Salimos desde el piso de Avenida de América, ya convertido en lugar de tránsito habitual y base de operaciones.

Actuaban como teloneros la J. Geils Band, un grupo de rock clásico americano, más ortodoxo que los Rolling, aunque sin su capacidad de fusión y sorpresa, sin su glamour ni su trayectoria. La broma repetida era que, tras ver a los teloneros, nos iríamos: eran los músicos que interesaban a los auténticamente modernos. Había ido antes a conciertos de rock, no sólo de clásica: Hall & Oates en Minneapolis o Camel en Alicante. La sensación era distinta a la de una sala de conciertos. Menos musical y más corporal. Era lo que hoy se llama una *experiencia,* en la que pierde sentido analizar las partes por separado: selección, partituras, virtuosismo, intérpretes, etc... Era una tarde de fiesta, de salir con los amigos al campo, aunque el campo fuera de fútbol. Era una tarde de calor. Las horas de espera dejaban ver una ciudad cambiada en poco más de un año, desde la manifestación tras el 23-F, en que sentí temblar el puente de Atocha bajo los pies, con el paso de la masa silenciosa. Madrid se había abierto, parecía despertar a los sentidos, parecía reflejar algo de la sensualidad mediterránea al mirarse en otras capitales, podía ser Londres el modelo, podía ser Nueva York. Madrid recogía el testigo de ese otro dandismo desenfadado y provocador de Mick Jagger. La banda sonora de la ciudad había ido cambiando desde la casa de mis primas; había dejado atrás la sala de música clásica del colegio mayor. Con ellas había ido a bares de los que hablaban con devoción, como si yo mencionase el Teatro Español o el María Guerrero. Eran el Penta, un lugar oscuro con una gastada moqueta grisácea casi negra, destartalado, confortable a fuerza de su falta de pretensiones; y el Vía Láctea, claro, luminoso y moderno, con cierto aire entre el cómic y la ciencia ficción. Mi prima Carmen coqueteaba con el batería de un grupo pop de la movida al que compartía con una todavía novia formal hasta las diez, como era habitual entre las buenas familias entonces. El grupo Los Secretos eran vecinos, su casa en la Plaza del Conde del Valle de Suchil se veía desde la nuestra, y empezaban a deslumbrar como estrellas de un pop directo y pegadizo. La preocupación de mis primas por mi educación musical les llevó a insistir en que escuchara a Elvis Costello como referencia e inspiración. Yo había llegado a disfrutar de los sonidos complejos de Pink Floyd y aquella sorprendente sencillez me abrumaba, aunque facilitó el acceso a un rock clásico, como el de Lou Reed, o me reenganchó al blues poético de Leonard Cohen.

La J. Geils Band sonó con fuerza, la percusión parecía convocar a los asistentes a un baile explosivo que duró una hora. Era el calentamiento. Pero después se hizo silencio, se hizo de noche, se nubló el cielo, sopló aire fresco, ya no miraba si las nubes venían del sur o del norte. Y cayó una gran tromba de agua. Había quien se cubría con plásticos o con bolsas abiertas como impermeables improvisados, había quien pensaba en marcharse, básicamente por seguridad. Me gustaban las tormentas, en Alicante son intensas y no duran. No es fácil guarecerse yendo en moto, es mejor dejarse mojar y disfrutar. Miraba las caras de Vicente y el resto de amigos, de la gente dispersándose. Haría lo que me dijeran. Según arreciaba el agua, cada vez más fuerte, se encendieron las luces y apareció Mick Jagger con chubasquero violeta bajo la tormenta. El público se encendió en sintonía con el maestro de ceremonias. El resto apareció en las crónicas de prensa como un pequeño milagro, un regalo del cielo que señalaba a Madrid como ciudad elegida aquel año 82.

15. Vicente

A principios de junio corregí las pruebas de la antología de jóvenes poetas, y me pareció consistente, por encima de la veleidad amorosa de su origen. Como tengo mala memoria textual, varios de los poemas seleccionados por mí me sonaron nuevos, y alguno de los olvidados me pareció realmente excelente: «¿Qué te diría tu gato?», de Leopoldo Alas, «Bailarina de doce años», de Mario Míguez, el primer terceto de «Toma a manos llenas mi espesa cabellera», de Alfredo Francesch, la sensualidad inquietante –como el atisbo de un territorio ajeno a mi vivencia de nuestro deseo– de dos de los mejores poemas de Luis, «Suplantación del enmascarado. Poema de amor», y otro sin título en el que se decía que «Enamorarse del Maligno / no lo es todo. Sólo donde el genio miente / cabe admiración.»

Quien más me sorprendió en la relectura, sólo tres meses después de haberlo creado, fue Rubio Eguren, la criatura Amadeo, al que encontré más sexy de dicción y más calenturiento de mente que en el momento de su concepción. Luis (con mi supervisión) le había hecho en «Myriam, 6» un artista del sexo oral, ahora no recuerdo si en homenaje a «El vals», la gran oda críptica al *cunnilingus* con la que Aleixandre, en su faz heterosexual, iniciaba la segunda sec-

172

ción, dedicada a Federico García Lorca, de *Espadas como labios*, y que contiene estos versos, de los más memorables de esa etapa superrealista *aleixandrina*: «el preciso momento de la desnudez cabeza abajo, / cuando los vellos van a pinchar los labios obscenos que saben». Yo (con la supervisión de Luis) le di a Rubio Eguren unos aires de facineroso en el titulado «Alejandra» («Eres aún doncella, y yo un nombre en el hampa»), con este cuarteto final en alejandrinos juguetones: «"Sé el único en mi cama", dijiste, "y sé el compa– / ñero que yo he buscado desde la misma noche / en que rompí los lazos y abandoné la pompa / de un hogar sin deseo. Poséeme en el porche."»

El verano se anunciaba plácido y lleno de actividades ociosas. Luis acabó sus exámenes agobiado y prolongó su estancia en Madrid para ir al concierto del estadio Vicente Calderón, que entonces no sabíamos que sería histórico por razones meteorológicas. De aquella noche especial recuerdo el gozo de Luis y (como todos los que estuvieron en el estadio) la salida brusca bajo la lluvia de Mick Jagger cantando eléctricamente «Under my Thumb».

No soy un asiduo de los conciertos pop, rock y de *chanson* española, pero me considero afortunado, porque la mayoría de los pocos que he presenciado han sido para mí imborrables. El de Raimon en mayo del 68 abarrotando el hall de la antigua facultad de Económicas de Madrid, y del que hubo que salir por piernas ante los *grises*, el primero de Luis Eduardo Aute en la plaza de toros de las Ventas, junto a mi amigo Rafa Ruiz de la Cuesta, que pasó del escepticismo al encendido ferviente de su mechero, un par de actuaciones de Rubi con y sin Los Casinos, más de uno de la Orquesta Mondragón, para la que escribí alguna letra, y uno de Joaquín Sabina, días después de saber que había sido breve alumno mío en unos cursos vespertinos sobre teatro español en un centro de enseñanza londinense. Los últimos que recuerdo están más cercanos; el delicuescente Rufus Wainwright cerca del río Manzanares pero sin tormenta, y Ana Belén cantando a los hombres que amó.

En Londres, para no desentonar con el *zeitgeist* de los años setenta, fui a bastantes, sobre todos los de *glam rock,* en los que el bello Andy rivalizaba en cosmética y ropa flameante con los solistas del escenario. Recuerdo el de Roxy Music que tuvo de *groupie in residence* a Amanda Lear, vecina mía de Brechin Place en el piso compartido con los dos funcionarios estatales, uno de T. Rex pocos meses antes de la muerte en accidente de coche de Marc Bolan, y todos los que hubo mientras viví en Inglaterra de David Bowie, que era para mí algo más que un cantante emergente.

En el tiempo en que él surgía le veía de lejos, tan hermoso y tan anfibio, en Yours and Mine, un club predominantemente gay situado en la planta baja de un restaurante mexicano que había que atravesar para acceder a la discoteca, a la que también iban a menudo los artistas Gilbert & George, entonces más escultores de su propio cuerpo que panelistas fotográficos. Yo había visto en el otoño de 1972 su exposición «The Bar» en la galería Anthony d'Offay, en la que ambos posaban estáticos ante el público, y seis meses después allí seguían, vestidos siempre de abrochado terno y corbata, prolongando en la pista de baile de la discoteca sus flemáticas *performances*. El contraste de atuendo de la pareja conceptual y Bowie y su gente era espectacular, aunque no discordante. Todo era posible en los dominios de El Sombrero, empezando por su nombre y sus chillones sarapes en plena zona noble de Kensington.

Una noche en la que yo estaba en Yours and Mine acompañado de Andy y una amiga suya muy joven pero ya notoria *fag hag* llamada Lynette, la chica se atrevió a acercarse a la mesa de Bowie, que triunfaba lenta y crecientemente con su disco y su personaje de Ziggy Stardust, para sacarle a bailar. Fue rechazada, con una sonrisa. A fines de ese mismo año, conocí a Bowie gracias a Celestino Coronado, cineasta español casi toda su vida residente en Londres (donde colaboraba en los espectáculos teatrales, también incipientes, de Lindsay Kemp), que dirigiría más adelante varias películas de altísimo culto en el Reino Unido, sobre todo su *Hamlet* de 1976 interpretado por los hermanos gemelos Meyer, y con Quentin Crisp haciendo de Polonio y Helen Mirren desdoblada en Ofelia y la reina Gertrudis.

Si no me equivoco, habiendo pasado cuarenta años del encuentro, nos vimos a la salida de *Flowers,* el espectáculo «genetiano» luego tan celebrado en todo el mundo, que acababa de estrenarse en el pequeño cuarto de atrás de un pub de Sheperd's Bush, también luego legendario bajo el nombre de Bush Theatre. Al acabar la función, Celestino me presentó a Lindsay y al resto de la pequeña compañía, donde brillaba el Increíble Orlando, actor ciego, grandote y afeminado que hablaba con la cadencia de un obispo anglicano. En el camerino, más bien depósito de bidones de cerveza, estaba David Bowie, pero la cosa no quedó ahí.

Celestino, en el primero de los dos proyectos que elaboraríamos juntos en los años siguientes, le había propuesto a Bowie que interpretara una versión cinematográfica, al modo Coronado, de *Don Quijote,* y el cantante, formado teatralmente, en el mimo sobre todo, con Kemp, dijo que sí. Es una larga y frustrada historia que resumo. Celestino tenía en su cabeza una idea ritual y muy escénica y yo, respetándola, le sugerí que la bibliomanía neurótica de Alonso Quijano pasara a ser cinefilia, trasponiendo las fuentes librescas del original al clásico cine de géneros, las divas del celuloide y los magnates de Hollywood (equivalentes a los Duques de la novela). Mi amigo estuvo de acuerdo, y con esa premisa me puse a releer y anotar el libro y a escribir una sinopsis provisional o escaleta de doce folios, en la que, por heterogéneo que parezca, me dejé inspirar por *Cantando bajo la lluvia, El terror de las chicas (The Ladies Man* en inglés) de Jerry Lewis y el Raymond Roussel de *Locus Solus.*

Una vez hecho y traducido al inglés el tratamiento fílmico, Celestino y yo fuimos a ver a Bowie a su casa, donde me sorprendió lo bien que el cantante conocía la novela de Cervantes, ya que dio sugerencias y pistas muy perspicaces. Las incorporé, rematé la sinopsis y pasó el tiempo, que en el cine es siempre el doble de largo que en la realidad. 1975. Había un productor británico interesado y el reparto, de lo más *camp,* estaba hecho: Bowie de Ingenioso Hidalgo, Kemp sin engordes artificiales de Sancho Panza, y el Increíble Orlando, en el *drag* que tan bien se le daba, de Dulcinea. Pero 1975 fue el año de nuestro desconsuelo. David Bowie triunfó en los Estados Unidos con su nuevo álbum *Young Americans,* y allí se quedó él, como quedó la escaleta sin desarrollar en un cajón de mi escritorio, de donde la saqué para leerla en un simposio cervantino en Valencia y publicarla hace siete años en la revista *Letras Libres.*

Los Rolling Stones acabaron el concierto con «I can get no satisfaction», la lluvia torrencial escampó en el estadio, y Luis se fue a Alicante. Yo tenía que llegar un poco más tarde, por avión, ese mismo mes de julio. Pero el 22 él me escribió una carta. Su comienzo nihilista me atemorizó. «La casa familiar, el nido de los hombres, / Inconsistente y rígido», que da la vida al niño, como dice Cernuda en su poema «La familia» antes de insistir en su segunda persona vocativa: «Pero algo más había, agazapado / Dentro de ti, como alimaña en cueva oscura, / Que no te dieron ellos, y eso eres.» La tristeza infantil de los veinte años de Luis. Su dulzura, después, y hasta sus comedidos celos, me tranquilizaron. Y el final soñoliento de la gimnasia, de la intendencia, del tedio y el miedo al llanto. «Fuerza de soledad, en ti pensarte vivo, / Ganando tu verdad con tus errores.»

Querido Vicente:

Esta tarde después de hablar contigo he tenido la impresión de haber estado frío, poco preocupado por ti, por saber si escribes, cuánto, cómo... Y, aunque ya pasan de las tres, no me apetece dormirme sin escribirte un poco.

Lo de mis padres me descentra. Yo he venido a descansar y no a hacer de jesuita en un drama familiar en el que no creo. Será que soy muy egoísta pero éste es un asunto que me abruma, me pesa precisamente por su liviandad, pero que quiere dejar en sus huellas carácter de verdadera tragedia. Lo más absurdo es darse cuenta de que los padres de unos se comportan como niños, que no entienden lo que es verdaderamente importante, pero que –pese a todo– seguirán siendo padres. No tengo ganas de nada y me están nombrando intermediario. Me encuentro débil para esas cosas, como ya no veo a Paco Huesca & his locas porque igualmente me siento débil para aguantarles. No he perdido –creo– gusto por la vida, por las cosas a medio hacer, o bajas, o no tan sublimes como sería de desear, pero tanto aburrimiento acaba conmigo. No salgo casi, pero si me quedo no quiero enfrentarme a mi madre aunque sé que debería hacerlo pero no me viene el cómo a la cabeza. Tengo la cabeza llena de literatura: Juan Benet, Susan Sontag, Calvert Casey, Gómez Pin, F. Savater, Paul Valéry. Recuerdo mis entrevistas con Vicente Aleixandre, escucho a los Rolling, y en cierto modo disfruto de esta divertida condición de cobarde pensando que quizá no actúe sino en respuesta a *otra* ética que desconozco.

Yo lo que quiero es sonar amable contigo por teléfono y que, poco que hablo contigo, pueda quedar satisfecho de saber a quién quiero y quién ha de llegarme vía aérea dentro de pocos días.

¿Tú qué dices de todo esto?

No me parece bien que te vayas con otros por ahí, pero tampoco puede parecerme mal, quiero decir, que no me da lo mismo. Cuando todo ha pasado y vuelvo a verte me alegra que no hayas estado solo, que te hayas divertido; pero cuando yo no te tengo me da rabia que puedas estar con otros; y mi alma celosa añadiría «tan fresco».

A mis veinte años, qué despistado me siento todavía en esto de la vida. Y eso que no me preocupa adónde vamos o de dónde venimos. Pero sí qué es lo que quiero e incluso por qué.

Me está entrando sueño. Con todos estos follones he perdido ánimo para seguir la gimnasia. A ver si mañana vuelvo. Mi madre me ha pedido que le dé clases de inglés a Gualberto, que lo tiene suspendido, y no me apetece nada porque es aburrido y no me paga un duro. (A un compañero mío de jesuitas, por darle matemáticas, le paga 500 pta/hora.) Tampoco me importa. Estoy triste. Ven pronto y dime que todo son tonterías, que todo me va bien y que no tengo por qué preocuparme porque si no voy a ponerme –otra vez– a llorar como una nena.

Un beso muy fuerte

Luis

con dinero. Mi paga habitual era la inseguridad constante, como la del que debe dar cuenta de una fuente de azar. No podía saber si continuaría estudiando el curso siguiente después de haber perdido la beca. Cada trimestre era un interrogante. Sentía presión y ganas de ganarme la vida cuanto antes, como secretario, como ayudante en un taller de artes gráficas. Ni siquiera estaba convencido de que la universidad garantizase una salida.

Mis padres se casaron en un arrebato amoroso, al calor de una cerrada educación religiosa. Mi madre nunca dejó de ser una niña. Imagino que la devoción entusiasta del primer embarazo –el convencimiento secreto de que alumbraría a un ser perfecto– la alejó de mi padre, que debió de ver en mí a un rival inesperado. Al mismo tiempo, mi padre descubría, con los primeros bikinis, un mundo del que no le habían hablado antes: el sexo feliz, el placer de seducir, los misterios que atraían a todo aprendiz de Bogart. Él disfrutó de su vida y mi madre no se atrevió a separarse como había hecho su hermana, ni tampoco a perdonar a mi padre o sobrellevar la situación. Su misión sería recordarle, mientras estuvieran juntos, el sufrimiento que causaba, a fuerza de silencios que podían cortarse con un cuchillo. Yo sería el contrapeso, el ejemplo contra mi padre. Y también el responsable de mis hermanos. Me sentía sobrepasado. Con el tiempo, la distancia pareció amortiguar la situación. Mis hermanos crecieron y salieron adelante. Con mi marcha mi padre estableció mejor relación con ellos. Y, finalmente, también conmigo en algunos de sus viajes a Madrid.

Cuando enfermé en el año 2000 no contaba con el apoyo familiar. Tenía, como se dice, mi vida hecha. Fue la insistencia del entorno lo que me movió a llamar a mi hermano Ricardo, también gay. Le conté la situación, habló con mis padres y se volcaron de inmediato en una operación de rescate: debía vender mi casa, cerrar mi empresa, ir a

Barcelona con mi hermano para ser atendido y descansar después en casa de mis padres uno o dos años, el tiempo que hiciera falta, dijeron. El espejismo no duró mucho. Dos meses más tarde, quince días después de haber vendido mi casa y cancelado deudas, la situación se había vuelto insostenible. Mi padre estaba agresivo, mi madre volvía a pedirme apoyo y respuesta a sus amarguras. Mis hermanos se inhibieron por completo: ya debía saber cómo era mi padre. Me fui a un apartamento en la playa y a los dos meses, tras unos ataques de ansiedad que confundí con infartos, regresé a Madrid con el apoyo de Leopoldo. Trabajé sin haberme recuperado hasta que ocho años después la salud se quebró casi por completo; murió Leopoldo y en medio del desamparo decidí retirarme a donde pudiera vivir con la pensión que me quedaba, con miedo a verme en la calle.

Al releer mi tristeza en esas semanas iniciales del verano del 82 vuelve también la lucidez de entonces. Muchos encuentran en su familia un gran apoyo. No fue mi caso.

En aquel verano de 1982 Vicente era el mundo exterior, es decir, la encarnación de todos los libros que merecían ser leídos. Tenía nostalgia de lo que estaba siendo mi vida afuera. Con los horarios alargados por la luz del verano y la falta de obligaciones inmediatas, la relación fue encontrando momentos de dulzura en medio de una actividad para mí desbordante.

Fuimos a conocer la casa modernista de Novelda de la mano de Paco Pastor, empresario de mármoles, galerista y poeta que, con su mujer Elena, estaban encantados de recibir y agasajar a Vicente. Paco falleció recientemente, poco después que su socio en la galería y escritor de relatos Gonzalo Fortea. Aquella casa destacaba como el palacio de un cuento en medio de la ciudad común. Según nos contaba Paco, fue construida por el contable de un noble, no recuerdo si el marqués de Villena, que tras la independencia de Cuba se dedicó a coleccionar los títulos de deuda, ya sin valor, de la antigua colonia. Eran documentos estampados, llamativos, impresos con buen gusto, y escribió a los amigos habituales del marqués para incorporarlos a su colección. Años después, al constituirse el estado cubano independiente tras la fase de protectorado norteamericano, una de las primeras exigencias del gobierno español fue que aquella emisión de deuda recuperase su valor, pensando que defendían intereses de los inversores españoles, gente de influencia en su mayoría. Los papeles estampados de la colección del contable, al recuperar su valor original, suponían una fortuna, que fue el origen del palacio modernista, con salón de baile, frescos pintados en el techo, porcelana inglesa en los baños y una sorprendente variedad de ambientes en diferentes espacios.

Terminó la noche en la casa de campo del empresario, donde algunos restos arqueológicos servían de decoración en el jardín. Vicente era el interlocutor privilegiado y, como era obligado en las conversaciones de mayores, yo permanecía callado. Salió en la conversación la última novela de García Márquez, *Crónica de una muerte anunciada,* que a Vicente le había gustado, aunque ponía sus «peros»; nuestro anfitrión la defendía como una obra maestra. Me atreví a apuntar, con mi seco balbuceo habitual, que me parecía un alarde en cuanto a la técnica narrativa, pero le faltaba el alma que enamoraba en *Cien años de soledad.* El empresario pasó por alto mis palabras, Vicente, sin embargo, hizo un gesto —«oído cocina»—, había aprobado mis palabras, y las retomaría en su discurso. Me sentí orgulloso al sentir que mi percepción tenía algún valor. No sabía expresarme, pero era capaz de establecer diferencias, de hacer valer un criterio.

A partir de esos momentos de complicidad creciente en Madrid, de la aventura con la antología, empezaba a sentir, quizá indebidamente, a Vicente como un compañero, como un igual.

La salida más importante en ese verano fue presenciar el *Misteri d'Elx,* una representación cantada de la Asunción de la Virgen que Vicente apreciaba apasionadamente. A pesar del calor, los abanicos, los asistentes sudorosos, encajados e inmóviles en los bancos de la iglesia, aquella música antigua se abría paso con una facilidad estremecedora. No vibré con el entusiasmo devocional de Vicente, yo sentía sobre todo sorpresa, apertura, curiosidad y pasmo en un mismo movimiento inmóvil que parecía frialdad, pero era emoción contenida, todavía reciente y sin nombre. Estaba feliz de acompañarle en ese peregrinaje al arte de sus raíces. En esos días, el autor ateo que era Vicente celebraba sus particulares misterios con los dioses de la inspiración.

A finales de agosto, asistimos con Luis Revenga y su familia a la entrada de Moros y Cristianos en Jijona. Fuimos a la casa donde vivía mi abuela Mercedes, una mansión que habían construido los propietarios de la fábrica de turrones El Almendro. La fábrica fue vendida y finalmente desapareció. La mansión sigue en pie, una fusión neoclásica con elementos decorativos que van desde el modernismo de los relieves y detalles en azulejos hasta el déco más sobrio de las rejas negras y las tres grandes puertas de madera, una para cada hijo. En el tercer piso de la puerta central vivió mi abuela, cedida la vivienda, tras la muerte de mi abuelo. Las fiestas de Moros y Cristianos no pueden competir estéticamente con el *Misteri,* pero transmiten una vitalidad avasalladora, desde el color de los trajes a la música de las bandas y con la participación de un pueblo que convierte sus calles, por unos días, en el escenario de un drama épico y, en el caso de Jijona, también amoroso. Las fiestas en el Mediterráneo tienen un aire de ópera popular, más que de carnaval, con ritos y símbolos medidos, en busca de lo que llamarían los románticos una obra de arte total. En correspondencia, visitamos a los Revenga en Polop de la Marina. Yo conducía el viejo Austin de mi padre y apenas acertaba a entrar o salir por las calles estrechas del casco antiguo.

Vicente se quedaba habitualmente con su madre en la playa de San Juan, un paisaje que no me gustaba: según se iba urbanizando perdía su atractivo como naturaleza. Un comentario dicho al azar de cómo un pintor, Darío Villalba, a quien Vicente estimaba, se quedó fascinado con la composición luminosa y ecléctica de la playa me hizo verla de otra manera. Al menos produjo un conflicto entre la mirada nostálgica del niño que corría en los descampados y curioseaba entre los pescadores frente a la capacidad del artista recién llegado para apreciar simplemente lo que había. Estaba descubriendo de nuevo los lugares de mi infancia, otra vez dándoles nombre, otro valor: no sólo como recuerdos personales sino como experiencia estética. A Vicente le gustaba enfatizar cada encuadre, cada perspectiva, cada detalle... El arte no emerge de una verdad –aunque pueda apuntar a ella– sino de una experiencia, y él sabía dirigir mi atención, que iba de deslumbramiento en deslumbramiento descubriendo un territorio de sobras conocido. Había quedado atrás el Vicente vigilante y supervisor de mis torpezas sociales.

Recordaba una cena del mes de mayo anterior en que debí sufrir las ironías de Villena en un restaurante, La Argentina, junto a la Plaza de Chueca. En una mesa cercana se sentaba un chico que debía de trabajar como gogó en algún bar gay, moreno, camiseta de tirantes, mechas en el pelo castaño casi largo, un tatuaje en un hombro y el torso flexible arqueado sobre una ensalada. Tenía un cuerpo de impresión. Villena empezó con la disección habitual en esos casos: que si el tríceps, que si el glúteo superior derecho o el femoral externo, dicho en sus palabras. Me preguntó mi opinión. Yo, no sé bien si intentando zanjar el asunto o porque no me gustaba andar diseccionando lo que era una buena figura, dije: «Todo.» Y Villena entró en un rapto de hilaridad repitiendo «todo, todo» en voz alta, como si fuera un feliz hallazgo poético. Algo habría en mi tono de voz que no consigo describir, porque no me oía. Es posible que sonara más contundente de lo que yo pretendía. El caso es que Vicente se enfadó conmigo porque me había puesto en ridículo. No lo entendí y entendía que era mejor no hablar. Si lo hacía, Villena saltaría dándome la razón y llevando mi apreciación, cualquiera, al absurdo. Yo a la defensiva y Vicente reprendiéndome por ponerme en ridículo. A más presión, más torpeza.

El verano, la distancia y los aires de la costa habían disuelto la presencia corrosiva de Luis Antonio, Vicente se volvía tierno y yo conseguía dejar de lado el exceso de responsabilidad y la rebeldía que llevaba como enseñas de un invisible escudo de armas. Había noches sin excesos, ni siquiera de conversación, los silencios encontraban su momento y las conversaciones privadas apenas servían para anotar o matizar las experiencias del día recién ido. La relación iba encontrando su cauce expresivo, natural y saludable.

16. Vicente

Sólo he hecho proselitismo una vez en mi vida, y ha sido a favor de una causa católica. Lo interesante es que no lo hice cuando yo era un beato en los jesuitas y llevaba cilicio para purgar mis deseos impuros. Aquella fe mortificante me duró hasta los quince años, vino después un periodo de holgazanería en la creencia, y a los dieciséis me proclamé ante mí mismo ateo. De todos los que he practicado, el ateísmo ha sido el ismo en el que nunca he dejado de estar en vanguardia. Y soy un ateo ecuménico, puesto que después de abjurar –sin pública apostasía– de la religión de mis padres, he sentido por todas las demás, incluso por el jainismo, que no le hace daño a nadie, el mayor aborrecimiento y la mayor desconfianza. En pleno uso de razón atea, y acabada mi educación superior, caí sin embargo en un arrobo litúrgico.

Tal vez ese proselitismo del culto de una iglesia con la que no comulgo desde hace cincuenta años tenga una raíz prenatal. En 1945, mis padres residían en Elche, donde mi padre desempeñaba el puesto de Interventor de Fondos del ayuntamiento. Vivían felizmente en la segunda planta de un edificio racionalista con sus dos hijos, mi hermana Rosa María, concebida cuando les pareció a ellos que la guerra civil la iban a ganar los de su bando y nacida al cabo de cuatro meses de la victoria franquista, y mi hermano Juan Antonio, que nació en 1941, dos años después. Con ese par de niños más bien rollizos, mis padres se daban por satisfechos en el negociado de la paternidad. Pero un día de la Navidad del 45 mi madre fue a una vigilia pascual en la basílica de Santa María. Predicaba aquella tarde ante un nutrido grupo de señoras piadosas un archidiácono de la catedral de Murcia, que incendió el espíritu de esas damas con un mensaje sencillo: la viña del Señor había sufrido devastación en la pasada guerra y necesitaba injertos. Y vosotras, les dijo desde el púlpito el archidiácono, sois las que podéis hacerlo posible. Ninguna honra mayor para una madre católica que darle savia nueva al cuerpo de Cristo.

Aquella noche de víspera navideña de 1945 mi madre no quiso que mi padre apagara la luz de la alcoba sin hablar antes. «Y tú, hijo mío, que no crees en Dios, naciste gracias a la palabra de Dios», acababa el relato que mi madre, que no era una mujer de confidencias, me hizo cara a cara, años después de morir mi padre, en un hotel de Casablanca. Había sido un día largo desde Rabat, visitando Salé y poniendo ruta hacia el sur, con una parada en la playas de Mohammedia, donde yo me bañé. Durante la cena final de nuestro viaje, en el hotel donde está el falso bar Rick's de la famosa película que no se rodó en Casablanca, mamá, que entonces tendría unos ochenta años (había una duda o descuento de dos años en su edad), se bebió tres copas de vino marroquí, comió con su buen apetito natural y me contó la verdad de mi origen. Lo hablaron, lo ponderaron, apagaron la lámpara de mesa del dormitorio art déco y el 18 de octubre del año siguiente nací yo.

Cuenta la novela familiar que yo, después de haber nacido en la casa racionalista ilicitana, fui llevado con dos años, en brazos de la tata Amparo, a la misma iglesia donde el predicador de Murcia convenció a mi madre (¿sólo a mi madre? ¿Cuántos hermanos míos en Cristo nacieron en Elche ese año por la elocuencia del archidiácono?). Mi bautizo había sido en El Salvador, nuestra parroquia, pero mi entrada iniciática en Santa María fue para asistir al acto de fe mariana del que, pasado el tiempo, me haría propagandista.

Ningún vestigio de aquella función del verano del 48 guardo en mi memoria, aunque mi madre, y esto sí estaba en la versión autorizada de la biblia familiar, la anterior a la de Casablanca, decía que yo, en mi ropón de niño sostenido en brazos de la tata, miré con ojos de pasmo al cielo abierto en la basílica y moví las manitas, como si quisiera aplaudir.

Cuando, después de un paso por Almería, mi padre consiguió su destino final de interventor en la Diputación de Alicante y yo cumplí en la capital los seis años, los siete de la primera comunión y los siguientes, era costumbre en casa no perderse en agosto la representación especial del *Misteri* del día 13, a la que seguían los fuegos de la Nit de l'Albà o Alborada. Y, según mi madre en la versión de la saga Molina Foix para todos los públicos, fui llevado por ellos anualmente al *Misteri* a partir de los ocho años, ya libre del sostén de la tata Amparo, aunque parece ser que las carretillas que los chicos ilicitanos soltaban por las calles después de la Alborada (¿algún conmilitón entre ellos de la legión cristiana del 46?) me dieron miedo pronto. Me lo siguen dando.

En la versión extranjera de la novela familiar, la llamada versión de Casablanca, mamá, achispada, dio detalles que no figuraban en la oficial. El mandato divino transmitido por vía murciana había sido seguido por los dos esposos, pero mi madre, a medida que avanzaba el embarazo, me temía. Una de las razones, sigue la versión de Casablanca, por las que habían decidido mi padre y ella no tener más hijos era que su segundo parto, el de mi hermano, había sido difícil, con riesgos graves para el bebé y para la salud de la madre, quien achacaba a ese nacimiento accidentado el carácter retraído de Juan Antonio, una elucubración que la obstetricia no sustenta científicamente (añado yo como escolio a su versión). De pequeño, Juan Antonio, decía ella, podía llegar a ser taciturno, y su carácter sólo se expandió cuando yo nací y él, con apenas cinco años, se escapó de casa, en un acto de esparcimiento o de desobediencia, con una niña de su edad y sin rumbo fijo, hasta que fueron encontrados en una pedanía del interior de Elche, cogidos de la mano pero impolutamente vestidos, por la policía municipal.

Los miedos de mamá no se cumplieron. Mi salida de su vientre, en las manos del doctor Petschen, le resultó poco dolorosa, pese a que yo anunciaba, ya en ese formato puerperal, que sería el más alto y corpulento de la familia. Fue celebrado instantáneamente, además de mi peso al nacer, cuatro kilos doscientos gramos, mi parecido con el abuelo Molina, por quien se me llamó Vicente, y de segundo Sebastián (por mi padrino de bautizo), nombre que como de niño me sonaba al de mayordomo de película española de teléfonos blancos no usé nunca. Ahora que suena, con el acento tónico en la primera *a,* a aristócrata inglés del periodo de entreguerras, ya es tarde para incorporarlo como compuesto.

En Casablanca mamá se emocionó a la hora de la repostería. Después de haberme temido tanto mientras yo me estaba formando dentro de ella, ahora estaba segura, me dijo en esa velada íntima, de que la sintonía de nuestro carácter, el estrecho vínculo que tuvimos, sobre todo a partir de la muerte de papá, se debía a aquella superación umbilical de las amenazas de un embarazo tardío y un bebé de más de cuatro kilos. ¿No sería por ser ella también, como yo, Libra?, le dije por decir algo. Mamá me miró, camino de su habitación del hotel, con estupor. La generación de mi madre, por fortuna, creció ajena a la patraña astral.

Fui muchas veces por tanto, según los relatos troncales, a ver el *Misteri,* aunque de esas representaciones recuerdo poco más que la figura del judío atrabiliario que fascinaba a los niños por sus greñas y su parálisis de exagerado ademán cuando la Virgen obraba el milagro. Pero llegó el día en que, ya plenamente adulto y con una afición –que persiste– a la música vocal, entré en el templo y caí de bruces ante el altar de Santa María.

Me ha gustado siempre recordar que, en una larga vida de proselitismo del *Misteri,* el primer catecúmeno al que arrastré a la también llamada *Festa* fue Luis. Mi condición de adorador perpetuo de la maravilla teatral y musical, tan refinada como espontánea, basada en un principio sobrenatural del dogma católico, y a la vez mundana y civil en los añadidos culturales (el canto mozárabe, la máquina barroca, la procesión popular), quedaba incólume. Y al mismo tiempo allí estaba yo en ese espacio sagrado con mi joven amante, que seguía la representación boquiabierto, no sé si por el arte o por el hecho de que, cumpliendo con la misma tradición cristiana que hizo que los papeles femeninos de las cantatas de Bach los cantasen niños, el *Misteri* tenía un reparto *male only.*

Luis no lloró, y no sé si ha vuelto a ver el *Misteri* después de aquel verano en que hicimos el viaje a Elche y el viaje a Italia. Sí han vuelto, y son, de mis catequizados, los más fieles, Aurora Sanz y Luis Revenga, que aquel verano de 1982 nos acompañaron. Me jacto del buen nivel de mi catequesis. Llevé al *Misteri* de agosto, con el calor que hace en la basílica, a Rafael Martínez Nadal y Jacinta Castillejo, a Julieta Serrano y Berta Riaza, a José Carlos Plaza, a Javier Gurruchaga, a Miguel Ripoll, a Frederic Amat, que aún no era padre, y, como todo propagandista, me congratulaba ver allí por su cuenta entre el público, a lo largo de los años, a Lluís Pasqual, Jack Lang, Luz Casal, Lluís Llach, José María Prado y Marisa Paredes, Alicia Gómez Navarro y Manolo Gutiérrez Aragón, que se hicieron asiduos. Otros que deseaban verlo in situ, como Octavio Paz (porque por unas fotos, decía, había sospechado en el *Misteri* una concomitancia con ritos incaicos y ceremonias hindúes), no tuvieron tiempo.

Un otoño, y tuvo que ser el de ese mismo 1982 en que llevé a Luis, pastoreé desde Madrid a Elche a un pequeño rebaño de gente distinguida. El drama sacrolírico que data del siglo XIV se representa por bula papal dentro de una iglesia en las fiestas de la Asunción de la Virgen, motivo argumental de la obra. Pero las bulas papales se dispensan, ya lo sabemos, con liberalidad, y en este caso llegó una, en 1954, Año Santo Mariano, que permitió a partir de entonces repetir las funciones fuera del calendario religioso: en el primer sábado de noviembre de los años pares, el primer acto por la mañana y el segundo por la tarde, con la procesión entremedias, y todo ello a una temperatura suavemente otoñal y con los dátiles amarillos recién cogidos del árbol, en su sazón más sabrosa antes de oscurecerse y hacerse dulzones. Eduardo Mendoza, Rosa Novell, Lluís Maria Todó y, en la sección juvenil, para ir creando escuela, Isaías Fanlo y Javier Montes, fueron, más recientemente, algunos de los inducidos del otoño.

Mis catecúmenos de noviembre de 1982 salieron de Madrid, lo noté en el trayecto, un tanto descreídos dentro del Daimler, conducido, con volante a la derecha, por Juan Benet: el segundo de los tres grandes coches británicos que tuvo, y para mi gusto el más señorial y acogedor. Benet lo llamaba, como si fuera una antigua amante nunca desdeñada, «la vieja Daimler», y ese Daimler feminizado tenía en su salpicadero un cajoncito que al abrirse daba una tenue luz azulada, como de interior de burdel. Juan se lo abría inevitablemente, con gran ceremonia, a todos los que entraban en el coche, anunciando que iban a contemplar algo escabroso: «Vais a ver París.» Cada vez que lo hacía, hacíamos nosotros, los *habitués,* el paripé de quedarnos atónitos y corrompidos.

A Benet le acompañaba en el viaje su novia de aquel momento, la actriz Emma Cohen, y en el asiento de atrás íbamos con todo confort Javier Marías, la trapecista Catherine Bassetti y yo, que les alojaba esos días en el apartamento familiar de la playa de San Juan. Antes de las funciones fuimos al apartamento para que las dos parejas se instalaran, y allí nos esperaba mamá, que estuvo encantadora, sin oírles, pues para entonces, y pese a los audífonos, no podía seguir las conversaciones si hablaba más de uno. El piso estaba limpio, y las toallas, en los tres tamaños dignos de la hostelería, alineadas al pie de cada cama; los dormitorios tenían camas gemelas. Durante años, Juan Benet nos hizo reír evocando con cariñoso humor el episodio del agua purificada. Alicante tiene un agua potable muy caliza e impura, y en una época menos dada al comercio del agua mineral embotellada las casas instalaban un filtro en el grifo para sanearla y quitarle el sabor a cloro. El filtro tenía su truco, y eso fue lo que mi madre, con la prolija insistencia de los ancianos y la voz alta de los sordos, les quiso explicar a los cuatro huéspedes. Creo que nada más irnos mamá y yo bajó Javier a comprar en el supermercado agua de Vichy.

En Elche, al aparcar y salir los cinco camino de Santa María, causaron sensación la Daimler de Benet y Emma Cohen, muy popular por dar voz y figura en un programa infantil de la primera cadena a la Gallina Caponata, que nunca he sabido bien si era enteramente antropomórfica o con añadiduras de plastilina. Los padres de los niños ilicitanos se acercaban hasta nosotros (a Benet y a Marías aún no se les conocía tanto), instando a sus retoños a que le dieran un beso a la Caponata. Los niños se negaban, intimidados o escépticos. La gallina vista en la tele no se parecía a la hermosa joven allí presente en pantalón vaquero, aunque Emma, muy pundonorosa, les alentaba aleteando sus brazos y emitiendo cacareos no pregrabados.

Empezó el *Misteri*, que en sus inicios puede dar la impresión de una charanga de pueblo. Desde la tribuna, mis amigos miraban al andador de la nave y me miraban a mí algo aprensivos. Vais a ver enseguida, me decía yo a mí mismo todo orgulloso. Las tres Marías, la Virgen, los angelotes de peluca rubia. Simpático, plebeyo, arcaico, eso desde luego. Hasta que, tras expresar la madre de Dios el presagio de su inminente muerte, sonó el órgano de la basílica y se abrieron las puertas pintadas del cielo. Empezaba a bajar desde la cúpula el Ángel con su palma dorada, saludando a la Virgen María y entonando el melisma bellísimo que siempre he creído, sin tener certeza documental, que inspiró a Benjamin Britten (el *Misteri* fue radiado en los primeros años 1950 por la BBC) la feérica música de la seducción del niño Miles por el criado Quint en su ópera *The Turn of the Screw (Vuelta de tuerca)*.

Benet carraspeó, Emma Cohen empezó allí mismo a imitar por lo bajo esos gorjeos sublimes con los que después, en un solo, amenizó a los ocupantes de la Daimler el regreso a Madrid, Catherine apretó la mano de Javier, que le respondió con una caricia, y se puso a llorar, y el llanto de la norteamericana me dio a mí bula. Con lo frío que soy en las expresiones del alma, el canto aéreo del ángel, el lamento de la Virgen («Ay, triste vida corporal»), y el dúo agónico con ese hijo o hermano joven simbólico que es en la obra Juan el Bautista, siguen, año tras año, llevándome a las lágrimas. También aquel día.

16. Luis

El viaje a Italia empezaría con una primera escala en Barcelona, de donde saldríamos en coche con Narcís Comadira y Dolors Oller. Los vagones del Talgo se habían convertido en un decorado cotidiano desde que estudiaba en Madrid. Disfrutaba de la calma del paisaje en movimiento, absorto. Acostumbrado a viajar solo, escuchaba a Vicente, animado y entusiasta, sin comprender cómo conseguía evadirse de la ventana hipnótica, de los árboles escasos, de los postes de luz o teléfono que cruzaban veloces balizando el trayecto junto a las vías. A la altura de Tarragona, el tren se detuvo en la estación, anunciaron por megafonía una breve parada y Vicente propuso bajar a tomar un helado.

—Este tren no para como el de la noche. No te va a dar tiempo... —dije con aire condescendiente. Pero Vicente se levantó y fue a comprar su helado. El tren cerró las puertas y arrancó de nuevo. Me sentí abrumado con aquel primer imprevisto. ¿Qué haría al llegar a Barcelona? ¿Esperar en la estación? ¿A quién podría llamar? No quería hundirme en aquel estado de abandono. Iba a volver al pasatiempo feliz de la ventana cuando apareció Vicente con cara de niño travieso. Había sido una broma. Una broma teatral en que el actor hace mutis por el pasillo y se esconde un tiempo prudente espiando qué efecto produce su ausencia. Por dentro, demoledor; por fuera, no debí de inmutarme. Esa actitud impasible le desconcertaba, como me desconcertaban a mí los juegos. Pero consiguió relajarme y hacerme sonreír cuando se pasó el susto.

En Barcelona Vicente quería visitar a Félix de Azúa e invitarle a cenar con nosotros y con Narcís y Dolors. Félix no quiso. Estaba encerrado en un apartamento en penumbra, frente al sofá una mesa baja con libros de Goethe y sobre Goethe. Cogía uno, lo mostraba, maldecía y lo dejaba de nuevo sobre la mesa, con una displicencia cansada. Tenía trabajo, no quería salir, abominaba salir, la charla trivial de las cenas entre amigos. Vicente trataba de quitarle importancia y animarlo, a mí me parecía legítimo. Podía entender, aunque no sabía cómo, que Goethe planteara problemas irresolubles que necesitasen de un esfuerzo solitario.

–¿No vas a invitarnos a tomar nada? –Vicente insistía en establecer conversación.

–Hay leche en la nevera –dijo Félix. La leche, un único cartón semivacío en la nevera solitaria, estaba agria. Eso me lo hizo sentir cercano. No había perdido las costumbres desastrosas de los estudiantes que comparten piso. Parecía haber prolongado indefinidamente ese estado de abstracción del mundo que termina por reflejarse no en un desorden caótico, sino en un permanente estado de dejadez que termina produciendo bienestar. Un dejar estar las cosas como están para no alterarlas, a cambio de no ser alterado; no tocar el mundo de los objetos para que la materia, tan pesada, no distraiga el curso de la mente. Pocos minutos después caminábamos de nuevo por las calles de Barcelona. Creo que Vicente trató de disculpar a Félix; yo lo había disculpado desde el comienzo. Debía de ser una lata entrar en conversación con dos viajeros tan dispares la misma noche que Goethe esperaba en la mesa baja frente al sofá.

195

Narcís y Dolors vivían, en cambio, en un piso luminoso que daba a un patio lleno de plantas. Parecía un jardín interior, un salón improvisado junto a un invernadero. Los libros, las enredaderas y las flores hacían una combinación perfecta. Y entre ellos, como un reloj, se iba desplegando un baile callado de sobrentendidos y ritos cotidianos que me fascinó desde el primer momento. Narcís tenía los rasgos de un niño, un muchacho a la vez frágil y terco, persistente y metódico. Dolors era más grande, o lo parecía, tenía un aspecto maternal, un atisbo de humanidad receptiva en contraste con la variedad de artistas e intelectuales que había conocido hasta entonces. Hablaron largo y tendido de los planes: desplazamientos, visitas que haríamos, consultaban guías en alemán sobre arte del Renacimiento en Italia. El plan era salir al día siguiente. Iríamos por carretera en el coche de Narcís y Dolors, un Seat Ritmo, la versión española del Fiat Punto, con faros redondos como dos ojos saltones. La primera jornada nos llevaría hasta Génova, donde llegaríamos a la hora de dormir. Conducía Dolors, aunque aquella primera jornada intensa haría turnos al volante conmigo. Narcís no conducía. Vicente tampoco; improvisaba temas de conversación mientras Narcís, más consciente de su papel de copiloto, se sumergía en mapas y guías. Yo escuchaba la mayor parte del tiempo; en algún momento intentaba aportar un punto de vista, como lo había hecho en la velada con Paco Pastor, en Novelda, consiguiendo la aprobación tácita de Vicente. En una ocasión, Dolors, sin perder atención mientras conducía, me echó una ojeada por el retrovisor y dijo: «Es posible, pero no se dice así.» Descubrí que no importaba tener razón sino seguir un código, el de la crítica de arte o libros, que no estaba a mi alcance ni en los programas de la facultad; debía de consistir en claves secretas que unos pocos compartían. Mis lecturas de crítica no pasaban de los artículos de Susan Sontag en *Contra la interpretación*. Y yo seguía al pie de la letra esa pasión no hermenéutica, sino erótica, al acercarme al arte o la literatura. Me interesaban las resonancias, no los símbolos; las formas y colores, la composición, la música y el lenguaje más que los conceptos. Ésa era mi única preparación y el único camino que conocía en el contacto con la belleza.

Si cruzábamos Portbou, la conversación se llenaba de referencias históricas y literarias. En los túneles bajo los Alpes hablábamos sin querer en voz más baja. El paso de frontera abierto entre Francia e Italia supuso un primer impacto de lo que era Europa: una frontera sin control de pasaportes. Ya en Italia, mi primer descubrimiento fueron las rotondas sustituyendo a los viejos cruces en la carretera.

De Génova recuerdo, al llegar por la noche, las altas laderas iluminadas volcándose sobre un gran puerto. Ese relieve contrastaba con las ciudades mediterráneas que había conocido. Era una ciudad agreste, concentrada en torno al puerto industrial, donde dormían grandes grúas silenciosas. Pasadas las diez de la noche llegamos a la pensión en que habíamos reservado dos habitaciones. Durante unos breves momentos de tensión, Vicente declaraba en voz alta que nosotros dos compartiríamos habitación, y se investía de una dignidad a la vez tímida y desafiante mientras sonreía de medio lado, como quien hace una travesura. Nuestra habitación tenía dos camas que decidimos juntar en un mínimo acto de afirmación.

Al día siguiente, como cada mañana, Narcís y Dolors hacían del desayuno un rito: la puntualidad y la calma, el regreso al dormitorio tras el primer café para terminar el aseo y recoger las cosas. Alguien como yo, que saltaba de la cama, se lavaba, vestía y ya estaba listo, veía aquella ceremonia de progresivo despertar como un lujo aristocrático. ¿Cómo habían llegado a aprender esos movimientos, a repetirlos diariamente, en sincronía pese a las situaciones cambiantes, sin improvisación apenas? Había un «misterio Comadira» que vería desplegarse invariablemente cada mañana durante dos semanas y que disfrutaría casi más que mis propios desayunos.

Dejamos la reserva hecha para el regreso. La mujer que atendía por la mañana era la misma que nos había recibido la noche anterior. Desconfiaba de la palabra de un grupo de turistas españoles. Narcís se desesperaba ante la desconfianza de la mujer. Y, tras mucha insistencia y dar cuenta de los planes del viaje en un italiano catalanizado o en un catalán italianizado, ella aceptó confirmar la reserva para la última noche.

La primera etapa y el primer impacto del viaje fue Florencia. Y la primera —y todavía imborrable— visión no fue el arte sino la perspectiva de sus calles. Un urbanismo inspirado en las pinturas de Leonardo por donde, sin embargo, se podía caminar, avanzar y regresar en ese espacio público construido con la elegancia de un templo a cielo abierto. El resto fueron dos días de fiebre de museos que terminaron por la tarde del segundo día en la Galería de los Uffizi y después dando un largo paseo junto al Arno al atardecer, donde pudimos hacer algunas fotos mientras Narcís comparaba aquella perspectiva sobre el Ponte Vecchio con su Gerona natal.

Vicente estaba fascinado y excitado, seguía disfrutando como el niño que había liberado yendo a comprar un helado imaginario en Tarragona. Narcís y Dolors parecían dispuestos a ser implacables con la agenda. No sería fácil encontrar momentos de sosiego erótico para disfrutar de la experiencia del arte, con un *tempo* distinto. Las citas y comentarios sobre Walter Pater eran parte de la conversación cotidiana. Después de haberlo oído tanto, hasta años después no me atreví a leer sus ensayos. Los Uffizi me agotaron. Durante un rato que pude quedarme, entre grupo y grupo, entre guía y guía, a solas con el *Nacimiento de Venus* de

Botticelli, le pedí a la diosa un trato más amable y sensual entre las nubes de turistas y los horarios estrictos.

El día anterior, recién llegados a Florencia, habíamos estado en la Galería de la Accademia, con el *David* de Miguel Ángel y con su *Pietà* de Palestrina, una obra sin terminar que expresa una fragilidad bruta, descuidada y sobria. Habíamos ido en breve peregrinación a la casa del Dante para firmar en el libro de visitas. Éramos buscadores laicos, peregrinos en busca del rastro de la belleza que había dejado el arte. En el Museo Nacional apareció un admirador más interesado en sacar fotos mías que de las obras de arte expuestas, como si yo formase parte del espectáculo. A Vicente le pareció gracioso. Yo me sentí incómodo. No me gustaba ser guapo, en realidad no me gustaba llamar la atención. Quería ser el observador, el aprendiz, el buscador de una conciencia capaz de fluir, conocer y dar a conocer los secretos de la belleza. Mi propia belleza no consistía más que en tener diecinueve años. Y eso, ya lo sabía entonces, pasaría pronto.

Por la tarde, en el Museo del Bargello vería el *David* de Donatello, menos impactante y con una sensualidad más dulce, algo adolescente. Entre ambos, mi escultura favorita, sin embargo, fue el *Perseo* de Cellini, en la Loggia della Signoria, un justo término medio entre la fuerza y la dulzura, orgulloso sin arrogancia con la cabeza de la Medusa en una mano y el machete en la otra. De aquella cabeza cortada saldría Pegaso, el caballo alado, la emoción y el impulso de la poesía que surge, con toda facilidad, después de cortar una cabeza.

La *Anunciación* de Leonardo me permitió otro momento de sosiego en los Uffizi. El *Baco* de Caravaggio, en cambio, nos recordaba a Vicente y a mí a Antonio Palazón, alumno en las clases de arte dramático de Lourdes Ortiz, así que le dedicamos un recuerdo entre comentarios sobre los misterios de la belleza masculina. ¿Era guapo el modelo del

Baco de Caravaggio? Antonio Palazón era atractivo, aunque su parecido con el joven dios parecía darle una perspectiva diferente. Si algo se respiraba en aquella Florencia de final de verano era una sobrecarga de ese interrogante que es la belleza masculina.

Pero no fueron los davides ni el Perseo, estáticos y triunfantes, los modelos de belleza que me atraparon entonces. Si alguna escultura me siguió como un espíritu mudo el resto del viaje, y ya de vuelta en España, sería el *Spinario* o *Niño de la espina*. No representa a nadie en concreto. Es una estatua helenística cuyo original en bronce está en Roma, aunque es famosa la réplica en mármol de los Uffizi, sobre todo porque la copió Brunelleschi para una figura de sus puertas del baptisterio en la catedral. Es la imagen de un muchacho absorto y concentrado mientras trata de sacarse una espina del pie. La belleza del gesto ensimismado alejándole de la conciencia de su belleza. Está absorto, ajeno a todo y en equilibrio mientras se ocupa de sí mismo. Inevitablemente, al recordarlo aparecía en la memoria «Quien baila se consuma», el último poema del último libro de Aleixandre: las declaraciones cruzadas de un bailarín y su director de escena en torno a la idea del arte, desde la experiencia o desde la conciencia, desde la vitalidad instintiva del vuelo o a través de la lucha del director por hacer valer su autoridad solitaria.

Tras la visita aquel segundo día a los Uffizi estaba exhausto, no podía ver más, sentir más, apreciar nada. Aquella puesta de sol junto al Arno, mientras Narcís comentaba con orgullo el parecido entre Florencia y Gerona, servía para despejarme. La visión del arte, la necesidad de elegir dónde y cómo detenerse, ese constante calmar el flujo de ideas para simplemente alcanzar el sabor de una presencia construida a través del tiempo, es un ejercicio agotador. Había superado la prueba de resistencia de los dos primeros días, y ya era capaz de ver mis límites.

17. Vicente

El viaje de placer, cuando lo hace una pareja de enamorados, es un examen de resistencia amorosa, y puede asemejarse, si es largo, a los trabajos de Hércules. En septiembre, tras las estupendas excursiones provinciales, Luis y yo hicimos el viaje a Italia planeado de antemano con mis amigos Dolors Oller y Narcís Comadira. A este matrimonio de gerundenses lo había conocido yo a finales de 1972 en Londres, donde eran ambos lectores de universidad, Narcís en el Queen Mary College y Dolors en Westfield. Narcís acababa de publicar su segundo libro poético, *El verd jardí,* que he vuelto a leer hace poco, encontrando en sus páginas unas anotaciones de palabras catalanas que debí buscar en el diccionario, signos de admiración en el margen de varios de los poemas (los dedicados a Gabriel Ferrater, a Giorgio Morandi, a Joan Maragall, a un poeta vanguardista coincidente con Pere Gimferrer), y un título memorable que había olvidado: «*Apareix, de sobte, un jove bellíssim, causant la natural torbació en alguns esperits excessivament tímids i analistes*», o sea, «Aparece, de súbito, un joven bellísimo, causando la natural turbación en algunos espíritus excesivamente tímidos y analistas».

Nuestro trato londinense duró tres trimestres, pero en

ese tiempo hicimos muchas cosas juntos, además de una amistad nunca interrumpida. Frecuentamos exposiciones y sesiones de cine clásico en el National Film Theatre, Narcís, que es también pintor, ilustró con un precioso collage original la portada de mi segunda novela, *Busto* (que apareció a finales de 1973 en la editorial fundada por Carlos Barral tras su salida accidentada de Seix Barral), y emprendimos un viaje en su coche, acompañados de mi amigo de infancia Rafa Ruiz de la Cuesta, también residente en la capital inglesa por entonces. El viaje era a Gales, pero nada vimos de Gales. Poco antes de llegar a Bristol una niebla envolvió el Mini conducido por Dolors, y no se disipó; al cabo de tres días, cuando en Cardiff nos dimos cuenta de que no nos distinguíamos a nosotros mismos al caminar un poco dispersos por la calle, volvimos descorazonados a Londres.

La amistad sobrevivió a esa ofuscación del paisaje galés, y les debo a ambos el haber conocido a lo más granado de la colonia artística catalano-parlante en Inglaterra: Montserrat Roig, que enseñaba en Bristol, Marta Pessarrodona, que había sucedido en el puesto docente en Nottingham a Salvador Oliva, al que asimismo vi dos o tres veces, Biel Mesquida, Salvador Giner y el recordado Biel Moll. Con Narcís y Dolors coincidí también en otras veladas con catalanes que yo ya consideraba «míos», como Montserrat Tintó y Guillem Ramos-Poqui, empeñados en que hiciésemos un gran espectáculo teatral lúdico-plástico-inorgánico, el muy arraigado Tono Masoliver, que me facilitó mi primer trabajo de profesor, y Luis Maristany, huidizo, agresivo en alguno de sus brotes de timidez, pero a quien daba gusto escuchar, no sólo hablando de Luis Cernuda, cuya fundamental edición completa, que empezó a publicar al poco tiempo Carlos Barral, estaba él entonces preparando con el profesor Derek Harris.

Y más que eso. Dolors y Narcís me ampararon generosamente, sufridamente, jovialmente, en las dos épocas en que hice mía la expresión de Juan Benet acuñada para su propia y reiterada experiencia de «bucear en el alma femenina catalana». Mi buceo amoroso catalán fue masculino, con finales abruptos también y el segundo tan trágico como el que golpeó a Benet en 1974.

Luis Cremades les cayó bien desde la primera noche, que pasamos en su casa del Putxet antes de partir al día siguiente por carretera. Los tres hombres dependíamos de la conducción de Dolors, que era diestra al volante pero algo dada al dramatismo vial. Todo automovilista imprudente, toda curva poco señalizada, todo atasco en las estaciones de peaje italianas producían en la sabia catedrática de teoría literaria una catarata de improperios. Los tres hombres callábamos en esas circunstancias, Narcís y yo con un mayor grado de culpa al no saber conducir. Luis, que sí tenía carnet y conducía bien, como yo ya había comprobado en las noches alicantinas de Benidorm y otras guaridas pecaminosas de la costa, de las que me traía al alba con sereno dominio de la lubricidad, se había ofrecido tímidamente a compartir las tareas de mando, pero yo creo que Dolors –además de tener el síndrome de cosificación egotista que el volante crea a su conductor– lo encontraba verde para las carreteras internacionales.

Era mi segundo viaje a Italia, y los recuerdos de aquél no puedo deslindarlos bien de los anteriores y posteriores que hice, coincidiendo en las mismas ciudades. Luis tiene sus propios recuerdos, y más de una vez ve cosas que yo ni he mirado, quizá porque los cuatro nos independizábamos en el callejeo. Los míos, al no conservar postales ni llevar entonces ningún diario, son más esporádicos y quedan reducidos en algún caso a lo que me llega rebotado de mis compañeros de ruta. Siempre me hizo gracia, por ejemplo, que Dolors recordase de Florencia el interés de Luis –cuando yo ya no podía más de frescos y me iba al albergo– por visitar con ella las boutiques de moda, mejor surtidas que las españolas. Las fotos nos muestran sin embargo a los cuatro vestidos sencillamente de turistas, aunque quizá Luis se compró algo de Fiorucci o Prada que se puso para las cenas, a las que no llevábamos la cámara.

Pero hay tres ocasiones que para mí marcaron ese viaje. La primera fue la parada en el pueblecito de Monterchi, a la salida de Arezzo, para ver una pintura de Piero della Francesca que entonces aún estaba en la capilla del cementerio local y, previa propina a un sacristán con aires de alcahuete que nos dejó la llave de los portones de la cancela, podía contemplarse sin límite de tiempo. Hoy, por razones de seguridad y conservación, la *Madonna del Parto* de Piero tiene un pequeño museo ex profeso en el propio pueblo, pero no creo que nunca vuelva para visitarlo. Me quedaré con la impresión de que esa hierática virgen embarazada que abre levemente su saya para mostrar el vientre henchido, mientras dos ángeles apartan las cortinas de un escenario que tiene algo de hendidura genital, es el doble, exquisitamente pintado, de mis deidades maternas: la Asunción ilicitana que muere en escena y resucita para subir suspendida de una maroma hasta el cielo de la basílica, y la madre que pese al grave riesgo me concibió en su vientre y me sacó, en un acto de prestidigitación milagrosa, a la intemperie del mundo.

En Siena subí los quinientos tres escalones de la Torre del Mangia solo; ni siquiera Luis se sintió con fuerzas para acompañarme en esa escalada de observatorios y *campanili*, único deporte de altura que habitualmente practico. Y también en Siena hubo un pequeño descenso a los infiernos. El ritmo de nuestro Seat era incansable, dominado por el estricto rigor de la conductora, pero yo aspiraba a que en las noches de un viaje con el ser amado se pudiese –después de obedecer de día los mandamientos de Walter Pater sobre la gratificación sensual del arte– sentir la pasión del cuerpo deseado, no menos voluptuosa que la proporcionada por un altorrelieve de los Della Robbia. El albergo de Siena fue de los más inhóspitos del viaje, y tenía en conserjería a la que bauticé como la Hidra de Lerna, no sólo por su físico espantoso sino por la mala gana con la que nos daba a los dos hombres solos, uno adulto y de profundas entradas en el pelo y el otro efébico, la llave del cuarto. En la segunda noche, más asentados que la primera, yo quise entablar *sexual intercourse* con Luis, pero Luis ponía dos inconvenientes: la Hidra de Lerna, que podría oír nuestras exhalaciones, y la fatiga. ¿Fatiga del *Quattrocento* o de mí? Su negativa fue motivo de un enfado mío, de una salida al azar de la *piazza,* de un día siguiente de caras largas.

La prueba hercúlea más violenta fue la de Pisa. Yo llevaba todo el viaje diciendo que algo que no nos podíamos perder eran las pinturas al fresco de su camposanto, que sufrieron un bombardeo aliado en 1944 pero estaban siendo restauradas cuidadosamente. Ya en Pisa, mi insistencia no parecía surtir efectos persuasivos en un grupo harto de maravillas, y lo empeoré a ojos de Narcís, el menos desfavorable de los tres, cuando aclaré que mi interés se debía sobre todo al influjo que esos frescos, los de Gozzoli en especial, habían tenido en los pintores pre-rafaelistas, a los que dediqué mi tesis de maestría en la Universidad de Londres. El pre-rafaelismo sonó demasiado reciente y tornasolado entre los sarcófagos romanos y las piedras nobles de la catedral. Le reproché agriamente a Narcís que, siendo pintor, prefiriese quedarse en una terraza tomándose un *macchiato,* la discrepancia fue subiendo de tono, Luis y Dolors se inclinaron por escabullirse hacia la famosa torre, y Narcís, uno de los espíritus más apacibles que he conocido, se levantó furibundo de la silla y me levantó las manos; allí se quedaron alzadas, detenidas, como las manos del judío greñudo del *Misteri* que va a raptar el cuerpo de la Virgen.

Me fui solo al camposanto y él se quedó en el café, donde dio salida a su momentánea vesania escribiendo un excelente poema que leí tres años después en su libro *Enigma*. El poema se llamaba «Sabbioneta», el pueblo metafísico a orillas del Po que visitamos después de salir de Parma. Desierto de turistas y espectral, con sus cien niños embalsamados y su antiguo gueto, al poeta Comadira le inspiró un desdoblamiento biográfico, mezclando la rememoración histórica y el comentario burlón de un guía local sobre la palabra *Libertas* inscrita en el escudo del Duque de Sabbioneta. Acaba con estos versos:

Sempre amb el benentès
que tots volem la nostra, de llibertat;
però aquí
vull sentir-me magnànim: vull la d'aquells cadàvers
dels nens: que ressuscitin: vull la de tot allò
que, encara que falsa, signifiqui vida. *

* «Siempre bien entendido / que todos la queremos, la libertad; / pero quiero / aquí sentirme magnánimo: quiero la de los huesos / de aquellos niños: que resuciten: y quiero la de todo / lo que, aunque sea falsa, signifique vida». Traducción de V. M. F.

17. Luis

Después de Florencia, Siena: del Renacimiento a la Edad
Media, de las grandes avenidas de la ciudad abierta a las
calles estrechas de la ciudad refugio, en torno a una gran
plaza común. De camino visitamos Pisa y San Gimignano
de las Altas Torres. El paisaje en la Toscana no es diferente
del mediterráneo español en esa misma latitud. Pero sí la
manera de hacerlo humano, de respetar su sentido. Hay una
semántica, aprendida a través de generaciones, que atraviesa la historia en los mitos y deja soñar un futuro más simple.
Gracias a los muertos, la naturaleza puede verse como un
jardín.

Después de Siena, el viaje hizo un paréntesis monográfico que podría titularse *Tras las huellas de Piero della Francesca,* desde Sansepolcro, su ciudad natal, que Narcís llamaba «Borgo San Sepolcro», como hacía Vasari, biógrafo del
pintor y autor de referencia en esa segunda parte del viaje.
El fin de semana transcurría con más calma entre las pinturas claras y las formas en equilibrio de Piero della Francesca.
Camino de Arezzo nos desviamos a una ermita en Monterchi, a trece kilómetros, para ver un solo cuadro, *La Virgen
del Parto.* Junto a nosotros, apenas otros dos o tres turistas
alemanes. El bullicio de Florencia cedía paso a viajeros cu-

riosos y especializados. El paisaje toscano forma parte de sus pinturas, de la calma que transmiten. Recuerdo el paisaje en torno a la ermita, las miradas de complicidad con los alemanes o la comida tranquila casi mejor que el cuadro que sirvió de excusa para esa escapada de las rutas urbanas.

En la tercera y última etapa fuimos de nuevo hacia el norte por el interior. Nos pararíamos en Ferrara, Mantua, Sabbioneta y Parma. Debía de ser lunes cuando visitamos los frescos en Arezzo y partimos hacia Ferrara. Esta vez Giorgio Vasari dejó paso a Giorgio Bassani y su obra *La novela de Ferrara* que servía de inspiración a Narcís, como puente para comprender y disfrutar aquella nueva escala.

Los dos autores que aprendí de oídas en aquel viaje fueron Walter Pater y Giorgio Vasari. El primero en su enfoque humanista en busca de un epicureísmo sereno, una especie de sentido dionisiaco desde la moderación apolínea, que puede practicarse sin contradicción. El segundo sería Giorgio Vasari y su libro *Las vidas de los más excelentes arquitectos, pintores y escultores italianos*. El primero más del lado del observador, el segundo más historicista y cercano a la perspectiva del creador. El tercero en sumarse, ya en esa parte final del viaje, era Giorgio Bassani y *La novela de Ferrara*, un relato de extensión proustiana que recoge la primera mitad del siglo XX italiano a través de las historias de la ciudad. Pensaba que Narcís se proponía escribir su propia *Novela de Gerona*.

Antes de llegar a Ferrara tuvimos un altercado, breve e intenso, con la policía italiana. El coche no llevaba la preceptiva pegatina con la «E» de España junto a la matrícula para identificarla como vehículo extranjero. Los malos modos de la policía exasperaron a Narcís, que no sé si llegó a alegar que era catalán en algún momento apasionado. No había visto su genio en todo el viaje. Cuando aceptó la multa recogió el pasaporte y los papeles del capó del coche con un gesto violento y despreciativo que pensé que nos costaría una segunda multa. De vuelta en el coche y para calmar el enfado, Vicente disparó la conversación, pasada ya la mitad del viaje, hacia futuros proyectos turísticos. Su capacidad para soñar despierto era pasmosa, recorrimos, en los pocos kilómetros que faltaban para llegar, las principales ciudades de Europa, que se quedó pequeña, pasó a la India y, finalmente, ya en África, Dolors suspiró y llegamos a Ferrara.

Entre el genio a ratos ensimismado o el ensimismamiento que rompía en raptos de genio de Narcís y la imaginación vitalista de Vicente, me encantaba la sensatez pragmática de Dolors. Una sabiduría al elegir las palabras, la introducción a un relato o un momento serio de conversación. Todavía sentados a la mesa después de la cena tomaba la palabra y decía: «Bueno, el dinero es algo muy antiguo. O sea que ya podemos hablar de él.» Para sacar a continuación las cuentas del viaje, gastos compartidos de gasolina o comidas, préstamos momentáneos o revisar el presupuesto todavía pendiente. Esa manera de hacer fáciles conversaciones pesadas o espinosas a través de un conjuro parecía una magia ancestral al alcance de unos pocos. Mi parte del viaje salía de aquellos trabajos de invierno como mecanógrafo y documentalista particular de Vicente. No creo que llegara a cubrir todos mis gastos. Vicente era cuidadoso, haciéndome responsable de mis cuentas y evitando al tiempo que me preocupara demasiado.

Frente a los impactos estéticos exteriores y el cansancio del viaje, la relación con Vicente parecía haber pasado a un segundo plano. Era mi compañero, mi apoyo, pero no me quedaban fuerzas para prestarle una atención aparte, para estar a solas hablando de nosotros; los momentos de intimidad se veían reducidos a los abrazos nocturnos en busca de calor, complicidad y sosiego, más que de excitación o placeres diferentes de los de cada día. Bastaba, al menos a mí, un suave recordatorio de que estábamos viviendo aquella inmersión que él también parecía sentir con intensidad.

En Mantua yo había tirado la toalla, iba a rastras. En la primera iglesia me senté junto a los frescos del Giotto, ya no quería moverme. Vicente, Narcís y Dolors querían acercarse a un museo cercano para ver otras pinturas que recomendaba alguna de las guías especializadas. Yo llevaba tiempo sin disfrutar a mi manera de la compañía de una obra de arte, del efecto que produce una exposición continuada, la observación desatenta, dejando la analítica y los detalles como algo inútil, olvidando lo que había aprendido en manos de su presencia, de la presencia de unas formas pintadas, si es que la tenían. Les dije que esperaría allí y que me saltaría esa «visita obligada» al museo cercano. No sé cuánto tiempo esperé, pero con el fresco de la sala, los frescos en los muros, sus colores opacos, las texturas desvaídas y casi transparentes, parecían cobrar volumen en la penumbra. Parecían haber pasado apenas diez minutos. Cuando quise darme cuenta estaban los tres de vuelta y yo más descansado. Vicente me dijo que el museo no había sido gran cosa y que había hecho bien en quedarme con el Giotto. Eso me dio ánimos.

Camino de Parma pasamos por Sabbioneta, nos detuvimos en un gran monumento fúnebre, un osario de niños, un cementerio con las figuras en altorrelieves blancos de cientos de niños muertos en una catástrofe que dejaba un rastro estremecedor en el aire. Parecía que la carretera, al llegar y al despedirnos, se perfumaba de un incienso imaginario. Fue una visita sobrecogedora, en una dimensión diferente de la experiencia estética. La vitalidad de Florencia, la serenidad de Sansepolcro y Arezzo, la ligereza dulce del Giotto, cobraban repentinamente la intensidad de una punzada dolorosa.

De regreso en Génova, el hostal cerca del puerto donde nos habíamos hospedado la primera noche era lo más parecido a un hogar. Creo que en dos semanas no habíamos dormido dos noches seguidas en el mismo sitio. La señora madura, desconfiada y tosca de la recepción nos recordaba y se felicitaba por nuestra seriedad al cumplir con la reserva. Para nuestra sorpresa, la habitación reservada para Vicente y para mí tenía una sola cama de matrimonio. Eso nos hizo sonreír y celebrarlo, recordando la travesura inicial al dejar juntas las dos camas. El último día en Italia se fue en los trámites del puerto para embarcar el coche y en explorar los pasillos del viejo ferry y la discoteca a bordo, donde aproveché que no había casi nadie para soltarme con lo peor que sabía hacer: bailar. Estuve haciendo el tonto a mis anchas hasta que un árabe delgado y alto se acercó a decirme lo bien que bailaba. Me pareció tan extraño y sin sentido que dejé de bailar definitivamente. Me fui a sentar con Vicente más bien avergonzado.

Las secuelas de aquel «viaje de formación» se prolongarían durante años. Fue más bien un «viaje de transformación», al menos en cuanto a la experiencia artística, no como creador, lector o espectador, sino como una aventura completa donde convergían la curiosidad por los datos y detalles, cierto espíritu de placer, una sensación de apertura, más pasiva, receptiva más que activa, un dejarse hacer por experiencias e historias invisibles más grandes que nosotros, ante objetos con tantas dimensiones como aristas tiene el diamante mejor tallado. Se había fundido el arte con la artesanía, la técnica con el engaño, la inspiración con el trabajo y el esfuerzo con el placer.

18. Vicente

Fue el verano más feliz que recuerdo, y podría llamarlo, en el lenguaje encantadoramente *old fashioned* que a veces ponía por escrito Vicente Aleixandre, venturoso. Había llegado a Alicante a finales de julio, disipando quizá el mal talante que Luis expresaba en su carta, evocadora, creo que sin haber leído *Los alimentos terrestres,* del anatema de Gide contra las familias: «hogares clausurados; puertas cerradas; posesiones celosas de la felicidad». Todos los días me bañé en el mar, uno de mis grandes placeres, tolerado éste por la sociedad, y tuve después un breve paréntesis en Cádiz, dando en un curso estival organizado por Alberto González Troyano una conferencia sobre los Jardines Románticos; hablé del arte topiario y de «Capability» Brown, con el recuerdo de mis excursiones campestres con Andy, pero también de la jardinería arábigo-andaluza, irrigada de un modo más artero y por ello más placentera que la británica. Desde Cádiz le mandé una postal que sospecho llena de florituras a Aleixandre, retirado, como todos sus veranos, en Miraflores de la Sierra, y él me contestó situándome como «elegido de los dioses» bajo la advocación protectora de uno de ellos en particular: «Que Alá te proteja y te prolongue la felicidad (sobre todo después de las bellas cosas que has dicho sobre sus jardines).» No sé lo que habría dictaminado Alá acerca de mis amores con Luis, pero Aleixandre se mostraba exultante, pese a las dolencias oculares que seguía teniendo («Todo lo miro como un Polifemo distante o próximo, según»). Sabía por mí del viaje a la Toscana con Luis, un viaje que se había hecho explicar verbalmente con todo detalle. «Italia será más luz», vaticinaba el poeta desde su mirador de la sierra del Guadarrama: «¡Lo tienes todo y me admiro de todas las flechas de felicidad, desde todas partes, que se te clavan venturosamente! Hasta esos casi angélicos y espaciales Cosmolira colaboran luminosamente. Estupendo verano 1982 que parece hecho a la medida de tus apetitos (y uso esta palabra en su mejor sentido).»

Abandonados en Barcelona los Cosmolira, apellido eufemístico que Aleixandre les había sacado figuradamente a mis amigos Dolors y Narcís Comadira, sin conocerles pero apreciándoles por lo que yo contaba de ellos, Luis y yo regresamos juntos a Alicante y aún tuvimos ocasión de hacer allí un experimento erótico seguramente inmune a las flechas de la felicidad conyugal. El viaje había superado todas las pruebas, y yo volvía con la moral de un Hércules, haciéndome ilusiones de que aquel amor capaz de hacernos disfrutar juntos el Renacimiento, reír juntos, reñir lo justo, amarnos juntos (quizá un poco menos de lo que yo hubiera querido) y soportarnos juntos quince días a matacaballo de un Seat, sería eterno.

Daniel Escolano, un pintor alicantino de muy buena mano para el dibujo, nos invitó a visitar su estudio en el barrio de San Gabriel. Era una casa de dos plantas; en la de abajo vivía su familia, resignada a la artisticidad un tanto excéntrica de su hijo único, y él en la superior, haciéndose notar en toda la comarca por los rayos ultravioleta que su terraza emitía día y noche. Daniel, según él mismo contaba, era muy conocido en San Gabriel y algo discutido por quie-

213

nes decían que a su estudio, atraídos por las irradiaciones y las fuentes de caramelos que el artista envolvía a mano, iban niños a posar como querubines al lado de vírgenes no mucho mayores que ellos y desnudas. Daniel era efusivo aunque de poco hablar, y a Luis y a mí nos cayó muy bien, tanto más que nosotros a él después de haber elogiado su obra sinceramente. Aparte de pintar, adorar el cine de Stanley Kubrick y acoger a la chiquillería en su estudio, Daniel tenía unas teorías sobre la infinita armonía del género humano que nos despertaron la curiosidad a Luis y a mí, en un principio antropológicamente. Así que aceptamos volver unos días después al estudio para una velada de confraternidad entre modelos y artistas.

Creo que llegamos a ser once, repartidos en dos equipos. El de los séniors, todos con obra realizada, estaba formado por dos treintañeros avanzados, yo mismo y una periodista audaz del diario local, seguidos, a cierta distancia de edad, por el propio Daniel, un ex modelo suyo que ahora hacía artesanía en Mallorca, y Luis, estos dos últimos en torno a los veinte años. Los júniors, casi todos oriundos de la barriada, eran cuatro chicos y dos chicas tal vez algo más jóvenes, aunque, lo recuerdo vívidamente, ninguno impúber. La música del estudio, que se oía desde la calle, era new age *avant la lettre*, la luz muy tamizada, para inducir al calor, y la bebida, depositada en grandes cráteras, analcohólica, densa y vistosa, como si a un zumo de granadas le hubieran echado encima pulpa de frutas de un color nunca visto en nuestra realidad.

Para dar rienda suelta a las emociones contenidas, decía Daniel, había que desnudarse, y tanto él como los de su barrio dieron ejemplo. La periodista intrépida, el joven artesano de Mallorca y Luis fueron despojándose de sus vestidos sin el protocolo del *striptease,* mientras yo, muy vergonzoso fuera de los lugares prescritos para el desnudo, me hice el remolón todo lo que pude, que fue un cuarto de hora.

214

Una vez encuerados, se trataba de acariciarse todos todo lo que pudiéramos, sin distinción de edades, de sexos, ni regiones cutáneas. El beso estaba muy recomendado por el anfitrión, pero ahí no hubo consenso. El mallorquín y tres de los júniors, una chica y dos chicos, eran muy guapos, así que no me estuve quieto, pero lo más innovador era ver a Luis desnudo fuera de mis dominios, palpado por otras manos, besando él otras bocas, siendo el hombre objeto de una subjetividad ajena. Eso me inhibió, sin llegar a descolocarme. Y me entristeció, *post coitum,* si es que lo hubo en esa cama redonda a ras de suelo sobre unos cojines que acabaron untados de granadina.

Regresamos a la ciudad en el coche de Luis, depositando antes a medio camino a la chica más guapa y más lanzada; nos despedimos al pie del castillo, pues no era cosa, aunque mi madre estaría ya dormida, de volver a la carga él y yo solos. Y sin embargo lo que yo hubiera querido, en vez de cruzar la pasarela que llevaba desde la carretera al mirador de Virgen del Socorro, era apropiarme de él, lavarle la culpa, pringosa como la bebida, y con ese gesto llevarle al territorio donde no caben los otros. El egoísmo de los posesivos. En ningún momento, creo recordar, se me ocurrió imaginar cómo había visto Luis mi desnudo ante las multitudes, el morreo que yo me di con dos o tres, el chapoteo en la alfombra. ¿Le dejó indiferente o le dio grima?

18. Luis

De regreso en Alicante hacia finales de septiembre todavía faltaban dos semanas para iniciar el curso. Vicente había trabado relación con Daniel Escolano, un joven pintor alicantino al que consideraba y al que se planteaba promocionar en Madrid. Daniel trataba a Vicente como a un marchante de prestigio. Si no era un mecenas, le ayudaría a encontrar al mecenas esperado. Yo había conocido a algunos pintores en Alicante, más cercanos a lo que se llamaba informalismo o pintura abstracta, como Manuel Manzanaro, y, más jóvenes, Vicente Rodes, al que tuve como profesor, o María Chana. Escolano se había formado en el taller de máquinas de Pinball que tenía su padre en el barrio de San Gabriel. La figuración pop que servía de decoración a las máquinas de juego había sido su escuela. Había visto alguna obra suya en El Forat, un mítico bar gay saturado de imágenes de santos y divas en el casco antiguo, junto a los minicines Astoria de Paco Huesca. Era un dibujante notable, fascinado por cuerpos estilizados que remataba con cabezas o extremidades a veces florales, a veces inventadas, en tonos azules al menos en aquella época, a mitad de camino entre el cómic y la pintura. Daniel era bajito, con tendencia a engordar, enfáticamente soñador, y se desvivía por agradar a Vicente. Así que le invitó, y a mí con él, a una de sus fiestas particulares en el estudio que tenía sobre el taller de máquinas de sus padres.

Recuerdo un espacio luminoso frente a la carretera que llevaba a Los Arenales, pasado el barranco de las ovejas, en el primer piso de un edificio que hacía esquina. Los grandes ventanales que daban al mar estaban cubiertos por telas con estampados orientales; había colchonetas y colchones y en el suelo platos con dátiles, gajos de mandarina, frutos secos y trocitos de chocolate. Y un grupo de jóvenes que se iban desnudando. Tenía la impresión de que era una chica, francamente bella, la que animaba en su papel de guía al resto de chicos a iniciar el encuentro, como una simple continuación de la charla, sólo que más ligeros de ropa. Antes de llegar, Vicente me había advertido de algo con una sonrisa misteriosa, sin entrar en detalles. Tal vez él tampoco sabía en qué consistía el plan. Traté de no estar pegado a su lado y mezclarme con la gente de mi edad. Me pareció que él disfrutaba de la situación, al menos en lo que tenía de inusual. La rigidez de los primeros momentos se fue diluyendo y según se ponía el sol y el espacio perdía claridad los jóvenes parecían soltarse y sentirse más a gusto. No puede decirse que fuera una experiencia de sexo en grupo en sentido estricto. O sí. Era un sexo ligero, más erótico o sensual que morboso. Era el sexo reducido –o ampliado– a su condición de juego.

Con el tiempo he llegado a traspasar esas barreras del juego. Ha habido momentos en que, más que en un juego, el sexo se había convertido en instrumento, una práctica terapéutica para escapar de las tensiones del día a día. Para algunos se convierte en una conquista adictiva por lo que tiene de narcisista; para otros, en un momento de catarsis que permite olvidarse y volver, reiniciar el sistema por decirlo en jerga informática. En esos momentos empieza a perder sentido y encanto, se convierte en un camino sin final, una sed que no se acaba. Aún recuerdo aquella experiencia, y alguna más tardía frente a una playa en Málaga, como momentos particularmente dulces en contacto con lo que llamaría un sexo de estilo mediterráneo, menos explosivo que el de Madrid, con menos interferencias de la cultura del porno, más fluido en el contacto de unos cuerpos que no van a ninguna parte, se dejan respirar antes de encontrarse, sólo se van para regresar de nuevo.

No recuerdo que me causara un impacto especial. Mis prácticas sexuales entonces eran poco vistosas, más hechas de un contacto físico prolongado, como el que buscan las mascotas pegadas a su dueño, que una gimnasia en busca de placer, intensidad, orgasmo y final. Aquello parecía un razonable término medio, aunque no imaginaba cómo serían sus conversaciones, sus relaciones habituales con los amigos, de fiesta en fiesta, o en caso de que los celos hicieran su aparición. Yo no sentía celos. No los he sentido a raíz del sexo o del deseo. Como suele decirse, me parecía un imposible ponerle puertas al mar. Entendía las relaciones desde el compañerismo, basadas en la lealtad y el compromiso más que en el ir y venir de un momento de placer concreto. Así ha sido hasta hoy. Estaba tranquilo por mí y también por Vicente. Disfrutaba del contraste con el Alicante puritano que había conocido y celebraba en privado que hubiera rincones así. Al salir, en el coche, Vicente me contó que incluso el párroco de San Gabriel advertía a sus feligreses que mantuvieran alejados a sus hijos del estudio del artista.

No sé si directamente a través de Vicente, Daniel Escolano tenía una propuesta para encargarse de la decoración del Joy Eslava en su próxima fiesta de aniversario. Eso debió de disparar los rumores sobre sus bondades como «mánager de artistas» o descubridor de talentos. Algunos amigos del entorno de Escolano invitaban a Vicente para que valorase su obra. No siempre con tanto encanto. La obra de Daniel era amable y brillante. Y él sabía ser generoso a su manera con los que quería seducir. Poco después estuvimos en la casa de un músico de vanguardia, cerca de la Plaza Nueva, un pianista joven, nervioso y con perilla que se llamaba Pequi. No sé si fue más duro oír su música o sus explicaciones. Quizá música y explicaciones tenían su sentido por separado. En realidad, golpeaba el piano, con los puños, con el antebrazo, con los codos... Puedo asimilar una descarga de energía mejor o peor dirigida. A continuación explicaba que esa técnica se debía a las prisas de nuestro mundo que hacían imposible ensayos prolongados, que por otra parte, según decía, tampoco tenían sentido porque nadie se iba a concentrar y, dado que era inútil el esfuerzo, mejor aporrear el instrumento. No estaba seguro de la sensatez de aquel planteamiento en un piso de aire bohemio en el centro de Alicante. A Vicente le divertía, aunque no he llegado a comprender su interés por la música contemporánea a partir del dodecafonismo. A través de la música es como mejor puede seguirse el divorcio entre el arte culto y el popular. El jazz y la investigación rítmica han abierto más caminos que la experimentación de las élites occidentales con la armonía. Y entre ambas aparece un abismo sobre el que no soy capaz de ver puentes.

Apreciaba en todo caso la actitud de apertura y el «saber estar» de Vicente, sin asombrarse y sin alarmarse, valorando y ponderando el esfuerzo de los que le mostraban su trabajo. Eso había sido valioso con mi poesía. Igual podía ser útil con la música de Pequi, que improvisaba la banda sonora de aquellos días.

19. Vicente

Al volver a Madrid, yo un poco antes que Luis, me esperaban en casa el flamante número 15 de la revista *Poesía,* con los 5 poetas del 62, todos menos uno de veinte años cumplidos, y un serio problema doméstico: mi asistenta me había dejado por otro, un soltero de necesidades más laxas que las mías, de casa menos revuelta y bibelots de Lladró en vez de montañas de libros.

Cuando llegó y tuvo su ejemplar, Luis estaba feliz con la antología, que celebramos con Mario, con Leopoldo y con Alfredo (la última vez que vi a éste), guardando un minuto de silencio satírico por la ausencia de Amadeo, al que Luis y yo, dándonos un codazo bajo manga, situamos en ese mismo momento huyendo del novio ultrajado de una ninfa andaluza inspiradora, bajo el antónimo de Myriam, de sus poemas más disolutos. Salieron según recuerdo algunos sueltos en la prensa, y los poetas «en ciernes», frase muy de Aleixandre, parecían brotar. Ya crecerían por sí mismos.

Pero había que encontrarle una solución al abandono de mi asistenta, y Luis me echó una mano. Su compañero de filología José María Calvín, no sé si por una disputa familiar, estaba poco menos que en la calle, y se ofrecía de mucamo: no tenía experiencia ni cartas de recomendación de otras casas, pero planchar camisas se le daba como a nadie. Así que quedamos un día en el piso, para que se familiarizara con los lugares de faena. Luis vino de introductor de su amigo, y no habló apenas.

El candidato me pareció, además de esbelto y más alto que Luis, guapo, aunque perteneciente a un género de belleza que sólo soy capaz de admirar sin sentir el prurito del deseo: el fenotipo de «la rubia fría», y lo digo en femenino únicamente por seguir el guiño fílmico que teníamos establecido con Guillermo Cabrera Infante y Miriam Gómez, al que se sumaba Javier Marías. Así como en la vida real Guillermo y Miriam llamaban «puticas» indistintamente a los muchachos y las muchachas ligeros de cascos, trepadores y zalameros, en el cine, sobre todo a partir de la etapa americana de Hitchcock, idolatrado por todos nosotros, quedó establecido el patrón de la rubia fría y hermosa encarnada por Joan Fontaine, Ingrid Bergman, Grace Kelly, Eva Marie Saint, Tippi Hedren; Kim Novak, que sólo hizo con el maestro *Vértigo*, era rubia pero no fría, y omito en la lista, por ser ambas de un rubio incierto y ñoñas, a Doris Day y Julie Andrews.

En el idioma propio de los Cabrera Infante «rubia fría» tenía más rango que «putica», aunque este último apelativo adquiría magnitud cuando alguien tildado de ello era «grandísima putica»: la mezcla del superlativo y el diminutivo funcionaba de maravilla en femenino, sonando raro que una vez, por prudencia, yo dijera de alguien que era «un grandísimo putica»; Guillermo torció el gesto. Por eso mismo había de estar en femenino la tipología unisex de la blonda frialdad «hitchcockiana». Me vienen a la cabeza sin esfuerzo varios ejemplos de rubias frías muy bellos en el teatro británico, la novela española contemporánea y las monarquías reinantes europeas.

No estuvo frío Calvín, sino simpático, quedando contratado ipso facto, al precio de mercado de entonces. Creo que lo tuve a sueldo menos de un trimestre, hasta principios de diciembre, y no hubo ruptura de contrato. Planchaba bien, en efecto, aunque no supo tratar adecuadamente mi suelo de parqué, al que quiso sacar brillo con una fregona empapada de detergente de lavar la ropa; al volver yo al piso me lo encontré espumoso y resbaloso, y no me rompí la crisma de milagro. El final se debió, sencillamente, a que él salió de su apuro y yo encontré a una señora de las de toda la vida, conocedora de los secretos de la limpieza y capacitada para dejarme caliente en la cocina un buen potaje de garbanzos. A Calvín le vi poco mientras sirvió en casa. Venía por horas al acabar sus clases, estando yo fuera o de viaje, y el dinero se lo dejaba en un sobre. Pero me hacía gracia que hiciera sus funciones sin delantal ni pantuflas, con la ropa de calle de un aspirante a filólogo. Se corrió pronto entre mis amistades que yo tenía un sirviente universitario, joven y apuesto, dando pie a maledicencias, en ese caso erróneas, y a la acusación de esnobismo anglosajón, más justa.

El mes de octubre, cubierto el flanco asistencial del planchado, trajo un cambio significativo a mi vida y un gran acontecimiento nacional. El 1 de octubre fui contratado como profesor no numerario de Estética y Filosofía del Arte en la recientemente creada facultad de Filosofía y Ciencias de la Educación de San Sebastián, donde ya impartían clases algunos amigos y compañeros de estudio de mi generación, y que a lo largo de esa década cobraría fama de ser el Nanterre español por sus planes docentes interdisciplinares, su informal ambiente académico y su ebullición política, que se haría en poco tiempo literalmente explosiva. Y el 28, diez días después de mi cumpleaños número treinta y seis, bien entrada la noche de una jornada de revuelo y ansiedad, supimos que el líder socialista Felipe González había ganado las elecciones por mayoría absoluta, con, entre otros diez millones, nuestro voto y el de casi todos mis amigos.

Parecía el despertar feliz de un ensueño. Luis y yo nos habíamos conocido dos meses después del intento de golpe de Estado que a punto estuvo de hacernos a todos retroceder a la España negra, y ahora, cuando nuestra rosada historia de amor llevaba camino de cumplir dos años, llegaba al poder la izquierda, o la izquierda posible para un país aún convaleciente de franquismo crónico. El futuro empezaba, prometiendo a gente como nosotros un papel en él.

Por alguna razón que quizá tenía que ver con la diferencia de edad, nunca obviada del todo entre los dos, la celebración de aquel triunfo, que tuvo a media España en vela toda la noche, no la hice con Luis, sino con el grupo de mis amigos «adultos», Alejandro García Reyes, Javier Marías, Carmen García Mallo, Quim Llenas, los dos «juanes», Benet y García Hortelano, Jaime Salinas, Eduardo Chamorro, Perico Moreno, Peche García Arenal y su primer marido Rafa Zarza, Natacha Seseña, aunque no recuerdo si esa noche llegamos a reunirnos todos. No me veo llegando al Hotel Palace, donde se concentraron los periodistas y se tomaron fotos en sus escaleras de entrada que hoy son históricas, pero quizá, tras seguir los resultados por televisión, nos lanzamos a la calle, en lo más próximo a una emulación del 14 de abril de 1931, cuando la victoria en unas elecciones municipales de las fuerzas de izquierda trajo la caída de Alfonso XIII y la proclamación de la Segunda República. Ahora todo era al revés: salíamos a tocar el claxon ruidosamente y a dar vítores al socialismo bajo una monarquía que siete años antes nos había parecido intolerable, por ilegítima y continuadora del Generalísimo. Desde entonces, el Rey había dado pasos progresistas y parecía, en la confusión del 23 de febrero del año anterior, haber también parado el golpe militar. Como resultado de un largo encadenamiento

223

de lacras y protestas, frustraciones y anhelos, estábamos nosotros celebrando en esa madrugada de octubre el afianzamiento democrático de un rey puesto por el general Franco y la conquista del poder por una camarilla de andaluces sin experiencia ni historia.

La ilusión fue creciendo con los días. Pasado un mes, González formó un gobierno atractivo (yo celebré sobre todo, por *esprit de corps,* a Fernando Morán, novelista publicado en su momento por Carlos Barral, y al brillante José María Maravall, con quien había coincidido alguna vez en los años de Oxford) y puso de ministro de Cultura a Javier Solana, que tuvo entre sus primeras ideas acertadas la de nombrar director general del Libro y Bibliotecas a nuestro Jaime Salinas, republicano confeso, homosexual discreto pero practicante, formado en el exilio al que siguió a su padre el poeta, con quien no tuvo buenas relaciones, y más fluido en francés e inglés americano que en español. Pero Jaime, al que adorábamos todos sus amigos como a un tío extraído de una novela cosmopolita imposible de haber sido escrita en nuestra lengua de entonces, había creado imperios (más que empresas) editoriales con esa mezcla de rigor calvinista y descreimiento tan característica de él.

La misma noche de su toma de posesión, en el Bocaccio de Madrid, Javier Marías y yo, suplantando las funciones de la Rúmor, la sociedad difusora de bulos fundada en sus horas de asueto por Benet y Hortelano, dejamos caer delante de Rosa María Pereda, redactora en aquel momento de *El País,* un avance de los nombramientos inminentes del nuevo director general. Rosa, con la tenacidad exaltada de su carácter, nos sacó un nombre, el primero que se nos ocurrió: Félix de Azúa iba a ser, si no algo más elevado en el organismo, director de la Biblioteca Nacional.

Al día siguiente yo viajé temprano a San Sebastián, en avión esa vez, y al llegar encontré la facultad de Zorroaga revuelta. *El País* traía en su sección de breves la noticia del inminente cargo de Azúa, que estaba a esa hora dando clase de Estética I y al salir se encontró en el bar a un coro de amigos mendicantes. Fernando Savater, Marisol de Mora, Javier Echeverría, Pedro Arrarás, Víctor Gómez Pin, Aurelio Arteta, Tomás Pollán, Javier Fernández de Castro, Juan Aranzadi –casi todo el elenco de profesores que compartíamos el departamento de Filosofía de los Valores y algunos casa en una dilapidada villa al final de la playa de Ondarreta– rodearon al desconcertado Félix con una burlesca rogativa de prebendas a tan alto dignatario de la cultura. Félix, que por supuesto no había recibido ninguna oferta ni telegrama de Jaime Salinas, al leer la noticia en el periódico que uno de los solicitantes le pasó se hizo el oscuro y el interesante, cosas que nunca se le han dado mal, mientras yo, el único sabedor de la superchería, callaba la boca y me metía a dar mi asignatura de Estética II.

19. Luis

Era el tercer otoño en Madrid. Iría a clase sólo por las mañanas, en la facultad de Sociología. No seguiría con las letras, aunque pasaba algunas tardes en la cafetería de la facultad vecina, donde seguían las charlas con Ruth, Mario y José María. Leopoldo Alas se había sumado al grupo después de cambiar su matrícula desde la facultad de Derecho a la de Filología Italiana, tras un primer curso en que había puesto en verso algunos artículos del código civil. Acababa de publicarse la antología en la revista *Poesía,* con erratas que afectaban particularmente a mis poemas, juntando un par de piezas breves sin título como estrofas finales de otros poemas más largos. Desde entonces pongo título a lo que escribo. Si eran difíciles por su irracionalidad, por la superposición de imágenes, en la publicación se hacían imposibles de comprender, aunque los lectores parecían celebrarlos igual. Escribí una «fe de erratas» que fotocopié y adjunté a los amigos y conocidos que compraron la revista o la recibieron de Vicente. Entre Mario y Leopoldo se disparaban las bromas repitiendo con retintín algunas frases del prólogo. Si Ulises había sido «el astuto» en la Odisea a fuerza de repeticiones homéricas, Mario Míguez sería durante años «el que más cita y sabe» en aquel club de antología: una pequeña sociedad que entonces nos parecía el mundo.

José María me contaba confidencialmente sus problemas económicos. Sus padres no creían que estudiar fuera necesario, al menos eso me decía, y evitaban darle dinero, ni siquiera para el bonobús, por ver si conseguían que cambiara de opinión y dejara la facultad. Le sugerí que diera clases de baile alquilando algún estudio en la calle Relatores o en Amor de Dios, cosa que haría a partir del invierno. Aunque la solución más inmediata fue proponer que ayudara a Vicente en las cosas de casa, especialmente la plancha, sustituyendo a la recién desaparecida mujer que hacía esas tareas. De la manera más inesperada, nos vimos envueltos en una relación a tres que dispararía la competencia de José María y mi sentimiento de culpa hacia Vicente. Durante años después seguí apoyando y aconsejando a José María, con la generosidad que Vicente había tenido conmigo: era el que le presentaba amigos, el que se levantaba de una cena si llegaba angustiado porque su novio se había mareado y había que llevarle a urgencias, el que dedicaba los domingos a escribir las contraportadas de los libros que editaba. Pero él había nacido para disfrutar de otra élite, la de los palcos de ópera aunque no le gustara la ópera, la de las presentaciones de libros aunque no le gustasen los libros. Si Vicente le veía bajo el estereotipo de la «rubia fría», José María se veía a sí mismo en otro mito de aquel cine de los cincuenta, la pelirroja Gilda, víctima y verdugo simultáneamente, desvalida y vengativa, fascinada por las relaciones de amor y odio. Esa vocación dramática, que ni ponía en papel ni servía a un impulso creativo, teñía su vida. Si el *daimon* de Bogart inspiraba a mi padre, el de Gilda lo hacía con José María. El cine crea mitos. Mezclados o en pequeñas dosis sirven de inspiración; para otros son una cárcel. Traté de sobrellevar lo que sería un triángulo molesto y peligroso. La idea era ayudar sin hacer daño, un imposible que sólo un cándido intentaría poner en práctica.

En solitario, seguía con mis lecturas. Había conocido a un nuevo poeta y buscaba sus libros. Era Álvaro Pombo. Me había abordado la primavera anterior en Bocaccio, un pub que combinaba oficina de negocios y bar de alterne en un mismo espacio, con la elegancia marchita de los tonos rojizos, las formas curvas del modernismo y los sofás a media luz. En aquellos paseos me había cruzado con periodistas y escritores dispares, otros disparatados, en estado de efervescencia elitista. Allí presentaba Vicente *El mundo según Garp,* una novela de John Irving que terminaría gustándole pese a cierto recelo inicial. Un encargo que asumió con profesionalidad cuando preguntó si le pagarían. Vicente estaba orgulloso de haberlo conseguido, lo habitual era hacerlo como un favor. Mientras el editor hablaba, entre el presentador y el autor, en una pista de baile convertida en auditorio, yo me había distanciado hacia la puerta de salida. Álvaro, grande, destartalado aunque de correctísimo traje oscuro, chaqueta cruzada con corbata, nudo windsor y la barba prestada del capitán Ahab por aparentar más edad de la que tenía, me preguntó a bocajarro si había venido con Vicente Molina Foix. Le dije que sí. Me preguntó mi nombre, mi edad, de dónde era, a qué me dedicaba; era un interrogatorio en busca de filiación. A continuación me dejó su teléfono, debió de decir alguna otra frase a voz en cuello como despedida y desapareció antes de que terminase el acto. Le conté la anécdota a Vicente, que sonrió y me habló con afecto de Álvaro, al que había conocido en Londres hacía años. Era un poeta, aunque no muy conocido, que le interesaba. Vicente me habló de sus libros en prosa, *Relatos sobre la falta de sustancia* y su primera novela, *El parecido.* Me confirmó que, en un primer momento, podía resultar chocante como personaje, pero que no me asustara, era parte de su atractivo.

A los pocos días llamé a Álvaro y quedamos en vernos al terminar los exámenes, pero se retrasó la cita hasta la vuelta de vacaciones. Antes, quería leer algo suyo. No era fácil encontrar las ediciones escasas de los innumerables poetas vivos. Me acerqué a una librería cercana que empezaba a gustarme, El Galeón, en la calle Sagasta, junto a la Glorieta de Bilbao. Un local de negro riguroso con el letrero en irregulares letras blancas, un pasillo estrecho con estantes hasta el techo, a casi cuatro metros de altura, una escalera para acceder a las alturas y libros en perfecto orden, por temas, por autores, ediciones curiosas, poesía, diccionarios, novedades de editoriales desconocidas. Había entrado otras veces a curiosear, en silencio, había comprado algún libro raro y llamativo, como la correspondencia entre Rilke y Lou Andreas Salomé, en la que ella se resistía a que Rilke pasara por psicoterapia para respetar su evolución como artista, más cercana al instinto sin palabras que a los torpes balbuceos del lenguaje de la conciencia. El negocio estaba atendido por dos hombres delgados y silenciosos, con pelo y barba negra, casi uniformados de negro austero, a juego con la librería. Podían pasar por rabinos judíos, monjes ortodoxos o miembros de una secta bibliotecaria. Nunca había hablado con ellos más allá de «cuánto es» y «gracias», pero me animé, pensé que podrían ayudarme, tomé aire, entré y pregunté si tenían algún libro de poemas de Álvaro Pombo, preguntaba al azar, como quien da por imposible una respuesta. El joven miró al mayor, que se irguió tras el mostrador apoyando sus dos manos junto a la caja, componiendo la figura, y con una atronadora voz grave dijo: «¿Álvaro Pombo...? Desde luego. ¿Y cuál desea el señor: *Protocolos, Variaciones* o *Hacia una constitución poética del año en curso?*» Me quedé helado, como si hubiera aparecido un ángel y se abrieran las puertas del paraíso. Me llevé los tres libros.

En la cita con Álvaro le conté la anécdota y se rió. Ya se lo habría contado la pareja de libreros: Miguel Parrondo y Eduardo Naval. Eran amigos y tenían trato habitual con Álvaro, que entonces vivía en un estudio en la calle San Bernardo, cerca de la casa de mi tía y de la librería. Solían cenar juntos en El Boli, diminutivo de El Bolívar, donde les acompañé en alguna ocasión, una casa de comidas en la parte alta del barrio de Malasaña. Aquella tarde de otoño, Álvaro caminaba a buen paso, escuchaba, interrumpía, incidía en los detalles, quería saber los nombres de mis primas, sus novios, sus amigas, que luego recordaría con exactitud para volver a preguntarme por cada uno de ellos, deshaciendo y rehaciendo los hechos, construyendo un relato completo a partir de una anécdota, una historia con su justificación y su fatalidad. Dábamos paseos desde San Bernardo por Alberto Aguilera –antes Bulevares– en busca de alguna plaza cercana, a veces por Santa Cruz de Marcenado hasta el edificio de ICADE, Nuestra Señora de Areneros, como le gustaba decir a Álvaro; otras veces la ruta se desviaba por Arapiles y Magallanes hasta la glorieta de Quevedo. Era un hablar fácil, más difícil era caminar a su lado sin perder el ritmo de un paso ligero y exigente, un resto de la escuela peripatética pasada por algún claustro del Císter. En sus exclamaciones y exageraciones latía un fondo de autenticidad que dejó huella. Aún hoy sigue encarnando en mi fantasía la imagen del escritor solitario, del autor aislado y sumido en su trabajo.

Daniel Escolano venía a Madrid para decorar el Joy Eslava en la fiesta de aniversario, y quedé al tanto como enlace entre él y Vicente. Daniel estaba sobrepasado. Se hospedaba en un hostal de la calle Arenal, el Miño, creo, frente a la discoteca. Tuve la impresión de que daba demasiada importancia a la situación, aquel local, aquella fiesta de aniversario le parecía el equivalente a la Plaza Mayor de

Florencia donde su *David* coloreado le consagraría al gran arte. Había perdido la capacidad de juego. No volví a saber de él tras esa fiesta de modelos pintados, una gran colección de mariposas disecadas por el suelo y las cortinas del viejo teatro convertido en discoteca. El gran arte no abrió sus puertas y los nervios de Daniel se resintieron. Creo que ha seguido pintando, de crisis en crisis. Hay un espejismo de Madrid, que se convierte en atractor fatal y es capaz de devorar a sus enamorados que regresan como víctimas.

Con Vicente eran más frecuentes las salidas nocturnas, las conversaciones parecían sustituir el trabajo. Poco antes de Todos los Santos se celebraba en las calles el triunfo de Felipe González junto al inefable Alfonso Guerra. Ese día compré una rosa y la guardé, era una celebración solitaria. Recuerdo una declaración en *El País* que parecía acertar en medio del desconcierto: «El poder ha tomado a los socialistas.» Era el comentario de Federica Montseny, una histórica del anarquismo tradicional que había sido ministra en la Segunda República. La noche de las elecciones Alfonso Guerra anticipó, con los datos de las encuestas a pie de urna, los resultados con la imprecisión de un solo escaño. Gracias al trabajo estadístico de José Miguel Bernardo, las encuestas que hasta entonces habían ido de desastre en desastre se hicieron populares. Ya no sufriría respondiendo a la pregunta recurrente: «¿Sociología? ¿Qué es eso?» A partir de entonces respondía con precisión: «Hacemos encuestas.» Aunque aborreciera las encuestas.

La atención del momento se desplazaba de los libros y las conversaciones a la nocturnidad parlanchina y los rumores; durante el día, al tono de feliz conspiración que se vivía, particularmente en una facultad de Sociología de donde saldrían Joaquín Arango como director del CIS y José María Maravall como ministro de Educación, que a su vez nombraría a mi tía —en realidad prima de mi madre y Carmita—

Carmina Virgili secretaria de Estado de Universidades e Investigación. La infanta Cristina comenzaría poco después sus estudios de Políticas atravesando cada día aquel patio lleno de pintadas. Donde antes podía leerse una cita de William Blake: «Los caminos del exceso conducen al palacio de la sabiduría», poco después cobraría protagonismo un saludo a la Casa Real: «Infanta de naranja, Infanta de limón». En medio de esa alegría inocente, por no decir fláccida, encontraría mi propio mito, mi Bogart y mi Gilda, en un estreno de ese otoño. Vicente me invitó a ver en el cine Bulevar, en la calle Alberto Aguilera, *Ricas y famosas,* la última película que dirigiría George Cukor. Era la difícil relación de amistad entre dos escritoras dispares. El mito no fue una actriz, ni un personaje, aunque me sintiera más cerca del que interpretaba Jacqueline Bisset. El mito era el encuentro, la relación, el choque, la conversación sostenida a través del tiempo, la reflexión –visual y hablada– sobre el cuerpo y la palabra: la seducción del cuerpo y la fascinación de la palabra. Una relación mítica que encontró sus raíces junto a Vicente y que terminaría desplegándose con Leopoldo. Polo y yo llegaríamos a verla como un espejo de nuestra propia aventura, y así lo recordaba él en un poema, «Hermanos extraños».

> Como en Ricas y famosas,
> [...]
> destilada la experiencia de las decepciones
> y asumido el dolor de haber sido felices
> [...]
> y a la tarde brindar con néctar y ambrosía
> –como el champán de Jacqueline y Candice–
> por la gracia de haber sido diferentes.

La película supuso un impacto que quedó dormido durante años. Con el tiempo, con la precisión de un mecanismo de relojería, fue cobrando envergadura, regresando a través de cartas y poemas, devolviendo con sus imágenes, con las frases aprendidas de memoria, consejos de experiencia en situaciones diversas: en el desamor, en los celos, en la escritura y en los bloqueos con la escritura, en los enfados y las reconciliaciones. Expresaba una forma de amistad, de aventura, de diálogo entre personajes empeñados en sus diferencias y unidos por un vínculo invisible que atraviesa su historia en un relato a dos. Ese fantasma invisible, ese vínculo se ha ido convirtiendo, casi sin querer, en un mito privado: sostener un interlocutor, un diálogo que atraviese y recoja nuestras propias transformaciones. Como cualquier otro mito es un ideal condenado y, al mismo tiempo, una guía imprescindible.

20. Vicente

Había leído un año antes en la traducción castellana publicada precisamente por Jaime Salinas en su Alfaguara *Alexis o el tratado del inútil combate,* uno de mis libros preferidos de Marguerite Yourcenar. Consiste en una larga carta que un músico centroeuropeo muy desdichado le escribe a su mujer en una despedida que a la vez quiere ser la confesión de un secreto, el de su verdadero instinto sexual, que le ha impedido amarla. En sus páginas encontré esta sentencia: «Toda felicidad es una inocencia.» Aunque hermosa, me pareció un claro ejemplo de afectación francesa.

Cuando esos felices trimestres tercero y cuarto iban a poner fin al año 1982, no tuve más remedio que volver a la novela y reconsiderar como algo más que retórica lo que Yourcenar le hace decir en esa frase a Alexis.

Me cuesta recapitular cómo ocurrió. Tal vez yo había vuelto en el largo tren diurno desde San Sebastián, después de dos días enteros dando clases, y cenamos juntos. O tal vez era el fin de semana y habíamos estado en el cine y volvimos a casa caminando. O él me llamó para quedar y en su voz ya noté un temblor, un recelo, a los que no di importancia: un examen difícil o una pequeña trifulca con su familia le producían caídas de ánimo que yo ya conocía. Estábamos frente a frente y él quería hablar.

No recuerdo el comienzo de sus palabras, sólo el efecto que me iban causando. Luis quería romper. No podía más. Me quería mucho pero no podía más. Nuestra relación le agobiaba, yo le agobiaba, aunque sabía que yo sólo quería hacerle bien. No se lo hacía. Le hacía mal.

No recuerdo la disposición, ni el lugar preciso, ni el modo en que se dirigió a mí; si al vernos me abrazó o se limitó a sonreír, sabiendo él lo mucho que yo veía en sus sonrisas. Y no recuerdo nada de eso porque yo no estaba preparado para la hecatombe, porque yo era en aquel encuentro la parte débil, el descuidado, y ningún antecedente hacía presagiar lo que me aguardaba en esa cita. Cuando a principios de año, tras el dramón calderoniano, quise cortar bruscamente y le anuncié lo mismo que él me anunciaba ahora, el fin de todo, el acontecimiento tuvo tres escenarios precisos, la fachada del teatro y las dos casas de los tres personajes protagonistas, y tuvo un arma, el teléfono, y una réplica más estudiada, pues las palabras de su carta quedaron escritas. También eran distintos en enero los papeles que representábamos, yo el del hidalgo deshonrado, Luis el del niño que jugó con fuego y quemó la habitación de los juegos; el tercero en discordia hacía sin ambages de antagonista. Y en enero, al contrario que en noviembre, no habíamos pasado esa luna de miel dilatada que fue el verano de las excursiones alicantinas y el viaje a Italia.

En los cataclismos, los efectos letales no siempre son inmediatos, y se sabe, y hasta se ha visto en algún noticiero o alguna película, que un herido de muerte sigue andando entre los escombros, aunque le brote la sangre o tenga un miembro seccionado. Los moribundos confían en el rescate, los que van a expirar hablan con sentido, los condenados no creen que la sentencia fatídica esté a punto de ejecutarse.

Como nunca había vivido una situación igual y yo era además el mayor, el más afianzado de la pareja, el inductor, quise en un primer momento mostrar valor, continuar actuando como si la onda explosiva no me hubiera sacudido. Lo que me dio la medida de la catástrofe fue verle a él sufrir tanto. Luis estaba a punto de llorar, o lloró, pero su resolución de romper era firme. No era una veleidad, no era una venganza postergada por mi ruptura brusca tras su noche infiel con Juanvi Aliaga, no era un berrinche del que fuese a arrepentirse a las pocas horas.

En ocasiones semejantes, en la realidad contada por otros y en las novelas leídas, el amante abandonado suplica una oportunidad más, un indulto temporal, una noche de reflexión al menos, incluso un periodo de separación, para recapacitar, que quizá aporte claridad y haga mudar la decisión tomada unilateralmente. Me pareció que la seguridad compungida de Luis no aceptaría ninguna de esas fórmulas. Así que me derrumbé en el sofá de los enamorados (si es que lo había) y no dije nada. Cualquier apelación que se me ocurriera sonaba incongruente, inútil. Y esa vez no por orgullo.

Luis se fue cerrando la puerta (si es que sucedió en mi casa), o se metió en la boca del metro (si acaso nuestro encuentro tuvo lugar en la calle). No creo haber llorado, y seguramente esa noche dormí sin necesidad de somníferos. El sueño puede conmigo siempre, en medio de un espectáculo, en cualquier viaje de avión o tren, en cierta ocasión citando a Hegel sobre la muerte del arte en un aula de la facultad de Zorroaga. Por la baja tensión, me dicen los médicos. ¿Y por las bajas defensas? No las tenía, ni bajas ni altas, porque unos minutos antes de escuchar las palabras de corte de Luis yo me sentía el hombre feliz de los cuentos de aquel trimestre.

A la mañana siguiente le vi un remedio al daño y acudí

al Gran Detractor, que llevaba unos meses sin serlo, contento de que sus consejos hubieran fructificado en mí, por fin, y yo fuese ahora un enamorado fiel y solícito. Le adelanté por teléfono el motivo urgente de mi llamada, y me hizo saltar puestos en la pequeña lista de sus citas de convaleciente. Me recibió en la hora más desusada, la del mediodía, con el Sirio de turno olisqueando mis piernas y aprovechando los tres el sol de otoño.

Aleixandre era un gran socorrista, además de doctor del alma, y, si se terciaba, podía operar a corazón abierto. Yo no le pedía tanto, aunque recordaba lo que el Gran Sanador había hecho, por el inmenso cariño que le tenía, en favor del poeta Javier Lostalé, aquejado de una dolencia similar a la mía. Aleixandre aceptó cumplir el plan ideado por Lostalé, que consistía en recibir en Velintonia al díscolo, reconvenirle con dulzura, sin hacer fuerza, cantar las virtudes del amante dejado, recordarle al muchacho la mucha felicidad y la estabilidad que esa relación amorosa le habían supuesto. Y entonces, cuando el chico, apabullado por el verbo elocuente de aquel premio Nobel sentado frente a él con su cárdigan impecable y su mirada dulcífica, empezara a mostrarse contrito, Aleixandre, según lo convenido, emitiría no sé de qué modo un silbido, y Lostalé saldría de su escondite en un recoveco del salón del chalet desde donde había seguido a prudente distancia la plática. Aleixandre, que me lo había contado en su día sin eludir los ingredientes de humor pero satisfecho de su buena acción por el amigo, bendijo allí mismo la reconciliación instantánea de los amantes y les deseó, al despedirles, una larga continuidad que creo que no tuvieron.

En la disposición en que estaba, yo habría hecho cualquier cosa por recuperar a Luis (excepto el escamoteo entre bambalinas y la señal acústica, quiero pensar), pero mi solicitud de auxilio era de la misma índole que la que le hizo

Lostalé; a su estratagema, ahora que yo pasaba por esa prueba, le veía más la necesidad que la comicidad. Le pedí a Vicente que recibiera a Luis (yo mismo le diría a éste por teléfono que Aleixandre me lo había sugerido), y sabiendo la gran admiración que le tenía y el recuerdo que había dejado en él la única visita anterior, un año antes, no me cabía duda de que acudiría. Así fue.

Seguí en casa, mientras tanto, la reunión de Velintonia como una cumbre entre dos grandes potencias que han de resolver el inseguro destino de tu país, desposeído de armas y credenciales.

Hubo dos llamadas. Primero llamó el cirujano, después el causante de la herida. Aleixandre daba un diagnóstico optimista, aunque se reservaba el pronóstico. Luis, que dejó pasar las veinticuatro horas prescritas para la cauterización, me citó, me besó al llegar, y yo me sentí como quien en un hospital de campaña recibe la visita de un ángel enfermero mientras los obuses caen alrededor.

No romperíamos, pero quizá algo se había roto dentro de mí. La inocencia de la felicidad.

20. Luis

El contraste entre la sucesión de salidas y fiestas con las exigencias de lo que entonces llamaba «mi vida real» se resolvía en una tensión permanente. Desde casa, mis padres anunciaban incertidumbre. Mi hermano había hecho el primer curso de psicología el año anterior en Valencia. Ese curso empezaría arte dramático en la escuela de Vic. Dos hijos estudiando fuera de casa sería un gasto excesivo. Mi tía Carmita hacía preparativos para instalarse en Nueva York como responsable de la Casa de España, en una comisión de servicio desde el Ministerio de Trabajo, donde era funcionaria. La relación con mis primas se enrarecía en la medida en que, estando la madre fuera, yo no parecía tener cabida en el pequeño grupo. El novio de mi prima entraba en competición al incorporarse en la vida cotidiana de la casa. Es posible que no le cayera bien. O simplemente que, en general, no les gustara la vida que llevaba, entrando y saliendo para acompañar a Vicente. Se abría una distancia entre los dos mundos. Tenía la impresión, con Vicente, de estar viviendo una vida ajena, por encima de mis posibilidades. José María influía sugiriendo que no llevaba la vida que me correspondía, que parecía un adulto, que debía vivir mi edad con los de mi edad.

Lo cierto es que estaba dividido y lo que parecía un centro de gravedad, aquella comunidad familiar en el piso de la calle Rodríguez San Pedro, se perfilaba cada vez más como una situación transitoria. No parecía factible sentarme y hablar claro, con mi tía, con mis padres, la situación real y las posibilidades de futuro. Tampoco sé si hubiera conseguido expresarlo. Vicente estaba más exigente, había pasado el periodo de pruebas y parecía que nuestra relación debía consolidarse en un compromiso formal, aunque tampoco hubo una conversación clara al respecto. Hacían aparición observaciones con respecto a mi *sexual performance,* como llamaba a mi actitud más bien ñoña en la cama, que me hacían sentirme fuera de lugar. Estaba orgulloso de él, de su trabajo en San Sebastián; me había entusiasmado que aceptase la propuesta de dar clases de filosofía. Yo también quería hacer un esfuerzo y ser profesor en la universidad. No estaba seguro de si lo que yo había conseguido hasta ese momento se debía a mi esfuerzo o a sus atenciones conmigo. Había tensiones en sentidos opuestos, un principio de desgarro al que no sabía cómo poner freno.

Cuando finalmente hablé con Vicente de mis inquietudes, apenas conseguí expresar más que pesadumbre y desconcierto. Mi actitud debió de alarmarle. No se trataba de una meditación, de un discurso que pudiera escribir en una carta, no era una exploración de mis sentimientos, necesitaba verle al tiempo que expresaba mis dudas para sentir que me comprendía, que volvería a su posición como interlocutor, que aceptaba al menos mi situación como un nuevo punto de partida.

A los pocos días, Vicente me comunicó que Aleixandre me recibiría. No asocié la cita con esa crisis incipiente sino con una vuelta al pasado. En esta ocasión llevé dos libros para que me los dedicara. No lo había hecho en la primera ocasión por no parecer apresurado. Era el primer tomo de las obras completas que había publicado Aguilar y la antología de poemas que él mismo había seleccionado para la editorial Gredos y que Carlos Bousoño utilizaba en sus clases. Le pedí que me los dedicara. Se equivocó al escribir la primera dedicatoria, tachó, escribió de nuevo y dijo: «Igual así tiene más valor.»

Antes, Aleixandre me había preguntado inesperadamente, al comienzo de la charla, por mi madre. Yo había llegado con cinco minutos de antelación y había oído su voz desde el dormitorio cuando su hermana anunciaba mi visita: «Estoy descansando», dijo. Salí al jardín para hacer tiempo hasta que el reloj marcase la hora exacta. Lo atribuí a una costumbre que los relojes habían implantado, una moral de justeza de otro tiempo en que el tiempo importaba. Me había cogido desprevenido, apenas pude hilar algún comentario sobre mi madre, sobre el deseo que ella tenía de saberlo todo para estar en desacuerdo con todo, sus preguntas habitualmente inoportunas, la curiosidad poco respetuosa. Esa descripción de la actitud de mi madre le hizo recordar a otra madre: la del que había sido amante y enamorado suyo en los años treinta, Andrés Acero. Aleixandre le había regalado una edición de su libro reciente *La destrucción o el amor*, encuadernada en piel de Rusia. Había encargado dos ejemplares, uno para cada uno de los dos. Al dedicarle el ejemplar escribió una frase correcta, convencional, para que cualquiera, especialmente aquella madre insistente que le recordaba a la mía, pudiera leerla sin recelo. En la última página, añadió una segunda dedicatoria, escrita en taquigrafía, que Aleixandre había aprendido estudiando derecho mercantil, apasionada y sincera, sólo para ellos. Durante la guerra el joven se alistó voluntario en el ejército republicano y perdieron el contacto. Pasaron los años de silencio, el retiro en Miraflores; hasta los años cuarenta, Aleixandre no publicaría de nuevo un artículo en *ABC*. A los pocos días de esa publicación, recibió llamada de la madre del que había sido su amante: quería saber si el poeta tenía noticias del hijo perdido. El dolor de esos años debió de regresar de nuevo, en la conversación por teléfono con la madre y en la que teníamos en ese momento. Sentía que le costaba seguir, yo no podía abrir la boca. Aleixandre le dijo que no había sabido nada, manteniendo toda la discreción posible. La recordaba como una mujer curiosa y un punto controladora. Antes de colgar, ella hizo una última pregunta: «Si mi hijo volviera, ¿usted querría volver a verle?» Aleixandre se hundió en un silencio largo, no era fácil adivinar si se le humedecían los ojos o era apenas la piel fina de las mejillas que se hundía. «No», dijo, «no volvería a verle.» Lo había madurado durante ese tiempo de pérdidas. Se había dado un plazo de tres años de espera. Y, una vez cumplido, había decidido empezar de nuevo. Más tarde, casi en los años cincuenta, Carlos Bousoño fue, acompañando a Dámaso Alonso, a dar una serie de conferencias en Latinoamérica sobre poesía española del siglo XX, en las que hablaba particularmente de la poesía de Vicente Aleixandre. Al terminar una de las charlas, en México DF creo recordar, se le acercó un hombre moreno, sencillo, bien parecido, le preguntó si conocía al poeta y Carlos dijo que sí. Aquel hombre, en un aparte, le enseñó el ejemplar de *La destrucción o el amor,* encuadernado en piel de Rusia, con su doble dedicatoria, al frente la convencional, al final la más íntima y apasionada. Carlos conocía la historia y quedó impresionado. Había llevado aquel libro, entre la mochila y la espalda de su dueño, hasta cruzar la frontera en condiciones penosas; como un tesoro secreto le había acompañado en el exilio. Al terminar el relato, Aleixandre estaba cansado. Y yo mudo, hechizado. «Nunca había contado esta historia con tanto detalle, no sé por qué ha salido ahora...»

No le volvería a ver con vida. Ese relato ha cruzado

conmigo otras fronteras como un mensaje sin descifrar. Tal vez no había más que mi embeleso con la historia. Tal vez no había más que un contrapunto a la propia carga irracional del poema que había leído en un encuentro anterior. Irracionalidad por irracionalidad, en aquellos años empezaba a vivir una mitología propia. Pensé en el cielo que sentía que tocaba, casi al alcance de la mano, pensé en la pérdida de ese mundo que amaba y no podía sostener.

Ese segundo encuentro con Aleixandre parecía compensar con un relato mítico en favor del amor las dificultades que aparecían en la vida cotidiana. Y presentaba el amor como una oportunidad irrepetible. En aquel momento sirvió para devolverme al estado amoroso, tal vez para soñar de nuevo. Si establecí una conexión con mi propia situación de crisis, con Vicente y mis dudas, no logré concretarla o quedó en la bruma de las buenas intenciones. Quizá no escuché todo lo que me dijo, quizá mi costumbre de flotar absorto en las palabras que escuchaba había hecho que perdiera de vista la intención de lo que me estaba diciendo. El caso es que salí turbado, fascinado y sin saber el suelo que pisaba. Llamé a Vicente, hablamos, aparecía un tono de tristeza dulce y nostálgica, estábamos en paz, formalmente juntos, sin saber cuánto duraría.

21. Vicente

Habíamos vuelto a ser como antes, los mismos de antes, pero yo rebuscaba bajo las apariencias de la felicidad. No era una sospecha sino una precaución. No desconfiaba de Luis, le temía. Mientras yo hacía esa labor preventiva dentro de nosotros y en el interior de lo que habíamos construido en dieciocho meses de unión, la vida diaria discurría plácidamente. La segunda Navidad en Alicante, esquivando en lo posible la zambomba de las familias, y esta vez sin carta de amor difundida en la prensa. Las complicidades en lo banal y en lo trascendente, los gestos literarios, cada vez más fáciles de entender al menor guiño, la carne, que no ha de someterse al peso de los mercados y ofrece a cambio el gusto de lo ya probado. ¿Había remordimientos? ¿Dormía yo mal, yo que siempre he dormido bien hasta llegar a la edad madura de los desvelos?

No sé cómo pasamos el Fin de Año ni dónde tomamos, quizá por separado, en familia, las doce uvas, un ritual que sigo supersticiosamente allí donde esté, y esté con quien esté. Nunca las tomo solo. La única vez en mi vida que no las tomé estaba solo, en la morgue donde acompañaba el cuerpo de mi padre. Mi hermano, localizado tardíamente, llegó al amanecer del día 1, y mi madre y mi hermana dormían después de tantas noches sin poder hacerlo. María Vela, que llegó de buena mañana para el entierro, tampoco las había tomado en Madrid, me dijo. Oí sin embargo las doce campanadas retransmitidas desde el reloj de la Puerta del Sol en la radio de bolsillo de un chico de aire huertano que había perdido en un accidente de tráfico a su hermano mayor, al que velaban no menos de diez mujeres. El muchacho salió a fumar, me ofreció tabaco, me preguntó de qué había muerto mi propio difunto, sin preguntarme su parentesco conmigo, y se puso a llorar al sonar los cuartos que preceden en el carillón de Sol a las horas. Empezaba el año 1980, el año en que él cumplía los veinte, me dijo.

Sé, sin embargo, que la noche del 5 de enero, tres años después, no hubo Reyes. Tampoco, exactamente, carbón. Fui tan lerdo en aceptar que los Reyes eran los padres que entonces y, si me oprimen, aún hoy, cuando llega la fecha me quedo esperando subrepticiamente la cabalgata y el posible regalo del Oriente. Aunque ya no escribo la carta preceptiva a Sus Majestades. Aquel enero del 83 quizá los pasé solo, con mamá, que algo me regalaría, sin alcanzar la munificencia de mi rey Gaspar. Yo me quedaba en Alicante después de las fiestas, ya que, aprovechando el puente de San Sebastián en la facultad y haciendo unos cambios de horario con un colega, no tenía que volver a dar clase hasta la última semana de enero. Así pude terminar *Los padres viudos*.

Y por ese motivo recibí en la dirección de Virgen del Socorro, a la que nadie me mandaba cartas, dos. Una era benéfica, como todo lo que llegaba de Velintonia. Aleixandre, en una de sus salidas humorísticas, me enviaba, sabiéndome allí, una postal de primero de año que no podía ser menos navideña: la imagen (no encontró en sus cajones nada mejor, él, que solía elegir pinturas del siglo XX «posteriores al simbolismo») de una calle de un pueblo claramente español, que me sorprendió, hasta que le di la vuelta y leí: «No estoy en la Calle Vaquero, Rue Vaquero, Vaquero Street, de Puerto Real, Cádiz [que es lo que rezaba la descripción impresa de la postal], pero aquí va esta disparatada tarjetilla que no te llegará a tiempo. Valga la buena intención.» Sí me llegó, con su desenvuelta despedida; «aquí van en efigie Puerto Real y un abrazo al aire, Vicente».

Debí de recibirla en el buzón de mi madre el 3 o el 4. Y con fecha del 5, que me llegaría después de Reyes, esta carta de Luis, tan tranquilizadora, tan inquietante:

5-1-83

Querido Vicente:

Han pasado ya dos días desde que me fui de Alicante sin mediar explicación. Hay muchas cosas que influyeron en mi decisión. Tú eras, de hecho, lo único que tenía en Alicante. Los días, salvo las pocas horas que podíamos vernos, eran muy aburridos. El aburrimiento en circunstancias normales no existe pues queda enterrado debajo de una feliz felicidad. Y esa feliz tranquilidad, o esas «circunstancias normales», no existían. Dos hermanos pequeños metidos en casa todo el día no favorecen en absoluto la tranquilidad, y si estudiaba por las noches no podía luego dormir por las mañanas. Mi madre, aparte, está un tanto insoportable (imagino que son cosas de la edad) y no me «protegía» lo suficiente, como otras veces hacía, frente a la «anormalidad de circunstancias». Por otra parte, y esto casi con mayor fuerza, era muy fuerte el desasosiego que me producía estar en Alicante sin poder hacer nada con respecto a un problema grave –como lo es el de mi residencia– y al que no veía solución por ninguna parte. No era tan grave el problema como la ansiedad y la impotencia que sentía. Como un león enjaulado, de un lado para otro, eso es el aburrimiento.

Me molestó, en nuestra última discusión, que no me

entendieras. Verte a medias casi contribuía más en pro de esa ansiedad que servía para liberarla. ¿Tal vez yo tuve malas maneras? Me fui enfadado contigo. Encajo muy mal todo lo que no sea estar a gusto contigo. Me afectan mucho nuestras discusiones, aunque a ti se te pasen muy pronto, y esa noche casi no dormí pensando cómo estaba en nuestra historia y en una corriente de desidia que estas afecciones mías me producían y que, tal vez, pensaba, fueron la causa de muchos de nuestros males. Cuando subí al tren quise volver (tardaré mucho en dejar de ser un niño), y pensé en lo mucho que nos costaba entendernos y a mí entenderme. Ahora te quiero como siempre o más que siempre y no quiero que estés enfadado conmigo.

He visto ya más de siete pisos, para comprar o alquilar, y habitaciones. He llamado aún a más sitios. El resultado, como tú suponías, es muy triste. Estoy agotado físicamente y cada vez con menos moral. Hablaré con mi tía para seguir aquí sin las comidas. No creo que a estas alturas encuentre nada mejor. Me queda además una cierta amargura pensando que Luis Revenga me ha tomado el pelo; y también porque he visto una buhardilla preciosa –la más hermosa del condado– que mi padre no puede pagar (1.300.000 de entrada y otro tanto en cómodas letras de acuerdo con sus posibilidades).

Aún haré alguna otra gestión y aprovecharé los días de fiesta para hacer el trabajo de Relaciones Internacionales que no pude empezar en Alicante.

Cuando recibas esta carta espero haber podido hablar contigo por teléfono. Un beso,

Luis

21. Luis

Creía que mi trabajo era estudiar y sacar buenas notas y que eso me eximía de otras responsabilidades, como la de ser persona. Empezaba a vivir en un mundo aparte mientras en el mundo real el suelo se quebraba bajo mis pies. Las dificultades con mis primas se habían hecho evidentes y yo buscaba una salida de la casa de Rodríguez San Pedro. Intentaba implicar a mis padres, pero al vivir fuera de casa había ido perdiendo esa posición de hermano mayor, el primero entre los iguales, habitual hasta entonces. Se disparaba la ansiedad, la necesidad de encontrar algún asidero donde hacer valer mi trabajo. Creía que debía estar en Madrid, quería quedarme. Había ido perdiendo la vocación mediterránea. Pero con veinte años, aunque mayor de edad, era impensable que pudiera valerme por mí mismo.

Vicente se volvía, en su desconfianza, más puntilloso en sus observaciones; yo más taciturno. Ambos en un movimiento simultáneo. Si leía en *El País* una entrevista con Lina Morgan, con el reclamo en el titular de que el alcalde Enrique Tierno Galván la apreciaba, él ironizaba sobre mis gustos teatrales. Se hacía difícil explorar sin prejuicios. El juego de los primeros días se había vuelto serio, quizá en el peor momento. Tal vez fuera el reflujo de una corriente de fondo más intensa. No me adaptaba al amor doméstico sin una *domos,* sin una casa o un hogar de referencia. En casa de mis padres había perdido mi lugar. Parecían felices de que me hubiera ido, había más espacio libre y tocaban a más: espacio y atención; a menos normas que tal vez yo imponía en ausencia de mi padre o pedía a mi madre que impusiera. La casa suplente de mi tía había cumplido su función de tránsito y desaparecía. No podía quedarme allí en el momento en que mis primas iban a organizar su vida sin la madre. La tercera posibilidad era un cuarto compartido en un piso de estudiantes, aunque yo soñaba con un estudio o un apartamento propio donde evitar mudanzas e ir organizando los libros. No sería posible. Durante esos años de estudios hice siete mudanzas: del colegio mayor a Rodríguez San Pedro, de ahí a un bajo en el barrio de Malasaña, en la calle Divino Pastor, después a una habitación que me alquilaría Miguel Payo en la calle Gaztambide, y más tarde a un estudio cerca de la Plaza Mayor, en la calle Concepción Jerónima. A mitad del cuarto curso fui a un piso compartido en la calle del Acuerdo e hice quinto en otro piso compartido en la calle Magallanes. El doctorado desde otro piso compartido en Alonso Cano, casi en la esquina con Ríos Rosas.

La relación con Vicente empezaba a teñirse de recelos, en un recuento de expectativas no cumplidas, una atenta observación de las posibilidades de fracaso, en que cada detalle sería considerado el síntoma de algo más grave. No habíamos hecho una promesa de fidelidad sexual. Yo quería a Vicente, sin haber sentido un flechazo; y no había en perspectiva una relación matrimonial o de pareja formal. No hubiera podido definir la relación, más cerca de la necesidad vital en aquel momento que de los caprichos del deseo. No era capaz de adivinar qué era o cómo podría darle curso. Necesitaba explorar, buscarme, abrirme, no sólo sexualmente. Y necesitaba la seguridad y, sobre todo, su interlocución, su cercanía, su mirada, su aprobación o su escepticismo.

En aquel grupo tribal había mitos y modelos, las relaciones de los mayores servían de guía a los más jóvenes. No era un misterio el sexo, pero sí los modos de relación. Si las costumbres promiscuas venían en los manuales de derecho sobre desórdenes sociales, los modelos de amor entre personas del mismo sexo eran uno de los misterios mejor guardados, a los que se accedía sólo a través de confidencias. Las miserias eran públicas, los caminos del amor, en cambio, un tesoro secreto. Se hablaba de los amores de Jaime Salinas o Francisco Brines, con un aire de bruma nórdica, o de una larga relación pedagógica de José Olivio Jiménez en Nueva York que terminaría justo en esos años, pero era imposible profundizar más allá del mito o una nostalgia complaciente. Esas brumas situaban al amor en un plano superior, al margen de la existencia cotidiana. Sin embargo, para mí, el ingrediente principal en el amor entre hombres sigue siendo la amistad, el compañerismo, y no tanto la complementariedad matrimonial ni la intensidad apasionada de los amantes. Aspiraba a que Vicente me aceptase como compañero, no en ese momento, quizá con la perspectiva del tiempo, como un igual. Que comprendiese las aventuras sexuales, por puro placer, como un descubrimiento del cuerpo. Más que estar con él, en un embeleso idólatra, deseaba crecer a su lado.

Si alguna vez hablamos de modelos de amor, y defendí alguno, fue el que se sabía entonces de Iris Murdoch y John Bayley, ambos profesores. Ella escribía, vivían juntos y exploraban su sexualidad por caminos divergentes mientras compartían sus experiencias. Suponía que con el tiempo mi curiosidad se iría atenuando y el tiempo compartido nos permitiría construir algo más sólido una vez pasada esa edad de veinte años, volcada a los experimentos. No quería llegar a los treinta o cuarenta con el reloj atrasado, y sed de lo que no había vivido, persiguiendo jovencitos. Prefería perseguirlos siendo yo jovencito y ahorrarme el trance cuando el cuerpo ya está pidiendo otra cosa. Estas conversaciones, sin embargo, no tenían repercusión práctica. Eran ensoñaciones teóricas que no limarían asperezas. Bajo la apariencia irónica latía también un Vicente reservado, posesivo, con inclinación al descontento y voluntad de saberlo todo de mí, incluso lo que yo no sabía. A veces sus preguntas servían para que reflexionara; otras veces, en cambio, conseguían desmoralizarme.

Acudía a él, en esa calidad de compañero que debe no sólo tolerar sino comprender las aventuras sexuales del que ama, obligándole a establecer una distinción entre ambas dimensiones, sexo y amor, deseo y lealtad, desahogo y compromiso. Aparecieron unas ladillas compartidas que tomé casi como una diversión, en parte porque le implicaban también a él y eso reforzaba mi idea de complicidad. Debía de ser difícil comprender a un niño que quería dejar de serlo a fuerza de golpes, que aspiraba a ser mayor y valerse por sí mismo sin estar preparado.

La relación con José María se desplegaba, por contraste, en el territorio de la aventura, como un juego peligroso. Nos provocaba la transgresión, una carnalidad rebelde disfrazada de travesura. Una mañana vino a recogerme a mi facultad y le pareció casi una urgencia que tuviéramos sexo allí, y dos semanas después, por compensar, debíamos ir a su facultad. Un día que faltó Vicente, fue en su propia casa. Y una tarde paseando junto al Ministerio del Ejército me besó al cruzarnos con un militar de graduación que se puso blanco del susto. Igual que yo. No éramos un modelo de estabilidad. Quizá esos juegos servían para conectarme con el espíritu de mi edad. José María sugería que yo no había tenido in-

22. Vicente

La nueva confesión, el cuerpo algo maltrecho del delito, la traición con ropaje de amor antropológico, se amontonaron como en el desenlace de un melodrama ostentoso. Sin gradación, sin respiro cómico ni hueco para las disculpas. El humor, mi mejor arma de ataque, se revelaba inepto para proteger mi indefensión. Y para el odio me faltaban ensayos: hacía más de un año que no encarnaba el papel del pérfido. Casi lo había olvidado.

Luis volvió pues a dejarme, y esta vez ya no se podía acudir a la casa de socorro de Velintonia, a riesgo de caer en la mamarrachada. «Te quiero mucho», la frase paliativa que más se ha repetido en la historia de las separaciones unilaterales. Así empezó él. Me quería mucho, naturalmente, pero por encima de todo quería ser libre, y la prueba de que lo era fue la secreción amarilla saliendo de su miembro viril.

No me explico hoy cómo pude ser tan científico en una situación tan ominosa. Más que generosidad debió de ser aprensión: la higiene, que me martiriza. Así que le apliqué al ser amado pillado en falta la experiencia adquirida en mi vida de desarreglos. Él quería reivindicar los suyos; ahí había uno especialmente purulento.

En Londres, no muy lejos de donde yo viví en los primeros tiempos, estaba el hospital de Paddington, St Mary's, grandioso y victoriano como todas las sedes de la salud y el ferrocarril del Reino Unido que aún alcancé a conocer. Un día, al haber sentido más de una vez una comezón urinaria, consulté a mi amigo Miguel Payo, londinense estable y hombre que conocía todos los placeres y, con ello, todas las penalidades venéreas. Miguel me dirigió al hospital, que casualmente estaba a dos calles de Leinster Gardens, donde él vivía. Una vez llegado a la mole neo-neoclásica tenía yo que buscar una dependencia más discreta, The Special Clinic, y ese modo tan británico de no llamar a las cosas sospechosas por su nombre y a la vez resaltarlas en el circunloquio me resultó confortable. Nunca antes había tenido infecciones sexuales, pero recordaba, de mis años de estudiante en Madrid, la sordidez de unos anuncios menos perifrásticos en ciertos balcones de las calles cercanas a la Puerta del Sol, y la palabra, desconocida hasta entonces, que me dijo un poeta veneciano frecuentador de putas, pese a su propio éxito con las chicas: purgaciones. Él las había tenido, y al oírselo me volvió a la cabeza mi pasado de religiosidad extrema; la palabra venía sin duda de purga, de purgante, de purgatorio. ¿Tendría yo que purgar algo adquirido en Londres, en una época en que el preservativo formaba parte del mismo paquete rancio asociado al amor mercenario y el método Ogino?

La Salud Nacional funcionaba, al menos entonces, antes de la llegada devastadora de la señora Thatcher, estupendamente, y no sólo en los Casos Especiales. Yo ya era profesor y tenía mi cartilla del National Health, y con ella y mi comezón fui a la Special Clinic, que tenía una puerta sin columnata y un rótulo visible, nada vergonzante, en uno de los pabellones del St Mary's. Hechos los pertinentes análisis, resultó que mi picor no estaba producido por el gonococo, siendo sólo, y de nuevo me confortó la nomen-

clatura emboscada, una NSU, es decir, una uretritis no específica, que se curaba limpia y rápidamente con unas
grageas que te eran entregadas en un frasquito con la cantidad exacta de pastillas necesarias para el tratamiento y un
solo nombre en la etiqueta pegada al vidrio: The Pill. ¿Habría una *pill*, sin más, para cada mal? Nunca lo averigüé.

Luis sí había contraído gonorrea, y no estábamos en
Inglaterra. Pero, antes de entrar en el cómo y el por quién
había sido infectado, me preocupé de ayudarle en su curación; algún médico amigo, alguna farmacia simpatizante, la
dirección de un practicante, no recuerdo. El antibiótico
funcionó, él sanó, y yo empecé a dolerme en el alma.

Tres meses antes, cuando Luis hizo su primer amago de
ruptura, mi seguridad en nosotros mismos era tan ciega, o
mi orgullo tan colosal, que sólo sufrí un revés, pronto resuelto con el tratamiento Aleixandre. Ahora no se veía cura
posible. De repente, Luis me parecía sólo el depositario de
todas las felonías, el judas que, traicionando mi confianza,
se tiraba cuando yo estaba ausente a mi sirviente, seguramente en horas que yo abonaba. Y en la cama art déco. Sin
cambiar las sábanas.

Después del humor, hay otro método de defensa personal que yo y algunos amigos cercanos como la pareja Cabrera Infante o Javier Marías usábamos solos ante el peligro:
la memoria y el usufructo del cine, en lo que tiene de religión
no formada por las divas del mudo y por el mito (un olim-
po exagerado, tal como yo lo veo) sino por creencias. Pocas
semanas antes, Javier Marías y yo nos habíamos escandali-
zado de que a otro gran amigo, Fernando Savater, le hubiera parecido una patochada la sublime comedia de George
Cukor *Ricas y famosas,* que vi con Luis y comenté largamen-
te con Javier. Fernando, decidimos Javier y yo para perdo-
narle, no tenía sensibilidad para la alta comedia, teniendo
él tanta gracia, y antes que apreciar la sensibilidad crepus-

cular de las dos elocuentes escritoras de Cukor, se emocionaba con el alarido de cualquier monstruito antediluviano, aunque estuviera manufacturado en el Japón.

La traición de Luis con mi sirviente, tardíamente sabida, me hizo de inmediato pensar en *The Servant,* la gran película de Losey con guión de Harold Pinter. Tanto me gustó cuando la vi en algún momento de los años sesenta que quise leer la *nouvelle* de Robin Maugham en la que estaba basada, aún mejor que su adaptación. Claro que José María Calvín nada tenía que ver con el grandote y grasiento criado del libro y menos con el sinuoso y elegante Dirk Bogarde del film, que arranca con una magnífica secuencia en la que el aspirante a doméstico se presenta en una casa casi tan desarbolada como la mía de Madrid y engatusa al dueño, un apuesto *gentleman* muy bebedor, con el anuncio de lo bien que cocina el soufflé. La rubia fría de *El sirviente* de Losey era James Fox, el señorito caído en las redes del criado Barrett que tan peligrosamente interpretaba un Bogarde moreno y de estatura media; nada se dice del planchado de las camisas, aunque el señor de la casa va siempre impoluto, y de haber un paralelismo entre el cine y la realidad sería por el lado de Sarah Miles, que es quien seduce y miente y usa indebidamente el dormitorio principal. Pero el criado Barrett es el gran traidor, de quien en la novela se dice «que destruye a sus víctimas desde dentro».

Recuerdo sólo del día, a fines de febrero creo, en que Luis se fue de mi casa para siempre dos ritos. Ya que él se lamentaba de que yo, entre otras adherencias involuntarias, le hubiera pegado mi voz, grabé la suya dejada un par de días antes en un mensaje en el contestador. Para recordarla o para odiarla repetidamente. Después de eso, tomé el manojo de llaves que él había depositado al irse en el estante bajo de la librería ante la que posamos para la foto vestidos de gala, y con las cuatro llaves en la mano me di un corto paseo por el piso. Hasta llegar al dormitorio. La cama art déco estaba hecha por la nueva asistenta sustituta de Calvín. Mejor hecha. ¿Qué pasaría esa noche al ir a acostarme? Al ir a salir del cuarto vi, detrás de la poltrona tapizada de verde, un trozo de papel en la alfombra. ¿Un kleenex sucio, el pañuelo incriminatorio de Desdémona, una carta de adiós? Era sólo el billete de un trayecto de autobús desde Moncloa a la ciudad universitaria. No lo guardé.

22. Luis

No estaba ante una elección –entre Vicente y José María–, era una crisis. Las rutas que habían trazado los hábitos y las rutinas diarias se desmoronaban, como si hubieran retirado los andamios por falta de pago antes de terminar la construcción. Esos hábitos y rutinas menores eran las piezas que sostenían acciones mínimas, diarias, un riego por goteo que debía mantener la fuente viva. Sin embargo, tras el susto casi divertido de las ladillas, apareció una gonorrea que no podía explicar, aunque sería resultado de algún encuentro fortuito que entonces me parecían apariciones de un ángel, sin que distinguiera bien su procedencia. Vicente se mostró distante, seguramente cansado de tantos tropiezos e imprevistos. Yo aún esperaba enderezarme. Pero no fue así.

José María me acompañó a un practicante en la calle Preciados, cerca de donde vivía. No sentí el pinchazo, me desmayé antes. Tuve que bajar a tomar un café, recuperarme y regresar para intentarlo de nuevo, esta vez tumbado en la camilla.

No tuve con Vicente una conversación abierta sobre lo sucedido. Con perspectiva puedo entender que yo buscara en aquel sexo anónimo incipiente un desahogo a la ansiedad. Algo que he hecho después. En aquel momento no eran más que sucesos inconexos. Dos relaciones antagónicas y la perspectiva de tener que dejar la casa donde estaba acogido. José María me pedía que le dijera que le quería; una expresión que había reservado a Vicente. Ya no sabía lo que quería, ni si había querido, ni qué era querer. Había surgido como un conjuro, al calor de un afecto y una pasión reales, pero se había vuelto la expresión de una necesidad, un «te quiero» dicho con la urgencia del que teme la soledad y no se siente preparado. Tenía la impresión de que mis poemas de entonces de alguna manera *avisaban* de mi evolución, pero Vicente nunca entraba en comentarios de *fondo,* sólo hacía y transmitía reflexiones formales. De hecho, nadie ha entrado a hacer un comentario de esos poemas, más allá de sus recursos estilísticos. En los últimos poemas de la primera parte, el autor, quienquiera que fuera dentro de mí, estaba anunciando una partida, un viaje, una larga marcha, al menos estaba quejándose de un encierro más mental o espiritual que real. Yo no podía leerme con tan poca distancia. Pero ya en aquel momento me llamaba la atención que tampoco Vicente lo hiciera. Temía faltar a mi compromiso artístico si le hubiera pedido entrar en una conversación de carácter más psicológico. Aunque fuera de buen tono leer a Freud –Aleixandre había leído su obra completa en los años veinte y treinta, siguiendo el hilo de traducciones casi simultáneas en español–, el tratamiento psicoterapéutico hacía referencia a un submundo en que sólo Leopoldo María Panero había entrado, sin que pareciera que fuera a regresar jamás.

Perdía al interlocutor con el que compartía el mundo conocido. Decidí no decidir, dejar que las cosas sucedieran, abstraerme en un silencio opaco que seguramente sería lo más honesto, al menos conmigo mismo, en medio de la niebla. No podía ver ni saber. Había perdido la complicidad con Vicente, el contacto en clave de juego, la despreocupación. Las desavenencias ya no tendrían arreglo, ya no se perdonaban ni desaparecían como antes.

La profundidad de esa crisis no se debía a una carencia previa, a un problema de falta de educación que pudiera enmendarse con una reconvención. En medio de las dificultades, necesitaba buscar, completarme, asumir riesgos, ser el protagonista de mi vida, aunque fuera una vida peor que la que tenía al lado de Vicente. Había una emergencia en sombra, el espíritu zumbón y caprichoso de la búsqueda, la necesidad de horizontes nuevos, que parecía irrenunciable entonces aunque fuera apenas una sensación tan vaga como inconcreta. Hubiera querido tenerle cerca, que me hubiera disuadido o que me hubiera hecho ver que ambas cosas eran posibles: seguir juntos manteniendo una cierta autonomía, una distancia intelectual y sexual, aunque la lealtad nos mantuviera unidos. Seguir juntos mientras él asistía a mi propio proceso de emancipación. Pero eso es un proyecto educativo y no tanto amoroso.

No hubo esa conversación, las tentaciones que ofrecía la vida no eran un tema apto para nosotros. Nuestras posiciones parecían radicalizarse. Aunque sí hubo otras conversaciones, Madrid seguía su particular camino festivo. En ese mes de enero Andy Warhol exponía en la Galería Vijande, Vicente cubría los diferentes actos de su visita a España para *El País,* un relato que se iniciaba, como una coincidencia, con una pérdida: en aquel caso la de sus lentillas. José María y yo asistimos a la inauguración. Todavía conservo algunas postales –pistolas y puñales– firmadas por el gran gurú del pop, un arte volcado en la iconografía. Christopher Makos, entonces responsable de fotografía de la revista *Andy Warhol's Interview,* hizo algunas fotos a José María, que estaba encantado y al mismo tiempo ponía mala cara. Makos insistía en que bajara la barbilla. Yo, como era habitual, observaba; había demasiado ruido, pensaba, lo procesaría después.

Aunque nunca llegué a procesarlo. Ahora recuerdo una visita previa al garaje en aquel sótano del barrio de Salamanca donde estaba la galería, a Fernando Vijande sentado en una mesa en medio del espacio iluminado y desnudo. El día de la inauguración el garaje era un teatro y un escaparate; los asistentes no iban a ver sino a ser vistos. No era de pintura de lo que se hablaba sino de arte, y tampoco, sólo importaba la actitud ante el arte, ése era el mango por el que aquella turba de famosos estaba dispuesta a empuñar la sartén. Los puñales y las pistolas eran la excusa para salir de las catacumbas de una ciudad gris y ofrecerse al gran arte. La mirada que había visto en Daniel Escolano al llegar a Madrid brillaba ahora en aquellos madrileños de todas partes dispuestos a triunfar en Nueva York. Todavía volví a la galería una vez más, ya pasada la exposición. Fernando Vijande en su mesa de despacho, centrada en el suelo del garaje vacío y desnudo, impecable, el pelo gris, el traje claro de chaqueta cruzada, a juego con las canas, un clavel rojo en el ojal y un joven que le acompañaba en silencio y a distancia; podría ser su camello, su secuestrador, su amante, tal vez las tres cosas.

Por mi parte, un último incidente venéreo terminó de estropear la situación en casa de mis primas. Era el precio de una iniciación a ciegas –ya no sé si sarna o ladillas– que me obligó a intensificar la higiene en un ritual cada vez más complicado y tedioso. Debía bañarme cada noche, me cubría de loción antiparasitaria, lavaba las sábanas a escondidas. Se me llenaba la vida de secretos, no sólo al salir de casa, sino también al entrar. Eso adelantó la salida del piso de mis primas. La comunicación con Vicente se había ido enfriando, reducida a alguna llamada de cortesía informando de la situación. En febrero llegó el momento de la mudanza. Había encontrado un cuarto compartido en un bajo de la calle Divino Pastor, en el barrio de Malasaña. Apenas tres calles y el mundo parecía cambiar por completo. Era un lugar húmedo, tenía el retrete junto a la cocina y un cuarto sin ventilación, con un hueco semicircular que daba al salón, y desde el salón otra ventana comunicaba con un patio gris, con las bajantes agrietadas en una gotera permanente, y casi siempre oscuro. Dejé en el cuarto la estantería del Rastro, los diccionarios, la máquina de escribir y los apuntes de clase. Mi tía estaba ya en Nueva York, la relación con mis primas se había apagado. Compartiría piso con un compañero gay, ésa era la novedad. Un chico afeminado, un joven alegre de cara triste que trabajaba de camarero cuando podía. Le gustaba la gente mayor y tomaba como una diversión completar sus ingresos con alguna salida. Trabajos de amor retribuido. A él le parecía un hallazgo que debía celebrarse y me animaba a probar. Yo no me veía con fuerzas, tampoco para hacer un juicio moral.

Salí a la facultad algunos días, intentaba recuperar cierta sensación de normalidad, después me derrumbé. José María y Vicente habían desaparecido o yo me había alejado. Pasaba las tardes en casa, tumbado en la cama, sin leer, sin escribir. Cogí la gripe. Recibí una última llamada de Vicente preocupado, hacía días o semanas que no sabía nada de mí. Ni siquiera había mantenido ese contacto formal durante la mudanza. Yo no podía hablar, no sabía qué decir; me preguntó, insistió en saber cómo estaba. No sé si llegué a decir algo con sentido, que estaba bien, que tenía gripe, que hablaríamos... Al colgar me sentí lejos y volví a tumbarme para ahogar un llanto que tampoco venía. Fue la última vez que le oí preocupado por mí, aún cercano; la última conversación, ya casi sin palabras.

Segunda parte

I. Vicente

Por lo que también tiene de costumbre, el amor deja mucho tiempo libre cuando se termina. Quien lo termina, si la terminación no se produce simultáneamente, pierde al igual que el perjudicado la amabilidad de ciertos hábitos, las ventajas de la vida programada, el método y el abrigo. La liberación que gana compensa esas pérdidas, al menos en un primer tiempo tras la ruptura. Pero algunos que abandonan vuelven, nostálgicos, a lo que se ha dejado voluntariamente, y son recibidos con las festividades que la misericordia del dios reserva al pródigo.

Quien ha sufrido ese fin sin quererlo dispone todavía de más tiempo. Y ya que no puede sacar el mismo provecho de las aventuras de la libertad, es natural que para llenar los tiempos muertos, las habitaciones vacías, para conjurar el recuerdo adherido a los muebles, para demonizar la prenda de ropa que por olvido quedó en la percha, busque un pasatiempo en la animadversión.

Yo tardé en pasar a la fase rencorosa. No sé si por ligereza o por esperanza. Si me mostraba prudente y callaba, sin proclamar a los cuatro vientos las insidias de Luis y el calado de mi resentimiento, en caso de que él recapacitara y volviera al hogar la recomposición de los estropicios sería más sencilla. Algo me decía sin embargo que eso no iba a suceder. Por tal razón pienso ahora que mi reacción inicial de cautela se debió a otra forma de fantasía, esquivar las desgracias con el optimismo inherente a mi carácter, pesimista de raíz pero por encima de ello afirmativo.

Así que me lancé a la calle y al devaneo, algo consustancial a mí que, oyendo los consejos del Gran Detractor del flirt, había refrenado del todo en los catorce meses que siguieron a la crisis provocada por la fechoría valenciana. No recuerdo caras ni nombres, excepto dos, ya que tonteé, por utilizar el verbo con el que Luis y yo definíamos en el primer trimestre nuestra relación, con sus dos amigos-poetas del 62, Mario Míguez y Leopoldo Alas. Así les conocí mejor, salidos de la sombra que sobre ellos me había proyectado inevitablemente Luis. Descubrí en Leopoldo a un compuesto, a partes casi iguales, de inconstancia, inconsciencia, indolencia, y la más acusada, inteligencia. Su humorismo era acomodaticio, casi automático; en cuanto husmeaba cerca de él la broma pesada o el parloteo descabellado se los apropiaba, sublimándolos hasta llegar al absurdo, el reino en el que se sentía más a gusto.

Hablar con Mario a solas, sin el torneo que cuando estaba Luis presente se imponían ambos, resultaba de lo más estimulante. El rasgo famoso de Mario era su inclemencia con la estupidez, que detectaba por doquier, cosa admirable en persona tan joven. El genio suele ser intolerante, y Mario lo tiene. Por eso, aun siendo jovial y pícaro, divertido y cariñoso, siempre he sentido hacia él –sin perderle nunca la admiración y el afecto– el recelo que da lo inescrutable y lo inexorable.

Tanto ellos como Miguel Payo, que veía a Luis y le ayudó y le acogió de inquilino en su piso de Argüelles, me contaban de él, de su intendencia y su manutención. El lado galante, el de sus triunfos amorosos, prefería no oírlo todavía, aunque Mario, que odiaba desde el primer día al sirviente infiel, dejaba caer que en la facultad Calvín y Luis parecían dos tórtolos.

Oyendo esos informes de la vida doméstica de Luis me entró una angustia, una prueba más del amor que seguía teniéndole. Luis buscaba a la desesperada dónde residir, tras la apenas disimulada expulsión del piso de su tía, no encontraba nada o lo que encontraba no podía pagarlo, y ahí estaba yo, en mi piso, en «su» piso, en nuestro piso conyugal con dos dormitorios y dos baños, encastillado en mi manía de no compartir casa, que ya había sido motivo de tirantez con el amigo íntimo a quien le negué ser mi *flatmate*. Yo era un desalmado, un egoísta, o lo contrario, un oráculo de las relaciones amorosas. Podría haberle acogido, y evitar así que tuviera que pagar un alquiler con sus pocos fondos familiares, prolongando las horas del amor y probando, por segunda vez en mi vida, la posibilidad de ser feliz en comandita. O podría, de ese mismo modo, aunque le quisiera más que a nadie antes, haber convertido en un infierno inhabitable una historia que con «habitaciones propias» había funcionado bastante bien. De ese rompecabezas de pros y contras de las dos opciones me sacaba la indignación. ¿Habría traído Luis en el primer caso, como ya había hecho antes, a sus ligues, aprovechando mis viajes regulares a San Sebastián?

Mario era, como yo, un pesimista alegre, que en aquella época salía más y se relacionaba *en sociedad,* sin perder nunca el resguardo de su misantropía. Hubo noches de farra muy divertidas. Excepto amarle, que me amedrentaba, cualquier cosa que Mario deseara la obtendría de mí. Le había intrigado que mi tercera novela, *La comunión de los atletas,* ojeada un día en casa, llevase una cita de un poeta barroco francés, Jean de Sponde, que él no había leído pero sabía quién era. A Sponde lo descubrí, siendo mayor de lo que Mario lo era entonces, en Oxford, ciudad que me cultivó intensivamente, y no por su erudición ambiental (sólo) sino por el ocio, en algunos momentos rayano en el tedio, que permitía: tres años de una vida académica que a las 3 de la tarde ya me dejaba libre de obligaciones docentes, los dos días semanales en que las tenía. En las largas veladas «oxonienses» leí detalladamente, obra a obra, a Shakespeare, me quedó tiempo el segundo curso para leer a sus contemporáneos isabelinos, algunos tan extraordinarios como John Ford, John Webster o Ben Jonson, y en el tercero me pasé a la poesía metafísica, Donne, Herbert, Marvell, que a su vez me llevó a los franceses.

Aunque no suelo dejar libros a nadie, a Mario le dejé el volumen preciado de la obra completa de Sponde publicada por Droz; quería traducirle, ni más ni menos. Al cabo de un par de semanas del préstamo recibí, en una hoja a lápiz, la excelente traducción prosificada del soneto XVIII de *Les Amours,* con su bello arranque: «No os extrañéis si mi espíritu que, de trabajo en trabajo, pasó por tantos movimientos, desde que fue a estas lejanías desterrado, tan ágil como es, ya no cambia de lugar.» Una ofrenda, una requisitoria, un protocolo.

Luis había dicho en su carta del 5 de enero, la última que me escribió como amante, que a él le afectaban mucho nuestras discusiones, «aunque a ti se te pasen muy pronto»; le quitaban el sueño, añadía, suponiendo, y estaba en lo cierto, que yo habría podido dormir después de cualquier disputa. La parte positivista de mí puede con la acerba, pero lo que acababa de producirse no era una trifulca remediable. El dolor no se iba, y yo empecé a buscarle, de cualquier manera, paliativos. Y como la vacuna contra el amor perdido aún no se ha encontrado en los laboratorios del alma, me acordé de su asociado, el veneno.

Antes de romper conmigo, drástica y delicada, María Vela pasó por el sofoco de verse retratada bajo el nombre de Leticia/Lutecia en un libro publicado en 1979. Acabado nuestro verano idílico y con él las llamadas de acecho de Umbral, y estando yo de regreso en Oxford, María y su ex se habían visto una vez, aún con reproches y desplantes por parte del amante escocido. Unos días más tarde, la llamó; el teléfono, como ya se ha dicho, era un modo de liza muy lumbar. Por algo diría el autor castellano-leonés, ramoneando, que las mujeres viven como «lamparillas de sexo» que alumbran «la gran catedral de la telefonía». Y allí las llama él, y allí, según su visión, viven ellas en sus celdillas, o vive, a la espera de que él las llame, su «ello telefónico». Esa llamada, tras el tormentoso encuentro, había sosegado a María, y en la primera carta que me escribió a Inglaterra, el 16 de octubre del 78, dos días antes de mi cumpleaños, transmitía la nueva paz: «Esta tarde llamó Rumbal con voz entrecortada y espesa. Se produjo una conversación cortés de la que estoy orgullosa. Banal, corta, sin ninguna cuerda más alta que otra. Cuando notó el despego, se despidió deseándome una vida feliz.»

Pero pocos meses después de ese suave adiós, salió, en marzo de 1979, *Los amores diurnos,* libro «**abierto** e inclasificable, **poema-ensayo-novela-dietario**», de un «**Francisco Umbral** nuevo, **poético/pornográfico** [...] una **metáfora del sexo** que va segregando metáforas colindantes: el pene como metáfora, la defecación como metáfora, la sodomización de la mujer como metáfora», según el texto de contraportada que, con su uso de las negritas y las barras umbralianas, podría ser un guiño de la editorial Kairós a su autor o un paratexto escrito para la ocasión por el propio novelista con lenguaje «directo y callejero, lenguaje de tapia».

Una vez en las librerías, y a la primera ocasión, que yo creo que fue en mis largas vacaciones de Pascua de ese mis-

269

mo año, Javier Marías y yo le aplicamos inmediatamente el tratamiento VIP, que consistía, en las noches de cena conjunta, con frecuencia en el restaurante Rugantino anejo al VIP de López de Hoyos esquina con Velázquez, en pasar tras la comida a la tienda y tras ojear los titulares de la prensa del día siguiente, que allí llegaba en la primera hora de la madrugada, hojear más detenidamente los libros que por nada del mundo querríamos leer enteros, y menos aún comprar. *Los amores diurnos* de Umbral se adaptaba muy bien al tratamiento VIP, por su naturaleza rapsódica y discontinua, que hacía fácil espigar los párrafos, muchos de ellos subidamente escatolíricos; el propio autor incitaba a hacerlo, además, en una frase de la citada contracubierta, «Umbral deja a Freud en el drugstore», ya que los VIPS eran los sucedáneos para esa misma lectura impromptu e interrupta de lo que antes fueron los drugstores madrileños.

Nuestras carcajadas y nuestras apostillas al reconocernos en el esperpento («Entre aquellos maudits de doctorado y lectorado en Oxford, siempre había uno más maudit que los demás, más borracho, más homosex, más algo») eran de 1979. Javier, que tiene mejor memoria textual que yo y unas primorosas dotes de imitación, llegó a aprenderse nuestro párrafo favorito, yo creo que de una sola lectura de pie frente a los anaqueles, y lo recitaba poniendo la voz acampanada de Umbral: «los amores lunares de Leticia/Lutecia eran vagas teorías de chicos que habían sacado un libro de versos que parecía traducido de un inglés del XVIII, o que directamente habían traducido a un inglés del XVIII y lo paseaban por la noche madrileña, entre cafetería intelectual y drugstore sentimental».

Yo, por el contrario, no cito aquí de memoria. Creo que nunca se lo dije a Javier Marías, pero acabé comprándome en secreto el libro, que leí de cabo a rabo y subrayé a lápiz con admiraciones y asteriscos, entre la hilaridad y el asco,

270

aunque hechizado por otros pasajes presumiblemente referidos a mí: «sus risas hondas de afeminado falso, sus risas agudas de macho feminoide». Y lo peor que hice no fue eso. Cuatro años después de publicarse, en la primavera aciaga de 1983, volví a leerlo, una noche en la que el spleen debió de hacerse insoportable. Sigue en mi biblioteca.

Saqué pocas ideas de venganza de esa relectura, todo hay que decirlo. Entre las andanadas de agravio al grupo de Oxford y los pormenores excrementicios se traslucía, en el frondoso y exclamatorio estilo bramulesco, una enternecedora declaración de amor a esa ingrata Leticia/Lutecia, y yo, a medida que pasaban los días y no llegaba de Luis ningún gesto de reconciliación, ya no quería reconocer de ninguna manera mi pasión frustrada. Aunque nuestros nombres salieron juntos en una carta pública, un ejemplo de que las penas de amor más desgarradas pueden conducir no sólo al suicidio sino a la astracanada.

Siempre me había hecho una gracia maligna e irresistible el Festival de Eurovisión, que empecé a ver de adolescente libresco en Alicante y seguí viendo después por vicio, asociándolo a veces a momentos cruciales de mi existencia. En 1968, por ejemplo, cuando lo ganó Massiel, yo era cabo del ejército del Aire de guardia en la mole pseudoherreriana de Moncloa, y hasta las casetas de los centinelas llegaron los ecos del triunfo nacional en la música ligera, relajándose mucho aquella noche la disciplina del mando, ejercido por un capitán dipsómano. Vimos todos en la sala de oficiales el canto epocal del «La, la, la», y brindamos y cantamos, de vuelta los soldados al puesto, el estribillo. También guardo recuerdos no tan patrióticos pero más pop de los años en que lo ganaron Sandie Shaw, France Gall y la meliflua Gigliola Cinquetti.

A finales de abril de 1983 reuní en casa a Leopoldo Alas, seguidor aún más indómito que yo del anual evento televisivo, a Mario Míguez, a Federico Leal y, entre otros jovencitos que no recuerdo, a Fernando Savater, que también penaba de amor por entonces y no le puso pegas a entrar conmigo en lo que el poeta de Duino llamó «el jardín de infancia de la vida». No creo que en la interminable retransmisión de las canciones más peregrinas y las puntuaciones en dos lenguas dejáramos todos de hacer comentarios sangrientos y renuncios de todo tipo, pero por algún motivo que ahora soy incapaz de entender, nos dolió en el alma, a Leopoldito al que más, que nuestra representante en el festival, Remedios Amaya, se quedara la última en la tabla de clasificación, con «*zero points*». Llevados por el prevaleciente espíritu de arrebato pueril redactamos allí mismo, en el salón del piso, una carta de protesta entre la jerigonza y la chanza, que, dada la vinculación de Savater, más que mía entonces, al periódico, *El País* publicó, supongo que tras superar el estupor general en la mesa de redacción. Reconozco un latiguillo molinesco al comienzo de la carta, una cita (sin decir su nombre) de Maiakovski a la que me gusta mucho volver: «Como suele decirse, el incidente ha terminado, la barca del amor se estrelló contra la vida cotidiana.» A la cita le faltaban en tal ocasión los arrecifes del poeta ruso, y Leopoldito, el más ferviente defensor de la perdedora «¿Quién maneja mi barca?», seguía la bufonada protestando a continuación de que esa copla pegadiza de la hermosa cantante gitana, no peor que las otras a concurso desde luego, y que él calificaba de «única canción con visos de autenticidad e irremediable actualidad [...] sin duda, en la transvanguardia de nuestro muy merecido destino como planeta», no hubiera recibido todo lo que merecía de una Europa «insensible e insensata». El final, tal vez aportado por un Mario Míguez en clave de filósofo cínico, decía así: «Reivindicamos a Remedios Amaya. Reivindicamos la modernidad. Éste es el canto del cisne: Europa ha perdido, definitivamente, la última barca que le brindábamos, como toreros de Occidente y elegidos por el siglo para *no ser...* Cuando en realidad somos *lo único que es:* paladines de la autenticidad.»

La carta que enviamos y publicó *El País* el 28 de abril estaba encabezada por los tres poetas *princeps* del 62, Alas, Cremades, Míguez, seguidos por mí mismo y Savater, al frente de un nutrido grupo de familiares y amigos hasta alcanzar la suma de 39 nombres, catorce especificados junto a «25 firmas más».

Cuando esta Carta al Director de *El País* apareció en febrero de 2013 entre mis papeles de Luis me desconcertó, hasta que, atando cabos, el propio Luis me aclaró que él, desde luego, no estuvo en mi casa reunido (¿le habría franqueado la entrada?) pero fue requerido telefónicamente por Leopoldo para la firma. Curiosa jugarreta del destino postal uniéndonos en plena desdicha en un desahogo tan risueño.

Del verano de ese año tengo el recuerdo de la elaboración en privado de algunas pequeñas formas de venganza y de las aparatosas *passeggiatas* nocturnas por las terrazas al aire libre del Paseo de la Castellana, que iniciaban su apogeo coincidiendo con la fase epéntica de Fernando Savater, sensacional y audaz como tantas de sus actuaciones públicas. Y público fue en aquellas noches felices su epentismo con Mario Míguez en los bulevares.

Solíamos quedar en la terraza del bar más alto, situado cerca de María de Molina, tomar allí una copa o dos y luego bajar entre la riada de gente hacia las que tenían cierta antigüedad, terminando en la del clásico Café Gijón; íbamos casi siempre Javier Marías y yo, Leopoldo y Villena a veces, y Fernando con Mario, y el paso de estos últimos abrazados estrechamente y –a la espera del cambio de luz en algún semáforo– besándose en la boca abiertamente producía en la multitud de noctámbulos, siendo Savater ya una figura muy notoria, el efecto de la separación de las aguas del Mar Rojo tal y como mi generación la vio reflejada con gran lujo de efectos especiales en *Los diez mandamientos* de Cecil B. DeMille: un oleaje súbito y encrespado que dejaba en el lecho de tierra del paseo una hendidura por la que avanzaba, sin fijarse en los aspavientos filisteos, el pueblo elegido formado por ellos dos.

Vicente Aleixandre, que seguía con gran admiración lo que escribía Savater en sus libros y en los artículos de opinión de *El País* (llegó a recortar y siempre ponderaba uno en efecto memorable, «Osadía clerical»), celebró como psicopompo del culto el relato que yo le hacía de esas demostraciones públicas tan atrevidas de Fernando y Mario Míguez, a quien el poeta de Velintonia había leído en mi antología. Y lamentó, transcurrido el tiempo, el desengaño que desvió del camino epéntico a *le philosophe* (así denominábamos cariñosamente a Savater, entre nosotros, Leopoldito, Villena y yo).

Fernando escribió, un año después de ese verano de las terrazas atónitas, una novela de viaje, *El dialecto de la vida,* que seguramente no está entre sus mejores libros aunque yo, nada más leerla al publicarse, en la primavera de 1985, la adopté como texto de estudio y confortación. Después de su boda y paternidad tempranas con una compañera nuestra de facultad, en una época, coincidente con mi estancia inglesa, en que apenas tuvimos contacto, Fernando ha amado (que yo sepa) a dos mujeres opuestas de carácter, al menos en apariencia. Dulce y risueña la primera, Lourdes Ortiz, áspera y combativa la segunda, nuestra un día alumna de Zorroaga Sara Torres, a ambas las une la fuerza, que estoy tentado de escribir La Fuerza, dada la adhesión fervorosa de Fernando a la saga de *La guerra de las galaxias.* Sara, pugnaz y valiente como él, fue al acabar la carrera crítica de cine y profesora hostigada por la jauría *abertzale,* y sigue hoy a su lado.

Lourdes introdujo en su larga relación de pareja con Fernando el triángulo del discipulado (dos chicos, y sobre todo uno oriundo de Bilbao, alumnos de la Escuela de Arte Dramático, donde ella era catedrática de Historia del Arte), y a esa figura geométrica Fernando, por vocación paidética y tentación epéntica, no le hizo ascos. Con el vigor y la desenvoltura habituales en todos sus pronunciamientos, Savater escribió de esas querencias (sin el leve embozo de la ficción novelesca que hay en *El dialecto de la vida)* en sus memorias *Mira por dónde* y en el arranque de otro de sus libros más ocurrentes y logrados, *La escuela de Platón.* En ese breve ensayo narrativo *le philosophe* no sólo glosaba el platonismo filosófico. Al resaltar la atención plástica que despierta en el Museo de Orsay de París la pintura simbolista y nudista de Jean Delville del mismo título que su libro, «incluso entre los que no sienten especial atracción por los cuerpos desnudos de jóvenes varones», Savater añade otro signo a los efebos lascivos que en el cuadro rodean al maestro: «sobre quienes no somos precisamente inmunes a tal atractivo, el impacto es aún más urgente».

Con el favorito de aquellos dos estudiantes de arte dramático aportados por Lourdes y afiliados por él, Savater viajó siguiendo en tierras de Escocia las huellas de Stevenson y buscando de noche en las posadas el calor humano bilbaíno. Por lo que cuenta en su narración novelada *El dialecto de la vida,* el joven Daniel, en la ficción «David», le dio el viaje. Aunque se podría también pensar que el autor se lo dio a sí mismo, pues a las decepciones y rechazos del acompañante casquivano se sumaba el recuerdo de la mujer madura a la que amó, por la que creyó ser amado siete años, y «con la que había llegado a un grado de compenetración intelectual, física y humorística (reírse juntos, reírse a tiempo, reír de lo mismo) como nunca me pareció posible alcanzar», hasta el día en que «ella me informó de que había dejado de amarme y se había prendado de un jovencito, cuyas dotes se reducían a eso precisamente, ser jovencito». En uno de los pasajes reflexivos que Savater combina con las escenas más episódicas y frívolas, el novelista se pregunta: «¿Puede quien realmente ama *realmente* dejar de amar? Si la respuesta es afirmativa [...] sólo me queda la desesperación.» Antes de caer en ella, un pensamiento más: «Si yo no puedo desistir de mi amor es porque soy un fetichista imbécil, un inválido del corazón que espera junto a las por siempre tersas aguas de la piscina de Bethesda el imposible milagro de Lourdes. Estoy enfermo y aquí no ha pasado nada [...] quizá mañana encuentre la persona adecuada y mis problemas se "solucionen" [...] Se entiende así, al fin, el despecho amoroso: es la protesta al sabernos *intercambiables*, es decir, mortales.»

La declaración del monstruo de Frankenstein en la novela de Mary W. Shelley, «Soy malo porque soy desgraciado», la hace suya el autor de *El dialecto de la vida* en las diatribas contra la amada («maldita sea su zorruna alma pecadora que tanto tanto tanto me ha cautivado») y, éstas más largas y más acerbas, contra el joven «David», culpable no sólo de una coquetería universal sino, peor aún, de contar con el favor amoroso de la profesora madura. Pero si el amante rechazado pierde en más de un momento los estribos, también conserva los modos del gran escritor. En un bar de copas a la moda, el mismo día en que los dos viajeros a Escocia han regresado a Madrid, el narrador, mientras observa en la pista de baile las evoluciones en solitario de su fallido compañero de viaje, vuelve al registro conversacional que da las mejores páginas a la novela, en un monólogo dramático de conclusión; cuando ya no admira a quien antes creía amar, el muchacho bilbaíno por primera vez le inspira ternura, y desde su sitio en la barra le perdona y hasta le bendice sin palabras ni gestos. La imagen que se impone sin embargo sobre el bullicio del bar es la de la persona más admirada y por ello más querida, esa amante añorada y temida: «la admiré porque siempre la supe capaz de hacer eso por lo que la he perdido».

II. Vicente

Quizá haya tantas formas de enojo amoroso como modos de amar. El ensayista británico William Hazlitt, un escritor al que tengo gran admiración, publicó en 1823, a medias entre la confesión y el relato parcialmente epistolar, *Liber Amoris,* historia de su idolatría por Sarah Walker, la casquivana hija de sus caseros en Londres. Hay algo de entumecido deleite en las penalidades tan detalladas en el breve libro de Hazlitt, quien da muy pronto pistas para que entendamos que la muchacha, dejándose querer por él, o, más que querer, toquetear, ni le amaba ni era inocente de la sospecha de flirtear con cualquiera que pasase por la pensión paterna. Pronto llega el momento en que los rechazos, los desplantes y la ligereza de cascos ya no le importan; su amor parece más fuerte que las infidelidades de Sarah, que él mismo llega a verificar poniéndola a prueba con amigos suyos que consiguen los favores de la chica a la primera insinuación. El enamorado William no desfallece; su insistencia se alimenta de su sentimiento, que no consigue dominar ni hacer disminuir. Imagina o planea venganzas, pero ninguna le satisface, ninguna está a la altura de lo que aún siente por ella: esa horrenda pasión, escribe el autor, «me da un cierto rango en el reino del amor». Sólo una solución vengativa le tienta, cuando la desfachatez de Sarah se hace todavía más hiriente: «Mi venganza debe ser *amarla.*» Y añade en el capítulo inmediato: «Amarla por la estima que ella me tiene no es amarla a ella, sino a mí mismo. Ella me ha despojado de ella misma; ¿me despojará también de mi amor por ella?»

La idea de que combatir el desamor con más amor propio puede tener efectos sedativos, incluso victoriosos, resulta atractiva, como todas las hipótesis revolucionarias. Qué difícil es en la práctica sentimental aplicar los principios teóricos y renovar la trillada costumbre amorosa.

Así que mis venganzas de Luis no pasaron del campo de la poética y la lingüística, aunque parece que el hueco dejado por él se me notaba mucho. Había yo conocido al poco de la ruptura a un estudiante de medicina originario de un pueblo de la provincia de Madrid que, con el nombre –dado por mí de antemano estando él todavía en tercero– de doctor Anido, ha tenido en los más de treinta años transcurridos desde entonces una presencia en mi vida fuera de lo estrictamente sanitario. El futuro doctor, nacido una semanas antes del mismo año en que nació Luis, me contaría más de una vez que yo no paraba de hablar, incluso en los momentos tiernos y cuando me impacientaba, de ese coetáneo suyo cuya pérdida –le decía– me había incapacitado para el amor, haciéndome un padre viudo, un huérfano de hijo o simplemente un nihilista incurable.

Acabada la novela que Luis me había ayudado a pasar a máquina y a resumir en el paratexto que la acompañaría (y que tardó más de lo previsto en publicarse por su presentación al Premio Azorín), yo volvía a escribir poesía, nunca abandonada pese a mi silencio desde los *Novísimos,* y quizá espoleada por tanto trato directo con poetas jóvenes. Eran poemas muy distintos a los que me habían dado a conocer junto a mis compañeros de generación en la antología de 1970, menos irracionales y superrealistas (así llamaba Aleixandre al surrealismo, por el que él pasó radiantemente en al menos dos de sus primeros libros), y en algunos títulos queriendo alcanzar una nitidez de línea narrativa y un humor acre que, dentro de mis posibilidades, traté de aprender de Auden y de Nicanor Parra, descubierto este último en torno a 1973 en Londres, al comprar y leer maravillado su selección bilingüe *Poems and Antipoems*.

Esos nuevos poemas, que se hicieron más numerosos en los años siguientes a 1983, formaron el núcleo de lo que sería mi primer libro, *Los espías del realista* (1990). Escritos casi todos en papel timbrado de la facultad de Filosofía de San Sebastián, donde seguí dando clases hasta el fin de la década, un buen número de ellos mezclan el afán vengativo con el sensacionalismo, una sugerencia del breve fragmento de *Du côté de chez Swann* que puse como colofón de la parte más cáustica del libro: «*Il n'y a guère que le sadisme qui donne un fondement dans la vie à l'esthétique du mélodrame*» («Hay poco más que el sadismo para dar fundamento en la vida a la estética del melodrama»). En el libro también había epigramas latinos a mi manera, como éste, inspirado por algo que alguien me dijo que Luis le había dicho de mí en un encuentro fugaz:

EPIGRAMA SEGUNDO

Me dicen que te acuestas
con todo el mundo.
Y los que encuentro
cuentan
que
te han tenido
en sus brazos.
A todos les hablabas de mí
al desnudarte.

Pero cuando estos héroes
de una sola conquista
te pintan,
yo niego
conocerte.
No recuerdo
esos labios
que según ellos son rojos
y yo noté propensos
a las pupas
y demasiado blancos
para tu tierra.
Ni tu pelo
me pareció a mí nunca
castaño claro,
sino tirando a negro
y con caspa.

Cuando no me sentía con fuerzas para el verso jugaba
con las palabras, recuperando a solas los divertimentos ana-
gramáticos que habíamos cultivado Javier Marías y yo en el
verano de María Vela y alguna vez, en los años siguientes,
reaparecían si se daba la ocasión. Ya dije que Umbral pasó
a ser en nuestro código privado Lumbar y Bramul, *doppel-*
gängers duplicados del escritor, y tan apodícticos e insepa-
rables de él como Bouvard y Pécuchet de Flaubert. Pero el
juego también lo extendíamos a nosotros mismos, a nuestros
amigos y contemporáneos. A Félix de Azúa le buscamos dos
sencillas variantes de su nombre de pila, Le Fix y Flexi, muy
adecuadas a su genio bifronte. El novelista Javier Fernández
de Castro, durante un tiempo cuñado de Félix y algo sobre-
saltado entonces en su vida familiar, era Viraje, y a Luis
Antonio de Villena, a quien siempre le ha gustado envolver-
se en un halo luciferino, le hizo gracia y creo que le halagó

que le sacáramos de su apellido el anagrama de Le Vilan, además de mefítico, afrancesado. Una amiga italiana de París, Domitilla de nombre, muy elegante al vestir y muy bien abastecida de propiedades inmuebles, podía ser a la vez Modi Alti o Alti Domi, y la belleza griega de la locuaz y simpática Isabel Oliart nos inspiró el de Lesbia Lorita. En una hoja de aquellos tiempos con especulaciones y bosquejos a mano he encontrado un anagrama en latín macarrónico de Pedro Gimferrer, P: Ordem Regi Ferr, y otro adivinatorio de L. María Panero, El Arma Ronpía; también dos variantes mías (no recuerdo que el interesado las sancionara) del apellido de Javier Marías, Ría Mas y la balear Sa Rima, cerca de otras dos del de Savater, Reta Vas, que no requiere glosa, y Ver Asta, probable alusión al peso que gravaba su cabeza de amante estafado, quizá él menos que yo, tras unos escarceos a tres bandas y dos sexos. A María Vela le puse en Oxford, por su agudeza y su alacridad, La Ave Mira.

Las palabras así formadas tendían más al chiste benévolo que al escarnio, aunque no siempre. Nueve años más tarde, en noviembre de 1992, Javier Marías fue jurado del Premio Nacional de las Letras, galardón que, un peldaño por debajo del Cervantes en estos escalafones tan de nuestro país, pretende señalar la totalidad de una obra literaria afianzada. Marías llevó a la reunión deliberatoria la candidatura del amigo y maestro Juan Benet, que nos parecía el mayor escritor español en prosa de la segunda mitad del siglo XX. Como en todos los jurados, hubo chalanería, pactos de no agresión, estrategias de ataque y descrédito, así como su parte de disimulo y doblez; Marías llegó descompuesto a la casa de Benet en la calle Pisuerga (a Juan se le había detectado un brote canceroso en el trigémino a fines de septiembre, y estaba en tratamiento severo, aunque nadie, y menos él, pensaba que la muerte llegaría al cabo de tres meses, el 5 de enero de 1993).

Esa tarde, como tantas otras de aquel tiempo final de su vida, nos habíamos reunido con el enfermo algunos amigos, junto a su segunda esposa Blanca Andreu y el hijo pequeño de Juan, Eugenio, tratando de animarle. Juan se recuperaba, tendido en el diván donde solía al anochecer escuchar música, casi siempre de Schubert, de su última sesión de radioterapia, que le dejaba aniquilado sin quitarle el humor: «Esto no sé si me sanará pero tiene una gran ventaja, que elimina de cuajo el deseo carnal.» Javier traía la noticia de que Juan no había ganado el premio. Un destacado crítico literario defensor de Benet en sus reseñas le dio a entender a Marías en los preámbulos su disposición favorable a este tardío reconocimiento a quien nunca, con toda injusticia, había sido recompensado en la españolísima lotería de babel; «¡Babel de las babeles!», dice el verso de Miguel Hernández. Pero a los pocos minutos, inopinadamente, el mismo crítico entonaba en la reunión una encendida loa en favor de otro candidato, a mi juicio de un calibre incomparablemente menor, el escritor apologético José Jiménez Lozano. Llegada la votación final, muy reñida, el crítico, según el cómputo hecho in situ por Marías, escrupuloso para estas cosas, votó a Jiménez Lozano, y en el taxi que desde el ministerio le conducía a la calle Pisuerga, Javier le sacó al traidor un cruel anagrama de nombre y apellido, Careta Felón. Juan sonrió al oírlo.

Tuve aquel verano de 1983 una reminiscencia de ese juego y me puse a buscarle deformaciones letristas a Luis. Al nombre de pila corto era difícil sacarle punta, así que me concentré en el trisílabo del apellido. Yo quería ser más señorial, menos estercolero que Bramul en su relato sobre María Vela, pero, después de muchos ejercicios y combinaciones, sólo di con esto: C es merda. Para aumentar mi vergüenza de no poder salir del ingenio fecal, acabado el verano recibí una carta suya que no esperaba.

Querido Vicente:

No sé bien qué es esto. No quiero escribirte para excusarme o pedir disculpas por no haber sabido encontrar la manera de estar delante de ti. Es verdad que verte me inquieta, pero esa inquietud no me perturba; es parte todavía –y no mala– de nuestra historia. Te escribo, tal vez, porque me hace falta tu punto de vista, porque necesito verme delante de ti, que estarás leyendo estas líneas. Y te escribo también porque tengo la sospecha de que eres tú ahora quien está arremetiendo contra la memoria de casi dos años de haber estado juntos.

Yo me he mentido mucho acerca de nosotros; y sigo sin saber quién he sido contigo. Es tu imagen ahora la que va apareciendo cada vez más nítida, y cobran relieve los actos, las cosas que de ti recuerdo, se relacionan y forman un cuerpo con sentido. Te escribo, entonces, también para contarte que te he reconocido.

¿Qué imagen de mí te estás fabricando? Creo a veces que todavía esperas disculpas de mi parte. ¿Qué te hace valorar mis actos? ¿Con respecto a qué o a quién mides su maldad –premeditada o torpe?

He procurado no juzgarte, guardarte en otra zona de la memoria. Donde deban guardarse las historias de amor, allí no se juzga, se aprecia, se disfruta, se construye. Sin embargo, me ha parecido a veces que te comportas en el amor como el niño que todo lo quiere en el instante en que lo ha deseado, sin mediación alguna. Y en ese lugar las palabras, las razones, las disculpas pueden poco, pues esa necesidad infantil de *la cosa* se resuelve sólo en ella y no permite atender a las maneras, al *estilo amoroso* que te obligaría como amante a desdoblarte y representar, a ceder, esquivar, fingir, a creer en lo inverosímil, establecer una distancia, hacerte distinto de ti en la relación para salvarla de la mezquindad de las propias necesidades. Tampoco me tomes muy en serio, no sea que escriba sin saber bien lo que digo, pero si me juzgas –mal, como imagino– pensaré que lo haces tomando como medida tu necesidad de nuestra historia; y también después de haberte sentido engañado. (De haber creído que te había tomado el pelo dejando que te creyeras nuestra historia.)

Y no quiero que veas en esto ningún reproche. Lo que mejor guardo de ti es lo que creo que ha sido tu frontalidad en esta historia, tu llaneza, tu entrega tan poco cínica. He sido yo el que no ha podido sostenerse porque me sobrepasaba, porque me daba miedo –quizá todavía– el compromiso que tú *tenías* que exigirme.

A pesar de cómo están las cosas, mi vida ha sufrido un quiebro importante después de haberte conocido. He aprendido a aprender, ha habido una ruptura y *veo* de otro modo las cosas. Ha pasado el Amor muy cerca de mí, por primera vez.

Mi vida en estos días, en estas semanas pasadas ha sido bastante turbulenta. Desde enero aún no me he atrevido a darme tiempo para saber qué quiero de mí. Tal vez sea por eso por lo que me asusta sentirme juzgado. Pero lo que quiero no es la oportunidad para defenderme sino un trato de excepción, aunque yo siga sin saber cómo estar delante de ti y me inquiete el verte. Dentro de no mucho, a lo mejor, se puede hablar conmigo sin necesidad de tomar tantas precauciones.

Un beso,

Luis

III. Vicente

Como Luis ha perdido en sus mudanzas una buena parte de mis cartas no sé si a ésa le contesté. Me habría gustado tanto saber, si la hubo, cómo salí al paso de sus palabras.

Antes de acabar el año otro incidente vino a reavivar a mi lado el fuego de las venganzas por las que el amor contrariado supura. Juan Benet no lo había leído, pero alguien le habló de él, y así supe de un librito corto, una *nouvelle* titulada *Toda la casa era una ventana,* escrita por Emma Cohen no mucho después de que Juan acabase su historia con ella de un modo abrupto. Lo leí, y aunque mi identificación sentimental en ese caso iba más hacia ella que hacia él, el libro, un alegato personal apenas disfrazado de obra de ficción, me resultó, sin entrar en su valor literario, aborrecible: Emma cometía la deshonestidad de mezclar en una querella de vivos a los muertos, y sobre todo a una persona muerta ajena a ese conflicto. Doña Nuria.

Así la llamaban sus hijos, su marido, y por tanto nosotros, delante de ella, como llamábamos asimismo don Juan a Juan. Doña Nuria no se llamaba así, sino Marta, en la novelita de Emma Cohen; cuando la actriz apareció en la vida de Benet, doña Nuria llevaba seis años muerta, y por tanto los sucesos recreados por la autora son imaginarios, tratando, eso sí, de reflejar unos hechos ciertos y un lugar que conocía, el chalet de cuatro plantas de la familia Benet en la calle Pisuerga de Madrid. De la planta más alta se tiró doña Nuria una mañana de primeros de marzo del año 1974, mientras don Juan y su hijo mayor Ramón desayunaban en la cocina del sótano.

Doña Nuria, hija del escritor catalán exiliado en Chile Cèsar August Jordana y prima hermana de don Juan por parte de la rama valenciano-catalana de los Benet (llamándose, así, Nuria Jordana Benet), era una mujer que cuando una tarde de fines de verano de 1968 la conocimos Pedro Gimferrer y yo en el piso que entonces ocupaban en los altos de la calle Serrano, aparentaba más años de los que tenía (cuarenta y cuatro) y una gran diferencia de edad con su marido (de cuarenta entonces), al que su delgadez desmadejada, su cara barbilampiña, la mata altiva de pelo íntegro y aún negro, le daban un aspecto travieso y juvenil: el hijo larguirucho de esa aparente madre de mediana edad, canosa y algo entrada en carnes. Habíamos leído ambos por separado, Pedro en Barcelona, yo en una sola noche de guardia desvelada en el Ministerio del Aire de Madrid, *Volverás a Región*, y como el propio autor contó por escrito más adelante, nos movilizamos como un grupo del maquis, galvanizados por el descubrimiento de un posible cabecilla de célula de la revuelta literaria que queríamos llevar a cabo, de momento en la semiclandestinidad. Mandamos los mensajes pertinentes y en clave, para que la voz corriera sin caer en campo enemigo, y obtuvimos inmediatamente la connivencia de Javier Marías y Félix de Azúa, que habían pasado aquel verano fuera de España y no habían tenido tiempo de leer el libro; los dos quedaron igual de cautivados al hacerlo.

Gimferrer averiguó la dirección y algún dato más de este desconocido ingeniero de caminos autor de un libro tan singular, y después de un breve intercambio de cartas formales habíamos sido citados los dos por el autor aquella tarde de 1968. La señora del pelo cano nos abrió la puerta, apareció enseguida don Juan, presentándonos a su mujer doña Nuria, y nos sentamos los cuatro en el salón, donde ya estaba el aparador bauhausiano que Benet se había hecho construir por un carpintero leonés siguiendo las trazas de un modelo de Rietveld. Nos hablamos de usted toda la velada, que fue corta. Pedro se volvía esa misma noche en tren a Barcelona, y yo seguía draconianamente en la mili, con las responsabilidades añadidas del reciente ascenso –supongo que por mi innata mandonería– a cabo segunda.

Con los años y la entrada asidua y en compañía de otros amigos jóvenes en aquella casa del número 226 de la calle Serrano y en el posterior chalet racionalista de la colonia del Viso, doña Nuria cobró relieve, aunque su personalidad era más bien observadora y difuminada. Pero tenía humor, y esa vía de entendimiento, necesaria para cualquier relación estrecha con don Juan, la fundaba además en los años de antigüedad matrimonial, en la prueba de haber superado una resistencia grande a la boda por parte de la madre de él, y en una disposición propia perspicaz y sonriente.

Pero doña Nuria se entristeció y se desequilibró, aunque esos grados de su infelicidad apenas los viví, pues empezaron a manifestarse en los años setenta, cuando yo sólo pasaba por Madrid en las vacaciones del curso académico inglés, donde además de profesor volví a ser estudiante. Y en esos periodos de vacación no siempre cuando veía a don Juan veía a doña Nuria. Benet había iniciado una duradera relación amorosa con Rosa Regàs, que tenía sus salidas veraniegas en Cadaqués, donde les acompañé un mes de agosto, y tuvo más adelante un viaje inglés, cuando Benet fue invitado a dar una charla en la facultad de Lenguas Modernas de Oxford, donde yo estaba en mi segundo curso; Rosa vino con él. En Londres se quedaron en mi pequeño *flat* de Camden Town, el que estaba cerca de la casa de los amores turbulentos de la «rara pareja» Rimbaud y Verlaine, y nos divertimos mucho los tres.

En las vacaciones del trimestre final de 1973 me sorprendió una llamada telefónica en Madrid de doña Nuria. Quería verme a solas, mientras don Juan estaba en una de sus visitas de obra. Le dije que sí, pese a las turbulencias de aquellos días prenavideños. La presentación en público de mi novela *Busto,* que había ganado el Premio Barral viviendo yo en Inglaterra, se tuvo que suspender en cuestión de horas; estaba anunciada para la tarde del 20 de diciembre, pero esa mañana el coche oficial del presidente del gobierno voló por los aires, y el cuerpo del siniestro almirante Carrero Blanco, mano derecha de Franco, cayó destrozado por los explosivos de la ETA en un patio interior de la iglesia de los Jesuitas, a no mucha distancia de mi casa. Pasada una semana del atentado, la rueda de prensa del libro fue descartada definitivamente por Carlos Barral: todo podía constituir entonces una provocación, aun no siendo la más bien opaca *Busto* una obra sospechosa de incitar a la revuelta del pueblo; quizá sí incitase, si se captaba el sentido entre líneas, al desorden carnal.

Antes de fin de año fui a ver a doña Nuria a la calle Pisuerga, y hablamos en el mismo salón de nuestras reuniones y charlotadas teatrales que ella presidía y alentaba, sobre todo sus preferidas, las de Nochebuena, en las que don Juan deleitaba a sus hijos (y a algún «huerfanito», la palabra nos la puso Jaime Salinas a Javier Marías y a mí, que cenábamos ocasionalmente tal día en la casa familiar de los Benet) interpretando con chistera alta, levita raída y un violín despanzurrado y de cuerdas sueltas los conciertos del Profesor Calefato, un *mad doctor* empeñado en alcanzar la gloria musical.

Tratando de no dramatizar, doña Nuria me contó que

su matrimonio se había desplomado; su marido ya no la quería, y ella no sabía qué hacer, tan enamorada de él como el primer día y sin consuelo. No encontré el medio de consolarla, sabiendo yo los motivos del alejamiento de Juan, de sus ausencias más prolongadas, de la inevitable falta de intimidad conyugal. Quise estar amable y avancé alguna broma, que ella siguió con esfuerzo, sin perder en ningún momento la compostura. Nos despedimos en la puerta alta de la casa con dos besos, y al cerrar la cancela de la calle Pisuerga volví la mirada; doña Nuria sonreía con lágrimas.

Dos meses después me llegó la noticia de su trágica muerte el 4 de marzo, y desde Londres le escribí una carta de condolencia al viudo infiel, que sufrió entonces, además de la pérdida de su compañera de casi veinte años, las habladurías de algunos allegados que le condenaron por haber dejado de amarla.

Pero eso sucedió en 1974, y la novela de Emma Cohen venía nueve años más tarde a hurgar en una herida antigua y ajena a ella. Aunque Juan era fuerte le dolió el efecto que ese libro, de llegar a ellos, podría tener sobre los «niñines», así los llamábamos todavía cariñosamente, estando los cuatro por encima de los veinte años de edad.

He seguido en contacto con los hijos de Benet después de morir éste, y en especial con Ramón, que de niño era retraído y ahora, padre de familia ya en la cincuentena, revela a su manera parsimoniosa un humor seco que reconozco, así como, al margen de sus propias tareas profesionales de geólogo, un genuino interés y un conocimiento aguzado de la obra literaria de su padre. Ramón me contó, muchos años después del suicidio de su madre (que seguía a dos intentos fallidos), la parálisis inicial de su padre al oír el ruido de la caída del cuerpo, y cómo entre don Juan y él (entonces de dieciocho años) alejaron de la escena a Juana, la hija de trece, mientras hacían las llamadas pertinentes y esperaban la llegada de la ambulancia donde los dos acompañaron a la agonizante. Doña Nuria dejó unas cartas individuales de despedida a sus hijos, y nunca he olvidado la frase de Ramón al referir los sufrimientos de aquel día: «Entonces no existía como ahora la atención psicológica para catástrofes como éstas.»

El grueso modo vengativo de Emma Cohen en *Toda la casa era una ventana* se centra en Carlos, crudelísimo e implacable padre de familia que en su novela pasa a ser arquitecto melómano en lugar de ingeniero, mientras que ella misma se transmuta en una campesina que llega a la capital desde un pueblo de Badajoz y entra a servir en la casa de un barrio de calles con «nombres de mares y vientos» y no de ríos como El Viso. El chalet de Pisuerga 7 (en el libro Tramontana 9) es descrito con fidelidad al original, tomándose la autora libertades en muchos otros aspectos y acentuando la crudeza y la sensiblería; todos los personajes están locos o son desalmados, y resulta truculenta la deformación caricaturesca de los personajes femeninos, la esposa suicida, la hijita fantasiosa, la amante despiadada, que, en un final que es mejor no contar, recibe su debida némesis. Pero, con un único asomo de verdad novelesca, la autora deja ver que su grave problema, el único que verdaderamente vivió y la concernía (no diré que la justificaba), es haber amado a ese supuesto Carlos y, tras un breve *affaire,* haber sido rechazada por él.

Hace tres años leí *La ocupación,* una novela o relato, quizá una memoria personal, también breve, de Annie Ernaux. Libro amargo y bellísimo que me hizo recordar otros títulos de la historia de la venganza amorosa en la literatura, asunto por el que reconozco un interés malsano. Como la narradora de Emma Cohen, la de Ernaux, que se expresa con una notable superioridad literaria, parte del súbito abandono de W., su amante durante seis años, y el inicio de otra relación de W. con una desconocida. La protagonista abandonada va cayendo en la obsesión enfermiza: el acecho, la interminable búsqueda de indicios de la identidad de su rival, el deseo expreso, que parece impropio de su carácter y su educación, de formar parte de una sociedad más bárbara que la suya donde resultase posible raptar e incluso matar a las personas odiadas, evitando así la prolongación de un dolor insufrible. La narradora de Annie Ernaux también incurre en la psicopatología telefónica, con argucias más elaboradas que las de Francisco Umbral aunque, sin duda, con la misma finalidad al llamar a deshoras y colgar sin hablar, «asustar a distancia con total impunidad» (cito por la traducción de María Teresa Gallego Urrutia, Herce Editores, 2008). Lo más elocuente de la *nouvelle* de Ernaux, y lo que trasciende el marco criminal de sus páginas de suceso íntimo, la novela negra de los corazones rotos, es el convencimiento literario de su antiheroína, inteligente siempre aunque desquiciada, de que «La escritura, a fin de cuentas, es como unos celos de lo real».

IV. Vicente

1984. La cifra distópica no me trajo un Big Brother fiscalizador, ni un Ministerio del Amor que usando un lenguaje inventado me obligara a una servidumbre voluntaria. Pero sí una de esas recompensas de la máquina española de dar premios a la que uno, siempre con un prurito de culpa que la munificencia anula, se somete; yo no menos de seis veces en mi vida. La novela que Luis mecanografió, *Los padres viudos,* pasó la criba de dos jurados y obtuvo el Premio Azorín, que lo mejor que tenía para mí (siendo entonces su dotación económica bastante menor de lo que lo fue a partir de los años noventa) era la advocación del autor de Monóvar, una de mis pasiones literarias menos compartida por mis *compagnons de route* generacional.

Entre otras muestras de simpatía, celos encubiertos y felicitaciones sinceras recibí esta carta escrita a tinta azul:

I-III-84

Querido Vicente:

Me está vedado –por indeseable, ¿falta de fervor por quienes se autodesignan mis mayores?– llamarte por teléfono esta mañana, como Leopoldo y como tus muchos buenos amigos y como la turba fácil de periodistas. Pero quiero felicitarte. Me parece un suceso feliz el triunfo de tu literatura, de tu estilo, tan cercano del que yo quisiera para mí, sobre todo si ha de compararse con *el resto*.

Sólo aspiras –me dijiste– a que no te cite, a que no te invoque, a que pierda la memoria de ti. También yo a la edad de veinte años creí poder hacerme y vivir independiente. Pero la independencia me parece ahora un espejismo. No te moleste que te cite o me refiera a ti –¿maestro?–, sé tú el independiente. Yo no te tengo ya ningún miedo y puedo recrearme admirándote.

Un saludo, con afecto,

Luis

La carta me citaba en su párrafo final, ya que el arranque de la novela premiada era «También yo, a la edad de veinte años, emprendí un largo viaje, decidido a ir sin rumbo». La inteligencia de Luis, la sagacidad de Luis, la licencia de Luis para entrar y salir en mi vida.

Sin haber quedado, sin haberlo esperado yo, sin quererlo, nos encontramos una noche de Semana Santa en Alicante; él bailaba con otros en la pista de una discoteca gay de moda, si no recuerdo mal en la playa de la Albufereta, y al verme él mirarle me hizo una señal que no contesté. Pasado un rato, mientras yo seguía merodeando copa en mano, Luis se me acercó y me habló, y le contesté mal, aunque la conversación no fue corta. Al poco salí de la «disco», tomé un taxi y volví a hacerle compañía a mi madre, que dormía ajena en su cuarto de soltera viuda.

Ese encuentro produjo dos réplicas escritas. La mía fue un poema que se tomaba libertades de tiempo, de localización, de ritmos de danza, respetando sin embargo (aún sigue patente hoy, al escribir esto) el hiriente impacto de su imagen bailando sin mí, o contra mí. El deseo de venganza no se amortiguaba.

SENTIMENTAL DANCING

Cómo disfruto viéndote
bailar
mal.

En las noches
de aquellos tiempos nuestros
pasados
sustancialmente
en esa discoteca
de la playa,
Bambino, me parece,
¿o era Bámbola?,
allí donde bailaban,
siempre solos,
siempre dos piezas sólo
—el fox, la sevillana—,
una pareja fea
de jubilados
en la que yo veía
nuestro vivo retrato
en la decrepitud,
allí, digo,
entonces,
no sabías,
decías.
No lo hacías.
Pero veo que ahora,
esta noche,
en la misma ciudad,
te atreves

con todo,
jaleado
en el salto más alto
de la pista
por los facinerosos
de la rumba.

Ojalá tu pequeño corazón
se mueva hoy
tan mal
en el amor
como en el rock tus pies.

Transcurrido un par de semanas de aquel encuentro imprevisto me llegó otra carta de Luis mecanografiada y con un remite nuevo de la calle Concepción Jerónima, la misma calle del Madrid antiguo donde, unos pocos portales más abajo, vivía, en un enloquecido decorado de su propia invención, el dramaturgo de *Coronada y el toro* Francisco Nieva.

Madrid, 30 de abril de 1984

Querido Vicente:

He tomado para escribirte, aunque en esta copia no puedas verlo, mi mejor bolígrafo, y he tomado como papel, aunque no puedas tampoco verlo, papel de fotocopia, en cuyo anverso figuran los trazos de tu escritura: parte de la primera parte de *Los padres viudos* (César se deja invitar por su hermano, ambos después se irán de correría). Quiero hacer de esta carta, también, una pequeña ceremonia.

Y, como en las ceremonias más sentidas, debería comenzar con una pequeña confesión: me heriste cuando hablamos; sin haberte dado cuenta. Hiciste una brecha en la imagen que de mí tenía para contigo, y que tantos esfuerzos me había costado construir. He intentado forjar mi independencia aun a costa de hacer mi memoria hostil, y me repetía, como una oración, dos frases, aisladas, de Mandelstam: «Si de mí dependiera, sólo arrugaría el ceño al recordar el pasado.» «Vuelvo a decir que mi memoria no es cariñosa, sino hostil y no se esfuerza en recordar el pasado, sino en rechazarlo.» Y había pensado en utilizarlas como eje sobre el que hacer girar una novelita adolescente que nunca escribiré.

Reconstruimos el pasado para librarnos de él. (En función, por lo tanto, de un presente que resulta ser, en esta ocasión, adverso.) Y cuando más directamente puedo sentir esa hostilidad, tras nuestra última conversación, me veo obligado a «deconstruir» ese pasado del que quería librarme, a situarlo de manera distinta, posiblemente porque la hostilidad no era únicamente violencia, sino también defensa; y, sobre todo, porque al verte se reproduce siempre entre los dos un desconcertante «estado de gracia», una misteriosa «suspensión del juicio», que me confunde, y que me hace apreciarte tierno y amable, y no como dicen que de mí piensas. En medio de esta confusión –mi confesión acaba– no me sentí con fuerzas para acercarme y decirte nada cuando volvimos a vernos, en el mismo lugar, dos días después.

Ese «estado de gracia» o «suspensión del juicio» que me sucede cuando, a solas, te veo, o te leo a veces es lo que me anima a escribirte y me hace confiar en que no recibirás mal mi carta.

Yo no soy un villano comediante. No ha sido nunca intención mía engañarte, o jugarte una mala pasada, como quien se cree por encima del bien y del mal aunque resulte, a todas luces, más bien rastrero, de bajo estilo. Pero con esto no respondo a tu verdadero enfado. Tu punto de vista determina, sin lugar a dudas, que ha sido todo una traición.

Yo, en cambio, que he vivido consciente cada día parte del engaño, no lo he sentido como tal. Y ese sentimiento, que es fuerte, es el que me hace repasar, en esta noche de pasiones, lo que ha sido nuestra historia (sublime e imposible).

No se puede explicar lo inexplicable. Y mi comportamiento no tiene razón de ser, aunque intuyo en él una unidad, y a ella aludía cuando te comenté, en Alicante, mi sentido, mi sentimiento de la ética. Seguramente me equivocase al hablar y quise decir no que sentía como ético mi comportamiento sino como unitario.

Conocí a José María exactamente al día siguiente de que hubieses terminado con nuestra historia, en enero de 1982, por mi aventura con J. V. Aliaga. Me sentía solo, triste, fundamentalmente desorientado, pues todo mi mundo de referencias en Madrid hasta entonces te pertenecía. Y recuerdo haberle dicho que yo te quería a ti y que, aun estando a gusto con él, si me llamabas, yo volvería contigo. El jueves siguiente al domingo tuve noticias tuyas y, después de habernos reconciliado, le dije que mejor fuera no vernos más, para que no sufriese si tan cierto era que estaba enamorado de mí. Él me pidió que no dejase de verle: porque aún no le conocía y debía darle esa oportunidad. Me conmovió su ternura porque soy un blando, y como era un aventurero frívolo me excitó su presunción. Decidí seguir viéndole sin darle mayor importancia; él ya se daría cuenta, con el tiempo, de cuáles eran mis verdaderos sentimientos, y así terminaría todo menos violentamente.

Pero, al mismo tiempo, nuestra historia había sufrido un quiebro importante que yo sólo ahora hago consciente, pero que operó en mí con fuerza considerable, cambiando desde entonces mis sentimientos. Es lo que podría llamarse mi «desengaño» de nuestra historia. Había pretendido (yo sí que he sido presuntuoso) que tú y yo éramos iguales, pares, semejantes que libremente habíamos decidido compartir esa «soledad de los iguales» que puede configurar una pareja de compañeros. Creo que esa actitud, aunque torpemente, la expresé desde el principio. Lo que se me reveló con aquel accidente –aunque no en el ámbito de las palabras y por eso no pude decirlo– es que lo que tú intentabas era el Amor, no la Libertad, buscabas una pareja de amantes, de opuestos complementarios, un compromiso, un intercambio aplazado, continuado. A ti mismo te negabas en nuestra historia buscando en mí la diferencia, aquello que te faltaba; yo en cambio pretendía autoafirmarme, encontrar en ti mi imagen y nuestra semejanza. Y ambas formas, creo estar seguro, son incompatibles: cuando una de las dos ejerce su potestad bloquea y contradice a la otra. Ése es el telón de fondo de un poema, «Dos edades», que escribiría un año después.

Mi relación con José María empezó entonces a ocupar un espacio distinto de estos dos y que gozaba de cierta extraña fuerza. El espacio del azar, del riesgo, de la inmediatez; si tú representabas mi opuesto o mi semejante, él seducía en su indefinición; a tu «compromiso» o mi «acuerdo», él oponía el simple «encuentro» repetido. No era un proyecto basado en la autonegación o en la autoafirmación, durante mucho tiempo –sensualidad y riesgo frente a libertad o amor– ha sido una relación cuyo único proyecto posible era el de autodestrucción.

Y no ha restado, sin embargo, como tú apuntabas, intensidad al tiempo vivido contigo. ¿Es esa aceptación y búsqueda de intensidad el eje de mi sentimiento de unidad, o el no haberte revelado un tiempo de mi vida contradictorio y negador del que estaba viviendo contigo?

En algún lugar he debido de leer que la vida de las marionetas es más artificiosa y maquinal pero, por ello, más verdadera. Descubrí, me hice partícipe, por un lado, de la mentira de la vida; por otro, he estado viviendo más de veras en la medida en que renunciaba a ser simplemente uno para hacerme dos: una renuncia a la sinceridad por amor a la verdad.

Pero esta historia vieja, que me consuela, no puede justificarme, pues no he obrado, además, con ningún sentido de la justicia. Por eso debo decirte que me arrepiento. Nunca antes lo había hecho. Y en el primer arrepentimiento veo cómo se cierne la amenaza de la madurez. Me arrepiento como Edipo, que, empeñado en conocer la verdad, termina obligado a sacarse los ojos como castigo.

Aunque tampoco debes hacer mucho caso a este oficiante de pequeñas ceremonias, confuso y desmedido, que te escribe. Cuando recibas esta carta ya habré cumplido veintidós años.

Quiero que sepas que siempre tendré algo que agradecerte.

Un abrazo muy fuerte,

Luis

A esa segunda carta sólo puedo ahora hacerle preguntas. ¿Por qué, si la razón amorosa estaba de su parte, no se la daba, y prefería dolerme y hacerle daño? ¿Era yo, en efecto, como dicen los versos de su poema «Dos edades», el de «erguido y sabio [...] cuerpo solemne» que «premia al niño / que dobla sus rodillas y sonríe» mientras cada noche sus ojos «hacen del homenaje un sordo enfrentamiento»? Y una más banal y desasosegante: ¿qué hacía yo volviendo dos días después del encuentro al borde de la pista a esa discoteca alicantina tan lejana de casa de mi madre, donde sería fácil que Luis siguiera bailando despendolado?

¿Empezaba a ensayar mi propio arrepentimiento, o seguía cegado como Edipo, pero sin expiación?

Si mi cabeza estaba en ésas, una tercera y breve carta a mano de Luis vino a sacarla del atolladero entre lo sublime y lo rastrero. Ofuscado –todavía– por el orgullo herido, la vi oportunista, interesada, y hasta me inspiró un poema, «Epístola inmoral de L.», que publiqué en su día pero no voy a rescatar aquí. Leída ahora la carta me parece quizá inoportuna pero con algo –quizá– de cebo inteligente para probarme, o para probarse él en qué nivel de emociones se movía lo nuestro.

Madrid, 4 de mayo de 1984

Querido Vicente:

Me pregunto si no tendrías inconveniente en escribir, como profesor en la Universidad del País Vasco (Zorroaga), un informe de los que piden para solicitar una beca para los cursos de Santander. Tal y como me aconsejaste, intentaré ir al curso de Calvo Serraller, aunque la nota media de mi expediente académico no es muy alta y no será fácil. Pero hay que intentar algo de lo que se sueña; y ésta no me parece mala manera de reinstaurar mi vida de estudiante, de «joven artista» –con talento para todo pero sin nada concreto entre las manos– que tú en buen momento me recomendaste.

En caso de que te apeteciese escribir esa carta, envíamela a casa (C/ Concepción Jerónima 28, M-12) pronto, para que no se me termine –el día 9– el plazo de solicitud de becas.

Y perdona por darte la lata con estas pequeñeces,

Luis

I. Luis

Mi nuevo cuarto me hacía entender mejor qué hacía tanta gente en la calle. Las viviendas, salvo unas pocas, parecían ancladas en la posguerra, con colchones, cañerías y cables que no debían haberse aireado desde entonces. La luz del sol quedaba afuera; era el privilegio de algunos afortunados que podían pagar su precio. El sueño de un piso con luz y espacio para los libros se desplazaba a un futuro imaginario en el que no convenía pensar. Entendía mejor el mito de los escritores de café, nómadas y solitarios con sus cuartillas en el Comercial o La Bobia. En mi caso, llegado el momento, escribo en cualquier parte, pero estaba acostumbrado a estar a solas. Si me encontraba de buen ánimo iba a la facultad; si no, dejaba pasar la mañana y salía por la tarde para ahorrar haciendo del desayuno una comida y pasar después horas con el café y un libro, un cuaderno de apuntes y no muchas cosas que contar. Evitaba hablar de mí, de lo que había pasado entre Vicente y yo, y evitaba ver a los amigos comunes, que eran todos. Me acostumbré a salir de noche. No me gustaba hacerlo los fines de semana. El ambiente cargado de la fiesta, la celebración rutinaria no me atraía tanto como salir un rato perdido entre semana, tomar una cerveza escuchando música y volver no tan tarde a casa para leer algo o simplemente descansar.

Uno de mis bares favoritos era el Ras, en la calle Barbieri, en el corazón de un barrio de Chueca incipiente que aparecía con más frecuencia en las páginas de sucesos que en las de moda y nuevas tendencias. Era un pasillo amplio y alargado, el interior de un vagón de tren con formas angulosas, decorado en una combinación estricta y formal de gris y rosa. Al fondo, unas escaleras metálicas conducían a la cabina del DJ, en metacrilato y metal. Se oía música de Bowie, más rock inglés, en general, que música disco americana. Había estado allí con Vicente y José Manuel Bejarano, con Juanvi Aliaga la noche de *La vida es sueño,* tras dejar a Vicente para que cumpliera sus compromisos. Ahora volvía solo. A pasar un rato sin más. Era fácil encontrar algún día a Leopoldo. La concurrencia era la misma tribu que había recibido la bendición de Warhol, el contrapeso moderno de los progres de Malasaña. No era un bar apto para tertulias sino para tropezar y pedir disculpas camino del baño o refugiarse en un rincón junto a las escaleras del pincha, disfrutando de la música y el pase constante de modelos.

Una noche coincidí con Will More, el actor; hacía poco había terminado el rodaje de *Entre tinieblas* con Pedro Almodóvar. Aunque yo no había visto ninguna película de Almodóvar por respeto a su antecesor, Iván Zulueta, autor de *Arrebato:* Will More había sido coprotagonista con Eusebio Poncela y Cecilia Roth de aquella película ahora mítica, entonces casi secreta, que me había impactado por lo que se llamaba, siguiendo una expresión de Juan Benet, *la voluntad de estilo,* y que se traducía en una mezcla entre arte y reflexión sobre el arte, una mezcla de cine en diálogo consigo mismo y con las obsesiones de su autor: ese espíritu de búsqueda se llamaba, en el mundo de *Arrebato,* la «pausa», y se concretaba en el uso de la heroína como aventura personal e intransferible. Había visto la película en los Astoria de Paco Huesca. Will More era alto, con el pelo negro y lacio, los rasgos afilados, camiseta blanca, pantalones de cuero negro o rojo y una única chupa de cuero que a fuerza de fotos de estudio se había convertido en seña de identidad. No dejaba de mirarme fijamente, como marcaban las pautas de seducción de entonces, mientras fingía escuchar lo que decían sus amigos. Terminé molesto, no sabía cómo actuar. Así que le miré de lejos y dije, vocalizando pero sin emitir sonido: «Hijo de puta.» Y volví a mi cerveza. Al cabo de un rato había olvidado el incidente, fui al baño pensando ya en salir, terminar aquel rato de no hacer nada y volver al cuarto húmedo en la frontera de Malasaña. A esas horas no se notaría tanto la falta de luz. Will More debió de seguirme al baño. Oí su voz grave desde la puerta.

—Sé leer los labios –dijo. Yo apenas me di la vuelta para comprobar de reojo que era él el que hablaba.

—Perdona –respondí, sin dejar de atender lo que hacía–. Ha sido un arrebato.

Creo que dudó un instante, se quedó sin palabras. «Un a-rre-ba-to», repitió, vocalizando, como si hubiera sufrido una revelación de ultratumba. Se acercó, me pasó la mano por el hombro con un gesto de cariño y me acompañó afuera, donde me presentó como su primo. Al poco rato salimos a la calle; fuimos caminando y abrazados hasta un apartamento en Princesa 3 duplicado, tal vez el de Eusebio Poncela que estaría de viaje. No sabía si era el mismo lugar donde se rodaron las últimas escenas de la película de Zulueta, tampoco quería preguntar. Me interesaba más él, sus historias, que resultaron no ser muchas. Durante unas semanas, al salir de la facultad era mejor ir al apartamento con Will More. No conseguía ver un hogar, un refugio, en el cuarto de Malasaña. Él hacía largas siestas, a cualquier hora.

Salvo una tarde, de buen ánimo, en que cocinó un pollo al limón y hablamos largo y tendido. Parecía entusiasmado con las posibilidades de revolución política que se ocultaban en el consumo de heroína. Me invitó a probarla, pero no me llamaba la atención. Bastante tenía con mi cabeza en su estado de desorden natural como para complicar las cosas. Una o dos veces hizo su aparición el sexo, más por un sentido del «deber» que por una necesidad real; más como ejercicio gimnástico que como la búsqueda de calor en brazos de otro que yo tenía por costumbre. No terminé de sentirme a gusto, salvo por las tardes interminables en que él dormía y yo leía. Me parecía bello a su manera, me gustaba verle dormir. No puedo decir durante cuánto tiempo nos vimos. Tal vez fueron tres semanas, tal vez seis. Un día me pidió dinero prestado. Le di lo que tenía y no volvimos a vernos, salvo algún encuentro casual años después.

Esa relación breve y casi sin palabras dejó un poso de sobriedad e indiferencia, un respeto a mi propia soledad, a la que tenía tanto miedo. Todavía no había cristalizado, pero en mi imaginación me sentía cerca de héroes solitarios como el fotógrafo protagonista de *Blow-Up,* después de descubrir accidentalmente un crimen al revelar un carrete de fotos.

Sería el mes de abril cuando recibí llamada de Miguel Payo. Proponía hacerme una entrevista para la radio. Él trabajaba en Radio 3, en el programa de las tardes que dirigía Ramón Trecet. Yo dudaba si sería una excusa para verme y hablar. Al hilo de la conversación me propuso compartir piso, alquilarme el cuarto que tenía libre. Vivía en un apartamento de la calle Gaztambide, casi esquina con Cea Bermúdez, cerca de la ciudad universitaria. No sabía si lo hacía por indicación de Vicente, aunque Miguel parecía honesto y claro al hablar de las posibles dificultades, la reacción de Vicente entre ellas. Esa nueva mudanza tuvo mucho de alivio. Me despedía del piso de Malasaña; después de todo, en medio de la oscuridad húmeda, allí me había reído a ratos atendiendo las llamadas amoroso-profesionales dirigidas a mi compañero de piso, declinando alguna invitación. «Ya que no está él, podríamos quedar tú y yo», había sugerido algún cliente lanzado. Pero igual que no me atrajo la invitación de Will More a probar el arte químico de la pausa, tampoco me sentía animado a practicar sexo comercial. No es que tuviera nada en contra. Quería explorar, sin cruzar más fronteras que las imprescindibles, y había perdido el rumbo. Aquella propuesta de Miguel pareció llegar como un rescate, justo a tiempo, como una luz al final del túnel.

El apartamento de Miguel, en la segunda planta cerca de una avenida transitada, era luminoso, con las ventanas cerradas por el ruido. La cocina y el baño habían dado un salto en el tiempo hasta los años sesenta. La colección de discos recogía la música inglesa de los setenta, además de Leonard Cohen y Bob Dylan, sobre los que pude volver mientras me centraba de nuevo en los exámenes finales. Salvé la asignatura de antropología en un alarde de insensatez. Me presenté al examen y no sabía que había que entregar un trabajo de unas veinte páginas. Dije, como se suele decir, que lo había olvidado en casa y que lo llevaría a la convocatoria de los alumnos del turno de tarde. Terminé el examen, fui a casa, me senté frente a la máquina y escribí veinte folios comentando un ensayo que había leído recientemente. «Ventajas de haber aprendido mecanografía», pensé. No comí y llegué a tiempo de presentarlo y aprobar. A pesar de aquellas dificultades iniciales, la perspectiva antropológica iba dejando su poso, como si la complejidad de una gran ciudad fuera más accesible a través de sus tribus, aprendiendo a descifrar sus mitos y compartir sus rituales.

En aquel tercer curso fue otro profesor, sin embargo, el que sirvió como referencia y contrapunto al mundo literario. Esteban Medina acababa de llegar de la Universidad de Wisconsin; enseñaba Cambio Social, fascinado por la sociología alemana, con camisa a cuadros y aspecto de leñador canadiense. Me contó de su homosexualidad sobrevenida con casi treinta años, al acoger en su casa durante la dictadura a un compañero del Partido Comunista que venía a un encuentro en Madrid. Al irse a dormir, el recién llegado le contó que era homosexual y ante la indiferencia inicial de su anfitrión le propuso probar. El caso es que le gustó y, no sé si por ese o por otros motivos, terminó separándose de su mujer y aceptando una plaza en Estados Unidos. Tenía un apartamento en la calle Valencia, cerca de la Plaza de Lavapiés. Yo no conseguía tejer los hilos de mi triple identidad: estudiante de sociología, gay y autor de poemas incomprensibles. Habíamos hablado de la antología recién publicada. Esteban se tomaba tiempo para hacerme comprender que yo participaba de una élite cerrada sobre sí misma, se preguntaba si sería bueno abandonar el esfuerzo de la experimentación en favor de una escritura más clara. Yo no terminaba de entender las razones de su recelo con respecto a lo que sólo era un capricho, un lujo, una señal de aristocracia lingüística, sin coste económico e inofensiva. Quizá el más perjudicado fuera yo y ese lenguaje no hacía más que distanciarme. Bendita distancia frente a un mundo que me parecía hostil. Una tarde en el Café Barbieri, tomábamos algo con otros compañeros y alguien empezó la broma con chistes de mariquitas. No había gays entonces. Recordé la indignación de Aleixandre. Esteban sonrió y dijo «¿Sí?», como si no se creyera nada mientras echaba una mirada indiscretamente lasciva al cuello del joven alternativo que se apresuraba a cambiar de tema. «No hay nada como la tranquilidad en estos casos», me diría después.

No tuve noticias de Vicente hasta la noche del Festival de Eurovisión. Remedios Amaya había nacido el mismo día que yo, era una de las voces favoritas de Camarón y representaba a Televisión Española. Consiguió cero puntos, junto a Turquía. La mala clasificación causó un revuelo en el grupo de poetas reunidos en casa de Vicente que redactaron en medio de la fiebre una Carta al Director para *El País*. Me llamó Leopoldo, me apunté al elenco de firmas y sugerí que añadiera al final «y 25 firmas más», como solían publicar en otros casos. Salió impreso así. Al día siguiente, Esteban Medina, en la cafetería de la facultad, se sorprendía por el contenido de la carta. Preguntó si realmente creíamos que había tenido alguna opción. Dije que sí, que podía entenderse como una propuesta irónica o rebelde ante los planteamientos del festival. «Ves ironías, donde no las hay», dijo. Esteban murió pocos años después de que yo terminase los estudios en la facultad.

Aparte de la firma conjunta en las cartas al director del periódico, no había sabido nada de Vicente; no había querido preguntar. Dejaba pasar el tiempo. No quería saber de él si no era a través suyo. Había aprendido a desconfiar de las informaciones de segundas y terceras personas que en aquellos meses se intensificaban de manera insistente. Miguel Payo respetaba ese silencio. Sólo una vez, en casa, me preguntó si volvería con él. No sabía si preguntaba por simple curiosidad, interesado en mis sentimientos o por indicación del propio Vicente. Dije que no. Me hubiera gustado verle, hablar de lo que había pasado, pero no podía volver a una situación en que me había sentido bloqueado, enjaulado, por mucho que echara de menos el contacto con él, su confianza.

Al hilo de la convivencia fui descubriendo el trabajo en la radio. Y al hilo de la primera entrevista surgió la idea de hacer una serie de entrevistas con jóvenes poetas. Suponía seguir la estela de Vicente con los «5 poetas del 62». Yo ayudaría a Miguel. Los primeros invitados serían, por supuesto, Leopoldo Alas y Mario Míguez. Después habría que buscar otros y eso no resultaría nada fácil. Gracias a ese programa conocí a José Ángel Cilleruelo, un poeta de Barcelona que escribía poemas de amor desde la voz de una mujer. Era el momento de las revistas poéticas hechas con los medios de un fanzine, aunque con la tipografía característica de las ediciones juanramonianas. En años posteriores, a través de Cilleruelo conocí a Vicente Gallego, que acababa de ganar un premio con *La luz de otra manera,* y a Álvaro García, todavía inédito, con una curiosidad y un afán de altura poética comparables a los de Mario Míguez. Todos heterosexuales, aunque con una sensibilidad estética más abierta y cercana, distinta de los que había conocido hasta el momento.

Al comienzo del verano, Miguel Payo consiguió que me contratasen en Radio 3. Lo vivió como un logro personal. Y lo era, sólo que yo no lo supe apreciar. Sucedió sin que hubiera luchado por conseguirlo. Lo agradecí y me dispuse a vivirlo como una aventura. Pasé los meses de verano inmerso en el trabajo de la radio. Grabé, como si fueran una telenovela, los poemas de *La muerte en Beverly Hills* de Pedro Gimferrer, intensificando su ritmo, entre poético y narrativo, con efectos especiales y ráfagas de música que anticipaban levemente la acción en los versos. Cada poema me llevaba más de tres horas de trabajo, se emitían como cierre de la primera serie del programa. Casi sin darme cuenta, había pasado de tartamudo a locutor, gracias a una dicción lenta y cansada que me permitía olvidar lo que tenía que decir a continuación. Además, ganaba dinero. Por un momento el mundo parecía abrirse, ofrecía un nuevo comienzo.

José María reapareció tras un periodo de ausencia, que también había sido mía mientras pasaba las tardes y las noches velando el sueño de Will More. Durante los últimos meses del curso había resuelto sus problemas económicos alquilando un estudio por horas en la calle Amor de Dios, allí daba algunas horas de clase de baile, y con lo que ganaba podía pagarse los gastos de cada día, transporte, café y libros, básicamente. Paca y alguna otra amiga del grupo de mis primas eran sus alumnas. Pero la insatisfacción seguía rondándole, tal vez eso era lo que le hacía buscarme. Yo había oído en la radio que Víctor Ullate, bailarín y coreógrafo, regresaba a Madrid y abriría un estudio en la calle del Cid, entre Villanueva y Recoletos, cerca de la Biblioteca Nacional. Iba a dar unos cursos de quince días durante el verano y pensaba que sería una buena oportunidad para que José María valorase sus posibilidades reales en el baile. Le sugerí que hablase con Víctor honestamente y le contase su situación, también económica. José María se inscribió, Víctor le ofreció trabajo cuidando y limpiando el estudio a cambio de las clases. Y poco después desapareció de nuevo, esta vez con Víctor Ullate. Creo recordar algún comentario suyo argumentando con lógica la situación: yo había tenido una relación con Vicente, y él merecía su oportunidad. Me sentí dolido en medio del estupor.

Era el mes de julio, había quedado con José María para cenar y que me contara precisamente cómo había ido el encuentro y la charla con Ullate. Miguel estaba de vacaciones, yo me ocupaba de su parte del programa, un informativo cultural que se emitía después de las noticias y antes de la parte principal del programa de Ramón Trecet. Desde esa noche, esperar a alguien que no aparece me sobrepasa. Todavía no sé por qué le esperé y me desesperé en la espera. Cada vez que sonaba el ascensor en la escalera se me aceleraban los latidos. No entendía el retraso. El reloj se había vuelto mi enemigo. Las fracciones de cinco minutos entre mirada y mirada se hacían eternas. Me entretenía con el cálculo de probabilidades y fantasías infinitesimales para matar el tiempo. En cuántas fracciones podía dividirse un segundo para volverlo eterno. La idea de eternidad y la del infierno parecían convergentes. El tiempo no pasaba. A las dos pensé que José María ya no vendría. Llevaba esperando desde las ocho y tampoco podía dormir. Se habían disparado los pensamientos hasta un punto desconocido para mí. En un esfuerzo por mantener la calma pensé que, como siempre, lo sensato era volver a las rutinas y que al día siguiente me esperaban en la radio. Seguramente Miguel tendría algún somnífero en la mesilla. Busqué sin mucho resultado hasta que encontré unas pastillas que debían de servir para dormir. Tomé una y me acosté. Me sentí más relajado físicamente, pero las cadenas dobles y triples de pensamiento seguían disparadas. Así que me levanté y tomé otra. Debí de dormir feliz con la segunda, ya no tuve recuerdos hasta el día siguiente.

Sonaba el teléfono. Me levanté y cogí el supletorio de pared que había en la cocina, junto a la nevera. Era mi compañera de la radio, se había hecho tarde, quería saber si me pasaba algo. Iba a responderle que lo sentía, que me había dormido y que enseguida iba, pero me desplomé contra la nevera y caí al suelo. Estaba muy relajado, veía el auricular colgando de su cable y balanceándose a pocos centímetros de mi cabeza. Hice un esfuerzo por incorporarme y cogerlo, pero me derrumbé de nuevo, aunque conseguí antes dejarlo colgado. Así que con calma y paciencia decidí arrastrarme hasta la cama de Miguel, que tenía otro teléfono en la mesilla de noche. Llegué, subí a la cama, volvió a sonar, por fin pude cogerlo y contar que no me sentía bien, me dijeron que no me preocupase. Debía de estar débil. Harían el programa sin mí. Hablaríamos después. Parece ser que confundí las pastillas y en vez de somníferos tomé la medicación habitual de Javi, entonces novio de Miguel, que tenía esquizofrenia. A mediodía estaba más recuperado. Llegó José María y al ver los moratones en el hombro y en la cara lo tomó como algo contra él. «Ya sabía yo que *me* harías algo», dijo quitándole importancia al resto. Me enfadé, no en ese momento en que debía de seguir felizmente bajo los efectos de las pastillas, sino después. Pensé que debía hacerle volver y después dejarle. Descubrí un *yo* vengativo que no conocía. Lo peor es que lo conseguí: hacerle volver y después dejarle, para entonces ya con culpa y con poco conocimiento de la capacidad de la vida, y del amor, para regenerarse y surgir de sus cenizas.

De los meses que pasé con Miguel Payo han quedado dos recuerdos: el psicoanálisis y un estilo de seducción, ya legendario, a partir de un estado de shock inducido. Miguel acudía, creo que desde sus días de Londres, a consulta con el psicoanalista. Hablaba de sus citas y compromisos con naturalidad, aunque nunca profundizamos ni en los contenidos ni en el alcance o las consecuencias prácticas de la terapia. Era agradable verle al regreso de cada cita. Un Miguel sin estrés, sin la media docena de revistas de actualidad que seguía y analizaba como parte de su vocación profesional. Con poco más de cuarenta años seguía teniendo el aspecto de un estudiante, desordenado, apasionado, impulsivo. Imagino que el psicoanálisis formaría parte de sus ritos particulares en busca de una madurez que su natural rebeldía había ido aplazando. Me pareció desde entonces una práctica saludable. Recordaría más tarde esas sesiones misteriosas cuando asistí a mis propias sesiones de terapia *gestalt*. Lo que nunca conseguí fue reproducir su estilo de seducción. De preferencia a primera hora de la mañana, cuando los transeúntes todavía duermen al bajar o subir mecánicamente las escaleras del metro y no han tomado su primer café o todavía no les ha hecho efecto. Si el radar sigiloso de Miguel detectaba un cuerpo deseable, a ser posible joven –y era imposible que no sucediera en el barrio de Argüelles, junto a la universidad–, inexplicablemente tropezaban o Miguel dejaba caer de golpe el mazo de revistas, cuadernos y apuntes que llevara a la radio y exclamaba como si hubiera tenido una aparición:

–No puede ser... Es mentira, no se puede ser tan guapo... a estas horas. ¿Tú te has visto? No sabes cómo lo siento, voy con prisa, pero déjame un teléfono y te llamo por la tarde.

Lo sorprendente es que funcionaba; bien fuera por la extendida dicción enfática importada de Boston a través de Jaime Salinas y difundida por Vicente –y que Miguel intensificaba como espectáculo–, bien por lo inusual del horario o por el aburrimiento y las ganas de jugar de los jóvenes madrileños en los primeros ochenta.

Compartimos aquellos meses en tránsito: abandonos, rupturas, un robo, sus vacaciones. Por primera vez yo también tuve vacaciones de padres y de vida familiar. El trabajo me permitió quedarme en Madrid durante el verano, era justificación suficiente. Con Miguel aprendí los mecanismos de la radio y empezaba a darme cuenta de que no soportaría el peso de la actualidad. En una ocasión confundí a Dagoll Dagom con Els Comediants; en otra me quedé en blanco en una entrevista a El Tricicle. El teatro catalán no era lo mío. Además, estudiante como era en tercero de sociología, los recién licenciados en periodismo me veían como un intruso, por más que hablasen de cultura y de literatura sin haber leído un libro. Por mi parte, se me hacía difícil trabajar y escribir como un oficinista. Prefería leer en casa, llegar a la radio, sentarme y redactar las noticias del día después de un rápido intercambio de opiniones. Normalmente hacía mi trabajo en la mitad de tiempo que mi compañero, Pérez Manzano. El buen hombre se sentaba pacientemente y al cabo de una hora sacaba un guión con el listado de obras y monumentos recién declarados patrimonio nacional. Trataba de hacerle ver que locutar aquella letanía podía hacerse un infierno. Él me sugería que pusiéramos música entre una mención y otra. Podríamos haber dedicado el programa entero a la noticia. A Pérez Manzano parecía disgustarle que escribiera deprisa y bien, aunque lo que él veía como descanso y dispersión eran mis verdaderos momentos de trabajo. Aun así, una lipotimia en la cafetería de la radio durante el verano me dejó preocupado. Es posible que yo fuera más frágil de lo que sospechaba.

En esa primavera, un año después de publicarse la antología, supe que me habían concedido una beca para la creación literaria del Ministerio de Cultura. Todavía asesorado por Vicente, había hecho la memoria del proyecto y la solicitud. Y había incorporado como muestra los primeros poemas de *El animal favorito*. La beca suponía medio millón de pesetas, esa cantidad podía cubrir mis gastos en Madrid durante casi dos años. Cobraría la primera mitad al llegar el otoño y el resto el año siguiente, tras presentar el proyecto terminado. Eso facilitaba las cosas, me daba un respiro y cierta autonomía. Miguel se alegró pero sintió que me alejaría del trabajo en la radio. Me lo dijo en tono de reproche. Me veía como el niño mimado que había tenido suerte y huía de la responsabilidad del trabajo. Quizá fue el principio de un distanciamiento. Decidí probar la experiencia de vivir solo. Entendía que era un experimento, algo que *debía* hacer en aquella fase de exploración que se abría tras la ruptura, aún no hacía un año, con Vicente. Encontré un sitio en la calle Concepción Jerónima, cerca de la Plaza Mayor, de nuevo un espacio completamente interior y sin luz. Aceptaba el cambio para probar si era capaz de valerme por mí mismo. José María volvía a estar cerca.

En aquellos meses se consolidaba, a través de las colaboraciones en la radio, mi relación con Leopoldo. El que había aparecido como un duende fulgurante se revelaba no sólo cómplice, sino también compañero; alguien con quien podía compartir preguntas sin respuesta, que no eran pocas, alguien con quien dudar en voz alta. Apareció en escena mi hermano Ricardo –tras su aventura hacía cinco años con Margarita Comamala, protagonista de mi primer encuentro sexual– en su persecución de una imagen mía que inventaba y destruía cuando creía alcanzarla. Tras un curso de psicología en Valencia y otro de teatro en Vic, anunciaba su llegada a Madrid. Yo había insistido en separar nuestros caminos, pero no parecía posible. A las pocas semanas ya era novio de Leopoldo. Y a los pocos días de su primer encuentro ya parecía Leopoldo impulsado para hablar conmigo y hacerme ver el mal que causaba a mi propio hermano. La historia se repetía en un bucle interminable. En esta ocasión, Leopoldo y yo íbamos a la sala Cadarso, haríamos juntos un reportaje para la radio. Le sugerí que tuviera su relación con Ricardo pero que no habláramos del asunto, que no nos viéramos si era necesario mientras durase. Polo se extrañó, aunque aceptó a regañadientes. Una semana después me llamó para vernos: habían cortado, mi hermano había decidido terminar tras una escena teatral que terminaba con velas y una invitación a bailar por última vez la que consideraba, en modo tópico, entre Leopoldo y él, «nuestra canción»... (¿Era Bette Midler cantando «The Rose»?) No hice comentarios. Creo que Polo comprendió las dosis dramáticas, y cursis, de cualquier situación al lado de mi hermano. Desde entonces, Leopoldo me abrió las puertas en una especie de hermandad que cruzaba espontáneamente con su familia de sangre. Seríamos hermanos, hermanas, *sisters and brothers,* en diferentes aventuras y poemas, junto con otros amigos, anteriores y posteriores,

II. Luis

Seguía en busca, pese a las dificultades, de un cierto equilibrio. Quería hablar con Vicente, saber de él sin intermediarios, ver qué quedaba de nuestra relación, si quedaba algo, si podíamos conversar aún o interesarnos en los mismos detalles. De alguna manera, seguía viviendo en un mundo que había descubierto a su lado: Miguel Payo, Leopoldo y Mario, los jóvenes poetas entrevistados en la radio o la beca del ministerio, que no dejaban de reflejar nuestra relación, en una estela no sólo pasada sino todavía presente. No guardo cartas de esa época. Creo que no recibí respuesta a mi carta del 3 de octubre: defendía el prestigio de nuestra relación, aunque hubiera terminado. No había sabido de las aventuras de Vicente tras la separación. Prefería no saber, preservar lo que habíamos vivido y mantenerme, a mi manera, fiel a aquel *programa poético* en el que había transformado mi vida, en solitario y buscando contacto en la distancia con el guía ausente por despecho.

Aquella carta modelo «botella de náufrago», en busca de respuestas improbables, sin saber cómo sería recibida, estaba escrita ya desde el estudio de la calle Concepción Jerónima. Había terminado la traducción de los poemas de Kipling, aunque el prólogo de T. S. Eliot se resistía. Finalmente no lo traduje entero, habría sido más extenso que la propia selección de poemas. Nada más terminar, empecé la traducción de un ensayo de Jonathan Culler, *Sobre la deconstrucción,* para la editorial Cátedra, también a partir de un contacto de Vicente con su director, Gustavo Domínguez. El trabajo era endemoniado. Los textos críticos están llenos de citas y, en la medida en que el autor citado había sido ya traducido, era obligatorio recoger y mencionar la traducción publicada. Era imposible hacerlo sin una buena biblioteca cerca. Los textos literarios ingleses y franceses que se citaban no eran de fácil acceso. Traduje posteriormente un último ensayo crítico, *Poesía y verdad* de Harold Bloom, que tuvo que ser revisado por la editorial. Abandoné la traducción profesional, aunque he seguido jugando por mi cuenta, para acercarme a algún poeta que admirase, como un intento de apropiarme de su voz haciéndola mía. Eso todavía me atrae.

El descubrimiento aquel otoño vino de la mano de Mario Míguez. Su pareja, o su ex pareja, alguien a quien había mantenido en secreto durante esos dos años, vivía en la calle Imperial, justo al otro lado de la manzana del estudio en Concepción Jerónima. Era un ático con terraza y chimenea cerca de la Plaza Mayor, frente al parque de bomberos. Juan Vicedo tenía algo más de treinta años entonces. Era de Onteniente, gestionaba una empresa familiar de transporte, en tiempos difíciles. Había vendido los camiones a los conductores a cambio de su despido; la empresa se centraría en la logística, en buscar cargas para viajes de ida y vuelta, contratando a los conductores, que a partir de entonces serían autónomos. Alguien distinto de lo que había conocido en el mundo de las letras. Juan sentía verdadero aprecio, casi devoción, por Mario, al que cuidaba y consentía como a un niño. Y Mario se volvía más humano en esa casa casi sin libros y sin citas, más tolerante y amable. En aquellos años de curiosidad y un sentimiento de libertad creciente, Mario y Leopoldo participaban en las fiestas nocturnas de Juan. Una noche, tras mucha insistencia, dado que yo vivía al lado, nos quedamos los tres a dormir, compartimos el sofá desplegable del salón. Juan nos despertó por la mañana y nos hizo una foto con las tres cabezas sobre la almohada. Había hecho otra justo antes, todavía dormidos. Y haría una más después, ya arreglados, de nuestros reflejos sonrientes sobre el cristal de la mesa. Podía sentirse una cierta mística poética, la convicción de estar haciendo historia. Aunque yo empezaba a sentirme distante, Mario y Leopoldo se hacían más amigos. Tal vez por afinidad, tal vez por la competencia de Mario a partir de mi colaboración más estrecha con Leopoldo en la radio. Por su parte, José María me hacía constantes reproches, al parecer yo no estaba a la altura de sus expectativas. Poco después supe que tenía una relación con Juan Vicedo. Empecé a tener la impresión de que cada reproche de José María coincidía con una infidelidad por su parte.

En general, me disgustaba la falta de claridad. Sólo una vez me puse celoso: cuando José María quedó con Leopoldo para compartir una copa de champán. El encuentro sexual no era, para mí, tan determinante como la intención. Quizá es que podía sentir más celos de la amistad de Leopoldo que de la relación con José María. Aun así, aquella pasión curiosa que terminaba en un estar todos con todos me parecía una nueva forma de prisión. Si se hubiera comprimido el tiempo, habría sido una orgía fantástica, pero eran encuentros sucesivos, dejaban su tiempo a los comentarios, las bromas, los dimes y los diretes, ese saber por dentro o de primera mano la intimidad de los amigos y de los amigos de los amigos que termina por hacer de la curiosidad un vicio y de la amistad un juicio.

El cansancio de las pequeñas trifulcas de cada día hacía que me volcase más en la facultad. Al comenzar el cuarto curso me matriculé en sociología por la tarde para hacerlo compatible con el trabajo en la radio. Terminaba el programa a las cuatro y debía estar en clase a las cinco. No había tiempo para regresar desde Prado del Rey hasta Plaza de España, coger el metro y después un autobús hasta la facultad. Mi padre me prestó su viejo coche, un Austin 1.100 especial 1.300 con suspensión hidrolastic de color amarillo claro. La gente que sabía lo nombraba así. A mí me parecía un salón de té desvencijado y con volante que hacía posible salir a las cuatro y llegar a tiempo a clase. Me sentí acogido de inmediato en el grupo de la tarde, con alumnos más mayores; aquello significaba debates sensatos, más contacto con los compañeros, pude calibrar mejor mi interés por las asignaturas. Había elegido Psicología Social como especialidad. Pensaba que podría comprender e influir en las relaciones nuestras de cada día, en las interminables versiones que damos de nuestras circunstancias, en los malentendidos, miedos y rumores, en la capacidad para organizar el trabajo y disfrutar de él, en la comprensión de la marginación, las tribus y sus chivos expiatorios y, especialmente, en la capacidad de cambio colectivo, en la posibilidad, todavía utópica, de que un grupo pudiera transformarse sin estallar y disolverse, como parecía ser la norma. A pesar de eso, los profesores más notables ese curso aparecieron en las optativas: Octavio Uña Juárez, poeta y sociólogo, un profesor amable aunque denso en su entusiasmo por Karl Jaspers, al que le parecía oportuno traducir directamente en clase sin que comprendiéramos demasiado ni el texto ni su propósito. Y Luis Garrido, en Modernización, asignatura que correspondía por las mañanas a Carlos Moya, al que hubiera querido seguir en sus clases.

Desde el primer día, Luis Garrido me sorprendió por

sus comentarios en clase. Aunque desconfiaba del humor ácido de los iluminados, demostraba un sentido práctico que se echaba de menos en otras clases. Se definía como un *fisicalista,* en referencia a los antiguos griegos, y citaba a Karl Popper para definir la sociología como una «ingeniería social». Era, en resumen, un antihumanista, un creyente en la racionalidad lógica aplicada a la vida social, más allá de lo razonable. Ésa sería su definición de modernidad y modernización. Durante unos años aprendí a su lado, me dejé guiar como antes había hecho con Vicente. Ese primer curso vino como invitado al programa de radio, conoció a Leopoldo, fuimos juntos a una fiesta en la sierra. Al irnos busqué a José María, que estaba en la cama con otro amigo de Leopoldo. El humanismo de los filólogos no daba mucho de sí. Tal vez el antihumanismo de los ingenieros sociales sirviera de ayuda. Durante el carnaval, a mitad de curso, José María se sintió inspirado dejándose llevar por la pasión en la Plaza Mayor. Yo estaba cansado. Cada vez más veía la soledad como un regalo y no como una condena. En mis diarios de entonces hay días felices en solitario y quejas por las cien mil versiones diferentes de mí mismo que me hacían llegar cada vez que salía y me encontraba con alguien. No sé si era la costumbre entonces, o la edad. Parecía haberme creado una imagen de «jugador» social, de donjuán, de seductor... Una imagen creada por un grupo de donjuanes, quizá frustrados de tanto liarse entre ellos. Me llegaban interpretaciones sorprendentes, más bien exageradas, de mis actuaciones e intenciones. Y también dejé de desmentirlas tras los primeros intentos sin fruto. Desde entonces ha llegado a mis oídos que he tenido amantes que no he tenido y he sabido que algunos de mis amantes se han hecho pasar por mí para seducir a otros. Es posible, después de haber bebido, que tuviera aventuras que no recuerdo. Es cierto que salía, me encantaba ponerme cerca de los altavoces y simplemente mirar. No sé si habría tenido fuerzas para haber cumplido con todo lo que se me atribuye. Hay un momento –pensaba por divertirme– en que un artista debe comprender que su imagen no le pertenece. Al menos, no debe preocuparle tanto como su trabajo.

Dejé la radio sin previo aviso, dejé de ir, lo dejé en manos de Leopoldo. Había hecho un pacto con él para repartir los días. Yo no podía seguir el ritmo diario de trabajo, clase y reportajes fuera. El director me llamó: aunque tuviera contrato como colaborador –me dijo– se esperaba que cumpliera las horas de presencia en la radio como un trabajador normal. Firmé la baja, me descontaron los últimos quince días. No sabía leer una nómina ni sabía nada de los correspondientes preavisos. Era la educación universitaria de entonces (que no ha cambiado). Todavía hice un último viaje para despedir el coche: fui con José María a Andalucía, estuvimos en casa del pintor Chema Tato, amigo de Leopoldo, recién llegados de Baeza y Úbeda, recorrimos la ruta de los pueblos blancos y regresamos a Madrid pasando por Mérida. A Vicente le habían salido dos sustitutos a falta de uno: Luis Garrido guiaba mi curiosidad intelectual y José María era el amante guadiana que aparece y desaparece sin aviso previo.

Luis Garrido había sido fundador, junto con Pablo Pérez Mínguez, de la revista *Nueva Lente,* como directores técnico y artístico respectivamente. Aprendí fotografía con él. Gasté parte de la beca en una Nikon y viví durante unos años mi propio homenaje al protagonista de *Blow-Up.* Al terminar las clases me acercaba a Madrid en el asiento trasero de una Laverda 500. Era otra manera de ser diferente. Luis Garrido parecía un cristo todavía indeciso antes de resucitar, delgado, pálido y con barba. Y un niño maleducado cuando criticaba provocando a sus compañeros. La voz de pito traicionaba sus intenciones y terminaba por causar más gracia que enfado. Yo tenía fama de crítico, pero no me gustaba el espectáculo. En su casa podía curiosear una biblioteca más reducida que la de Vicente, pero con libros técnicos que abrían un mundo diferente. Leí cibernética, la obra de Charles Sanders Peirce y los pragmáticos norteamericanos.

Estaba siguiendo la senda abierta con Vicente y deshaciéndola al mismo tiempo. Pensé que lo sensato sería centrarme en los estudios. Era lo que había querido hacer al llegar a Madrid. De nuevo buscaría cuarto compartido en un piso de estudiantes. Esta vez con más suerte. Allí tuve los primeros amantes tras las relaciones con Vicente y José María. Todavía como un descubrimiento; relaciones de amistad con su parte de sexo, sin compromiso, con un futuro abierto, pensaba, como correspondía a unos jóvenes todavía por hacer. Eran encuentros no irresponsables, pero sí al margen del peso de la responsabilidad que había sentido hasta entonces. Todavía seguiría José María entrando y saliendo, cada vez más cómico y menos trágico en su desesperación concreta, pero ya no se sostenía el proyecto inicial. Ya no habría «nada serio», como suele decirse. Había surgido como contraparte de la relación con Vicente y desaparecía con él.

III. Luis

Empezaba, después de cuatro años en la facultad de Sociología, a relacionarme con otros compañeros más allá del cruce de apuntes antes de los exámenes. Uno de ellos me había ofrecido compartir durante el siguiente curso el piso que tenía alquilado en la calle Magallanes. Sin trabajo en la radio, pasaría el verano en Alicante. Parecía una buena oportunidad para ir a la Universidad de Verano en Santander. Dudaba entre el curso de sociología política de Carlos Moya y el de Francisco Calvo Serraller, sobre la obra de arte total, al que Vicente acudiría para dar una de las clases. Me decidí por la última opción. En realidad, porque eran dos semanas en vez de una, y porque tendría la oportunidad de ver en perspectiva el mundo artístico y creativo del que me estaba alejando. Tal vez fuera una visión de conjunto, tal vez un reencuentro, un nuevo comienzo. Estarían también Luis Revenga y Lourdes Ortiz como ponentes. Pensé que Vicente debía saberlo. Luis Garrido me había ofrecido hablar con Carlos Moya para apoyar mi solicitud de beca, pero me dirigí a Vicente, por evitarle la sorpresa –no sabía si desagradable– y por abrir, otra vez más, una puerta al diálogo. Lo hice por escrito, de modo escueto, a comienzos de mayo.

Todavía desde el estudio de Concepción Jerónima, el 30 de abril, la noche antes de cumplir veintidós años, había escrito a Vicente una previa carta larga, aclarando desde mi perspectiva lo que había sido nuestra relación, mencionando un poema, «Dos edades», que me sorprendió que no hubiera comentado cuando se lo mostré, antes de la ruptura. Lo cierto es que me había visto superado por su exigencia. Yo oponía una *Libertad* con mayúscula, al estilo de la sociología alemana, frente al *Amor*. No tanto como una exclusión. Pero sí como una tensión o un diálogo necesario. ¿A quién se ama si no se aman sus movimientos? El amor es, todavía para mí, una alquimia a dos, un juego de transformaciones, imposible sin amor, imposible sin libertad. Quise deslindar las dos cartas, la personal y la petición de apoyo para solicitar la beca. Eran dos cosas diferentes. Para bien o para mal, nos veríamos a finales de julio en el Palacio de la Magdalena y me parecía saludable un poco de transparencia. Le había querido y, si había sido correspondido, no tenía sentido seguir con un afán destructivo distorsionando la memoria. Aunque podía entender que Vicente necesitara la distancia del tiempo para poner nuestra relación en perspectiva.

Finalmente recibí como respuesta una larga carta, cuyo tono adverso se anticipa en las primeras líneas, «una de nuestras últimas comunicaciones de cualquier género». Lo segundo que recuerdo era la *amenaza gitana*. Aunque literalmente la negaba —«en nada rozan el resentimiento o la amenaza gitana»—, esa última expresión se desprendió de la negación y, libre de su carcelero sintáctico, se convirtió en la fuerza semántica que impulsaría el resto de mi lectura. La carta tenía el tono contundente de las profecías del Antiguo Testamento.

Querido Luis:

También yo para escribirte abandono mi inveterada costumbre de la pluma y paso a la máquina, aunque no tenga papel *histórico* para hacer antes un borrador de la carta (ya sabes que nunca los hago).

Han sido tres cartas tuyas en dos meses, y pese a su belleza literaria mi intención *general* era no contestar a ninguna, imaginando que la acusación de descortesía sería nimia (o irrelevante) al lado del caudal de posibles razones de mi silencio. Releída la segunda (y más doctrinal) en una circunstancia especial, bastantes días después de haberla recibido, leído y guardado, decido sin embargo escribirte. Te confesaré —en aras de una sinceridad que no quiero que falte en ninguna de las palabras de esta carta; es muy probable que ésta constituya una de nuestras últimas comunicaciones de cualquier género, y quisiera, en lo que a mí respecta, preservar como colofón el sello de la verdad, que siempre intenté que presidiera nuestra relación— que estuve a punto de agradecerte brevemente tu primera carta, la de felicitación por el premio, no tanto por lo que de atenta tenía sino por lo que insinuaba en sus párrafos finales sobre nosotros dos; desgraciada (o afortunada)-mente tuve noticia en esos mismos días de ciertos datos retrospectivos tuyos que me irritaron mucho, y elegí callar. Después vino el encuentro alicantino, del que lamento la herida que, según dices, te causé, y sobre cuyo «estado de gracia» (que tú sientes; no yo) hablaré después, la carta larga anunciada y tu tercera y breve petición (sobre cuya oportunidad y tacto guardo serias reservas).

Hablas en tu carta de reconstrucción o deconstrucción del pasado, de nuestro pasado, que, según dijiste en aquella discoteca tan húmeda, se te ha aparecido, como el padre de Hamlet a su hijo, de noche, en los últimos tiempos. No me extraña. Si de algo tengo la certeza es de que el fantasma de nuestra relación nunca va a abandonarte, y tengo razones para pensarlo que en nada rozan el resentimiento o la amenaza gitana. Independientemente de nuestros respectivos futuros sentimentales sé que nunca volverá a repetirse en nuestras vidas lo que se intentó llevar a cabo a partir de mayo del 81. El proyecto (recuerda mi afición poética a ellos) era sin duda no sólo el mejor para nosotros dos sino, tal vez, el más hermoso que dos personas en plenitud de facultades sean capaces de emprender en cualquier edad, sexo o territorio. Como es lógico, de la importancia, resonancia y extrema dificultad del proyecto yo era el más avisado, como corresponde a una persona que llevaba sobre la otra la ventaja del Tiempo. La esperanza que yo tenía para su solución feliz era, únicamente, la calidad del espectáculo. Ya que lo que yo, como inevitable y no siempre convencido maestro de ceremonias, pretendía era exponer ante los ojos del novicio el espectáculo o armonía futura del amor, su grandeza soñada, imaginaria, que tan sólo el Artista, maduro o juvenil, sería capaz de calibrar. Paralelamente al espectáculo o fiesta amorosa, discurrían, como es natural, las pequeñas miserias de la cotidianidad amorosa: los celos (asunto de Aliaga), las exigencias exageradas, los vicios adquiridos en pasiones antiguas; en una palabra, la <u>prosa del mundo</u>. Mi orgullosa convicción (y digo lo del orgullo como forma de exculpación por algunas de mis reacciones primeras ante nuestras primeras crisis) sobre la supremacía de la <u>poética amorosa futura</u> es lo que explicaría mi estupor ante tu primer intento de poner fin a la historia y, a partir de ahí, mis recelos ante lo posterior. En pocas palabras (y sin intenciones, créeme, de menosprecio): yo había preparado el montaje de una gran comedia amorosa, en el más depurado estilo escénico europeo, y me encontré con un público de aficionados, que no únicamente carece de formación teatral previa (cosa prevista) sino que es incapaz de <u>descubrir</u> los senderos del teatro futuro, de la extrema vanguardia elegida.

Por eso, y por estar seguro del texto de la obra y de la calidad de sus intérpretes, mi afirmación de antes; no dudo de que seas capaz de conducir tu vida amorosa por caminos de gran felicidad, pero lo que sí sé es que no serán esos otros de amor sublimado por la incitación intelectual y la absoluta curiosidad, los que yo te ofrecí como un escaparate de navidad en unos grandes almacenes, sintiéndome yo mismo, claro, afortunado de ser el papá noel favorecido por los deditos del niño. Tengo sobre ti la ventaja de las <u>lecturas</u>, y el catálogo de la literatura universal no tiene otros títulos. De ahí el resquemor que me quedó durante algún tiempo después de nuestra ruptura de febrero del año pasado; yo era un mar de dudas, y tenía además la tentación de otros géneros (menores), pero creía que el teatro universitario, de funciones de fin de curso o salesianas, te aburriría pronto. Mi sorpresa, y el primer indicio de una alarmante equivocación caracteriológica respecto a ti, vino cuando tú mismo, después del verano, me contaste la curiosa historia de tus avatares con Calvín, que me resultaron (vistos desde fuera, claro) deprimentes, de baja estofa. Cuando supe por terceros que habías vuelto con él tras su rocambolesca pirueta danzarina esa impresión se acentuó.

Y aquí quizá sea oportuno responder y corregir un pasaje de tu carta. Yo, en efecto, intentaba en nuestra relación una forma de Amor, la única posible entre dos iguales diferentes y diferenciados por la edad, aunque planteada, repito, de cara a una floración futura; se estaban sentando unas bases amorosas, con un mínimo compromiso y buscando por mi parte, en efecto, «aquello que me faltaba» (ya supondrás que si hubiera querido buscar no un complementario sino una exacta coetaneidad o plenitud, habría echado mano de Savater o de Azúa, por ejemplo, y no de un chico de veinte años que en los primeros días aún citaba a Beethoven en sus poemas y pensaba en Dios). El problema está en que tu análisis es falso en lo que a ti respecta; o, mejor dicho, es falsa tu conclusión. Tú te planteaste, sí, la relación como una forma de autoafirmación, lo cual no está, en principio, mal. De ahí, sin embargo, pasaste a desear una suplantación. Tu (¿me perdonarás la palabra?) mezquindad, que la persona más lúcida y generosa que conozco, V. A., tan predispuesto hacia ti desde un principio, detectó pronto y trató de que yo reconociera, se encargó del resto. Ebrio de los dudosos éxitos que tu intuición inteligente y mi fastuoso plan de operaciones te reportaron, te sentiste lo suficientemente fuerte como para intentar esa duplicidad que tú llamas «unidad» y yo traición. Traición, además, difícilmente redimible, llámese como se la quiera llamar, por sus detalles sórdidos, que he ido sabiendo después: mentiras que implicaban a terceros inocentes y bienintencionados, trucos de magia, utilización de mi absoluta confianza en ti y de mi casa para encuentros clandestinos con el *suplente*.

Esas primeras mieles del éxito no eran nada, o al menos, te lo aseguro, no son nada en comparación con lo que el verdadero *triunfo* amoroso e intelectual podría haber sido. ¿Me equivoco si veo en tus «estados de gracia» presentes el indicio de una «nostalgia del porvenir» que te será difícil borrar? Yo mismo –pues no me presento aquí como un ser de piedra– arrastro esa nostalgia, pero quizá tengo la suerte de verme como oficiante más justo, y por tanto moralmente más a salvo, de ese rito escénico fallido, y por ello puedo, creo, despegarme más fácilmente del pasado. De hecho, y bastante quemado por aquel desengaño, he llegado a la conclusión de que las ventajas de gran calado que una relación posible como la nuestra tenía (y que eran, quiero aclarar, no sólo las de su depurada materia intelectual, que nunca hubieran bastado, sino otras como una identidad de aspiraciones bastante notable, un más que potable entendimiento físico hasta el momento en que «las sombras del pecado» –que no de la infidelidad; ésas yo las practicaba más quizá que tú, y no enturbiaban nada– te desbarataron, y una intimidad digamos «hogareña» también llena de promesa, puesto que afloraba no ya en los buenos fines de semana a dúo amoroso-profesional que pasamos sino en momentos inesperados como, por ejemplo, los grandes, aunque aislados, momentos del viaje a Italia, y eso a pesar de que tú lo hacías hipotecado ya) no compensan respecto a sus desventajas, y por ello he renunciado desde entonces, amarga pero felizmente, a querer repetirla en el mismo registro. Así, la historia sentimental en la que ahora estoy metido, desde hace dos meses, se presenta con una dificultad nueva, que es precisamente la de tener que borrar las huellas adquiridas en la nuestra, y fundar un nuevo patrón amoroso basado en cosas diferentes. Aparte de que hay un atractivo casi vertiginoso en descubrir intereses totalmente ajenos a los propios, y aun reñidos con los que uno considera más sagrados, te confieso que, recordando la pesadilla de tus últimos meses, llenos de silencios y ausencias sin razón (que tenían una, la más banal y baja), poor performances in bed, et alia, amar ahora a un ser más unívoco, que ofrece frente a lo complejo lo completo, me resulta estimulante. Es, si quieres, una renuncia al Gran Teatro del mundo; mas también la comedia ha tenido sus clásicos. Lo que no me interesa es la tragedia devaluada, la parodia del drama, el sainete de costumbres alicantinas con estrambote lacrimoso.

Reivindicas en tu carta, junto a la mención de la «independencia», que tu doblez no restó intensidad al tiempo vivido. Permíteme, querido Luis, que disienta, y si puedo hacerlo es, claro, porque lo sentí. Sentí a partir de cierto momento que esos temores a verte anulado o sumergido en mi yo, que adujiste como telón de fondo de nuestra primera crisis seria, sólo podían ser propios de un ser egotista, incapaz de oír las notas que ejecuta al piano el acompañante por miedo a que borren las que él toca al violín. Muchas cosas tengo que reprocharte respecto a cuestiones de elegancia, dignidad y conducta, pero hay otra que es quizá la más grave: me pareces ahora, pensándote, una persona de poca calidad para la relación a dúo (y por tanto para la amorosa), siendo, paradójicamente, como te dije en Alicante, un ser que estás destinado a mirarte siempre en los demás, obtener de ellos eco y estímulo, tal vez por tu marcado carácter introspectivo (que no independiente). Por eso resultó desproporcionado y pueril tu anhelo de independencia respecto a mí, en cuanto creíste que el amor sólo conduce a una tutela unilateral. En mi planteamiento al menos, la mínima interdependencia que una relación de amor/compañerismo conlleva va agrandando progresivamente los terrenos privados, dejando para un no man's land de elección libre pero generosa los espacios comunes: los viajes, los proyectos, las pequeñas angustias, los besos y abrazos.

Tú, a mi juicio, no fuiste generoso (por eso yo, en contra de lo que dices en tu despedida, no puedo agradecerte nada, excepto, claro está, los muchos momentos de felicidad mutua, que casi no nos corresponden, pues pertenecen al territorio inefable de la seducción, el encuentro azaroso y los sueños). Yo probablemente soñé más que tú, y la disculpa de los años fue válida durante un tiempo; lo malo es que en los últimos meses he llegado a la conclusión de que si tú no soñabas (o lo hacías demasiado material o groseramente) no era por ser niño, sino por no ser la persona que yo hacía héroe de mi sueño.

Veo que me ha salido una carta larguísima, quizá desmesurada. No sé si es dura o blanda, recelosa o torrencial, bienintencionada o estreñida. Mi intención, eso sí, no es ajustar cuentas. He tratado de responder a tumba abierta a tus cartas, a tu carta larga, y expresar por escrito lo que en conversaciones aplazadas o imposibles se hubiera quizá dicho de otra manera, pero con la misma tesis.

También yo me despido con un abrazo,

Vicente

P. D.

La razón principal de que no te hiciera la carta para la U. I. M. P. es que cuando recibí tu petición, dos días antes del cierre, ya había escrito dos presentaciones para ese curso, Aliaga y un alumno mío de San Sebastián, y no podía abusar de Paco Calvo, sabiendo, como yo lo sé por mí mismo, que este año hay limitaciones, y cada director tiene doce becas sólo para dar. Espero que te presentases de cualquier forma, y tengas suerte.

Vicente seguía buscándome en comentarios de terceros –mi imagen, el valor de los recuerdos compartidos–, en las palabras de otros. Sería difícil recuperar algo de la autenticidad perdida. Lo real para Vicente eran las declaraciones de los intermediarios. En cambio yo, mi presencia, mi voz se habían convertido en un espejismo doloroso que había que negar. El rumor de fondo era mi mezquindad, un egotismo incapaz de prestar atención a otras voces, por el riesgo de ver mi propio brillo amenazado, e incapaz de establecer cimientos suficientes para amar. Es posible que yo no me conociera, que aún tuviera mucho, malo y bueno, que descubrir.

Me duele, al releer ahora la carta, que Aleixandre, precisamente, le hiciera ver esa mezquindad mía como fondo. A estas alturas creo que todo es posible, cualquier imagen proyectada también me pertenece, no me veo con fuerzas para renunciar a esa luz oscura, ennegrecida, que uno recibe cuando otro le devuelve la mirada. Si me miran con desprecio o con odio, así me verán y eso será parte de mi historia.

No iba a combatirlo, aunque me doliera. Era el final; aunque faltara un último episodio: encontrarnos fugazmente en el Palacio de la Magdalena.

Antes de conocer a Vicente había leído dos novelas cortas, *El túnel* de Ernesto Sábato y *Valentín* de Juan Gil-Albert, por recomendación de Javier Carro, mi profesor de literatura en Alicante. Junto con *El diablo en el cuerpo* de Raymond Radiguet harían una buena trilogía: de cómo las novelas breves tratan relaciones descompensadas. En la novela de Radiguet se expresa el punto de vista del más joven. En las otras creí descubrir como lector algunas similitudes. En ambas, un hombre mayor se enamora de alguien más joven; de una mujer en *El túnel,* de otro hombre en *Valentín.* En ambas, el punto de vista es el del adulto, el enamorado, el cazador en busca de una presa que se esconde siempre en otra parte, invisible, en algún lugar del cuerpo amado. En ambas, el retrato del ser amado se disuelve hasta perder existencia, el objeto de amor deja de ser sujeto, se expresa sólo en el discurso del amante. El amado no tiene rasgos propios, ni voluntad ni decisión, no es más que el reflejo de la pasión de su enamorado, el eco que le devuelve mil relatos posibles, como si una pantalla de cine respondiera al amor que el proyector, con su luz poderosa, siente por ella. Tuve la impresión de que Vicente me había inventado. Primero para bien; finalmente, y tras la búsqueda infructuosa de una flor azul que yo debía de estar ocultando, para mal.

Para mí había sido una relación auténtica, en los buenos y en los malos momentos. Eso la hacía valiosa. Me había equivocado al ocultar la relación con José María, aunque tampoco hubiera sido viable contarla. Tenía la impresión de que Vicente prefería no saber la verdad.

Tras esa última carta decidí no hablar, decidí sepultarla con el silencio, dejar que ingresara en un territorio de la memoria de difícil acceso, junto a los sueños y los juegos de infancia. Sólo con Leopoldo había compartido aquellos años dorados. Y no hablaríamos hasta mucho después de la relación, más o menos incidental, entre Vicente y Mario. Nunca me contó que el propio Leopoldo hubiera formado parte de esa sucesión de «herederos» de las noches con Vicente, seguramente por delicadeza. Igual no quise preguntar. La noticia de la relación entre Vicente y Mario, a pesar de que ya había terminado, cayó como una losa. Tuve la impresión de haber sido el peón de un juego que me sobrepasaba, la pieza de recambio de una maquinaria que no comprendía; había servido para satisfacer una curiosidad y otros me sucederían después. El afán competitivo de Mario le había puesto en espera ante la puerta de Vicente, para abandonarlo después. Yo había sido uno más en una larga lista de amantes-admiradores. El final de la relación se resolvía en un juego de espejos que hacía imposible el contacto con alguna verdad, si es que la había.

En verano, al llegar al Palacio de la Magdalena, nos asignaron habitación. Me encontré con Juanvi Aliaga, que se alojaría en un colegio mayor, San Juan de la Cosa, en el centro de Santander. Yo había tenido más suerte, compartiría habitación con un estudiante de Murcia en el mismo edificio, en las buhardillas del palacio. Me encontré con Vicente, estaba frío. Me preguntó dónde me hospedaba, se lo conté. Se lo tomó a mal. Casi como una afrenta. Juanvi Aliaga, Mario Míguez, cualquiera serviría para desalojarme, para «ponerme en mi lugar», que sería otro, lejos.

Lo cierto es que había llegado eufórico a Santander. Había pasado unos días en Ibiza, el fin de semana antes de comenzar el curso había despertado en Formentera, había cogido una bicicleta hasta el puerto, desde allí un barco a Ibiza, un taxi al aeropuerto, un avión hasta Alicante, desde Alicante un coche hasta Madrid y desde Madrid un tren para llegar el domingo a Santander, donde acompañé a una inmigrante asturiana, recién llegada después de cuarenta años en Australia y que regresaba al pueblo llevando las cenizas de su marido en la maleta. Estaba feliz pese a todo, pese a los extraños bollos con carne que había aprendido a comer en las hamburgueserías y los relatos de unos extraños habitantes del país, una especie de seres mitológicos llamados los «orígenes».

El curso, en cambio, fue una larga serie de tediosas decepciones acerca del arte total. La obra de arte total parecía reducirse al ego de los artistas, su proyección pública, eso que ellos llamaban «vida» y que tenía tanta entidad como la larga lista de mujeres que habían distraído a Félix Grande de reconocer la grandeza de Aleixandre. Profesores y directores de curso bailaban con las alumnas en la fiesta de despedida. Aunque también, fuera del recinto, había asistido a un concierto de rock negro, un cantante gótico se arrodillaba ante su enamorado, que se dejaba ver entre el público... Sólo una tarde, un largo paseo con Lourdes Ortiz sirvió para ordenar lo que pasaba, para aclarar sin resolver, como la emigrante que debería colocar a su regreso las cenizas de su marido en un pueblo cambiado. Lourdes había vivido con Fernando Savater, había empezado sin saber una relación a tres junto con Daniel Sarasola. Daniel pertenecía al grupo de alumnos que había conocido en sus clases de arte, con Juanma Sánchez, Héctor Garrigós o el modelo del *Baco* de Caravaggio, Antonio Palazón. Lourdes tiene la voz levemente quebrada; los momentos alegres transmiten un punto de gravedad; los graves, un cierto desgarro sobrio. «No se puede decidir», me dijo, «es imposible que la razón decida, sólo podemos vivirlo.» Ella hablaba de Daniel y de Fernando; yo escuchaba pensando en Vicente y en José María.

Al terminar el curso, hubo una fiesta, actuó un humorista, el Gran Wyoming. El último día me levanté tarde,

V. Vicente

Qué taimada puede ser la pasión de mandar, sobre los corazones también. No se sabe si La Rochefoucauld, que flirteó mucho y en 1658, con cuarenta y cinco años, renunció solemnemente a sus *fleurettes,* amó de verdad a nadie, pero nadie ha escrito con más perspicacia sobre el impulso de amar y su mecánica: «Es difícil definir el amor: lo que se puede decir de él es que, en el alma, es una pasión de reinar; en los espíritus es una simpatía; y en el cuerpo, no es más que una gana oculta y delicada de poseer lo que se ama después de tantos misterios.»

Así que fui capaz de escribir esa carta rastrera del 14 de mayo, por momentos ridícula en su grandilocuencia y otros sospechosamente insidiosa (¿dijo V. A., es decir, Vicente Aleixandre, lo que yo le digo a Luis que él me dijo para advertirme de la mezquindad del joven alicantino? Lo dudo). Del más bajo sortilegio brujeril paso sin rubor a la falacia patética más ampulosa, mintiendo, sólo con tal de herirle, sobre esa historia sentimental «en la que ahora estoy metido», que no era historia aún ni tenía un cauce de sentimientos. Y cómo me avergüenza hoy aquel ponerme yo «moralmente a salvo», como el «oficiante más justo» de un rito de cuyo fracaso le hago a él único culpable. Hasta mi estilo se apelmaza y se avilanta, con una aglomeración de incisos y un paréntesis de once líneas que contiene otras dos oraciones intercaladas en su interior. De la estudiada crueldad con la que acabo, degradándole y augurándole males amorosos, había ya dado alguna muestra anterior en las cartas del primer despecho. Esas cinco páginas son, sin embargo, el documento de la atroz venganza. Mi memoria, con el olvido, había librado a mi conciencia de una culpa en la que también incurrí, como mis precedentes vengativos más indecorosos.

Mas si la posesión del cuerpo amado y la pasión de reinar en alma ajena de las que habla La Rochefoucauld en su máxima resultan evidentes en esas estrategias que tan obscenamente me retratan en 1984, ¿por qué no mostrarme piadoso conmigo mismo, al menos ahora, puesto que lo he sido antes con Luis al perdonar el robo, la inconstancia, el adulterio con y sin escalo? La única dignidad que puede haber en mis maldiciones encubiertas es lastimera, pues revelan a alguien que se revuelve contra la adversidad y da manotazos contra el destino, en el último intento de resquebrajar la resistencia del otro. La pasión arrogante de reinar unida a la posesión de ese cuerpo que tan misteriosamente se seguía haciendo desear.

Desde Alicante, donde pasé buena parte de ese segundo verano sin Luis, debí de escribirle a Aleixandre, y por todos los indicios hablándole, con la hinchada retórica de mayo y los malos presagios futuros, de lo que yo veía como una condena perpetua: verme atado sentimentalmente a chicos mucho más jóvenes que buscan amantes-padres, y, como es propio de todo hijo que se precie, no mucho después de obtener la filiación pasan el rito de la muerte del padre. Y le hablé de uno, candidato todavía por demostrar, que me había despertado la curiosidad de picaflor de *fleurettes*.

El destinatario se tomó mi aciago lamento con ligereza,

seguramente para producirme, por medio de la guasa, un efecto de choque inmunizante. Me escribía desde su retiro veraniego en Miraflores de la Sierra, luchando bravamente con sus crecientes problemas de vista: «Aquí, como ves, hasta se me tuercen algo los renglones.» A veces, y eso que yo tenía entonces una letra firme y grande, no entiende lo que digo: «tu carta [...] me hacía muecas desde las varias partes que no podía descifrar y era lo más sabroso». Así que me pide que haga un esfuerzo por redondear la letra, «pues los picos hacen esquinas en las palabras y el medio cegato se vuelve mico frente a la desafiante página».

En la carta del 15 de agosto de 1984, Aleixandre llevaba a cabo, para completar la broma, una de sus picantes feminizaciones camufladas, refiriéndose al joven en cuestión, al que llama «la destacada discípula de Filosofía». Yo creo que la «aspirante a discípula», de nombre Mikel y estudiante de cuarto en mis clases de Estética, aspiraba sólo a mi Pedagogía, pero el poeta la encumbraba a las artes mayores del *trivium,* «tú la ascenderás muy pronto al pleno ejercicio de tus enseñanzas», vaticinando con la misma ironía que «Tu fama de maestro en esos ejercicios del espíritu va a ser máxima. No hay nada como una vocación bien definida y ejemplarmente ejercitada». Aleixandre terminaba el camuflaje con una jaculatoria: «¡Que los dioses quieran favorecerla, pues favor será para ella que tú la mires y le des la buena nota que yo le deseo.» La murria me desapareció al comenzar el nuevo curso, en el que el chico obtuvo un sobresaliente merecido en Estética II, y sin someterse al pleno ejercicio de mis enseñanzas sobre la Belleza.

Como Aleixandre no descuidaba ningún frente amoroso de los amigos, su citada carta terminaba con un párrafo dedicado a Javier Marías, otro visitador muy bien recibido en Velintonia, al que sitúa andando «con su italiana por tierras portuguesas». Vicente A. se alegra de que esa historia de Javier con la hispanista Elide Pittarello se vaya animando, y subraya los «encantos de la chica», digna de todo mérito y fortuna —vuelve a aflorar el ironista— «aunque sólo sea por lo bien que lleva su tesis sobre mi poesía». (La que nosotros llamábamos Daniela y no Elide tenía ya en prensa su estudio doctoral sobre una de las grandes obras de Aleixandre, *Espadas como labios*). Sus últimas palabras en la carta reclaman una vez más a los dioses tutelares aleixandrinos, que llama «incansables» pese a la fatiga amorosa a la que el poeta los sometía en tantos lances, la protección de esa incipiente pareja.

IV. Luis

Había empezado ese último quinto curso en la calle Magallanes. Mi compañero de piso era un chico brillante, como antes habían dicho de mí; ahora podía disfrutar de esa brillantez en un cómplice. Ambos éramos raros, sólo que él además era heterosexual, lo que tenía su mérito. Un raro en solitario es un monstruo; dos juntos, una raza superior. Se fue creando una relación de respeto y curiosidad por las rarezas de cada cual. Él presumía de haber instalado un andamio en su cuarto: dormía arriba, entre señales de tráfico como decoración. Compartíamos referencias en la facultad: desde las arbitrariedades fisicalistas y el determinismo analítico de Garrido hasta el entusiasmo por la cibernética y la informática. Luis Garrido me había prestado uno de los primeros ordenadores Spectrum, con 1 K de memoria. Poco después pude comprar uno con 16 K. Hacia el final de ese curso mi compañero tendría su primer PC, sin disco duro y con dos disqueteras flexibles de 360 K. En uno de esos discos cabía el fichero de arranque del sistema, el procesador de textos, XYWrite, y la tesina completa que presenté el mes de junio. Si no aprobaba, el nuevo plan de doctorado se extendería a dos años. La redacté en diez días, directamente en el ordenador, por falta de tiempo. Creo que fue el primer trabajo presentado con procesador de textos en aquella facultad.

Éramos *geeks* todavía sin ese nombre, un reducido club de dos con sus chistes en clave, dos pesaditos, no sé si exageradamente maniáticos, perdidos en la ansiedad de ser, explorando el mundo que se abría. Ambos coincidíamos en el seminario sobre teoría de redes de Narciso Pizarro, recién llegado de una universidad canadiense. Bromeábamos con la idea de que había sido expulsado por acoso a una alumna a la que acorralaba contra el sofá con una muleta. Es posible que Narciso, su pasión por el poder, fuera capaz de eso y más. En aquel momento, sin embargo, parecía importante separar la enseñanza del maestro. Los escrúpulos morales o la admiración personal a la hora de elegir maestro, un guía para el aprendizaje, no habían servido de mucho y pensaba que igual sería bueno apartarlos hasta que demostrasen su validez.

Mi compañero de piso tenía novia, a la que reservaba para el futuro como madre de sus hijos, al estilo de Luis Garrido. Y trataba de superar sus dificultades con ejercicios de seducción esporádicos aunque intensos, también al estilo de Luis Garrido. Debía de ser la moda heterosexual de entonces, todavía escindida entre la mujer madre y la mujer aventurera, sin detenerse todavía en la mujer mujer, la mujer persona o la mujer sin más.

Yo iba descubriendo, por mi parte, los secretos de la seducción entre hombres. Llevaba, gracias al empeño inicial de José María, un año yendo al gimnasio, algo poco común en esos años. No había muchos en Madrid, pero era el único sustituto de la playa, los caminos recorridos en bicicleta y las pistas de tenis que había dejado en Alicante. Eran gimnasios para porteros de discoteca, profesionales de carga y descarga y unos pocos locos del músculo. Yo bromeaba diciendo que había dejado la cultura por el culturismo. Me sentía con más confianza. Encontré algunos amantes, chicos de mi edad, estudiantes con los que descubría un sexo que hasta ese momento ignoraba: el placer de estar, de relajarse, de jugar. José María apenas se dejó ver en ese curso. Apareció una tarde con la propuesta de volver, retomar la relación, noviazgo o lo que fuese. Estuve duro con él. Parecía de nuevo que tenía problemas; le dije que, si no se encontraba bien, mejor que arreglase sus dificultades primero y después hablaríamos de nosotros.

Leí la autobiografía de Einstein como un descubrimiento literario, por la sencillez y precisión de su prosa y porque ponía el lenguaje al servicio de una experiencia o de una imagen viva, sin esperar que el lenguaje le guiase con sus tópicos y sus formas previas. Me gustaba decir que la prosa perfecta debía unir la precisión de Einstein y la capacidad evocadora de Bécquer. Y de Einstein pasé al maestro Heisenberg y su vocación por una lógica dramática, fragmentada en personajes con ideas propias; a Schrödinger y el gato misterioso... Y de la física a la biología –con Jacob, Monod y Lwoff– y la hélice de una molécula que se desplegaba como un programa informático. Poco después, el entusiasmo por la cibernética, a través de Von Neumann y Wiener, me llevó a Gödel y a las paradojas de las proposiciones indecidibles y los sistemas abiertos, al libro de Douglas Hofstadter *Gödel, Escher, Bach* y a *El árbol del conocimiento* de Francisco Varela y Humberto Maturana. En ese cruce todavía mantengo parte de mis actuales referencias básicas. Aunque el mayor impacto fue en contacto con los primeros koans zen, en la antología de Paul Reps, *Carne zen, huesos zen,* citado por Hofstadter. Tuve necesidad de poner en práctica el sabor que se sentía en esa escritura y unos años después asistiría en Guadalajara a un curso de iniciación dirigido por Ana María Schulter. Había quedado impresionado con su prólogo a una obra anónima de la mística occidental: *La nube del no saber*. Fue una transformación de tres años. Había dejado atrás el compromiso espiritual y religioso con la creación poética y me convertía en un buscador solitario. Aún más tarde llegó el descubrimiento, como un interrogante, de una percepción espiritual como algo diferente de la religión. Todavía tardé más años en apreciar el deseo homosexual como parte de ese camino.

En diciembre de ese curso, a mediodía del día 14, al llegar de clase, mi compañero de piso me contó que había muerto Vicente Aleixandre. Acababa de oírlo en la radio. Apenas pude comer. Busqué sus poemas, repasé algunos, quería leerle en voz alta, como una despedida, un homenaje privado, pero no podía. Salí a dar una vuelta y casi sin darme cuenta me vi en Cuatro Caminos. Era ya de noche. Bajé por la Avenida Reina Victoria hasta la casa de Aleixandre, quería verla por última vez. Reconocí en la puerta a algunos antiguos compañeros de Radio 3. Fumaban en la calle, empezaba a sentirse el frío; me contaron lo poco que sabían. El día anterior se había sentido mal, lo habían atendido las monjas en el hospital cercano y, al ver su estado, le habían devuelto a casa, donde fallecería la noche del día 13. Sentí una mano en el hombro, oí que decían mi nombre. Era Francisco Brines que llegaba, me saludó, me invitó a pasar. Había conocido a Brines en varias lecturas de poemas. Había sido compañero de mi padre en el colegio de los jesuitas en Valencia, tenía una franca amistad con Carlos Bousoño y, por supuesto, con Aleixandre. Brines, aunque apenas lo comentaba, tenía un cierto don al imponer las manos y había aliviado en algunos momentos los dolores de Aleixandre. Crucé la verja con una despedida rápida a los compañeros de la radio. Nos abrió la puerta Ruth Bousoño. No vi a Conchita. Brines se acercó al lecho donde estaba el cuerpo de Aleixandre envuelto en un sudario blanco, la habitación en penumbra. Me invitó a acompañarle y, al salir, me dejó unos minutos a solas. No recé, no dije nada, sólo le vi, le saludé, le despedí en un mismo movimiento interior. Ruth me acompañó a una salita cercana donde estaban Carlos y Paco Brines en una conversación hecha de sobrentendidos, casi muda. A los pocos minutos llegaría Javier Solana, entonces ministro de Cultura. Después de los saludos, se sentó con nosotros. Carlos quería preguntar a Javier, dada su formación científica, por sus impresiones sobre el espiritismo, el misterio de la ouija y los médiums, el contacto con los muertos. Carlos hablaba con el entusiasmo del que da una clase antes prohibida. El ministro evitaba una respuesta, pero animaba a que Carlos hablase. No sé cuánto duró la conversación. Se fue el ministro. Después Paco, y yo con él. Regresé caminando de nuevo, buscando las avenidas, el viento frío que me despejase. No hablé al llegar a casa. Había sido un último encuentro particular. No quise ir al entierro ni ver a más gente. Yo debía enterrar mis propios sueños antes de iniciar un camino nuevo. Debía enterrar la pasión por la poesía, la fe en las letras, la vocación creadora. Aún tardaría dos años.

Al terminar, era junio del 85, estaba entusiasmado con los estudios. Agradecía haber dejado de lado la exigencia de la literatura. Quería hacer el curso de doctorado. El padre de Leopoldo, que tenía una inmobiliaria cerca de Ríos Rosas, encontró en la calle Alonso Cano un bajo con un patio luminoso que daba al jardín interior de la finca de enfrente. No había vuelto a escribir desde la ruptura con Vicente, salvo *Cuatro poemas breves con el título en inglés*, recogiendo unos versos de John Donne, que había escrito en el piso de la calle Gaztambide, junto a Miguel Payo, tratando de desenredar la madeja de la relación imposible con José María.

345

Eran versos oscuros. Tenía dudas acerca de mi capacidad para seguir escribiendo. Decidí enviárselos por correo a Jaime Gil de Biedma, a quien había conocido en una lectura de sus poemas en el bar Oliver. Jaime leía apenas seis poemas en hora y media. Los explicaba, los contextualizaba, mostraba su mecanismo de relojería. Y luego los leía como si hubieran surgido en un rapto de inspiración o al calor de una conversación confidencial. Al terminar una de sus lecturas nos encontramos en un bar gay cercano y allí, de espaldas a una gran pantalla con vídeos musicales y de frente a otra pantalla con vídeos porno, me preguntó:

—¿Alguna vez un poema de Aleixandre te ha cambiado la vida?

No supe qué responder. Ese mismo día había salido un artículo de José Luis Cano en *El País,* parte de un diario, *Los cuadernos de Velintonia,* donde aparecían algunos comentarios al parecer reprobatorios de Aleixandre hacia Jaime, que estaba dolido. Y su manera de dolerse era exaltada. Traté de quitarle hierro. Algún conocido suyo se acercó para darme conversación pensando que hablábamos de literatura. Le dije que se equivocaba, no tenía ganas de conversación, dije que estaba allí por el porno. Pero el enfado de Jaime me hizo pensar. Lo que transmite la poesía de Aleixandre es un lenguaje, una búsqueda más que una formulación concreta, como ofrece Gil de Biedma en sus poemas. Pensé que el propio Jaime podría decirme si esos cuatro poemas míos *con el título en inglés,* no sabía si de transición o de silencio, tenían algún sentido, alguna posibilidad de llegar a alguien, si eran algo más que huellas privadas de mi propio desasosiego. Le escribí una carta con los poemas y mis dudas y recibí poco después una nota breve y elogiosa, tanto de mí como de los poemas. Podía haberle respondido, haber intentado un acercamiento, pero temía una vuelta a las confusiones vividas con Vicente y guardé esa carta como prueba de que una vez pude haber sido poeta. Al saber, poco después, de su enfermedad, lamenté no haber profundizado, no haberle dicho que podía contar conmigo si lo necesitaba.

Tercera parte

VI. Vicente

Luis se fue haciendo una dolencia estacionaria y mitigada, más psicosomática que pasional. En uno de sus mejores ensayos, *El estar enfermos (On Being Ill)*, Virginia Woolf lamenta el escaso estatuto literario que se le ha dado al cuerpo enfermo en comparación con las incontables páginas sobre el alma enferma de amores, de angustias o locuras, preguntándose dónde están las novelas de la gripe, los poemas épicos sobre el tifus, la lírica del dolor de muelas. La novelista reclama el establecimiento de una nueva jerarquía para las pasiones: destituir al amor al lado de una fiebre de cuarenta grados, y que los celos cedan su puesto a los calambres de la ciática.

La cronificación de lo que podríamos llamar mi enfermedad amorosa de Luis se mantuvo, sin impedir que mi talante siguiera alegre y mi vida su curso, un largo tiempo. Entrado el siglo XXI, cuando ya aquel amor que duró en plenitud menos de veinticuatro meses iba a cumplir más años de los que tenía Luis al conocernos, le invoqué episódicamente en una novela que era el inventario de la vida sentimental de un hombre de buena disposición que al amar causaba dolor a sus «víctimas». En *El vampiro de la calle Méjico* (2002) Luis comparece bajo la máscara de Koldo,

351

con quien no tiene más nexo de carácter que el temor a ser borrado por el narrador, un restaurador de arte que, con todas las salvedades de la ficción, comparte conmigo, aparte de un piso en el barrio de Madrid donde sucede la acción principal, rasgos físicos y temperamentales. A Koldo no le gusta, por ejemplo, que los amigos le digan que habla como Juan Borrás, alias el vampiro. Koldo es un estudiante, pero no son sus exámenes lo que le agobia. «Tu asignatura. No puedo con ella. La dejo para septiembre [...] Voy a intentar volar por mí mismo, Juan [...] ¿Me dejas que tome unas vacaciones de ti?» Juan Borrás le replica: «¿A mitad de curso? Te quiero, y quiero que te presentes a mi examen.» Pero Koldo insiste: «Estoy tan pendiente de ti en todo, te quiero tanto, que ya no sé dónde acabas tú y empiezo yo [...] Déjame respirar. Sólo serán unas vacaciones. Volveremos.» Juan se empeña en demostrarle que esos detalles de la mímica y el habla similar no tienen importancia, que son comunes no sólo entre las parejas sino entre los amigos, y se ofrece a ser el mono de imitación del chico, para igualarse a él. La historia de Juan y Koldo, muy episódica en la novela vampírica, también acaba en una separación.

Mientras Luis iba desvaneciéndose de mi vida, su molde permanecía. La venganza ya no tenía objeto preciso (¿por qué vengarse si el amor no reapareció?), pero la inspiración aún siguió necesitándole siempre que escribía, en abstracto, sobre el desengaño amoroso. Olvidada su carne, subsumida su culpa, su figura proporcionaba la materia general de todos los celos, de todos los engaños y todas las ilusiones perdidas.

Luis seguía, desde su lejanía, mi cercanía simbólica. El 14 de junio de 1987 me mandó una carta desde otra dirección nueva en Madrid: la calle del Fomento. Prometedoras señas. La carta consistía en un poema titulado «Cuaderno de escritor», que leí por encima y me sonó familiar, hasta que caí en la cuenta de que se trataba de una reescritura suya de un poema mío, «Writer's Block», publicado en una revista a la que él había tenido acceso. Tengo que decir que el poema, comprimido en la versión Cremades, quince versos la suya, treinta y cuatro muy cortos la mía, ganaba en concisión manteniendo la esencia; también se permitía corregir alguno de los latiguillos de la dicción molinesca que menos le entusiasmaban. Su poema *mío* de título cambiado decía así:

CUADERNO DE ESCRITOR
por Vicente Molina Foix

Como no tengo nada que decir,
echo mano de nuevo a ti.
Eres un formidable paño
de lágrimas de la página en blanco.
Y todo porque un día
te quise o me quisiste o dijimos
querernos, que no me acuerdo ya
de los detalles.

Ah, el amor. Qué gran recurso,
y qué fuente de inspiración.
Hasta los poco agraciados por su fortuna
le podemos sacar partido.
Fíjate que he pensado hacer que me enamoro
—cosa que realmente no sucede desde 1983—
sólo por dar un giro a mi pobre carrera literaria.

Bajo ese texto a máquina, unas líneas a tinta:

Me he permitido retocar un poema tuyo que me ha gustado. Espero que no te parezca mal. Un abrazo,
                                            Luis Cremades

353

Cómo me iba a parecer mal que Luis aún siguiera pendiente. La fecha mencionada en el poema, que él escribía en número y yo en letra con verso partido, era desde luego la misma, 1983, y la confesión verdadera. Le tuvo que gustar, quizá más que el poema, el reconocimiento de mi pobre carrera amorosa posterior al tiempo de su reino.

Un mes más tarde me llegó otro envío suyo más voluminoso, presentado, en una hoja inserta bajo la tapa de plástico transparente de la carpeta, con estas palabras:

Madrid, 17 de julio de 1987

Querido Vicente:

He aquí una primera versión aceptable de *El animal favorito,* que escribimos a medias en su primera mitad (hasta «El deshielo. Últimos días junto al puerto».) Confío en que el resto no desmerezca de las lecciones recibidas de viva voz, y de tu puño y letra.

Un abrazo,

Luis

Leí el libro buscándome, quizá buscando faltas en esas partes escritas sin mí. No hay anotaciones ni signo alguno, en contra de mis costumbres lectoras, en los márgenes o el índice del texto mecanografiado. El poeta se hacía perdonar con nota alta. El traidor no: le dedicaba al sirviente infiel un poema con título mío, «La luz del sentimiento», el que le puse a mi reseña en *Fotogramas* de la película de Spielberg *E. T. El extraterrestre,* que vimos juntos y a lo mejor escribí pensando en Luis.

En el verano de 1990 volví a la iglesia donde mi nacimiento se gestó, y lo hice con atuendo de boda. No me casaba con nadie. Aun así vino la familia, y los amigos se desplazaron a Elche para las ceremonias. El Patronato del

Misteri me había designado Caballero Porta-Estandarte, seguramente el honor que más satisfacción me ha producido en una vida a la que no le han faltado diplomas, medallones, bandejas plateadas con la inscripción conmemorativa y algunos cachivaches en forma de centauro, monolito o prohombre local togado, todos de pesado mármol o bronce que, para no desairar a los otorgantes, hube de acarrear en el maletín de mano, despertando sospechas en la aduana de los aeropuertos.

Para quienes no están familiarizados con el Misterio de Elche hay que decir que el drama asuncionista íntegramente cantado, la primera ópera que existió en el mundo según dicen los más exaltados ilicitanos (entre los que alguna vez me he contado), tiene dentro de su dominante carácter sagrado un código civil que arranca en su delicioso preámbulo, cuando la banda de música acompaña a los actores del drama ya vestidos de apóstoles, de ángeles, de vírgenes y de hirsutos judíos, desde la antigua ermita de San Sebastián hasta la puerta de la basílica; en esa comitiva más bien informal va el arcipreste y hay autoridades, el alcalde, algún concejal, destacando por su vestimenta en pleno mes de agosto los tres caballeros que durante todas las representaciones ocupan un lugar de privilegio al pie del altar: sentados en sillones de respeto, ven la obra de cerca y desde ángulos inalcanzables para la mayoría del público. El cielo pintado del *Misteri,* que tantas veces se abre y se cierra, está encima de sus cabezas.

El Caballero Porta-Estandarte, enfundado como los otros dos en un chaqué al que no le falta ninguna de sus prendas, preside las representaciones enaltecido, casi augusto, pues no se mueve de su asiento central, mientras sus dos edecanes, los Caballeros Electos, han de portar una vara de mando y levantarse para dar entrada ritual en la iglesia a los actores, según sus personajes van apareciendo en la trama.

Pero al Porta-Estandarte le espera su penitencia después de tanto relumbrón, ya que si durante las tardes y noches de las representaciones de agosto, además de sudar sólo ha de figurar, llega el día 15, la fiesta de la Asunción, y en la basílica, mientras se prepara la solemne procesión que recorrerá la ciudad, los más resabidos te miran, cuando te ven llegar impecable en tu chaqué, con una mezcla de misericordia y chufla que no comprendes. Algo empiezas a comprender cuando desde la sacristía dos acólitos traen el estandarte histórico, con una altísima asta de torneado churrigueresco que sostiene el pendón bordado de la Virgen. «Hoy no hace viento.»

La frase del sacristán me chocó, hasta que mis Electos, Vicente Pérez Sansano (gran amigo desde el colegio) y Joan Castaño, para quienes el *Misteri* no tiene misterios, acabaron de desvelarme la cruz que me esperaba en la procesión: la envergadura del asta de madera torneada, el efecto de vela del gran pendón y el poco aire que pueda correr en el mediodía ilicitano convierten el porte del estandarte en una misión que sólo un hércules o un insuflado por un don divino supera. El anecdotario más pavoroso lo supe después: los casos de Caballeros que no pudieron sostenerlo pasada la primera esquina del templo, requiriendo la ayuda de sus electos más fornidos, o aquel que estuvo en cama tres días, terminada la fiesta, con dolorosas agujetas. Yo me porté, creo, honorablemente, bajo la mirada irónica de Frederic Amat, que sacaba fotos para hacerme tal vez chantaje si desfallecía, la familia Revenga al completo, mi recién hecho amigo alicantino Miguel Ripoll, y los míos, mamá, mi hermana, sus hijas.

La mayor satisfacción de mamá, que se instaló en el mismo hotel del palmeral de Elche que yo y asistió a varias de las funciones, era verme hacer de papá, vestido con el chaqué que el famoso sastre alicantino Prado le confeccionó a mi padre para llevar al altar a mi hermana, ser testigo en las bodas de las primas Foix Aguilar de Valencia y asistir a algún acto protocolario al que su cargo en la Diputación le obligaba. Dirigida por mi madre, que siempre fue muy hábil con la aguja, la costurera de casa, Manolita, me acomodó la levita, me sacó los bajos del pantalón rayado, me holgó los botones del chaleco, y cada tarde, cuando me veía subir el andador de Santa María camino del sitial de los Caballeros, mamá, sentada en la tribuna, se emocionaba, como si viera a un simulacro de su marido, rejuvenecido y con cinco centímetros más de altura, volver a la iglesia donde un predicador convincente les hizo concebirme.

Viéndome así vestido me acordé de Luis, que vio el *Misteri* a mi lado en 1982. ¿Le habría yo parecido un maduro apuesto con aquellas galas, o un adefesio? ¿Me favorecía el chaqué, me envejecía? Pero él no estaba en la iglesia ese año. No le tocaba.

V. Luis

Durante el curso de doctorado escribí la segunda parte de *El animal favorito,* un largo camino de descenso desde la inspiración al mundo real. *La vida civil* era el título de una segunda parte que trata de la soledad más que del amor; de los ritmos en el trabajo más que de la melodía de los sueños; de la partida y de la pérdida más que del hallazgo o el encuentro, a veces asombroso, a veces turbador. Habíamos empezado, sin que llegáramos a terminarla, una novela a medias Leopoldo y yo, *La yugoslava,* una trama de espionaje en la que detectives de los países del Este de Europa se volcaban en una investigación sobre el impacto político del virus del sida. Un buen amigo de Polo, Agustín Almagro, acababa de enfermar. Fuimos a verle. Polo se hizo las pruebas, tuvo un falso positivo. Durante quince días estuvimos enfermos sin estarlo.

Al mismo tiempo, me enfrentaba con mis propios temores. Había publicado un artículo en el suplemento «Libros» de *El País* sobre el impacto de la tecnología en la sociedad. El trabajo sobre redes de la tesina me había llevado a presentar un proyecto de tesis doctoral –que dirigiría Ludolfo Paramio y apoyaría, como asesor técnico, Luis Garrido– sobre redes sociales entre los científicos españoles.

Seguí con algunas colaboraciones esporádicas en los periódicos: había entrevistado a David Leavitt para la revista *Vogue* junto con Leopoldo, la grabadora se estropeó y hubo que reconstruirla de memoria. Polo se enfadó conmigo. Me pidieron un segundo artículo, sobre Stephen Hawking y su reciente libro, *Historia del tiempo*. Me llamó la directora de la revista para explicarme el origen de la delicada salud del señor Hawking, debida a un accidentado regreso al cuerpo tras un viaje astral. Sorprendido, no me atreví a exponer una hipótesis tan heterodoxa en el artículo –aunque fuera para *Vogue*–, y quizá por eso me pidieron una segunda versión. Finalmente publicaron un refrito entre ambas que conseguía hacerse incomprensible, como si el que hubiera tenido problemas al regreso de un viaje astral hubiera sido yo mismo. Tampoco volví a colaborar en *Vogue*.

En otras palabras y, al revés de como suele suceder, podía publicar, tenía las puertas abiertas para escribir una obra, pero no tenía nada que decir. No tenía obra y me mortificaba con mi propia valoración: «Apenas veinte poemas en veinte años.» Los pasé a limpio y le envié una copia a Vicente. Esperarían guardados. Yo tendría que seguir buscando en otra parte.

El proyecto de tesis fracasaría tras una fuerte discusión con Luis Garrido a la que no pude responder tras el portazo final. Habíamos quedado en casa de Ludolfo Paramio para replantear el estudio. Hacía falta crear una base de datos para registrar las relaciones entre científicos y no sabía hacerlo. Llegué ilusionado; después de todo, era la primera reunión tras la aprobación de un proyecto que implicaba una beca de investigación. Pensaba que Luis Garrido, asesor informático en el proyecto presentado, tendría respuestas. Pero la respuesta fue una explosión en tonos agudos. Mi vida sexual –dijo, refiriéndose a uno de los fantasmas que me perseguía– acabaría por perjudicar el prestigio de Ludolfo Paramio, director de proyecto. Él abandonaba y, sin diseño de la base de datos, se esfumaba la posibilidad de finalizarlo. Me pregunto si en la ansiedad yo manifestaba un carácter competitivo, una versión de ese «egotismo que no escucha». O tal vez fuera, por parte del profesor, una reacción de homofobia hasta entonces contenida. Tuve una mala reacción: me vine abajo. Quizá los gritos, que nunca hubo con Vicente, terminaran de hacerme caer en la cuenta de que estaba solo, sin puentes, sin interlocución, sin contacto... Y no lo había asumido. Tras cerrar la puerta de las letras, ahora se cerraba una posible carrera académica. Y lo peor es que me sentía bloqueado. No sabía qué hacer, ya no podía escribir, ni siquiera como desahogo.

Después de aquel doble fracaso –creativo y académico– me veía de nuevo sin rumbo y a merced de los acontecimientos. Volví a las rutinas, al gimnasio, la lectura y el trabajo. Colaboraba en la empresa de informática Alfa-Beta Periféricos Inteligentes, que había creado Narciso Pizarro. Vendía desde PC hasta redes y sistemas de documentación, con discos ópticos que ocupaban el espacio de un armario ropero. Participé en esos años en la feria del SIMO, que ya tenía fama como espectáculo, no sólo como tecnología, y acabé de director comercial mientras terminaba un recién inaugurado máster en recursos humanos. Aprendería algo de organización de empresas. La sorpresa fue que me gustó, especialmente el área de formación, y que pude ganarme la vida trabajando como consultor. No conseguí crear un equipo de trabajo como era mi intención. Pero en los altibajos aprendí a manejarme. El tímido que yo era empezaba a disfrutar en las clases. Más que hablar, escuchaba; más que enseñar, aprendía.

Aún faltaba un último poema, «Plegaria», que cerraría aquel primer libro. Cada uno de los que he publicado desde entonces termina con una especie de oración, una meditación sobre el final: la rendición a la vida, a los versos o a su silencio al terminarse; la aceptación como vía de regreso tras el vuelo poético. En aquel caso, aquella primera oración iba dirigida a Álvaro, un Álvaro que tenía parte de Álvaro Pombo y parte de Álvaro García. Hacía poco que les había presentado y les había visto casi alzarse dos palmos sobre el suelo mientras compartían citas en verso y propuestas poéticas. Ellos creían y vivían, no sabrían hacerlo de otro modo, ese vuelo invisible de la poesía. Yo, en cambio, debía regresar, vivir la experiencia de la vida desde el lado solitario del ritmo repetido en las rutinas, en el trabajo, en el sueño desgarrado de algo que pudo ser y se había esfumado.

El animal favorito durmió en un cajón hasta que lo rescató Manuel Borrás, editor de Pre-Textos, que me había llamado por indicación de Álvaro García. Durante ese tiempo negué que yo fuera escritor. Había vuelto a las conversaciones frente al espejo: se acabó, lo ocultaría. Había dado la espalda a una vocación creativa a cambio de hacer frente a lo que llamamos «mundo real», la necesidad de ganarse la vida y llegar a final de mes. Prefería hacerlo como mecanógrafo que como poeta. Necesitaba un punto de apoyo, una dimensión objetiva en la que apoyarme. No podía ser que la «falta de emoción» del comentarista de turno guiase mi trabajo.

Le había preguntado a un crítico, tras escuchar su larga lista de poetas, unidos o enfrentados sin criterio visible, por qué no una elegante taxonomía, como hacía Darwin en *La evolución de las especies,* por qué no un poco de inteligencia para variar. Era el año 87, en el congreso de poetas en Valencia, el 50 aniversario del que se había celebrado durante la guerra civil y del que surgieron una larga serie de riñas inciviles que, pasando por la prensa, llegaron a los juzgados. No fue mi caso. El conferenciante me despachó con un balbuceo confuso en el micrófono que destacaba mi incapacidad para opinar dado que venía de la «antología de Molina Foix», como quien llega sin credenciales de un país extranjero.

Había presentado el manuscrito a un premio y había quedado desierto. No creía que fuera malo, aunque sí peculiar –por la dicción, el estilo, las imágenes inusuales– para el gusto de entonces, más plano y cercano al lenguaje cotidiano. En un libro de poesía, como en todo lo que se vende, la moda define qué es aceptable.

En contacto con otros poetas, con su necesidad de encontrar un hueco en el papel impreso sin prestar atención al poder de las palabras, me sentía desalentado. No recuerdo cuántas veces abandoné. Pero también recuerdo que recién terminada una mudanza, sentado en el suelo frente a las cajas sin abrir, sin saber cómo y sin un porqué, escribía. Eso bastaba. Eran huellas, privadas, íntimas, secretas, que algún día habrían de ayudar a reconocerme.

El trabajo de revisión había sido exhaustivo. Las conversaciones con el editor despertaron una conciencia crítica o una voluntad de perfección injustificada hacia mis propios poemas. Suprimí uno en cada una de las partes y también la serie inicial de poemas cortos, de los que sólo quedó uno como muestra, el primero de los «Dos poemas de amor». El segundo, en contraste, fue el último que escribí; ambos se unían, como una bisagra, en el centro del libro. El resto quedaba en orden cronológico.

Tras la publicación del libro en el año 91, diez años después de su comienzo, acudí a la Feria del Libro, más que a firmar, a ayudar en la caseta de la editorial, a pasarlo bien las tardes que podía. Ya de paso, nos divertíamos pidiendo que anunciasen que estaría firmando libros. Se acercó Vicente, había surgido como una aparición entre el calor y el escaso público. No supe cómo responder. Las tablas que había ganado como comercial en ferias de informática o como formador después no me habían preparado para ese encuentro por sorpresa. No pregunté a los editores si podía regalarlo. Tampoco era caro, así que se lo cobré, como si así saldara una cuenta pendiente. No me pregunté si me escribiría, ni si le gustaría tras los últimos arreglos. Empezaba a tener con Vicente una relación más fantaseada que real. No sabría qué decirle o cómo empezar una conversación. Y, sin embargo, a solas, seguía conversando con él de literatura. Había un «molde», un criterio estético que se había forjado a su lado. Sabía lo que sonaba bien y lo que no porque lo había experimentado a su lado. Sabía a qué autores podía acudir, qué referencias podrían guiarme porque las había descubierto en esa edad casi adolescente en que el asombro sirve como cimiento para el aprendizaje, o como un arco capaz de disparar la curiosidad en busca de un blanco móvil o una diana imaginaria.

VII. Vicente

Paseaba yo por el parque del Retiro, cumpliendo con los hábitos de la Feria del Libro, y oí el nombre de Luis Cremades por los altavoces. En la caseta número equis «Luis Cremades firma ejemplares de su libro *El animal favorito*». Mi animal favorito de otro tiempo, el libro con mis huellas; ¿me acerco a su caseta, no teniendo otra cosa mejor que hacer? Como no llevaba gafas de sol, ni gorro, ni veneno, ni navaja, lo más prudente era aproximarse disimuladamente entre el gentío de una tarde de sábado y observar a distancia. No se agolpaban los compradores delante del poeta, y debí de exponerme demasiado; detrás del mostrador, Luis hizo una señal con el brazo, sonriente.

Cuatro años después de su envío en manuscrito el libro había salido, pulcramente editado por Pre-Textos, y allí estaba yo frente al autor –que me animaba al gasto– dispuesto a invertir unas pesetas en algo que era un poco mío. Pero me puse nervioso al ir a sacar el dinero, no lo encontraba, quizá no llevaba lo suficiente. Al fin apareció en el bolsillo de atrás del pantalón un billete de mil; costaba menos. «¿Te lo dedico?» «Sí... ¿Y esa camiseta?» Luis había presentado aquel mismo día el libro junto al editor, Manuel Borrás, que, presente en la caseta, observaba la escena sin quitar ojo, y mientras me escribía la dedicatoria con pluma estilográfi-ca me fijé en el *t-shirt* ceñido que llevaba, muy favorecedor, con el título del libro impreso, sin más inscripción. ¿Había hecho pesas en estos años? «Si quieres te mando una de re-galo; aquí ya no quedan. Han tenido más éxito que el libro. ¿Qué talla, la XL?» «¿Tan gordo me ves?» «No, es que enco-gen un poco al lavarse. ¿La dirección de siempre?» «La di-rección de siempre.»

Luis me presentó entonces al editor Borrás, al que no conocía, y me alejé por el Paseo de Coches leyendo, en cuanto él ya no podía verme hacerlo, la dedicatoria:

«A Vicente Molina Foix, sorpresa el día de la presenta-ción de este viejo proyecto
Con el cariño,

Luis Cremades
Madrid, 15 de junio de 1991»

Me dolieron tres cosas en tan poco texto. Que pusiera los dos apellidos, como a un comprador extraño. Que dije-ra «proyecto», sin punto, como deteniéndose antes de la palabra debida, «conjunto». Y ese «Con el cariño». ¿Pero qué iba a poner sino cariño?

Debió de verme gordo. Unos días después recibí en la dirección de siempre un paquete postal con la camiseta y una carta.

Madrid, 17 de junio de 1991

Querido Vicente:
Aquí tienes la camiseta –XXL– prometida. Espero que hagas uso constante y selectivo de ella, después de todo el título se te debe y mi nombre no aparece. No la laves con lejía porque se desvae la tinta, aunque también queda bo-nita.

Nada más de momento. Salvo que me ha alegrado mucho encontrarte estos días.

Un abrazo 100% algodón,

Luis Cremades

No la lavé con lejía porque no la lavé. Los primeros años. La guardé como la reliquia de un santo en el que se ha dejado de creer sin estar seguro de que la fe no renazca. Pasó el tiempo, y en abril de 1994, cuando una carta suya volvió a turbarme, saqué la camiseta de la bolsa de plástico transparente en la que llegó metida y me la probé, comprobando con desaliento que la XXL era mi talla. Qué buen ojo el de Luis para los cuerpos. Así que inicié un juego conmigo mismo, poniéndole a él de testigo ignorante. Me apunté, para bajar unos kilos, en el gimnasio pijo que había abierto en el mismo edificio de la plaza Manuel Becerra donde tenía Jacobo Siruela la editorial (que aún lleva, sin llevarla él, el apellido condal) su primera mujer, María Eugenia Fernández de Castro, y que tan cerca me pillaba de casa. La camiseta de *El animal favorito* fue mi uniforme de aerobic, clases de una hora, en días alternos, que se me hacían de lo más pesadas. No caí en la musculación, como causa imposible, pero sí en la cinta de correr, que María Eugenia, al presentarme sus impolutas instalaciones, llamó *tapis roulant,* lo que me agradó, como afrancesado disfrazado de anglófilo que soy. La llevé puesta los pocos años que perseveré en aquel gimnasio, la lavé, no se borraron las letras del título, y ahí está la camiseta, ahora sin uso anaeróbico, en el depósito de las cosas que no consigo tirar.

El animal favorito publicado no era igual al mecanografiado que me envió cuatro años antes. Más breve el de Pre-Textos, más compacto, lo fui leyendo, como el forense que busca las huellas del delito, para descubrir si había renuncios o alusiones malévolas. Los poemas «a medias» estaban todos,

366

había desaparecido uno, «Giro», dedicado en el manuscrito a Vicente Aleixandre (que daba sin embargo su *incipit* al libro editado con una hermosa cita que a Luis le gustaba usar: «Se enamoró de un orden. Y subvertió sus gradas»), y me volvieron a gustar mucho sus «Cuatro poemas breves con el título en inglés», así como la añadida «Plegaria» final, con su invocación reiterada a un Álvaro que pensé que podía ser Álvaro Pombo. Pude evaluar poéticamente, sin animosidad, los poemas de amor que no me estaban dirigidos, pero sentí como la extirpación de algo mío el que hubiese eliminado de cuajo los seis poemas iniciales del manuscrito, también pertenecientes a nuestra *época*. Eran para mi gusto, y aún lo pienso, los versos seminales del poeta del que me enamoré.

VIII. Vicente

Como creo mucho en los ritos funerarios, me conmovió recibir una carta de Luis fechada sólo dos días después de la muerte de mi madre en el Hospital Provincial de Alicante.

> 21 de abril de 1994
>
> Querido Vicente:
>
> He sabido por Luis Revenga que has perdido a tu madre recientemente. Te escribo para decirte que lo siento. No puedo decir más. Pero a pesar del tiempo que ha pasado, los momentos de dolor te hacen acordarte (o me hacen acordarme) también de los momentos buenos que una vez pasamos. Y hacen que te sienta más cerca.
>
> Recibe un abrazo fuerte,
>
> Luis Cremades

Era una breve carta de pésame, nada más que eso, pero viniendo de él cada palabra, cada intención, cada fórmula, cobraba un valor superior. El valor de lo perdido vuelto.

En poco más de quince meses habían muerto dos personas capitales. Recuerdo las frases de consuelo de mamá cuando murió Juan Benet en enero de 1993; intuía mi orfandad, no muy diferente de la sentida al morir papá, por la muerte de ese hombre todavía joven, sin duda joven para ella. Los seres amados nunca son desaparecidos; nuestra necesidad les hace inmortales, pero el acomodo de su ausencia nos puede llevar al extravío.

Juan murió en la madurez, y mi madre en la ancianidad, aunque los dos murieron sin menoscabo. Tres meses de un tumor extendido acabaron con la vida de Benet, y un mes de hemorragias erróneamente diagnosticadas con la de mamá. A don Juan le vimos Javier Marías y yo cuando acababa de expirar en el dormitorio de la calle Pisuerga, al lado de su familia. A mamá la cuidé en el hospital, le di de comer, lavé su cuerpo esmirriado, eché sus deyecciones al retrete de la habitación, aliviado de la angustia que eso me producía por el pensamiento de que, casi cuarenta años antes, la mujer joven, más joven que el enfermero de ocasión que yo fui en aquella primavera alicantina, había hecho lo mismo, cuidar, alimentar, lavar y vigilar el sueño del niño desvalido recién traído al mundo por inspiración divina. Mamá fue así, mientras se mantuvo estable y consciente, mi criatura necesitada.

Empecé a soñar con Juan Benet en febrero de 1993, y empecé a anotar en un diario lo soñado, para no olvidar «la cosa real por dentro». Lo mismo me sucedió con mamá poco después de su muerte, y ambos, sin conocerse más allá del celebérrimo intercambio del agua purificada, comparecieron hermanados en mis noches, y aún siguen haciéndolo de vez en cuando. Pero eso pertenece a otro libro, el de la realidad de los sueños escritos.

En la realidad vivida, la de «la cosa real por fuera», Luis reapareció tres veces más por carta, y, venciendo mis antiguas resistencias, también acepté verle en persona y de cerca.

De manera espontánea, escribió una reseña positiva, muy inteligente, de mi novela *La mujer sin cabeza* en la revista *Shangay Express,* que leí y debí de agradecerle de alguna forma, seguramente por escrito. El 13 de marzo de 1997 me contestó en una carta esencialmente literaria que prefiero no reproducir in extenso. En mi agradecimiento definí el libro, un aparente *thriller* de detectives, citando el título de una comedia de Thomas Bernhard que me gusta mucho, como «simplemente complicado»; él replica que le parece mejor en la novela «lo simplemente que lo complicado», encuentra mis «viejas obsesiones al alcance de todos los públicos», me reprocha que interponga en el relato mis recuerdos y mi idea de mí como artista («algo distinto de quién eres como artista»), y cree ver en *La mujer sin cabeza,* acertando de pleno, «el cierre de una actitud» y la bisagra de una puerta abierta a «nuevas posibilidades».

Se despide, como ya era norma, con su nombre y apellido bajo el «abrazo afectuoso», pero añade un P. S. a mano: «¿Se ha reeditado a Calvert Casey en España?»

Pocos meses más tarde, Luis me anunció por teléfono que estaba en Madrid su amigo el escritor cubano Antón Arrufat, a quien yo no conocía personalmente pero sí estimaba por su obra de teatro *Los siete contra Tebas,* prohibida por el régimen castrista, y, sobre todo, por lo mucho que su íntimo Calvert Casey me había hablado de él. Calvert fue, después de Néstor Almendros y antes de Guillermo Cabrera Infante, Miriam Gómez y Severo Sarduy, un instrumento fundamental de lo que alguna vez he pensado que ha sido, en la música de mi vida, mi quinteto cubano de cabecera. Todos fueron importantes (aunque a Sarduy lo traté menos, cuando más amigos nos hacíamos, por su muerte prematura), y Miriam Gómez lo sigue siendo a diario. Pero Calvert es especial. Su breve obra narrativa, que editó en su día Carlos Barral, es de lo mejor y más originalmente intempestivo que se escribió en castellano en la época del *boom;* no soy el único en afirmarlo. Pasa por ser un escritor de escritores, y los escritores que lo ensalzan son algunos de los más grandes. Mi fascinada amistad con él duró poco tiempo, porque vivió poco, suicidado a los cuarenta y cinco años en Roma, pero la marca que dejó en mí fue inextinguible. No voy a reconstruirla.

Desde que se quitó la vida en mayo de 1969, sus grandes amigos José Ángel Valente, Cabrera Infante, María Zambrano, Italo Calvino, Severo Sarduy, Juan Goytisolo quisieron rendirle homenaje; tardó, por mil razones, pero se hizo en un número extra de la revista *Quimera* publicado en diciembre de 1982, en plena época mía *luiscremadística*. En razón del artículo que publiqué en *Ínsula* al poco de morir Calvert, los «séniors» decidieron que yo, que era el último en llegar al club de fans de Casey, me ocupase de coordinar y abrir con un texto el dossier de *Quimera*, en el que también colaboraron José Triana, Juan Luis Panero, Rafael Martínez Nadal y Luis Goytisolo, ilustrándose las treinta páginas con fotos de sus años cubanos y otras más recientes, de 1968, tomadas en Madrid por Augusto Martínez Torres. Valente, el primero en escribirme a través de *Ínsula*, me pidió que aceptase un regalo que para mí fue precioso: el ejemplar, de los dos que el propio Calvert había encargado antes de su muerte para él y para José Ángel, de «una edición modesta, pero bien hecha, del *Vathek* de Beckford. Lleva el prólogo de Mallarmé». Valente, me decía, recibió post mórtem los dos libros iguales, y quería regalarme el «que le estaba destinado» al amigo muerto.

Aunque desde la isla no hubo contribuyentes al homenaje, por razones fáciles de suponer, su amigo del alma Antón Arrufat y otro amigo próximo y maestro vivo entonces, Virgilio Piñera, aparecían en las páginas de la revista, donde yo citaba la definición ocurrente y deliberadamente anacrónica de Juan García Hortelano tras leer los libros de Casey editados en Seix Barral: «el padre de Lezama Lima».

Cabrera Infante, en un extenso trabajo que después vertebraría su excelente libro *Mea Cuba,* atribuía a Arrufat «la gloria instantánea», en «justa justicia literaria», de Calvert, al haber elogiado frente al inseguro autor la primera edición cubana de su primer libro de cuentos, *El regreso,* con esta frase: «¡Qué Salinger ni Salinger! Tus cuentos son mucho mejores que los de Salinger.» El retrato que trazaba Cabrera Infante de Arrufat, «audaz de lengua» pero «tímido urbano» miedoso de toda ciudad que no fuera La Habana, rezuma ingenio y cariño, sin omitir las penalidades humillantes que, al igual que Piñera, Lezama Lima o después Reinaldo Arenas, sufrió Arrufat al volver a Cuba de un primer viaje a Europa en 1964.

Recibí ilusionado en mi casa a Arrufat y a su anfitrión madrileño Luis, que entraba por primera vez, después de más de quince años, en el edificio donde se desarrolló, dentro y fuera del dormitorio art déco que seguía allí, nuestro idilio y su fin. Teníamos tantas cosas no dichas que decirnos Antón y yo que Luis, con mucho tacto, se quedó más callado y en un segundo plano, aunque Antón y yo evitamos, pese a las ganas, convertir el largo encuentro en un monográfico Calvert Casey.

Luis me agradeció educadamente la velada en una carta de tema cubano remitida desde la calle Espíritu Santo, otra forma de su transubstanciación domiciliaria.

Madrid, 22 de julio de 1997

Querido Vicente:

Te hago llegar los tres libros de que te hablé:

• *Lapsus Calami,* del autor joven más prometedor (además de buen amigo). Confío en que te divierta, aunque le falta uno de los mejores relatos (una paja frente al retrato de José Martí que el régimen no consideró oportuno publicar).

• *Manual de las tentaciones,* del discípulo-rival de Arrufat Abilio Estévez, nuevo fichaje de Tusquets.

• *Una broma colosal,* poemas póstumos de Piñera, en edición de Arrufat y Estévez cuando se amaban.

• Faltan fotocopias de algunos poemas de Piñera en revistas. Salgo de viaje y no me da tiempo. A la vuelta las tienes.

Quería agradecerte tu hospitalidad y generosidad con Antón y tu amabilidad conmigo.

Recibe un fuerte abrazo,

Luis Cremades

VI. Luis

Con fecha del 30 de abril de 1994 recibí, en un sobre con remitente impreso, una postal con la respuesta de Vicente a una breve nota de pésame que le había enviado al saber la muerte de su madre.

Querido Luis: te agradezco mucho la condolencia, y las palabras buenas de recuerdo de otro tiempo. Yo me acordé muy especialmente de ti en las malísimas treinta y seis horas en que velé el cuerpo de mi madre; el tanatorio de la calle Bailén estaba enfrente de la casa de tus padres (si aún viven allí), y en más de un momento miré por la ventana y me distraje pensando en algún buen –y picaresco– rato que allí pasamos un verano. Recibe mis abrazos,

Vicente

En la otra cara, la reproducción de un cuadro de Renoir. Sobre un sofá claro, una mujer en tonos azules, recostada, hace sus labores. *Madame Claude Monet Lying on a Sofa*. La imagen de una fragilidad luminosa. Me sorprende que, siendo yo tan poco aficionado a los ritos públicos –y menos a los fúnebres–, haya sentido una necesidad natural, nacida sin esfuerzo, en el contacto con esa segunda familia que había surgido, fugazmente, a mis veinte años, en torno a una manera de sentir la poesía. El mismo movimiento espontáneo, involuntario, que me llevó a la casa de Aleixandre hacía casi una década, había hecho que me sentara a escribir una nota sin encontrar palabras. Vicente respondía con una dulzura nueva, o al contrario, con una vieja dulzura que en ese momento ya no hacía falta esconder. Fue un mensaje de alivio. Llegaba la sensación, al fin, de que la herida había cerrado o había dejado, al menos, de sangrar.

Había evitado, en general, hablar de Vicente. Lo había hecho en los inicios de una segunda relación tras la de José María que duraría casi cuatro años, desde el 88 hasta el 92. Pero mi pareja consideraba necesario tomar partido en cada recuerdo como si fuera un conflicto vivo y se enfadaba con un Vicente que no conocía. Preferí no volver a tocar el asunto. El pasado quedaba en silencio, en un mundo cerrado que me hacía sentir extranjero. En algunos sueños yo aparecía como un prometeo castigado, apartado, aislado, después de haber robado un coche rojo: el fuego de los dioses. Alguien que había crecido demasiado pronto y no tuvo fuerzas para sostenerse.

El trabajo se volvía absorbente, el contacto con personas, profesiones y lenguajes dispares. El mundo del habla cobraba fuerza frente a la escritura, habla y lengua se habían desplegado, sin conexión, en universos paralelos. Durante los años anteriores había hecho un esfuerzo por descubrir esa otra fuente, el lenguaje hablado, grabando entrevistas, a veces publicadas; otras veces eran relatos de amigos con una forma particular de contar. Eran narradores instintivos capaces de captar la atención del que escucha con una expresión inusual, una repetición o un giro inesperado.

En ese mismo año, 1994, me habían invitado a Barcelona para dar unos cursos en IBM. Pensé que sería una buena oportunidad para reencontrarme con mi hermano

Ricardo. Tras su breve encuentro con Leopoldo, habíamos estado alejados esos últimos doce años. Él se había instalado en un pequeño ático en la calle Nou de la Rambla. Vino a recogerme al hotel, sonrió, yo también, nos vimos más veces desde entonces. Trabajaba en una sex-shop gay cerca del mercado de Sant Antoni, un trabajo que hacía con un enfoque terapéutico, aprendido de su primer propietario, un médico latinoamericano. En una visita a la tienda-consultorio, fue mi hermano quien sugirió que viajara a Cuba. No sé por qué. La idea me pareció absurda, pero, precisamente por eso, atractiva. ¿Cuba? Había conocido a Antonio, el cubano que había sido pareja de mi tía Carmita. Había trabajado en Alfa-Beta con un equipo de programadores cubanos. No sabía más, aparte, claro, de la poesía de Lezama, una novela de Virgilio Piñera, varias de Alejo Carpentier. Y un ensayo de Servero Sarduy –*La simulación*– que me fascinó en los meses que estuve en la radio. Aparte de eso, era un mundo desconocido que, sin embargo, se fue abriendo a partir de un primer viaje improvisado en que compartí una casa, en la esquina de 1.ª y A, junto a un Meliá Cohíba todavía en construcción. Así conocí a Marial, profesora de historia, y a su hermano Ricardo Utset, que había sido contable en la facultad de Económicas y me presentó a los responsables del área de organización al final de aquel primer viaje. Me propusieron impartir un seminario y acepté. En cursos siguientes establecieron contacto con la Universidad de Alicante y crearon un programa de cooperación para la formación en turismo. Pude viajar veinticinco veces más a Cuba a lo largo de diez años, habitualmente como colaborador del programa.

En el segundo viaje, gracias a mi editor, me puse en contacto con Antón Arrufat y, a través de Arrufat, con un grupo de autores que escribían en mi idioma, con otro lenguaje. Ese encuentro, esa mezcla de un mundo desconocido ofreciéndose a través de palabras que conocía hizo que me enamorase, ¿del lenguaje o del mundo? Volví a escribir, a intentarlo, con torpeza al inicio pero con ganas, de vuelta a la búsqueda, a través de la escritura. Y en esa búsqueda, también de libros, aparecieron, en un puesto en la calle L, junto a las escalinatas que suben al Alma Mater, los relatos de Calvert Casey. Había leído los textos del número especial que había preparado Vicente para la revista *Quimera*. Me había quedado fascinado con aquel capítulo que –gracias a Rafael Martínez Nadal– se había salvado de la quema, previa al abandono final. En aquellos viajes encontré un ejemplar de *El regreso,* su libro de cuentos, y de las *Notas de un simulador.* Los compré como quien descubre una clave de su propio pasado. Encontré dos más que compré pensando en Vicente y se los hice llegar. En un primer momento me dijo que los tenía. Aunque a las pocas semanas, tal vez no los había encontrado, accedió y se los envié. Quedamos en vernos con Antón Arrufat, que tenía planeada una visita a Madrid.

VII. Luis

Los viajes a Cuba se prolongaron desde el año 94 hasta el 2005. En ese tiempo, mi trayectoria vital fue dando un giro progresivo. La salud se fue quebrando, primero fueron gripes recurrentes, casi siempre al regreso de un viaje de trabajo; después un dolor intenso en la pierna izquierda que diagnosticaron como gota, y una urticaria que podría ser –dijeron– alergia a mi propio sudor. Fui a un especialista en medicina psicosomática, que me trató durante unos años. La situación empeoraba. En el año 2000 decidí hacerme la prueba del VIH, en solitario y por descartar. Los médicos no parecían interlocutores adecuados. El resultado fue positivo. Yo no había tenido prácticas de riesgo al menos desde finales de los ochenta. Y la última persona con la que tuve una relación se había hecho las pruebas y me había llamado para decirme que estaba limpio. Cuando se lo conté al médico que me trataba dijo que nadie había fotografiado el virus, que era una construcción de los laboratorios farmacéuticos y que no hiciera caso. Lo importante era tomar vitaminas y reforzar las defensas.

Llevaba un tiempo asustado. Habían sido unos años de actividad intensa pero también de soledad, aislamiento y falta de interlocución. Debía pensar qué quería, a fin de cuentas ya había vivido, igual no debía prolongar la aventura. Ya había perdido por esa causa algunos amigos. Pero en esos días volvió el fantasma de los versos. Si escribir era lo que quería, desde luego con poco más de dos libros no tenía una obra. No había llegado a ser más que un «caso curioso». Ése fue el punto de inflexión. Viajé a Cuba, pasé unos días aislado en casa de un santero y al regreso ingresé en el hospital. Desde La Habana había hablado con mi hermano Ricardo. Me dijo que lo mejor sería ingresar en Barcelona, que él podría cuidarme y atenderme mientras hiciera falta y que hablaría con mis padres. Lo dejé en sus manos. Aterricé en Madrid a comienzos de agosto, apenas tuve tiempo de cambiar de maletas y regresé al aeropuerto para viajar a Barcelona. Estaba muy débil, dos días después ingresaba en el Hospital de Sant Pau.

Mis padres vinieron a verme. Yo trataba de tomar las cosas con calma, a veces con humor, aunque estaba superado. Y tenía la impresión de que ellos, incluido mi hermano, no tenían una visión más clara. Me recomendaron vender el apartamento que había comprado junto a la Plaza Mayor, que cerrara la empresa, que evitara el estrés y me recuperase con ellos. Eso hice... Al dejar el hospital puse en venta el piso de Madrid a bajo precio, lo vendí, organicé la mudanza. Apenas tenía fuerza. La infección se había desarrollado con un sarcoma de Kaposi que afectaba a los pies, casi no podía caminar, seguía con fiebres recurrentes y diarreas constantes. Y a partir de entonces, además, con una medicación complicada, para atender tanto la infección como sus diferentes síntomas. En esas noches del primer ingreso echaba de menos, en un cuarto, al fondo del pasillo, un escritor de hospital. Alguien a quien contar esa parte de la historia que no era una historia clínica, la historia de las decisiones que tendría que tomar, del apoyo que necesitaría, de qué hacer con el trabajo, la casa, los sueños, de cómo dejar atrás algunas cosas y dar la bienvenida a otras. Un escritor que me contara otras historias, de enfermos crónicos, de cómo vivían, con quién, de conversaciones que pudieran servir de ayuda.

Al llegar a la casa de mis padres, una casa en el campo, cerca de San Vicente del Raspeig, se despertó una agresividad en mi padre y una indiferencia en mi madre y mi hermana que me descolocaron. Hablé con mis hermanos pero no reaccionaron. Yo no era bienvenido. Le había quitado el colchón a mi hermana, que sufría de la espalda, mi madre se quejaba de tener más trabajo y me pedía dinero para cubrir los gastos que ocasionara mi presencia; mi padre no decía nada, salvo algunos gritos, parecía dispuesto a boicotear mi recuperación sin que pudiera saber por qué. Me sentí acorralado. Traté de buscar un pacto trasladándome a la planta baja y reduciendo el contacto, pero mi padre instaló su biblioteca allí. Mis libros estaban a punto de llegar. Finalmente alquilé un apartamento en la playa. Había llegado en agosto y antes de octubre estaba fuera de juego. No volví a ver a mi padre. Mi madre todavía venía a quejarse de su suerte y de lo desgraciada que era en su relación. Me había equivocado al confiar en ellos. No podía dormir por la noche, no podía valerme solo en casa. Descubrí qué era un ataque de ansiedad.

Desde Madrid, Leopoldo me dijo que volviera, había encontrado un piso de alquiler cerca de Chueca, en el bloque donde vivía un amigo común. Y en diciembre de ese año volví a hacer una mudanza, esta vez de regreso a Madrid. Alquilé el piso, di de alta los contratos de la luz y el gas y, agotado, fui a una revisión al hospital y decidieron que debía ingresar de nuevo. En el hospital pasé la Nochebuena y el día de Navidad, sin que mi familia supiera ya nada, y en la nueva casa, todavía sin muebles, la noche de Fin de Año. Volví al trabajo sin estar recuperado.

Había empezado el tratamiento de quimioterapia para el sarcoma de Kaposi. Tenía que viajar a Barcelona cada tres semanas. Mi hermano había dejado la ciudad tras una crisis amorosa que le llevó a regresar a Miami con una de sus anteriores parejas. Estaba solo. El otoño siguiente, tras los ciclos de quimio, tuve un rebrote en el pie izquierdo y recomendaron radioterapia. El médico hizo una buena venta, me habló de su habilidad con los pies con el tono meloso de un fetichista. Y me dejé irradiar. Me alojé durante tres semanas en casa de un compañero, Antonio Rasche, consultor y poeta, en aquel momento ejecutivo en una multinacional y hoy maestro de yoga. La radiación fue excesiva, entre otras cosas porque el médico fetichista no vino a supervisar. Al cabo de un año hubo fibrosis, isquemias en varios dedos, heridas que no cerraban. No se hicieron responsables. Sugerían cortar la pierna. Cuando años después pedí explicaciones, me dijeron que todo había sido correcto, que me habían informado de los riesgos a mí junto con mis familiares. Cuando mis familiares llevaban un año desaparecidos. Me sorprendió ver mi historia clínica medio inventada. Eché de menos a mi escritor de hospital imaginario.

Pero no me atrevía a trasladar mi expediente, al menos hasta no estar estable. Así que pasé por un tratamiento con oxígeno hiperbárico. Decían que el dolor al terminar era bueno, que era señal de que la sangre se abría camino en los vasos capilares. Acabé en 2003 con una neuropatía, además de tres isquemias en los dedos centrales del pie, síntomas de depresión y necesidad de calmantes fuertes, de los que habitualmente se reservan a enfermos terminales.

Al inscribirme en el ambulatorio correspondiente en Madrid, me preguntaron si quería médico de mañana o de tarde. Dije que me daba igual, que era seropositivo y quería a alguien con experiencia. Así conocí a Mercedes Castro, una antigua alumna del Colegio Estudio, formada en los valores de la Institución Libre de Enseñanza, que había colaborado con los primeros grupos de apoyo en VIH. Gracias a ella aprendí a manejarme en el sistema de salud, a buscar apoyos en médicos y enfermeras, a tomar decisiones con sentido práctico después de valorar diferentes opciones.

Si había llorado por alguien en aquel breve destierro de vuelta a casa de mis padres, había sido por Antonia. Había conocido a Antonia Cencillo en el año 88. Ella planchaba las camisas de Álvaro Pombo y yo empezaba mi trabajo como comercial en Alfa-Beta. Álvaro me vio con la camisa sin planchar y decidió que Antonia debía venir a mi casa. Desde entonces se ocupaba de la plancha y me dejaba a veces una comida hecha. A los pocos años dejó el trabajo con Álvaro, pero siguió conmigo. Yo comentaba con ironía a los amigos que Antonia se había convertido en mi relación más estable. Y lo cierto es que me trataba como a un hijo, con la educación, el respeto y la ilusión que no encontraba en la indiferencia de mi madre. También Antonia había sido abandonada. Dios nos cría, nosotros nos juntamos. En esa segunda etapa en Madrid, Antonia se ocuparía de la casa y yo me sentía protegido.

Tuve diferentes ingresos y visitas a urgencias. Parecía que el estrés seguía afectándome. Así, al regreso de los viajes de trabajo sabía que me esperaba algún disgusto, podía ser una bajada de hematocrito, un cólico nefrítico por la medicación, o una nueva urticaria, según el caso. En uno de esos ingresos, Leopoldo me pidió una entrevista para la promoción de su segunda novela. Desde el principio consideraba una responsabilidad no ocultar mi estado de salud. Creía en el viejo eslogan de Act-Up, «Silencio = Muerte». Decidimos que sería bueno dar alguna pista, aparte de que yo pudiera hablar de la situación más o menos abiertamente; más con los amigos, menos en el trabajo. No sé si fue buena idea.

Los amigos fueron desapareciendo, unos por miedo, otros por pereza, la mayoría porque me convertía en una carga más que en un beneficio. He vuelto a tener contacto con algunos, precisamente porque habían enfermado y sentían la desorientación que yo tuve entonces. He podido servir de ayuda en algunas ocasiones. Mientras, he ido perdiendo contacto con ese baile de espejos que es el mundo.

IX. Vicente

En enero de 2001, Luis le hizo a Leopoldo Alas, que acababa de publicar en Seix Barral su novela *El extraño caso de Gaspar Ganijosa,* una extraña entrevista para *Shangay Express.* Aunque brillaba en el diálogo el ingenio desenfadado propio de estos dos amigos, los únicos de su grupo que no se habían (todavía) echado los trastos a la cabeza, la entradilla del entrevistador me resultó inquietante: Luis, hablando desde la cama de un hospital, le sugiere a su amigo, que le visita provisto de grabadora, «hacer la entrevista hablada, como dicen que Truman Capote las hizo durante la redacción de *A sangre fría.* Antes de que llegara trazaba, mirando la ventana del cuarto de hospital, como en un dibujo las vidas paralelas de este Leopoldo que viene a verme con la de su tío bisabuelo "Clarín": dos grandes y reconocidos periodistas mientras se ignora su capacidad creadora, su obra novelística. Sin prestar mucha atención al goteo rosa pálido de la quimioterapia entrando por vía intravenosa, guardo en la mesilla un ejemplar de *Mientras agonizo* de William Faulkner que me ha traído Leopoldo como regalo».

El goteo rosa pálido de la quimioterapia. Dudé un día o dos antes de llamar a Leopoldo. La camiseta de *El animal favorito* regalada, las cartas cruzadas, los encuentros fortuitos, la cita fijada en compañía de Arrufat, habían quitado a mi resentimiento sus últimas asperezas, pero Luis, por fin, pertenecía al pasado, y su presente no tenía por qué entrar en el mío. Cuando al fin le telefoneé, me sorprendió la primera frase de Leopoldo: «Estaba esperando tu llamada. Luis me ha dicho que si llamabas te lo contase.»

Luis, afectado por el virus de inmunodeficiencia (VIH), había enfermado y estaba en tratamiento, con perspectivas favorables. La noticia me dejó anonadado. Desde que a mitad de los ochenta se averiguó el origen y el alcance del sida, muchas personas cercanas o simplemente conocidas fueron víctimas del síndrome, antes de que los tratamientos encontrados frenaran la mortandad. Luis no estaba próximo a mí desde hacía casi veinte años; tampoco era un «conocido». Era la persona que en la ausencia seguía dando forma al amor ideal, o a su fórmula, que se disipó para siempre cuando él decidió acabar.

Le escribí la carta más difícil de nuestra correspondencia. No podía ser una carta de amor, tampoco de condolencia ni de solidaridad, pues es imposible sentirlas completamente, por buena voluntad que se tenga, cuando uno se compadece del mal que no sufre. Traté de acompañarle con lo que fue el soporte de nuestra relación: la palabra escrita. Y por darle una normalidad que nos reuniera en la literatura, le comentaba algo (lo sé por lo que él dice) de su segundo libro de poemas, *Los límites de un cuerpo,* que esta vez compré, a primeros del 2000, poco después de publicarse, sin dedicatoria a mano ni camiseta de puro algodón, en una librería cuyo sello y precio de venta (1.500 pesetas) están en la primera página de la bella edición de Pre-Textos. Ya no quedaba rastro mío de ningún tipo, corporal o incorpóreo, pero me gustaron varios de sus poemas, y en especial uno de invocación amorosa a un desconocido, llamado «Paseo Nocturno». La carta no se conserva, y de ella sólo recuerdo el relato que le hacía a Luis de un sueño que yo había tenido unos días atrás y que al leer el ejemplar del *Shangay* con la entrevista me pareció premonitorio y confortante. En ese sueño, mi madre estaba enferma al lado de un enfermo sin rostro, y ambos se curaban antes de que yo despertara.

Luis me contestó desde una dirección céntrica del barrio de Chueca, la Plaza Vázquez de Mella, última morada de su vida madrileña y de nuestra vida epistolar en papel.

Madrid, 5 de marzo 2001

Querido Vicente:

Te agradezco que me hayas hecho llegar tu carta, aunque por motivos diversos no me haya sentado hasta ahora a contestarte. Es verdad que ando un poco lento con la agenda porque debo descansar bastante y no todos los días son igualmente buenos. Pero me siento animado y satisfecho. Tanto con el trabajo como, especialmente, con volver a escribir.

Me alegra también que leyeras *Los límites de un cuerpo*. Fue publicado casi sin querer, dado que ya había perdido todo contacto con mi editor. Me parece un libro variado, a ratos más inspirado y a ratos más trabajado. Tal vez nos falta a los poetas de ahora capacidad para desarrollar una forma en un solo libro. Algo así como que cada parte de mi libro podría haber constituido un libro si hubiera tenido fuerzas (y fe sobre todo) para desarrollarlo. De apuestas así nacía el *Romancero gitano* o los *Cien poemas de amor* de Neruda. La parte que todavía me atrapa es la segunda, ese tipo de poema largo, meditativo, una especie de *stream of consciousness* que navega entre la vigilia y el mundo de los sueños. De esa parte tal vez uno de los poemas más inspirados, más fáciles de escribir en cierto sentido, sea «Paseo Nocturno». (Veo que el mundo oscuro de los sueños también te ilumina y agradablemente te impulsa a escribir cartas.)

Tengo la novela, sin embargo, en estado de desconcierto. Supongo que es un momento inevitable cuando ya ha pasado de la mitad de su hipotético desarrollo. Le sucedió a Leopoldo con su *Gaspar Ganijosa*. Surge la desconfianza y la desorientación. Espero remontar el vuelo. Quisiera terminarla después de Semana Santa, para entonces se verá un resultado más completo. Confío en que te guste, porque en cierta medida debe algo a la manera en que me descubriste la prosa en los primeros ochenta (Elias Canetti o Mandelstam son lecturas de entonces). No me siento específicamente deudor de nadie (y ése es un problema, creo que es bueno tener maestros, referencias). Pero el tono de la prosa lo aprendí de los esteticistas; sucede que lo que me hace sentirme más a gusto es la construcción de personajes, la introspección. Así, actualmente me gustan Isherwood o C. Mansfield, que combinan ambos aspectos. Me encuentro un poco más torpe para desarrollar una trama, para plasmar los hechos tal cual. Supongo que iré aprendiendo.

Después de todo lo que ha pasado en el último año, me siento como si tuviera una prórroga. Y me he propuesto dedicarla a escribir, aunque no puedo descuidar mi trabajo para evitar mayores dolores de cabeza. Así que lo que no hago es dedicar tiempo al ocio o a los amores, que quedan como recuerdos de una vida anterior. En esta situación, saber que las personas que una vez se preocuparon siguen, en cierto modo, espiritualmente próximas es una buena noticia. Un abrazo,

Luis Cremades

VIII. Luis

Pasó mucha gente por aquel último piso en Madrid, con dos balcones a la Plaza Vázquez de Mella. La mayoría ofrecían su ayuda y terminaba yo por ayudarles, sin fuerzas, como si en ese hacerme necesario para otros encontrara una justificación, un lazo. Era mi manera de agarrarme a un clavo ardiendo.

A partir de 2003 se fue desarrollando, por la fuerza de las circunstancias, una convivencia feliz. Primero apareció Rachid; recién salido de un centro de menores había estado viviendo con Joe Borsani, un productor de música especialmente cercano a Leopoldo en esos días. Al enamorarse Joe de un brasileño, Rachid se quedó en la calle. Le propuse venir a casa unos días. Allí coincidió con las primeras isquemias y el traslado de hospital. Se quedó en casa unos meses para ayudarme, un chico tímido que se protegía instintivamente si me acercaba, pensando que podría pegarle. Le gustaba ver los debates políticos desaprobando una situación que yo no sabía bien si alcanzaba a comprender.

Con mi mejoría, se fue a casa de un primo suyo, aunque regresó enfadado a las pocas semanas. Yo tenía que viajar y no quería dejarle solo en casa, pero enfermó, le subió la fiebre a casi cuarenta. Llamé a Paca, la amiga del instituto de mis primas a la que había vuelto a ver después de quince años, tras su divorcio y poco antes de mi enfermedad. Le pedí que cuidara de él mientras yo estaba fuera. Rachid se quedó desde entonces. Unos meses después llegó Omar y fueron como dos hermanos, felices fuera, a la gresca en casa, ayudando algunas veces, otras haciéndome juez de sus discusiones en un interminable intercambio de camisetas, chaquetas y zapatillas que se prestaban y no se devolvían. Me habían salido dos hijos adolescentes sin haberlos buscado. Paca, con más experiencia y sentido práctico, además de sus propios hijos, fue la mejor ayuda que tuve. Algunas veces se sumaba Moha, un amigo de Omar, a pasar alguna temporada o jugar a la Play. Yo podía aislarme y trabajar. Al terminar cada jornada había alguien con quien ver la tele –dibujos animados casi siempre– y olvidar un rato el resto del día.

Ahora apenas recuerdo los desplazamientos al hospital de día, el tratamiento para mejorar la circulación en la pierna, el dolor, el insomnio. Recuerdo, sin embargo, los momentos con ellos. Antonia era la «abuela», Rachid el «nieto». Nos habíamos inventado una familia en circunstancias adversas.

Desde la publicación del segundo libro de poemas, *Los límites de un cuerpo*, había perdido misteriosa y silenciosamente toda relación con mi editor. Desapareció. Le escribí, pregunté a qué se debía, indagué, pero fue inútil. No sé si hubo comentarios de terceros, no sé si las relaciones se evaporan sin más. Recuerdo sus quejas por mi frialdad al expresarme, y sus declaraciones insistiendo en nuestra amistad y afecto mutuo. Cada vez más creo que las palabras con énfasis disfrazan una realidad que es justo la contraria. Gracias a Leopoldo había entrado en contacto con la Escuela de Letras de Madrid y conseguí renovar en aquellos primeros años del siglo el contacto con la escritura. Daba un curso sobre «La personalidad del personaje» y aparecieron otros, «Técnicas de la inspiración» o «Introducción a proyectos». Encontré tiempo para terminar y publicar un tercer libro de poemas, *El colgado,* que salió al mismo tiempo y en la misma colección que otro de Leopoldo, *El triunfo del vacío.* Él escribió mi contraportada, yo la suya.

Había terminado una novela, *Un epitafio para Keitel,* iniciada en el año 97 con dos capítulos que le habían gustado a Antón Arrufat, aunque no a mi editor. Era el funeral de una familia que había perdido a su hijo y que dos primos grababan en vídeo para editarlo y montarlo como se hacía con bodas, bautizos y comuniones. La muerte de aquel joven había dejado huellas que su tío rastreaba en busca de unas claves, tal vez compartidas. Parecía buen momento para retomar el relato tras la salida de la casa de mis padres, como si aludiera a una muerte simbólica. El texto quedó inédito a pesar del esfuerzo de una agente literaria a la que le había gustado. Poco después escribí un libro adaptando las peripecias de Don Quijote al ámbito del aprendizaje y los proyectos de empresa. Todavía no sé de dónde saqué fuerzas.

A comienzos de 2008, la punta del pulgar en el pie izquierdo estaba fría, habría que amputar, me resistí, volví a tratamientos con hormonas, aunque ya eran sólo para facilitar que cerrase la herida después de una más que previsible amputación de ese primer dedo. El dolor volvía a ser insoportable. No dormía por las noches. Me dijo el psiquiatra que era normal dormir menos horas con la edad. En junio pasé tres semanas durmiendo tres horas de cada cuarenta y ocho. Escribí más de cien poemas largos, sólo por desahogarme, por leerme, por saber qué sucedía. Hacía meses que me estaba despidiendo. Sería un *Adiós a todo eso,* como reza el título de las memorias de Robert Graves, aunque todavía no tenía forma definida.

Era julio cuando ingresé en el hospital. Leopoldo llevaba varias semanas en cuidados intensivos por una neumonía que se había complicado. Ingresé con miedo, por primera vez en esos ocho años, con la ansiedad disparada. La noche tras la intervención no me dieron los ansiolíticos ni los calmantes que me habían anunciado, no dormí. A la mañana siguiente, el enfermero me tiró una pastilla en la mesilla, pregunté qué era, me dijo que no hacía falta ir a Harvard para saberlo. Después vino a quitar el vendaje para revisar la herida. Quería levantar las vendas pegadas a la piel de un tirón, limpio y rápido. No me dejé. Se enfadó y salió dando un portazo. Vinieron dos médicos y expliqué la situación en medio de la ansiedad. Sonreían y se miraban. Se ve que no había mucho que hacer conmigo. Solicité el alta voluntaria y pedí a Paca que me acompañase a casa. Los médicos le explicaron que yo fumaba marihuana y tenía el mono, no había nada que hacer. Siguieron sonriendo. Fui a consulta con la doctora Castro para que hiciera la revisión y me propuse recuperarme en casa. Pocos días después, Leopoldo fallecía en otro hospital. Antes habían muerto dos de sus mejores amigos, Joe Borsani y también el amigo que había encontrado la casa donde vivía. Sentí que era un final, un cambio de etapa.

Llevaba meses soñando las calles de un Madrid oscuro, gente con hambre que dormía en los portales, y también con mi abuela, que parecía guiarme, de noche, en el pueblo de los veranos de mi infancia. Había recibido la llamada de una profesora de Alicante con la que llevaba diez años colaborando. La habían nombrado directora del instituto en el pueblo de mi padre, Jijona, y me invitaba a dar una charla sobre innovación educativa. Al terminar, dimos una vuelta rápida en coche por el pueblo. No sé si fue el olor de aquel campo, las calles tal y como las recordaba, sin los cambios que había sufrido Alicante por el turismo. Me sentí bien. Hacía tiempo que buscaba un sitio para alejarme de Madrid, al menos una temporada, para centrarme en la escritura. Ahora esa opción suponía también dejar Madrid. No podía seguir trabajando, y la pensión que tendría, después de haber sido autónomo, no llegaría más que para pagar un cuarto compartido. Tendría que dejar los libros y vivir con poco. La opción del pueblo parecía arriesgada pero también más estable. Necesitaba descansar, tal vez después de un año pudiera volver al trabajo.

Pero mi salud estaba peor de lo que imaginaba. Al llegar al pueblo examinaron lo que parecían pólipos en las cuerdas vocales y resultaron ser tumores. Pasé cuatro veces por el quirófano. Finalmente, la herida del pie que no cerraba se complicó, ya no llegaba la sangre, el pie empezó a morir sin desprenderse, había que amputar. Fue más de un mes en el hospital a finales de 2011. El día antes de Reyes, en 2012, me dieron el alta. Había perdido la pierna por encima de la rodilla. También había desaparecido, por primera vez en doce años, el dolor. Debía concentrarme en la rehabilitación, aprender a manejar la prótesis y aprender a manejarme en casa: ducharse, fregar, cocinar, todo era nuevo. «Ergonomía y aceptación» fue el principio vital que me regaló un pintor en parecida situación a través de Facebook. La red social se había convertido, desde el pueblo, en una ventana donde me encontré con algunos de los poetas que había conocido. Los poetas han creado una corriente estable en las redes, con sus citas, sus dudas, sus amores cruzados, sus propuestas y manifiestos.

IX. Luis

Mi padre había muerto en 2003, tras una enfermedad para la que no consiguió encontrar un diagnóstico. Pudo ser cáncer en los huesos. Yo había perdido el contacto con él y también con mi madre al salir de Alicante. Mi hermana María todavía pasaría un año conmigo mientras estudiaba un máster en la escuela de negocios donde yo seguía como profesor. Aunque al terminar el curso y encontrar una beca desapareció sin dejar rastro. Se fue llorando, le dije que yo estaría allí, que nos veríamos los fines de semana. No supe nada de ella hasta que apareció de nuevo, seis años después, en 2008, en el hospital con un bonsái de regalo. Le propuse convivir de nuevo, pero no le pareció oportuno. Con la perspectiva de una nueva mudanza, volví a ver a mi madre. Mi padre había pasado sus últimos años viajando a los lugares donde había crecido, Valencia y Bilbao, de visita a la vieja facultad de Deusto donde había estudiado derecho. No habíamos vuelto a hablar.

Cuenta mi madre que cuando mi padre se acordaba de mí, decía:

—La carta, la carta, me quedo con la carta.

Una carta larga que le había enviado hacia el año 98. Quería dedicarle el segundo libro de poemas, *Los límites de un cuerpo;* quería agradecerle lo que había hecho por mí, lo que había aprendido con él a pesar del silencio sostenido en que me había criado. Con el tiempo y a pesar de todo, me he tomado el trabajo de comprenderle y creo que puedo dar cuenta de él como persona, de sus crisis y sus decepciones. Aunque sigo sin entender su relación conmigo, la rivalidad innecesaria, la agresividad impulsiva y sin justificación. En última instancia, no puedo entender su falta de sensibilidad en aquel último encuentro, estando yo enfermo de gravedad y necesitado, después de haberme puesto en sus manos. Hay personas que se rompen con el tiempo; con los desengaños y los cambios pierden la posición aprendida y el sentido de la responsabilidad. Yo no supe hablar, quizá la única vez que pude expresarme sin interrupciones fue en aquella última carta, escrita antes de enfermar, donde recorría lo que había sido mi vida con él.

Ahora regresaría al pueblo de los veranos de infancia, como si el dolor en la pierna se pudiera compensar con un sentimiento de arraigo, en busca del encuentro con la fuente, con un centro de gravedad imaginario que había perdido o no había llegado a tener nunca.

Antes, el último verano y el último otoño de 2008, me había despedido de Madrid. Me había asomado al balcón sobre la plaza recordando el poema de Kavafis «El dios abandona a Antonio». «Como dispuesto desde hace mucho, como un valiente», saludaba a la ciudad que se alejaba. Y gocé «por última vez los sones, la música exquisita de esa tropa divina» y despedí así el mundo que perdía. Había vivido, me había expresado, había amado, no siempre en correspondencia. Ahora, perdido el control, debía aprender a dejarme llevar por la corriente.

El día 4 de septiembre Leopoldo habría cumplido cuarenta y seis años. Pude asistir a la misa de funeral. Me acompañó mi hermana María. Los habituales de la iglesia debían de estar entre sorprendidos y alarmados ante la concurrencia, respetuosa, pero orgullosa de sus particulares usos y costumbres. Me parecía un acto de extraño ecumenismo, donde se juntan para celebrar la muerte y la vida gente de diversa procedencia. Allí saludé a Vicente y a algún otro amigo común. El padre de Leopoldo estaba exaltado, como lo podría haber estado el propio Polo.

–Emociones, emociones –parecía superado– ... que vengan, más emociones. –Y abría los brazos mirando al cielo.

A su madre, Maricarmen, en cambio, se la veía consumida. Me acerqué a saludarla y no me conoció. Le dije quién era y nos abrazamos. Después de varias semanas queriendo llorar a Leopoldo sin conseguirlo, aquel abrazo abrió las puertas. Su madre tenía la llave de aquellas emociones. No pude hablar.

Al salir del funeral, mi hermana se ofreció a acercar a Luis Antonio de Villena en el coche. No le había gustado el oficio católico. Le sugerí que Polo, por respeto a su familia y amor a la diversidad, habría aceptado. Y que, por devoción al absurdo y las mezclas disparatadas, le hubiera encantado. Al final parecía, por una vez, darme la razón, seguramente porque ya no tenía importancia.

Esos últimos meses en Madrid estuve en casa, en silencio casi siempre; como en silencio casi siempre me acompañaba Omar. La noche antes de irme a Alicante vimos juntos una última película, *Bab'Aziz, el sabio sufí*, en la que un viejo ciego y su nieta buscan la gran reunión que tiene lugar cada treinta años en un lugar desconocido. Para encontrarla, basta con tener fe y dejarse guiar por el silencio del desierto. El abuelo de Omar había sido un pastor nómada que, al empadronarse, se puso como apellido Mssyeh, que significa «vagabundo». Él hubiera querido venir, pero no le dejé. No quería que perdiera su vida conmigo. Después de eso, sin embargo, le perdí.

X. Luis

–Escribe, escribe, no pienses, pon tus deditos sobre el teclado y sólo escribe... –insistía Antón Arrufat. Conocerme, decía, era como conocer a dos personas distintas, la que escribe cartas y la que cada pocos meses aparecía y paseaba con él por las calles de La Habana. Pero desde que había llegado al pueblo estaba bloqueado. Las pesadillas eran imágenes velocísimas de una ciudad acelerada que se quedaba desierta poco antes del amanecer, en la que buscaba refugio y cada puerta que cruzaba daba paso a otra calle desierta. Después de tres años en el pueblo apenas había escrito algunos poemas. Lawrence Schimel me propuso escribir un libro de poesía gay. Me había resistido a poner la literatura al servicio de una causa social, aunque en aquel momento era la causa de Leopoldo, que no estaba para escribirlo. Y era en mi propia memoria, la experiencia de una ciudad y de un grupo de personas que emergían a duras penas de la clandestinidad, era un homenaje a mis amigos, a mis compañeros, a la gente con la que me había criado descubriendo un mundo casi sin palabras y sin imágenes hasta entonces. De esa propuesta salió *Polvo eres,* que sería mi cuarto libro de poemas publicado.

Al poco de terminar una primera versión, a finales de

2011, ingresaba en el hospital, corregí el texto durante la convalecencia. Aún tardó unos meses en salir. Le pedí a Lawrence que hiciera llegar un ejemplar a Vicente mientras, en paralelo, le enviaba un mail contándole las circunstancias del proceso de escritura.

A lo largo de 2012 completé la rehabilitación y presenté el nuevo libro en Madrid. Pero estaba agotado, con fuerte depresión debido a eso que llaman «shock postraumático» y que lo mismo sirve para justificar un coágulo que la palidez extrema, explica un roto igual que un descosido, como buena parte de los conceptos que usamos sin referencia concreta. Álex, un amigo de Madrid que había reencontrado en Alicante gracias a las páginas de internet, que si no sirven para ligar, sirven al menos para encontrar de nuevo a viejos amigos, insistía en que escribiera mi vida. Sentía rechazo ante la idea. Defendía la separación entre público y privado, prefería escribir ciencia ficción o novela histórica antes que proponerme como personaje o protagonista. Lo cierto es que me molestaba tanto esa posibilidad que terminé por tomarla en serio.

A finales de ese año parecía que lo más sensato era iniciar de nuevo unas sesiones de psicoterapia. Al contar mi historia, en esa ocasión verbalmente, mencioné también la propuesta de Álex y mi resistencia a escribir sobre mí. La terapeuta sugirió que, según su criterio, sería una buena oportunidad: escribir mi historia, escribir para olvidar. Me desvelé algunas noches pensando en el punto de vista, la voz del narrador, si sería en primera o tercera persona, sin llegar a ningún puerto. Hacía poco me había reído con una idea de John Lilly, experto en la comunicación con delfines y en cámaras de aislamiento sensorial: hablaba del CCC o Centro de Control de Coincidencias. Una idea con tanto fundamento y precisión como la de «shock postraumático». Algo debía de estar cocinándose en el CCC, porque el 16 de febrero llegó mail de Vicente con una propuesta sorprendente, en parte porque no lo esperaba, en parte porque igual lo estaba esperando sin saberlo.

Querido Luis: nuestro amigo Lawrence me da noticias de ti, y deseo de corazón que el nuevo año empezado te sea propicio.

Pensé llamarte, pero antes de hacerlo te expongo brevemente lo que motiva esta carta.

En Navidad, mientras estaba en Marruecos, entraron ladrones en casa, y aunque el estropicio fue de poca importancia lo revolvieron todo, buscando las joyas y el dinero que no tengo. Entre lo revuelto, me encontré al volver las cajas donde guardo, debidamente ordenadas hace años por un amigo que me ayudaba, todas las cartas recibidas a lo largo de mi vida; los cacos, ceremoniosos, abrieron, antes de cansarse, las carpetas de las primeras letras. Así que, esparcidas por el suelo, pero intactas, estaban las de Aleixandre, las de Benet, y en la C las de Cremades Luis. Lo fui guardando todo, pero en tu caso las releí (son 18, de distinta época, aunque presiento que habrá alguna más en unos depósitos descubiertos en una mudanza reciente, con cartas que el ayudante generoso no llegó a ver o a ordenar). Me conmovieron profundamente, aparte de parecerme, como ya sabía de entonces, maravillosamente bien escritas. Junto a las tuyas tenía, y esto no lo recordaba, nunca lo había hecho antes, fotocopias de cuatro extensas cartas mías dirigidas a ti en el momento, bastante alargado, de nuestra ruptura. ¿Conservas tú mi parte de la correspondencia?

La idea no pasa de ser un brote inesperado pero potente, y de ahí mi interés, siempre que esto que te adelanto despierte en ti una respuesta positiva, en hablarlo con más detalle. He sentido el deseo de contar la historia paralela de nuestras vidas, mientras se cruzaron, en un libro escrito al

50% por ti y por mí: una novela de amor intenso y complicado, lleno de generosidad y egoísmo, de incertidumbres y entregas, que sus autores contemplarían y reconstruirían por separado, sin omitir nada, desde el hoy.

Un gran abrazo de

Vicente

Si Álex, antiguo amigo y confidente, y una terapeuta experta abren las puertas de la atención y lo que aparece es un viejo amor, escritor con prestigio, y el capricho de unos ladrones que le impulsan a escribirme para escribir y hacerme escribir, es mejor aceptar el desafío. Si no hay que forzar, tampoco hay que resistirse. A veces temo haber dejado la razón como un juguete en manos del azar. Sin embargo, no van peor las cosas. La aventura en estos diez meses de trabajo ha sido absorbente. He recuperado una memoria que había borrado por completo; han aparecido frases y expresiones que formaron parte de un proceso de aprendizaje intenso y vital. Vicente definía el cauce, yo trataba de que mi propia voz fluyera manteniendo cierta simetría, participando de un juego de coincidencias y distancias. Volvía a importar su voz, porque disparaba la mía. Alguien puede ver un duelo donde sólo hay un juego, feliz y apasionado, un juego en el que, de una manera u otra, ambos nos la jugamos.

Final: El comienzo

indicios apresurada abrieron los cajones llenos de papeles antiguos y sacaron de unas cajas grandes de Ikea las cartas recibidas que conservo y hace pocos años fueron clasificadas alfabéticamente por un joven amable y meticuloso. En el suelo de la habitación donde estaban las cajas negras de Ikea, los paquetes epistolares de las primeras letras habían sido desparramados, y cuando esa noche quise poner un poco de orden, devolviendo a sus sitios las cartas de la A y de la B, un manojo de las de la C me despertó la curiosidad. ¿Tantas me había escrito Luis Cremades?

Antes de irme a la cama quise leer alguna que no recordaba haber recibido. Una postal marroquí de Juan Benet, enviada en enero de 1984, con dos campesinos cabalgando sobre dos asnos ante un desolado paisaje de la Région d'Erfoud y este breve texto: «Me reconozco aquí, comprendo que surge lo peor que hay en mí y no veo otra solución que abandonarme a mi suerte. Juan». Y una carta, la única suya, de Conchita Aleixandre, fechada el 8 de mayo de 1985, cinco meses después de la muerte de su hermano. Es una carta breve escrita a máquina, quizá no por ella misma, en la que agradece una mía, pienso que rememorativa de la fecha, 26 de abril, en la que el poeta habría cumplido años. «He sentido mucho que no encontraras la tumba de Vicente», escribe Conchita. Fui aquel 26 de abril del primer año de ausencia física del amigo al cementerio de la Almudena, confiando en mi sentido de la orientación, y me extravié; tuve que llamar por teléfono a una persona próxima a los dos hermanos, quien me dio los datos y permitió la visita un día más tarde. En la nomenclatura de los cementerios, entre castrense y edificatoria, el lugar donde están los restos de Aleixandre es el Cuartel 67, Manzana 60, letra A. He vuelto a esa dirección mortuoria alguna otra vez, y hasta allí fuimos la mañana del 15 de diciembre de 1984 la numerosa comitiva del entierro, en el que me acompañaba, atribulado como por la muerte de un pariente tardíamente encontrado, el futuro doctor Anido, quien me vio portar el ataúd a hombros desde el chalet de Velintonia al coche fúnebre, junto a otros escritores amigos del difunto. Alguien me tomó la noche antes, en que pude haber coincidido con Luis en el velatorio (ahora lo sé), una foto ante el cadáver amortajado de Aleixandre. La conservo pero no me gusta ver al hombre vivaz y agnóstico que yo conocí yaciendo bajo un enorme crucifijo y con la rigidez inhumana que iguala los rasgos de los muertos.

También saqué al azar una de las cartas de Luis y la leí, y otra después, y ya no paré, encontrando además por sorpresa cuatro mías dirigidas a él fotocopiadas antes del envío, algo que sólo recordaba haber hecho una vez en mi vida, en otra correspondencia voluminosa e importante que tuvo un final abrupto y controvertido en el que quise tener constancia de las últimas palabras cruzadas.

Entre los nervios, no del todo aplacados, de lo que temía encontrarme en el piso forzado, y la lectura de esa correspondencia entre Luis Cremades y yo, aquella noche no dormí apenas. Pasaron veinte días. El jueves 24 de enero se presentaba en la sede madrileña de la editorial Planeta *La musa furtiva*, el volumen de toda mi poesía recogida, y entre los asistentes estaba el escritor norteamericano Lawrence Schimel, que había traducido algunos poemas de ese libro al inglés y es amigo cercano de Luis. Al acabar el acto le dije a Lawrence, residente en Madrid hace ya muchos años, que quería hablar con él de un asunto, y de camino a la cafetería de la Casa de América, donde los editores nos invitaron a diez o doce personas a un aperitivo, tuvimos la ocasión de hacer un aparte.

Lawrence había editado meses antes *Polvo eres,* un libro de poesía gay abiertamente erótica encargado a Luis, y que yo había leído y comentado por escrito, sin demasiado entusiasmo, al autor. Usamos para comunicarnos, por primera vez, el correo electrónico. Luis, al saber que yo había recogido de la librería Berkana el ejemplar que por indicación suya me habían dejado, le pidió a Lawrence mi email y me mandó el 6 de octubre de 2012 una carta explicando el contexto de *Polvo eres;* yo le contesté al día siguiente con mi comentario. En su correo del 6 de octubre Luis añadía a las explicaciones literarias una confesión:

«Por mi parte, dejé Madrid hace cuatro años pensando que había tocado fondo... Me equivoqué: en cuatro años he pasado por ocho quirófanos. Acabo de terminar la rehabilitación y, como suele pasar en estos casos, cuando todo ha pasado es cuando llega el momento del llanto y el crujir de dientes. Así que estoy con fuerte ansiedad, depresión y viviendo entre ansiolíticos de sueño en sueño, lo que no está tan mal. Sobrevivo con una beca en forma de pensión de incapacidad. Lo malo es no verme con fuerzas para leer o escribir algo largo. Me falta concentración. Aún estoy con trámites, que si la prótesis, que si la discapacidad... Mira que odio la burocracia y he terminado atrapado en ella. De todas maneras, espero mejorar; puestos a esperar, es lo más sensato.»

En mi contestación le decía, y era cierto, que su carta se había adelantado a mi intención de escribirle tras leer *Polvo eres,* pidiendo a mi vez para ello su dirección de email a nuestro correo amical Lawrence. Y también yo, tras hablarle con sinceridad de sus versos, los que me gustaban y los que no, puse una nota personal:

«Sabía algo por Lawrence de tu retiro en Jijona y tus asuntos de salud. Ya sabes que te deseo lo mejor, y nada mejor habría, aparte de un estado físico llevadero, que el que volvieras a escribir a tu manera y a leer. Confío en ello, y me alegra que tengas allí un caucus protector. En estos tiempos es mucho.»

Creí sinceramente a primeros de octubre de 2012 que esas cartas podrían ser las últimas entre nosotros. La distancia física, las distancias, la congoja que me producía ver a un ser en otra época tan metido en mi corazón viviendo en condiciones tan adversas, tan difíciles de abordar desde la lejanía. Tan difíciles que no quise saber a qué se refería precisamente al hablarme de esas operaciones, del paso por los quirófanos, de incapacidad, de prótesis. Cuatro meses después, gracias al revoltijo de los cacos, fui yo quien se dirigió a él, sabiendo ya entonces por Lawrence, en ese breve aparte camino de la Casa de América, el estado físico y las circunstancias de Luis. Tardé tres semanas cumplidas, desde la conversación aquel jueves 24 de enero con Lawrence, en articular lo que me vino a la cabeza la noche de mi regreso a la casa robada y en atreverme, sin dejar de dudar, a escribirle un correo electrónico a *lcremades*.

El sábado 16 de febrero, a primera hora de la tarde, le conté así pues el robo, el hallazgo, la relectura, las elucubraciones, y la proposición: escribir, sobre el pequeño andamiaje de las cartas que nos cruzamos (en total, por los dos lados, 24 conservadas), el relato novelado y veraz de nuestra breve pero para mí al menos definitiva historia de amor. Luis me contestó una hora después muy indeciso, yo repliqué, y así empezó el prolegómeno de este libro desarrollado a tientas y a distancia, sin conversaciones telefónicas ni encuentros, pero acompañado de no menos de trescientos cincuenta emails subsidiarios, y no utilizados, que Luis llama, con gracia, el *making of.*

La última vez que Luis y yo nos vimos fue en el funeral de Leopoldo Alas a primeros de septiembre de 2008, una estrambótica ceremonia celebrada en la iglesia de la Virgen Guadalupana (ya en sí misma conspicua), que el difunto habría sido el primero en apreciar humorísticamente, con su mezcla de rito evocativo de la teología de la liberación y *high camp,* provisto, de manera histriónica que algunos juzgaron irreverente y a mí me pareció consecuente, por la homilía fúnebre de Boris Izaguirre, quien, con su ondulante habla venezolana, contó delante de la familia y el perplejo trío de celebrantes revestidos de pontifical la historia del intento de Leopoldo y él de hacerse pasar –por ver si así ligaban más con los chicos– por heterosexuales. Aguantaron la pose menos de una semana.

El aire de *folie* que sobrevoló el templo lo vi adecuado al espíritu leopoldino, pues él, como me dijo por escrito en cierta ocasión, sólo se trataba con locos: «todas las locuras posibles me interesan».

En la iglesia madrileña apareció Luis con bastón y acompañado de su hermana María, una niña en el tiempo de nuestra relación. Me quedé un poco paralizado: la música, que ya empezaba, con sones de marimba, la hermanita convertida en una bella mujer, los años, que a todos nos caen encima. Luis se me acercó cojeando levemente y me besó en las mejillas.

Todas las cartas de amor son ridículas. El verso de Pessoa, escrito bajo su personificación de Álvaro de Campos, siempre me ha gustado y más de una vez lo he citado, sin entenderlo a ciencia cierta. «No serían cartas de amor si no fueran ridículas», dice el siguiente verso. «Las cartas de amor, si hay amor, / tienen que ser / ridículas.»

Lo son y no lo son, por consiguiente, las de Luis y las mías. Nada se parece más entre sí que la manifestación de los amores, de cualquier amor. Todos los hombres y todas las mujeres, en todas las combinaciones posibles de emparejamiento, se aman igual, al menos externamente. Todos los besos y todos los cariños se asemejan, y la declaración, la ilusión, las promesas, el mimo, el desvelo, el recelo, la inseguridad de saberse o no suficientemente querido, así como la miseria de los abandonos y el filo de las venganzas, apenas se diferencian, sean los amantes iletrados o letraheridos. Al final, como sigue diciendo el poema de Pessoa por la voz de Campos, «sólo las criaturas que nunca han escrito / cartas de amor / son las que son / ridículas».

Pero si los sentimientos y las formas de amarse son genéricos, los modos de expresarlos son específicos. En las seis semanas que pasaron desde que descubrí las cartas de Luis esparcidas por los ladrones en su búsqueda de bienes fungibles, releí todas más de una vez, antes de proponerle nada, y al releerlas fue como si una imagen vicaria del amor, un simulacro, volviera a la casa donde una noche lejana, con la incertidumbre del primer beso y el tanteo de las primeras caricias, él y yo empezamos a idealizarnos. ¿O volvía el invitado que en persona se fue haciendo esquivo hasta la amargura, aportando ahora palpablemente el dulce poso del ser original? Nunca he vuelto a recibir ridículas cartas de amor tan sublimes, ni las he escrito yo, ni me ha sido posible amar igual.

Mi amor por Luis fue un amor sin resguardo, el más cierto, el más excitante y desequilibrante de mi vida, y, pese al devenir de dos años felices y tormentosos, el más perdurable. Del suyo no puedo más que especular, dudar, creer, recordar los muchos momentos de dicha incomparable que me produjeron y los trastornos que no lograron quitarme la voluntad de seguir amándole. Quizá el amor de Luis fue sólo un amor escrito. De ahí también su potencia, su atractivo para mí y su permanencia, ahora que somos viejos, yo mucho más que él, y nuestras vidas tomaron sendas distintas, conociendo otros fracasos y otras quimeras y sufriendo él la acometida del más amargo intruso, la enfermedad. Pasados treinta años de las cartas centrales de nuestra relación íntima y de su acabamiento, me resulta sugestiva la idea de que esa *persona* escrita sin duda se desvaneció pero, al igual que los libros que a todos nos marcan en la juventud, su corriente secreta y profunda siguió su curso y pudo así ser retenida sin saberlo ni uno ni otro. Luis me escribía y mandaba por correo cartas a mano a la vez que *me escribía* en su cabeza como personaje tal vez más soñado que real. Ese Vicente semiinventado de entonces se ha instalado en mi casa unos meses, y quizá siga conmigo y me acompañe en la imaginación, desde donde ha podido comunicarse de nuevo –dejando entrar el pasado y uniéndolo al presente– con el juvenil Luis recobrado.

Citarme y hasta mimetizar algún modismo mío era una prerrogativa suya muy merecida. Hasta el punto de que su derecho a irse, y a irse de mi vida, *le droit de s'en aller* reclamado por Baudelaire como un innegable derecho del hombre moderno, pudo tenerlo bien ganado, por devastador que a mí me resultara, en razón de su quedarse para siempre en las palabras.

ÍNDICE

PRIMERA PARTE

1. Vicente	11
1. Luis	20
2. Vicente	28
2. Luis	33
3. Vicente	43
3. Luis	47
4. Vicente	52
4. Luis	58
5. Vicente	66
5. Luis	73
6. Vicente	79
6. Luis	86
7. Vicente	94
7. Luis	100
8. Vicente	106
8. Luis	111
9. Vicente	115
9. Luis	121
10. Vicente	128
10. Luis	132

11. Vicente 137
11. Luis 141
12. Vicente 144
12. Luis 147
13. Vicente 151
13. Luis 154
14. Vicente 161
14. Luis 166
15. Vicente 172
15. Luis 179
16. Vicente 186
16. Luis 194
17. Vicente 201
17. Luis 207
18. Vicente 212
18. Luis 216
19. Vicente 220
19. Luis 226
20. Vicente 234
20. Luis 239
21. Vicente 244
21. Luis 248
22. Vicente 253
22. Luis 258

SEGUNDA PARTE

I. Vicente 265
II. Vicente 278
III. Vicente 286
IV. Vicente 293
I. Luis 302
II. Luis 317
III. Luis 324

V. Vicente 337
IV. Luis 341

TERCERA PARTE

VI. Vicente 351
V. Luis 358
VII. Vicente 364
VIII. Vicente 368
VI. Luis 374
VII. Luis 378
IX. Vicente 384
VIII. Luis 388
IX. Luis 393
X. Luis 396

FINAL: EL COMIENZO

Vicente 403